小说月報

原创版

2020年精品集

《小说月报·原创版》编辑部/编

天津出版传媒集团
百花文艺出版社

图书在版编目（CIP）数据

小说月报原创版2020年精品集 /《小说月报·原创版》编辑部编. -- 天津：百花文艺出版社, 2021.1
ISBN 978-7-5306-8063-6

Ⅰ. ①小… Ⅱ. ①小… Ⅲ. ①中篇小说-小说集-中国-当代②短篇小说-小说集-中国-当代 Ⅳ. ①I247.7

中国版本图书馆CIP数据核字(2020)第258274号

小说月报原创版2020年精品集
XIAOSHUO YUEBAO YUANCHUANGBAN 2020 NIAN JINGPINJI
《小说月报·原创版》编辑部 编

出 版 人：薛印胜
选题策划：《小说月报·原创版》编辑部
责任编辑：刘升盈 张 烁
装帧设计：郭亚红
出版发行：百花文艺出版社
地址：天津市和平区西康路35号 **邮编**：300051
电话传真：+86-22-23332651（发行部）
+86-22-23332656（总编室）
+86-22-23332478（邮购部）
网址：http://www.baihuawenyi.com
印刷：天津新华印务有限公司
开本：787×1092毫米 1/16
字数：310千字
印张：19
版次：2021年1月第1版
印次：2021年1月第1次印刷
定价：42.00元

如有印装质量问题，请与天津新华印务有限公司联系调换
地址：天津东丽开发区五经路23号
电话：(022)58160306 邮编：300300

目录

深山来客

米　可

1

警车开进金山林场大院时，邬天正在山坳里穿行，密林蔽日、信号隔绝，唯有雷声滚滚，远在天际，与风声混成低沉的咆哮。

邬天沿溪流溯源而上，行至一半，潺潺流水已隐于地下，成为一片褥湿的沼泽，两侧则是千仞壁立，如死亡般绝望。邬天当然可以回头，回到溪流的下游，甚至一路退到两河口，等长岭公路上过路的汽车。可如此一来，这处山坳便会出现在他的梦中，扭曲成不同的形状。

事实上，邬天已经不是第一次来到这片绝境，也不是第一次克制自己想去征服的欲望。噩梦与现实，他在努力平衡。

与此同时，他似乎看到一只雪豹纵身一跃，在绝壁间折来跳去，碎石如雨簌簌落下。太阳亦从乌云后挣脱，照耀着自由的灵魂，融成金光一片。邬天神游一会儿，起身折返，向山下的开阔地走去。更远处，天地不辨，大雨正在狂泻。

邬天搭老乡的摩托车回到守林人小屋，派出所的小高正在等他。小高说在林场小学支教的老师遥梦三天前返城后就再没回来，电话也打不通。遥梦支教即将期满，和学生感情也不错，没有理由一去不回。小高担心遥梦出山时遭遇什么意外，希望邬天在巡山护林时能多留意。

小高把遥梦的照片发到邬天的微信上，一个短头发的女孩，长相平平，穿着普通，看不出欢喜还是忧伤。邬天发了会儿呆，在记忆中搜索着女孩的画面。小高已经起身准备回城。邬天并没有挽留。山里太冷清，留不住人。

劈柴、生火、做饭，虽然到林场工作不到一个月，邬天已经学着像山里的居民一样生活。有位大姐端来一碗红烧兔肉，邬天点点头，表示感谢。那晚，邬天躺在床上，以为自己会梦到如刀疤状的山坳，但他没有，他梦到那个叫作遥梦的女老师走到自己的背后，问他这片大山里有没有水帘洞一样的地方。

邬天睁开眼，意识到这不是一个梦，这是一段真实发生过的记忆。这是两个人在林场唯一的交集。

2

邬天准备好安全绳、食品袋，还有一些急救装备，天刚放亮，便翻过两道山梁，一头扎进大芒山里。林场居民说大芒山有条古道，可以直通出山的长岭公路，而遥梦口中的水帘洞便在这条古道边上。

虽然大自然正在蚕食古道上的人类印记，许多道路被蔓生的植物所掩盖，但邬天始终没有偏离方向。相较西南边陲热带雨林的聒噪和危机四伏，东北的丛山太沉默了。邬天明白，伤痛常常龇牙咧嘴，但死神总是沉默不语。他提醒自己不要被这沉默催眠而迷失方向。

在山里走了三刻钟，他听到了流水的声音。邬天看到古道边上原本覆盖的层层落叶乱了，新鲜的松土被翻了出来，一个小猪佩琪的挂件腆着肚皮躺在上面。佩奇的脸上有血迹。邬天离开古道，攀附着林木，踩着湿滑的落叶，一边向下，一边仔细搜寻。邬天看到了熊的脚印，看到了更多黏附了血迹的落叶，以及一个用刀刻出的人形木雕。

邬天在一道断崖前止住脚步。垂直下方是一个直径十米多的山洞，张着大嘴，仿佛要把这天地都吞了进去。邬天绑好攀岩绳，下到断崖下方，洞口的岩石尖上有带血的毛发，一条地下河正在洞内汹涌激荡。邬天在洞口静默一会儿，折回头，将毛发、落叶、佩奇挂件，以及那个人形木雕放进随身带着的保鲜袋内，回到了林场。

3

邬天向林场书记陶胜利通报了大芒山搜寻遥梦的情况,除去老幼,陶书记发动剩下的林场男女,从两河口开始,沿着渡河,也就是大芒山地下河的下游,向上搜寻,遥梦老师的遗体可能会顺着地下河冲下来。

邬天起先是走在队伍前面,但他能觉察到身后的男女有说笑的,有埋头玩手机的,也有试图捞鱼的,大多并没有把心思放在搜寻上。他便拖到了队伍的末尾,注意发现被遗漏的蛛丝马迹。在一处浅滩,邬天被水下的一个物件照晃了眼。走近才发现是一枚警徽,是别在大檐帽上的那种。

林场陶书记围了过来,细细打量,摇头断定这不是遥梦的随身物品,她只是一个支教老师。

邬天把这枚警徽翻来覆去,没看到一丝锈迹。邬天道:林场里也没警察。

陶书记看邬天沉默良久,才接话道:二十年前,林场有间警务室,但后来那个警察抢险救灾时牺牲了,警务室也就废弃了。

是我住的那一间吧? 邬天问。

陶书记一拍手,说:还真是,我都给忘记了。不过你怎么知道的?

邬天半真半假地笑道:我也干过公安,我能嗅得出来。

搜寻只进行了两个小时,大部队便抵达了大芒山下。男人们三三两两坐在地上抽烟,女人们则采摘树上的松果。大家看看拖在最后的邬天,又看看挂着讨好脸色的陶书记。陶书记解释道:济世药厂给大家特批了一天假,允许大家来搜寻遥梦老师。现在天也不早了,要不让大家先回去休息,明天还要早起上班呢!

这不是请求,这只是情况通报,邬天面无表情地点点头。

4

随后几天,金山林场又组织轮休的居民搜了几轮,除找到几件遥梦的个人物品外,并没有更多发现。南方正值秋汛,新闻里一个妙龄少女掉进没有窨井盖的下水道中,几天后才在数公里外的臭水沟里发现,身上爬满了老鼠,网上的照片打了马赛克。邬天关上手机,想遥梦的遗体会在何时、何地、以何种面貌出现,或者她会永远消失，骨骼与血肉都融为大自然的一部分。

窨井盖、地下河，老天收人的手段真是五花八门！

连绵的阴雨开始没日没夜地下。雨一停歇，大雪便会封山。不得已，邬天下到林江市，为守林人小屋筹备越冬物资。一个陌生电话打进来，对方自称林场的陶柏。邬天愣了片刻，想到林场广场中央的那辆汉兰达。陶柏说他也在城里，可以把邬天顺路带回林场。邬天加了陶柏的微信，给他发了定位。没多久，一辆黑色的汉兰达便停在邬天身前。

越野车沿着三途河开了一阵，高楼大厦次第消失，砖瓦平房沿着道路两边向前延展。再转过一道弯，车子已经钻入一片森林中，唯有河道升腾的水汽像梦一样。

陶柏问邬天：为什么到山里当守林人？

邬天有一百万个答案，但他一个都不想说。

陶柏轻拍方向盘：这个问题有点大，就像我经常自问，为什么一直耗在山里不出去。陶柏的语气有点骄傲。

邬天附和地笑笑。

陶柏说：听说你原来获过不少荣誉，在西南边境？

那都是过去了。邬天知道必须得说点什么，才能堵住他的嘴。

陶柏沉默了会儿，兀自感叹道：人们或许以为东北的大山神秘浪漫，但真来到这里，才发现想象很丰满，现实很骨感。陶柏侧头瞥了眼邬天，补充道，我不是说你，你是见过大场面的，你是来求安宁的。

邬天耸耸肩，不置可否，抛出一个不相关的问题：遥梦是为了体验生活才来山里支教的？

听说她经常带学生在网上直播，端个手机在林场和山里拍来拍去，还有人给学校寄过书和文具。

直播？

不是电视上看到的那种，就是在网上申请一个账号，把拍的视频同步到网上，让别人点赞留言，甚至汇款，很先进是吧？

山里的信号行吗？邬天问。

陶柏拍了拍方向盘，道：是我联系药厂给林场建的基站，让山里人进入互联互通时代。

这个林场首富又跑偏了。邬天暗想，他不再说话，心里盘算找遥梦的学生聊一聊网络直播的事情。

5

邬天的请求让林场陶书记一愣，半晌，他才从抽屉里找出一个钥匙盘，领着邬天来到坐落在广场中央的林场小学。

与其说是小学，充其量只能算是个教学点。陶书记一边从几十把长相差不多的钥匙中寻找正确的那一个，一边介绍道：整所学校只有八个小孩，遥梦是唯一的老师。这几个小孩的父母常年在林场居住，当孩子长到十岁上下，便会送到城里的寄宿学校读书。

当陶书记试到第十一把钥匙时，邬天说：算了，我还是去学生家吧。

陶书记收了钥匙，领着邬天往林场家属楼走去，两个男孩正蹲在楼下的沙土地上。一个用凹凸镜烤蚂蚁洞，另一个聚精会神地看着。邬天走到他们身后，拿凹凸镜的小孩拔腿就跑，另一个却还犹豫不决。邬天对陶书记说：我和这个小朋友聊聊吧。

陶书记点头说好，然后在边上杵着。

邬天说：陶书记，你有事就先忙吧。

陶书记搓搓手，说：我再去试试开校门的钥匙去。

待陶书记走远，邬天从口袋里掏出那枚在河边找到的警徽递给男孩。男孩接过警徽，对着太阳看，五色彩光折射在男孩的脸上。

邬天问：你叫什么名字？

我叫刘佳，你叫什么名字？

我叫邬天，我是山里的护林员。

男孩“哦”了一声，捏着那枚警徽坐在干柴堆上，邬天在他身边也坐了下来。遥梦是你的老师？

男孩点点头。

她都教你什么课啊？

语文、数学，还有英语。

男孩嘴角浮起了笑，他放松了下来。

你们的音乐、体育，还有美术也是她教吗？邬天问。

我们教遥老师啊，我们领她在山里玩，唱歌、画画。

她给你们录视频？

视频？

就是用手机给你们录像。

对啊，我们在她下载的快手上认识了许多大朋友。

你能把遥老师教你们画的画拿给我看吗？

刘佳点点头，飞奔上楼。邬天眯缝着眼，眺望林场小学，陶书记还在那里找钥匙开门。刘佳带了几幅铅笔画、蜡笔画下楼，画里有山、有河、有太阳，还有制药工厂。邬天将这幅药厂的铅笔画抽出，仔细打量，药厂林立的烟囱占据了右幅画面，直耸到纸外，中央则是一个圆形水库，没有波浪，倒是被铅笔点了许多点。左下角歪歪扭扭注了时间：2018年10月10日。遥梦失踪前三天。

一个穿着蓝色工作服的男人大步来到邬天和刘佳前。邬天刚看清工作服口袋上的“济世药业”四个字，男人就一把抓过小孩手里的警徽，摔到地上，拧着耳朵质问：谁叫你拿死人东西的。说完便带着他上了楼。

邬天从地上捡起那枚警徽，自言自语：他刚才是说了“死人”这两个字吗？

远处，林场小学大门依然紧闭，陶书记也已经不见了踪影。

6

入夜，邬天躺在床上，林场家属区传来电视声、争吵声，还有床板的吱吱呀呀声，断断续续，不成章节。邬天的耳朵将这些杂音过滤，开始向远处大山搜寻熊的吼叫。他并不熟悉熊的声音，他听过眼镜蛇吐芯子的嘶鸣，听过亚洲象发情时的低吼，听过猴子在看到同伴被剥皮时的尖号，可他唯独没有听过熊的声音。

他也不是非要找到那头熊不可，他甚至不是非要找到遥梦的遗体不可。在西南边境缉毒那些年，他早已明白尘归尘、土归土，世界自有一套运行规则的道理。可他就是睡不着，他隐隐觉得有些模糊的东西，像一个水坑，不踏进去不知道里面的深浅。

一定要踏进去吗？

他知道自己的直觉通常都很准。如果什么都不做，晚上会睡着吗？恐怕不会，所以，邬天想到此，从床上翻身下床，索性不如出去转一转。

邬天来到林场小学外，纵身一跃，便翻过矮墙，落在学校的操场。邬天先来到教室外，透过窗户向内张望，八张课桌围成了一个圈，像是在做某种游戏。黑板已被擦干净，没有一个字在上面。邬天又来到教师办公室，孤零零的只有一张课桌。邬天翻窗进去，桌面和抽屉什么都没有。邬天打开电筒，细细检查桌面，上面没有刻字。邬天进到里间遥梦的卧室，除了卷起的被褥，所有物品都被清空。

距离放假还有一个多月，遥梦是不准备回来了吗?

这个问题像一个坐标原点，牵扯出无数猜测。但邬天没有让自己的思绪发散，他决定到山顶上去。

对于邬天来说，白天抑或是夜晚的大山并没有分别，真正的危险不会让你看见。曾经，西南大山太热闹，让人神经紧张，邬天得区分哪种声音会致命，就像在战场上区分哪枚炮弹会在身边爆炸一样。邬天摇摇脑袋，暗骂还是被这里的大山催了眠，走了神。

爬到山顶时，月亮刚过中天，山下“济世药业”四个大字闪着金光，将一小片夜空照得氤氲。但这些金色大字并没有在紧邻的小水库上投下倒影。邬天顺着山势下到水坝，才发现闸门提起，水库已经泄洪，留下一个碗形的大疤。

这个季节泄洪合不合时宜，得找人问一问。

可是找谁问呢?

翻回山顶时，天已经放亮。邬天翻出水杯，正要拧盖子，所有动作在一瞬间全部停滞，包括呼吸。他听到一个庞然大物在身后喘息。邬天慢慢弯腰，放下杯子，那头熊随即发出了巨吼。看来是逃不脱了。邬天缓慢转身，站直身体，直视熊的眼睛。那头黑熊也直起身躯，再次发出巨吼，唾沫飞溅到邬天的脸上。邬天没有眨眼。一人一兽干瞪了许久，那头熊落下前掌，转身走了。邬天依然提着一口气没有松，他发现这头熊的左后掌不太敢用力。

7

邬天到林场火车站找白杨，人不在，邬天便在站内等他。白杨是林场唯一留守的职工，看护这个没有火车抵达的车站。主要时间便是泡在后山种红松。他发誓要种出一片红松林。

站台上有三间平房，一间是白杨的宿舍，一间堆放各类干活工具，另一间则空了出来，只在房子中央摆了一个人形木雕。人们说白杨把那个玩意儿称作山神，说是大山的图腾。而白杨则自称为森林之子。

邬天打量着这尊山神老爷，脸上的涂鸦和字迹让它显得颇为滑稽。而另一个缩小版的山神老爷正躺在他的口袋里。那是在遥梦失踪的断崖边发现的。邬天没有把这事儿告诉任何人。

邬天把玩着口袋里的木雕，暗暗思忖：有信仰的人往往比较孤独，孤独的人往往渴望沟通，沟通的方式往往不限于语言，语言之外往往留下许多痕迹。

白杨回来了，邬天收回思绪，回到站台上，白杨擦了擦额头的汗，露出那张非常帅气的脸。

听说你在调查遥梦老师失踪的事情？

你怎么知道的？

那些小屁孩告诉我的。

小屁孩？

如今也只有小屁孩才会说真话。白杨朝地上啐了一口，问：你有什么想知道的？

邬天的手插在口袋里，摩挲着那个木雕，眼中含着笑，问道：你怎么不去两河口的济世药厂上班？

是啊？为什么我不去药厂上班？白杨哼笑着：找一份有前途的工作，在林江城里买一套房子，娶一个大奶子的老婆，生一窝小崽子。

是啊。

有钱难买我喜欢！白杨一屁股坐在站台堆放的枕木上，眼中有不屑，有挑衅，也有一点点委屈。

邬天的指头还在摩挲着口袋里的木雕，问道：为什么种红松？

红松有经济效益，木材轻软细致，耐腐蚀性强，是做家具的优良用材；红松树皮还可提取烤胶，树干可采松脂；种子能食用也能药用。白杨抽一口烟，接着说：这是百度上说的，不过我种红松不是卖的，我就是种着喜欢。

保护生态环境？

白杨瞅了邬天一眼，打开手机递给邬天。邬天看到相册里一些翻拍的老照片。白杨说:山里原本有一整片红松林,不过后来都给伐了,卖了。山秃了,水土就开始流失,经常发生泥石流。虽然后来补种了其他树种,但树根没有红松涵水。

邬天边听白杨说,边滑动着手指,一直翻到遥梦失踪前几天,一张山神庙里遥梦背影的照片。遥梦双手合十,像是在祈祷着什么。照片有点虚,还有点歪,像是偷拍所得。邬天退出相册,把手机交还给白杨。

现在生态也不错,山里还有熊。邬天淡淡地说。

有人说是熊把遥梦给害了,我可不信,那头熊不害人。

那头熊?

是啊,大雪封山,熊没有吃的,便溜到庙后面吃我留给它的剩菜剩饭。

林场人知道这事?

我才不会让他们知道这事呢。

为什么对我说。

你不是林场的人。

你呢? 你不姓陶?

我爸是林场的,他是个酒鬼,我妈是城里的,她是个倒霉鬼。他们都死了,我随我妈的姓。

邬天沉默了会儿,暗忖白杨话里的意义,然后他问:遥梦见过那头熊?

见过,去年冬天,她刚来支教那会儿,在山神庙后面,她碰到过那头熊。

发生了什么?

什么也没发生,他们都没把对方当回事,熊吃完剩饭,一抹嘴就走了。

哦。邬天指头又在摩挲口袋里的木雕:那头熊走路怎么样,有没有一瘸一拐?

白杨想了想,说:没有,那头熊很壮实,至少我夏天看到它时很健康。

邬天点点头,说:谢谢你对我说了这么多。

你原来是警察? 白杨反问邬天。

邬天说是。

我嗅出来的。白杨语气有些骄傲:我小时候就想当警察。

邬天笑笑。

遥梦还能找得回来吗?

我不知道。邬天坦诚相告。

8

遥梦已经失踪逾一周，林场居民似乎正在将其淡忘。邬天得给大家敲敲钟。

细雨迷蒙的清晨，邬天来到林场广场，登上济世药厂班车，混在一车穿着蓝色药厂工作服的林场居民中间。没人搭理他，他也没和任何人说话。车子驶进药厂后，邬天径直朝二层机关小楼走去。他走得缓慢，尽量让自己的背影吸引更多人的注视。

药厂经理姓鲍，操着南方口音，准确喊出了邬天的名字。邬天接过鲍经理泡的普洱茶。

鲍经理说：普洱茶养胃，邬老师也在南方待过，应该喝得惯。

邬天对鲍经理的开场白很感兴趣，笑着抿了口茶。

鲍经理接着说：林场的陶书记和我说起过你，让我配合你寻找失联的女老师。

谢谢鲍经理的支持。

没什么，不过是给林场的职工放一天假而已。

邬天环视这间办公室，简单朴素，没有任何装饰。一张旧桌上不过一台电脑，还有几本关于软件开发的杂志。邬天问：为什么选在山里设厂？交通这么不方便。

鲍经理笑答：是林场的陶柏找到我们的母公司，希望能够在山里投资建厂，带动一下山里人就业。正好我们企业也有扶贫任务，再加上地方政府也有不错的减税政策，便在这里建了这么个小工厂。至于交通，因为厂子正好在两河口，陆路如果走不通，水路也很通畅。

你们辛苦了。

不存在的。这里山好、水好、空气好，很适合我。林场职工也很纯朴。我们在一起做了不少事，架设了基站，整修了码头，还新修了一个小水库。

厂外面那个？

对，林场陶书记说山里容易发大水，我们便建了这么个蓄水的水库。

水库最近泄洪了？

最近不是连着阴雨天吗，水库水位上涨，超了警戒水位，所以就泄洪了。鲍经理停了停,要不要我把泄洪的记录拿给你看一下?

邬天摆摆手:不必了。

你想了解水库泄洪的情况，是和遥老师的失踪有关吗？不过水库在两河口,是各条支流的下游,遥梦老师的遗体应该不会冲到这儿。

也对。邬天想了想,答道。

鲍经理笑着瞅着邬天,等邬天说下去。

邬天站起身,摆摆手说:我也不知道来寻找什么,其实整个搜救就是东跑跑,西跑跑,没头苍蝇一样。邬天尴尬笑笑,伸出右手:谢谢鲍经理抽出时间和我一阵胡侃。

鲍经理握住邬天的手,说:在山里能见到南方老乡,我高兴还来不及呢。

邬天要出门时,鲍经理又喊住了他,声音有些迟疑:有件事情,不知道老乡晓不晓得。

邬天转过身,鲍经理低下头,理着西服的下摆。

邬天说:要不你再想想,想好了给我打电话?

鲍经理抬起头说:作为药厂系列扶贫项目中的一项,我们会为林场老弱病残义诊,还免费发放一些药物。厂里面有个傻子定期会来领药,但一个月前,我们随访时,没看到傻子,一问,才知道傻子失踪了。

失踪了?

是的,失踪了!

邬天迟疑片刻,问道:你知道那个傻子叫什么吗?

我不记得了,但随访记录上应该有,不仅有傻子的,还有其他随访对象的姓名、住址和病情诊断,你要是有空可以问一问其他病人。我叫工人把随访记录本拿给你。

那好。邬天答道。

当邬天从一个高大且沉默的药厂职工手里接过随访记录本时，他能看到这个当地人脸上清清楚楚写着三个字:不欢迎。邬天随手翻了翻记录本,找到那个傻子的名字:陶胜发,便把记录本还了回去。

高大男人走了,鲍经理耸耸肩:这里人有些排外。

我知道。邬天谢过鲍经理,下了楼,在其他职工的注视下,径直朝厂外走去。

在寻找失踪的傻子前,他打算好好睡个午觉,顺便也让关于自己的各种小道消息传播一会儿。也许等他醒来,那个傻子便会主动送上门来。

9

傻子没有出现,倒是林场书记陶胜利把熟睡的邬天喊醒,手上提着两截风干的腊肠。邬天伸了个懒腰说:书记客气了。

陶胜利憨笑道:你一个人也不容易。

邬天返身进屋,把腊肠挂好,发现陶书记还在门口。邬天问道:有事?

听说你在找傻子?

傻子? 邬天故意一愣。

陶胜发,就是从药厂免费领药的那个?

哦。邬天心里微微一笑,等书记继续往下说。

有人说傻子在山里被老虎吃了,也有人说傻子到城里找亲戚了,还有人说傻子从网上看到招工信息,到外地打工去了。没准哪天他会回来。

没准他永远不会回来了。

也有这个可能。陶书记若有所思。

对了,这不是要下大雪了,我准备到山里清一清兽夹,书记也帮我在林场里开展一下禁捕宣传吧。

没问题。

陶书记离开后,邬天给派出所小高打了一个电话,请求他查一查遥梦发在快手上的视频,如果有,把临近失踪前的那几段翻拍传给他。小高建议邬天自己下个快手看。邬天说自己玩手机不在行。过了一个小时,小高打回电话,说遥梦在快手上的确开了账号,但上传的视频已经全被删除。邬天对此并不意外。意外的是,小高还告诉他,林场还有一个叫作三贱客的账号,里面有三个小混混录的许多低俗视频。邬天追问都是什么样的视频。小高说有生吃虫子的,有虐待动物的,还有欺负傻子的。邬天要小高把欺负傻子的视频翻拍给他发过来。

视频内存很大,邬天打开无线网,只搜索到一个名称为Jishiyaoye的无线设备。邬天想到了鲍经理桌上的那几本软件杂志,随后,他连上了这个无线设备。

10

视频里不是一个傻子，而是一个疯子，一个时而似被烈火焚烧，时而似被铁锥扎心，又时而似乎遁入无序空间，灵魂逃离的疯子。相较于傻子的癫狂，那三个贱客的解说却是如此苍白，他们的嘲笑也充满了尴尬。那三个贱客追着傻子在林场转了好几圈，有几个旁观者驻足观看，但镜头一晃而过，看不清看客们脸上的表情。

傻子怪叫着，转过山神庙，一头扎进白杨栽种的红松林，不见踪影。三个贱客追到庙前，停下了脚步，白杨握着一把铁锨横在三人面前。视频就此结束。

天已黑透，邬天在寒风中裹紧黑色皮衣，坐在林场小学房顶，默默注视着林场家属区的门楼。一个贱客出现了，他掏出手机，对着话筒说了些什么。很快，另外两个贱客提着一个油桶来会合。三贱客穿过广场，往白杨所在的林场火车站方向走去。他们要实现自己在账号预告中所说的“燃烧的祭祀”。邬天跳下房顶，悄然跟了上去。

三贱客蹑手蹑脚摸到山神庙外，其中一个用钳子夹断了铁锁，另一个溜进屋去，把那座山神木雕扛了出来，第三个人则一直端着手机直播解说。他们把木雕扛到锈蚀的铁轨上，拧开油桶盖，正要将煤油倒在山神老爷的脑袋上，其中一个贱客已经按捺不住地跳来跳去。

邬天坐在站台的枕木上，抱着胳膊，看到白杨举着铁锨，从宿舍里冲了出来。三贱客一哄而散。白杨稍作犹豫，便去追那个拿打火机的贱客，一锨砸在对方大腿上，对方干号一声倒在地上。白杨正要转身，铁锨被另一人抢握在手中，第三个人飞起一腿，踹在白杨肚子上。白杨倒地，拳脚便如雨点落下。

邬天从枕木上跳下，喂了一声。三贱客一愣。邬天径直走了过来。打头的伸左手推了邬天一把，没推动，便挥了右拳打了过来。这犯了大忌，先手还没收，便出后手，胸腹以下洞门大开。邬天沉下身，抢前一步，中指关节扎扎实实扣在对方的剑突上。对方全身一震，疼痛迅速在全身弥散，人也瘫软在地上。另一个贱客显然还没弄清发生了什么，邬天身子一挺，又一拳重击在他的下颚，邬天能感受到对方的门牙碎了。

最后那名贱客要跑，却被白杨抱住了小腿。他提起另一只脚，正要踹，又犯了失去平衡的大忌。邬天右掌砸在他的耳根,他便一言不发倒在了地上。

趁三贱客倒地不起,邬天从他们的口袋里掏出手机,挨个儿检查手机相册、聊天记录、直播视频。除了几个戏弄傻子,以及一个从门缝里偷拍遥梦换裙子的视频外,没有更多有价值的内容。

邬天把偷拍视频拿给鼻青脸肿的白杨看。白杨跳起来,要踹三贱客,被邬天给拦了下来。邬天知道白杨这样做不会把他们打死,但极有可能会把他们打伤。

邬天问三贱客为什么要偷拍遥梦。

三个人面面相觑,其中一个人答道:无聊呗。

邬天又问:傻子怎么突然就疯了。

三个人都摇头说不知道。

邬天把手机还给他们,放他们走了。

白杨点燃一支烟,龇牙咧嘴地抽一口,咕哝道:身手不错。

碰巧打中要害了。

白杨像吐唾沫一样吐出一大口烟:这世界没有碰巧的事,至少在林场里没有。

邬天从口袋里掏出那个微缩版的山神老爷:这是在遥梦失踪现场找到的,你和我说说怎么回事?

白杨接过木雕,有些怅然:这是我送给她的,希望能保佑她平安,她一直带在身上。白杨翻眼瞅着邬天:你在查什么事情,恐怕不只是遥梦失踪的事情?

你怎么这么想?邬天反问。

整个林场人都这么想。

哦,思想够统一的。邬天调侃道。

狗屁!白杨吐了口带血的唾沫,问:你有什么发现?

只有那几张偷拍遥梦的照片。邬天淡淡地说:不过你的手机里也有偷拍遥梦背影的照片。

烟蒂夹在白杨两指间,却迟迟没有送进嘴里。白杨的眼中露出了防备。

你暗恋遥梦,但是她不喜欢你,不过这并不妨碍你们有相同的志向,所以你们经常在一起。也正因为如此,你们才受到了林场居民的排挤,慢慢被边缘化。

白杨狠狠抽了一口烟,说:你他妈的接着说。

你把自己扮作森林之子，栽种红松林，给黑熊投食，还建了这座山寨版的山神庙，希望林场居民能够重新回到林业工作上来；遥梦在课堂上教孩子们保护环境，通过手机直播来让更多人关注山林。你们这样做都是因为你们有一个共同的敌人。

白杨眼中的防备渐渐退去，惊异与敬意开始占据他的瞳孔。

你不愿去药厂上班，因为你认为药厂污染环境，但不管怎么说，你是林场的子女，你可以和亲戚朋友唱反调，但不能揭发他们，因此，你便以不合作的方式表达自己的愤怒。但遥梦不同，她是外人，她可以做她想做的事情，然后拍屁股走人。所以她一定采取过很多惹人恼的方式来号召大家抵制药厂，也选择了更为有效的方式来曝光污染环境的行为。因此，遥梦老师遭到整个林场居民，至少是那些从药厂得到利益的人的憎恶。他们想让遥梦老师赶紧滚蛋！

烟蒂燃到白杨的手指时，白杨才慌忙把它扔在地上。

邬天接着说：你一定也想到了这一层，那无所不在的敌意。但你和我都有一个问题没有得到解答：毕竟遥梦距离支教结束只有不到两个月，要让这些大山里的居民举起屠刀，不管是从情感还是理智上，都是说不通的。

你都查到遥梦是通过什么方式曝光药厂污染环境的事情？白杨问。

我只知道她带领学生们爬到山顶写生，让孩子们画药厂边上漂满了死鱼的水库。除此之外，遥梦老师的办公室、宿舍，还有她在网上的全部视频、聊天记录都被清空。有人偷偷做了场大扫除。

也许是她主动清空的。

为什么这么说？

她在失踪前有一段时间神经非常紧张，经常半夜里跑到山神庙里躲着。

发生了什么？

我不知道，但那段时间，当我听到“砰”的一声响时，便能看到遥梦躲进山神庙里。

“砰”的一声响？在这庙里？

不是，我想应该是从林场小学发出的。

这里距离林场小学至少有五百米。

非常响，非常脆，所以听得清楚，整个林场都能听得清楚。

哦，这倒是很有趣。邬天低头沉思了好一会儿，然后抬头看了看月亮，长吁一口气,说:咱们把山神老爷抬回庙里吧。

白杨跳到铁轨上,把木雕扛在肩上朝庙里走,邬天跟在后面,打趣道:明天一大早,他们又知道你和我这么个外乡人混在一块儿了。

白杨朝天伸出中指:去他妈的!

11

长夜将尽,邬天想着三贱客被揍的消息应该已经传遍林场的每一只耳朵,便早早起床,来到药厂班车接驳站,瞅着那群穿着蓝色制服等待上班的林场职工。等车的人分成了两个阵营,一边是在寒风中沉默不语的人,另一边是那三个苦歪歪的贱客。

陶书记远远挥手走了过来,脸上说不出是在哭还是在笑。陶书记开门见山:有个叫陶同福的不见了。

陶同福?

他三天前进的山,说是到蛤蟆房看林蛙的养殖情况,后来就不见再回来。

他的老婆孩子呢?

他啊,单身汉一个。而且他……陶书记故做吞吐状。

他怎么了?

这个叫陶同福的单身汉曾骚扰过遥梦老师。

你想让我去找他?

巡山的时候可以顺道去蛤蟆房里看一眼,没准有什么发现。

邬天眨眨眼,他的脸就要贴到陶书记的脸上了:先是支教老师,再是傻子,现在又冒出来个单身汉,我不会去了就回不来了吧?

陶书记打了个冷战,随即憨笑道:你在开玩笑吧。

我是在开玩笑。邬天说完,搂着陶书记的肩膀哈哈大笑。那些等药厂班车的林场居民纷纷投来探寻的目光。

山里的蛤蟆房有许多间,分散在密林之中。初雪前,林蛙会离开养殖房,在山里自寻栖息之所开始冬眠。来年开春,这些林蛙便都一个个大腹便便,等待人们采集药用价值极高的蛤蟆油。

邬天辗转三间蛤蟆房，连一条蛤蟆腿都没发现，空空的房间像是在唱此地无银三百两。这非但没使邬天感到无聊，他甚至开始兴致盎然。当他推开第四间蛤蟆房门，光线照进的瞬间，他觉得自己看到了一个十字架。定睛后才意识到那是一只被钉在墙上的信鸽，头侧向一边，翅膀张开，眼珠被抠掉。这是他的信鸽。

传递的信息明白无误。但真正让邬天感到惊讶的是，当结束和陶书记的对话后，他还回屋喂了这只信鸽。对方竟然能够在如此短的时间布置出这么个精巧的杀戮现场。看来对方不仅在威胁他，也同时秀了把力量。

邬天小心翼翼将信鸽的尸体从墙上解下，浅浅埋在了蛤蟆房外的土壤里。然后，他沿着山脊爬到顶峰，眺望济世药厂。在钢筋水泥和烟囱周边，是一圈被砍伐后剩下的树根，再往外扩，是更多凋敝的树木，有的被拦腰斩断，有的树干扭曲，显出痛苦的形状。邬天闭上眼，似乎看到一只雪豹立起尾巴，从密林里走出，久久俯视山下的人间。它嗅到了血腥的味道，那种在西南密林里经常嗅到的兴奋的味道。

山风渐平，邬天慢慢缓下气息，然后一步步下山，回到了林场里。

12

回到林场，邬天便收到一条暴风雪即将入侵的短信提醒。林场首富陶柏正在宿舍门外等他。邬天瞥了一眼，打开门，请他进屋。

邬天靠在桌上，任由陶柏四下打量这间守林人小屋。陶柏问：你是哪一年入的伍？

1995年。

我是1997年，你是老兵，我应该向你敬礼。

后来怎么退伍了？

不想干了呗，不自由。

山里面自由？

也不自由。陶柏耸耸肩，反问道：你为什么退伍？

邬天做了同样的回答：不想干了呗。

沉默了一会儿，陶柏说：我知道问了也是白问，但你真打算把遥梦失踪案继续查下去？

邬天点点头。

山里人没见过大世面，不知道什么是环境污染，也不知道什么是可持续发展,他们只知道那家药厂给他们开工资,你这样追着药厂不放,让他们很慌张。

遥梦失踪和药厂有关系?邬天没有接陶柏的话,而是抛出这么个问题。

陶柏的眼球转了转,淡淡地说:我不知道。

你和遥梦的失踪有关系?

我说没关系,你会信吗?

那么,你和药厂有关系?

陶柏盯着邬天的脸看了很久,半晌,陶柏叹一口气:药厂是我拉来的企业,我和药厂谈判,安排林场居民到药厂上班,我还承接了药厂的一些附属建设,我甚至还从药厂的利润中抽了两个点。这样回答,你满意了吧。

邬天把那尊小号山神老爷放在桌上,转过身,看向窗外。三贱客正远远地望向屋内。

陶柏叹口气,说:你为什么非要查下去不可?

邬天转回身,午间的日光照亮了他的轮廓,却暗淡了他的面孔:我在西南边防的缉毒部队干了二十年。边境无人区里有许多隐没在丛林里的小道,甚至是地道,境外毒枭雇佣当地人走这些小道运毒,而我的任务便是搜捕这些毒贩。他们不会束手就擒,很多人还有枪。但是他们不是最大的威胁,让人神经紧张的是毒蛇,是各类猎人的陷阱,是战争时期埋下的地雷。我喜欢神经紧张,它让人聚精会神,做出最为谨慎的选择。我常常一个人行动,在热带雨林中走很远很远,直到我找到那些跨越边境的贩毒通道,然后我便等待,几个小时、几天,甚至是几周。

每次都有结果?

邬天摇摇头。

不会出现意外?比如擦枪走火,误伤无辜什么的?

陶柏说这话时,没看邬天的眼睛。但邬天猛然回头,一块桌角被他的手指碾成几瓣。

你已经不是缉毒警了，你只是一个守林人，你的任务是把山上的林子给守好。陶柏有些底气不足。

邬天冷冷地说:或许我们俩对如何守好这片山林的理解不一样。

陶柏想拍邬天的肩膀,手伸了出来,却始终没有落下:那我只能祝你好运了。

陶柏丢下这么一句话，便离开了邬天的小屋。

13

入夜，万籁俱寂。

林场小学原本用来播放广播操的喇叭突然亮起了工作灯。一声枪响般的爆裂突然响彻整个林场。不一会儿，林场书记陶胜利、三贱客，还有许多居民都从家里奔了出来，向林场小学汇集。三贱客中的一人边走还边打电话汇报着什么。

邬天关上喇叭，从小学后墙翻出，朝着山神庙奔了过去，半路还拦住要去凑热闹的白杨。推开山神庙门，只一瞥，邬天就意识到那位山神老爷有些许不对劲儿。邬天走上前细看，才发现它的脑门上贴了一张邮票，一张普通的生肖邮票。邬天瞅着邮票思量会儿，把它轻轻揭下，用保鲜膜轻轻包裹。

在山神庙睡过一宿，邬天起身，翻山向药厂边上的小水库进发。药厂门口的保安从两个变成了四个，水库坝顶上也有人在巡逻，乍一看还以为是军事禁区。邬天悄悄下到水库底部，从还未干涸的小水洼里取一瓶水后便往回走。回程路上还在溪流里捕了两条小鱼。

回到山神庙后，邬天把水库水倒进盆里，又把一条小鱼也放了进去。没多久，小鱼便死了。邬天在另一个盆里倒进溪水，又放进第二条小鱼，然后把那枚邮票浸在水里。第二条小鱼死得比第一条还要快。

邬天把两个盆里的水取样，分别灌进两个矿泉水瓶，做好标签，藏在站台枕木的夹缝中。然后回到林场广场，连接上Jishiyaoye的无线网设备，在浏览器里搜索:邮票毒品。很快，带有致幻剂、强毒性、惧光、LSD等关键字的网页便弹了出来。邬天没有看这些网页，他只是把手机放在一边，让那些信息在空中再多飞一会儿。

14

入夜，山神庙后山的红松林突然着起大火。邬天稍一迟疑，便披上防火毯，抄起一把铁锹冲进了山里。林场的居民也都抄起工具，紧随其后。

山林灭火讲究建立防火线，控制过火面积。连日阴雨，火情不容易扩散。但红松油性大，燃烧释放热量极高。那些松果遇热炸裂、飞溅，成为一粒粒浴火的子弹。

邬天和林场居民一起砍伐了东南西三面没有着火的红松，勉强建立了三道防火线，随后便向北侧山顶转移。那里正笼罩在一片彤红中，千万火星飞散到夜空，又落在山阴里。

邬天爬到一半，才发现没人跟来，山顶却已传来人们的呼喊。身后的来路重又烧成一片燎原，而本来向上蔓延的林火，也已调转方向，如成群嘶鸣的野马，顺势而下，朝邬天迎面撞来。

没有时间思考，邬天匍匐在地，用防火毯把自己包裹严实。下一秒，野火便像几百辆后八轮货车从背部呼啸碾过，把邬天死死摁在土里，无法呼吸。时间已经失去了度量，他的意识慢慢遁入一片黑洞。只在黑洞的中心有小片亮光。

那是上帝投向舞台中央的一束光：密林中央，一名缉毒武警的枪口正对着毒枭，而毒枭的枪口则抵在一名边民的太阳穴。整个世界，就只有这三个人，以及包裹着他们的那无处不在的湿热。毒枭已经失去理智，咆哮变得语无伦次。那名武警只得按照毒枭要求，慢慢蹲下身，把手枪向前抛去。毒枭的目光追随抛出的弧线，手中的枪也离开边民的太阳穴，指向这名边防武警。弧线的末端是一根树干，枪柄砸上去反弹回来，被向前翻滚的武警接在手中。接连两声枪响，第一发打在毒枭持枪的手上，第二发则正中毒枭的眉心。

毒枭轰然倒下，那位被劫持的边民也瘫软下来。武警上前抱住边民，掌心却沁出了鲜血。原来，第一发打在毒枭手上的子弹撞上了枪柄，碎成两片，其中一片扎进了边民右肋。

武警试图给边民止血，但鲜血汩汩而出。武警抱起边民，在密林里狂奔，但那个瘦弱的生命，还是无可奈何地消失在他的臂膀里。

上帝投下的那道光暗淡下来，世界归于寂静，困乏将邬天淹没，他想好好睡一觉。当意识逐渐消散时，他听到了人声，断断续续。邬天掀开防火毯，夜空重归澄澈，他愣了会儿，才意识到自己仍然活着，而四周已经成为一片焦土。

脚步声慢慢靠近，邬天拖着防火毯沿着半山腰飞奔，一直跑到林火蔓延的另一道边界——一处落差足有二十米的瀑布。邬天把防火毯，和一只鞋丢在崖边，然后沿着瀑布边上的一条小路，悄悄下到山神庙后。

白杨正坐在枕木上抽烟，全身上下没有烟熏火燎，却多了许多血痕。白杨掐灭烟头，一瘸一拐地回到了他的宿舍，看起来像一个被宣判了死刑的拳击手。邬天猜想，趁着红松林失火，有人向自己索命的同时，还有一拨人给白杨好好上了一课，但愿他能吸取教训，对林场发生的一切袖手旁观。邬天暗暗祈祷，转身返回山林，抄一条小路，翻山向林江城进发。

15

夹杂着冰粒的细雨不仅让山路更加湿滑，也愈加模糊了那头跛脚黑熊的踪迹。回城三天后，邬天悄悄潜回山里，寻了许久，才来到一个山洞边。遥梦正盘腿坐在洞口，仰着脑袋，对邬天的出现并不惊讶。那头黑熊从山洞更里侧的一个石穴爬了出来，站在遥梦身后，像是一个等待命令的保镖。

我带了罐蜂蜜，听说熊最喜欢吃这个。邬天从背包里摸出那罐蜂蜜，打开瓶盖，向前几步，放在一块大石上，然后退回到原来站的位置。

那头黑熊晃悠悠坐到大石上，抱起蜂蜜罐开始舔。

遥梦笑道：我还以为你不回来了。或者是死了，被火烧死了。林场的那些人或许会被你骗到，我可不会。

为什么是我？邬天正色。

你是缉毒警，还是战斗英雄，我当然要选你。

既然你对我的过去了解得一清二楚，应该知道我退伍做护林员的目的是想过安静的日子。

这不代表坏蛋横行时，你会袖手旁观。

邬天耸耸肩，问道：发生了什么？

你很清楚发生了什么。

我需要知道细节。

遥梦想了想，说：陶柏拉来药厂后，我先是发现山里的水质受到了污染，还有那些免费领药的人身上出现奇怪的症状，比如有人可以三天三夜睁眼不睡觉，比如有人开始啃木头吃，还有那个傻子，突然发起疯来。又过去一段时间，我看到玩直播的三贱客跑到学校给学生们贴画。我把那些贴画没收了，但当手指接触到那些贴画表面后，我的全部感官突然被放大，我的眼睛能够看到平常看不到的微观，我的耳朵也能听到平常听不到的低鸣。我回到宿舍，躺在床上，感官世界又开始急剧收缩,我感觉自己就像是骑在一辆自行车上,摇摇晃晃地一直向前。这种感觉持续了一整天才有所缓解。当我神志清醒后,我在网上查询这种贴画为什么会让人产生幻觉,直到我看到一个介绍新型毒品的帖子。遥梦沉一口气,说出了毒品的名字:LSD。

你查询LSD的记录被人获取了。邬天说。

也是等到快手账号里录制的视频被全部删除后,我才意识到,当我用药厂提供的免费无线信号连接局域网时,药厂已经在后台默默地关注了我的一举一动。

那个鲍经理原先是做软件工程的。

调查工作做得够细的,看来你这趟城没白回。

还是说说你在林场都是怎么制造恐慌的。

我不会傻到号召林场居民反对他们的财神爷,我也自知光凭自己无法完成那些调查,并获取到药厂制毒的证据。所以我便故意制造了失踪事件,把你给扯了进来。

不像是失踪,倒像是一场蓄意的埋伏。

当然,要不你也不会怀疑到药厂和陶柏身上。我在网上提前泄露要到山外报案的信息,然后在出山的路上遇到了埋伏的陶柏和他的手下。我跑到水帘洞边上,黑熊正在那儿等着我。黑熊要攻击陶柏,他们落荒而逃,只把我丢给了黑熊。

邬天说:他们以为黑熊会转而攻击你,以为你慌不择路,跳进了洞穴的地下河。可实际上,你和黑熊关系很好,是它保护了你,然后栖居在这里。

说得对!

你潜伏在山里,观察着林场发生的一切,还在山神的脑袋上贴了那张邮票,引导我发现毒品LSD。

我是不是有些急性子?遥梦故作可爱地说。

考虑到马上就要大雪封山,有必要加快调查的进度。

说说你这趟回城都有哪些调查成果吧。

我在收容所里看到了那个疯了的傻子,显然他不具备语言表达能力。我还在一个建筑工地上看到了那个养蛤蟆的单身汉,出于保密需要,我没让他发现我。我把浸过邮票的水样,还有水库里的水样交给派出所的小高。他送去检验时检测到了毒品LSD成分的存在。我还获取了最近的天气预报情况,以及今年两河口最后一趟水运的时刻表。

就这么些？遥梦眨了眨眼睛。

我还到饭店好好吃了一顿，又到澡堂好好泡了一下午，再到超市买了些零碎儿，就回来了。

你对我有所隐瞒。遥梦说。

邬天沉默片刻，说：在陶柏、你和黑熊遭遇的事情上，你也有所隐瞒。

遥梦严肃道：他有枪，你要当心。

我知道。邬天淡淡地说：陶柏打了黑熊一枪，不过没有打中要害。

遥梦张大了嘴，想说些什么，但还是忍住了。

不过我很好奇，那些从林场学校喇叭里传出的枪响声，到底是真的还是假的？邬天看着遥梦的眼睛。

遥梦嘿嘿一笑：你猜。随即，遥梦正色道：图穷匕首见了，需要我做些什么？

你什么都不要做，在这里藏好就行。

遥梦没有接话，邬天也没有什么再说的。两人沉默会儿，黑熊已经把蜂蜜罐舔了个干干净净，它赌气似的把罐子摔在石头上，然后扭着屁股回到了石穴里。

快冬眠了。它要积蓄能量。遥梦看着黑熊，像是在自言自语，然后她转向邬天，说：你要注意安全。

邬天点点头，转身向前走了几步，整个人便隐没在密林之中。

16

邬天爬到原本种满红松林，如今已成一片焦土的山顶，披上一袭灰毯，便和周围环境浑然一体。冰雨已经停下，大片雪花簌簌落下，不消一个下午，便层林尽染。

望远镜里，一排涂着冷链车字样的货车停在药厂内，林场居民正把一箱箱药剂搬进车厢。近处，白杨穿戴整齐，抄起一根橡皮棍从火车站出发，右臂上还别了个林木查缉的袖章。

傍晚时分，药品装车完毕，小货车沿着长岭公路向山外驶去。白杨则守在最近的隘口，向那些驶近的冷链车横起了橡皮棍。

货车司机和白杨起了争执，显然是拒绝白杨的查缉。争执演变成撕扯。那辆黑色悍马呼啸赶到，三贱客跳下车，把白杨揍倒在地，又五花大绑塞进SUV，掉转车头，回到了林场。

郄天咬咬牙，将望远镜重新对准药厂。陶柏四下观望，确定没有可疑情况，便进入一个稍小的实验室，在里面待了十分钟后，提着两个手提箱走了出来。一艘运煤驳船正停靠在两河口的码头边，一个穿着黑色大衣的男人还有一个穿着迷彩服的男人正等着陶柏。陶柏把那两个手提箱交给迷彩服。迷彩服开箱检查后，向黑衣人点点头。黑衣人把另一个箱子交给陶柏。正在陶柏开箱数钱时，那个迷彩服拎着两个箱子跳上船，将里面的袋状物塞进船舷焊接的夹层中。船老大坐在船头抽着烟，不去看身后发生了什么。

陶柏合上钱箱，和黑衣人握了握手。黑衣人也跳上船，船老大回到驾驶室，驳船嘟嘟冒出黑烟。灰毯下的郄天从口袋里掏出了警用对讲机。

三贱客把白杨扔进山神庙，又一顿暴揍后，陶柏出现了。他问白杨为什么要拦阻药厂的货车。他又问白杨都从遥梦和郄天的嘴里听到了什么。白杨咒骂陶柏毒害森林，毒害百姓。陶柏叹口气，耳朵一瞬间捕捉到房后传来的响动。正起疑虑，一声悠远的鸣笛从两河口下方传来。驳船已经顺利进入了航道。陶柏对三贱客说：处理干净点。

两分钟后，林场小学发出一连串如机关枪般的爆裂声。惊恐的林场居民蜂拥到小学外，有人说他们好像看到了支教的遥老师，也有人说他们看到了守林的郄天，甚至有人说他们看到二十年前的林场警察，穿着一身灰色警服，脑袋歪向一边。林场陶书记要大家不要大惊小怪，但还是有许多人往山神庙赶，好像在这片即将被大雪与世隔绝的世界，只有那尊山寨的山神老爷能够保佑即将被上帝抛弃的他们。

这些林场居民闯进山神庙时，三贱客正将绳套勒在白杨的脖颈上。满脸涨红的白杨高喊：我是森林之子！我是森林之子！你们杀不了我！

这些林场的居民垂着手，愣在那里，唯有白杨还在一声声高号。林场陶书记从人堆后面刚挤进前排，正要说话，就被一个汉子踹在屁股上，滚到了三贱客脚边。陶书记坐在地上，指着白杨说：他拦着药厂的车不让出去，他是要让你们都失业。

有个老妇大声质问：就因为这，你们就要他去死？

他姓白，不姓陶，他会把你们那些秘密都说出去的。三贱客里为首的那个叫嚣道。

人群稍稍沉默会儿，便激起更为愤怒的咆哮。有人骂道：那都是你们干的坏事！有人在问：遥老师到底怎么了？邬天又怎么回事？还有人提到了消失的傻子和单身汉。

人们蜂拥而上，把陶书记和三贱客押着出了小庙。与此同时，两辆警车闪着警灯呼啸而至。

17

陶柏离开愤怒的人群，摸黑回到他的越野车前，发现整个前挡风玻璃被涂满了红色油漆。他没有感到疑惑，更没有感到愤怒，刺耳的警笛声已经说明了情况。他从车里拿起装着人民币的箱子，一头扎进了山里。

遥梦在林场小学模拟了枪响的声音。当她看到居民们蜂拥到山神庙时，便一心一意观察陶柏的动静，并跟着他钻进了山里。

陶柏早已规划好逃跑线路，即便泥雪湿滑，但生于斯长于斯的他对这片大山再熟悉不过，脚步如飞的他甚至感到某种生命般的脉动。遥梦追了一阵，便失去了陶柏的踪迹。

陶柏下到一片山坳，沿着涓涓溪流不断溯源而上，一直走到沼泽和绝壁前，找到那根提前从顶上放下的绳索。陶柏将装钱的箱子系在皮带上，正要向上攀爬。邬天从一块大石后转了出来。

陶柏松开绳索，说：我猜想你有百分之五十的可能会出现。

那是因为你没有认真听我讲搜索贩毒小道的故事。邬天答道。

陶柏掏出手枪，黑洞洞的枪口对准邬天：你和我只有一个人能够走出这片山坳。

邬天哼笑道：你只当了三年兵，没怎么打过靶吧，居然连保险都忘了开。

陶柏的眼光稍一偏移，邬天便化成那只雪豹，身体的全部力量汇聚在肩膀，继而泄在陶柏软绵绵的胸口上。那把枪被撞飞，划出一道弧线，落在一块大石头上。

陶柏爬起身，瞅着那把枪，冷冷地说：你想把它捡起来吗？你已经忘了那个被你误杀的老百姓了吗？陶柏哈哈大笑，上前一步，要把枪捡到手中。

你忘了那头熊。邬天给他提了个醒。

那头熊？陶柏正狐疑，身后的黑熊已经直立起身体，挥舞前掌，发出了巨吼。

陶柏被黑熊拍晕，虽不致命，但脑震荡是肯定的。遥梦喝令黑熊走开，黑熊耷拉着脑袋，抱起一罐蜂蜜，坐到了小溪边上。邬天用对讲机向派出所小高汇报了位置。然后拎起手枪套筒，看一眼枪械上的编号，便对遥梦说：这是你父亲的，编号一个数字都不差。

遥梦一怔，说不出话来。

我回林江城，不仅吃了大餐，泡了澡，还查了支教档案，教育部门根本没有向金山林场派过支教老师。所以，你为什么要来这里呢？肯定不是什么浪漫主义在作祟。我想到山里那名殉职的警察，他如果有孩子，年龄应该也和你差不多吧。果然，他有一个女儿，她的名字不需要我再告诉你了吧。

这个自称遥梦的女孩笑道：你果然厉害！

我查了二十年前发生在林场的警察殉职事件。档案里记录了你的父亲为了抢救散落到河里的木料而壮烈牺牲，配枪也随之下落不明。但抢险救灾是不存在的，真实发生的，是陶柏组织林场居民哄抢木料，被你的父亲出面阻止，有意或无意间，陶柏杀害了你的父亲，夺走了他的配枪。而那些哄抢木料的林场居民也无奈成了这场罪恶的集体共犯。这么多年来，陶柏一次次利用这种负罪感对林场居民实施心理敲诈，让他们在一次次罪恶横行时保持了沉默。

他们在今晚打破了沉默。女孩说。

我很欣慰，不仅为了白杨的勇敢，也为这些大山居民内心没有泯灭的良知。

女孩沉默了，她的眼中噙满了泪花。她说：谢谢你帮我抓到杀害父亲的凶手。

如你所愿，也如你安排。我们俩配合得很棒。邬天笑道：对了，还有个事情恐怕你也不知道。我在林江城时，还托派出所小高查了旅馆入住记录，发现两个鲍经理的同乡，也就是今晚和陶柏交接毒品的人。原来是鲍经理安排他们向陶柏订了这批毒品。不明就里的陶柏居然还傻乎乎地以为是他勒索了鲍经理，让他提供制毒的原料和设备。

遥梦鼓起掌：你比我想象得厉害多了。

远处传来警笛声。邬天问：你准备去哪？

既然遥梦已经失踪，那我只能换一个身份，在别的地方重新开始一段生活。

那么,祝你好运。郇天伸出手。

女孩握着郇天的手,说:你也是!

女孩转过身,跳过小溪,钻进密林。那头黑熊有些不舍地丢下空了的蜂蜜罐,追随着女孩也进到密林里。一人一熊很快便消失不见了。

郇天凝视着密林许久,他没有看被大雪覆盖的枝叶,也没有看被水汽笼罩的根茎,他只是盯着树与树中间的黑暗,尽可能极目远望。他看到了狂野与静谧,看到了危险与安宁,看到了正义与邪恶。他仿佛看到了整个世界,看到了那头在其中纵身飞跃的雪豹。

【**作者简介**】米可,全国公安文联会员、安徽省作协会员,鲁迅文学院第三十六届高研班学员,出版长篇小说《小镇江湖》《回归爱》《蚂蟥》等。

王彼得后来上了电视

陈　九

1

彼得是洋名，可王彼得不算老外，而是居住在纽约哗啦胜地区的正宗华人，北京纯爷们儿，大嗓儿，局气，二两酒下肚敢跟京剧舞台上的老专业叫板。我跟你说，不是我恶心他，就他那段《坐宫》，我都替李胜素臊得慌！人家李胜素嗓子什么级别？铁板钉钉的金嗓子，要说她是副国级就没谁正国级了，关键是她的吐字发音，蝎子屎独一份儿！这咱懂呀，一般都走鼻腔，押韵辙，前额转一圈再出来。可人家胜素不价，她是从鼻腔到颅腔再转回头，往喉腔里环绕一下，懂什么叫环绕声吗?哎对，然后再发音，甭管多高的调门儿都能保持足够宽度，像水里过一遍似的细腻滑润。这么跟你说吧，只要是她一张口，我这颗小心脏就扑腾扑腾的，你说要让我上，把老专业换下来什么劲头儿?

得，这哪是叫板老专业啊，分明看上李胜素了。

此刻的王彼得全无换下老专业的心情。为何？早起打开店门，只见一张五千美元的环保罚单塞在门缝儿里，他嗡一下就蒙了，上不来气儿，差点儿背过去。王彼得开的是电脑行，修电脑修手机外带批发零售，不敢说富贵，混得过儿。早先他在人大学经济，来美留学时听说鼓捣电脑好找工作，于是改行读了个电脑硕士。

别看这哥们儿大大咧咧，读书真不含糊，毕业后很快在雷曼兄弟公司找到差事，十几年下来一口气做到甲骨文数据库主管的位置，不挺好吗？嘿，也是倒霉催的，雷曼兄弟公司当年在华尔街排老三，高盛、摩根士丹利，接下来就是雷曼兄弟，这么大产业，赶二〇〇八年次贷危机说黄就黄了，上下百多年，两万五千口子人，包括他王彼得，一夜间全下岗。国内下岗还能买个断，纽约没这戏，光眼子滚蛋该干吗干吗去，别说工资了，连王彼得攒的十几年退休计划全部归零，根本没地儿说理去。嗬嗬，这下可把他给撂当间儿了，上不去下不来，坚壁清野的就业环境，关键他这岁数，五十过了六十不到，谁要啊？更有甚者，福无双至祸不单行，连他后来娶的小媳妇儿也跑了。这小女子原先在北京他父母家当管家，王彼得回国探亲稀里糊涂把人家肚子搞大了，直到登了记接来纽约，才发现她肚子还是青春的肚子，一丁点儿孕纹儿都没有，敢情跟他开了个玩笑。有这么开玩笑的吗？可女人认准的事谁也拦不住，打乡下跑进城，再从城里跑出国，一跑一发展，发展就是硬道理，人家凭什么非让你王彼得带节奏啊？

结果就这么一激，王彼得只得自己雇自己，在纽约的哗啦胜开了家电脑行。仗着热心肠朋友多，手艺又没话讲，几年下来真算不赖，买卖立住了不说，还有闲钱撸串喝啤酒外带泡妞儿，都知道松园餐厅那个大尺码女老板岑阿香就让他拿下了，有事没事老往那儿跑，一盘三黄鸡一盘熏鱼，再来壶八年陈花雕，小半天儿。不过话又说回来，毕竟是小买卖，顶着门儿一张五千美刀的环保罚单对王彼得绝对是个大数，振聋发聩的大数。

凭什么呀？

纽约警察很多种，各开各的罚单。交警开停车罚单，巡警开超速罚单，还有税警法警楼宇警，外加环保警察，简称环警。别小看这路环警，近些年越来越王道，人家也穿警服佩警衔，中尉上尉，开车明察暗访专给违反环保法规的商家或个人开罚单。比如餐馆超市便道上排污，个人倒垃圾不分类，都可能中招。不过那些罚单也就几百上千，高达五千的实属罕见。所以王彼得死活想不通，你大爷的，不会搞错了吧？他赶紧上网查罚单上的代码，每种违规均有代码，查来查去好像说他倾倒危险废弃物，罚款数额如假包换，最高六千美金。“危险废弃物”？老子是修电脑的，又不干化工，哪来的危险废弃物？可接下来定神一想他突然有所悔悟。是这么回事，俩月前他收到过环保局寄来的通知，说新法规即将生效，所有电子产品，特别是废旧电脑，都含污染物，不能像过去那样按一般垃圾倾倒，必须先打电话到环保局某部门预约，再由专门人士和车辆前来回收。今天正好垃圾回收日，昨晚王彼得刚把十几台废电脑像往常一样堆在马路边上。靠，我怎么把这茬儿给忘了，闹半天丫跟这儿等我呢，那五千块也忒巨了吧，哪儿特么（“他妈”的谐音）找五千块去？

郁闷呀，王彼得满脑子都是蔡明小品里那句台词：窝囊他妈给窝囊开门，窝囊到家了！一种强烈的不甘之情令他坐卧不安，什么也干不下去。要是昨晚上想到那份通知就好了，要是早到一步能跟环警面对面聊聊也好啊，要是不开这悲催的电脑行更好了，要是，要是……要是个屁，哪那么多要是，要是爹妈压根儿没生我才特么彻底解决问题哪！想到此王彼得没有继续打开店门像往常一样营业，因为今天毕竟非同寻常。他刚刚举起的胳膊停在空中，再像五十肩患者缓缓落下，一转身，朝岑阿香的松园餐厅走去。

王彼得与岑阿香相隔十几条马路，一条长长的缅街，王在街之头，岑在街之尾，这让他俩首尾相望。缅街与缅甸无关，“缅”的英语原意是“主要的”，缅街就是“主要之街”，早期至此的广东移民根据粤语发音译成缅街，乍看以为到仰光了。这条马路不愧是哗啦胜的主街，南北通透三里多长，寸土寸金不容小觑。捏脚按摩卖假古董的，烤串儿修鞋开补习班的，传教算命假装世界和平的，赶上个逢年过节还经常搞街坊节，满大街扭秧歌跳鬼步舞的，“你是我的小呀小苹果……”遍地的中文招牌，川流不息的华人身影，广东移民来得最早，南方移民数量较多，整个哗啦胜就像座南方县城，连味道都像，不信你闻，漫天的海底捞麻辣烫味。

岑阿香一眼就看出王彼得今天不对劲。阿香是上海松江人，松园餐厅的“松”字便来源于此。都说她无主，属“失物招领”之辈，宽大丰满四十来岁，熟得透透的，像张舒适迷人的席梦思，看着就想躺一家伙。这时节的女人不得了，比小萝莉要命多了，既善解人意又豁得出去，人家懂男人心思，只要是动了情，床上床下全兜得住，让你每根头发都不想离开。不说女人似水吗，指的就是岑阿香这路，只有水才“无缝”，跟女人相处的最高境界便是无缝，像鱼一样游来游去。去年有个韩国老板追阿香，搞得生意都没法做，还动手动脚。王彼得说你甭管了阿香，看哥的。他把韩国佬堵在雅间里，从怀里掏出左轮手枪，说咱玩轮盘赌，看好了，就一发子弹往脑袋上揳，谁死算谁的。话音未落砰地先朝自己脑袋开一枪，幸好是空枪。他把手枪递给韩国佬，该您了，留神走火。韩国佬的脸立马绿了，手抖得咣咣响，连枪都握不稳。王彼得说，您呢，要不想开枪，打这门出去再别回来，阿香不属于您。要么跟我一样，为女人咱拼一把，从此名正言顺。韩国佬磨叽半天，最终扭身而去思密达，再没回来。就这么一下子，王彼得把岑阿香给降住了！自古美女爱英雄，没法子。不过听说后来王彼得酒后吐真言，说那颗子弹是假的，韩国佬要真跟他叫板还不好收场。阿香并没怪他，王彼得为人仗义，英文又不错，上海女人喜欢北京男人，在论的。

2

岑阿香把王彼得让进雅间。阿哥今天哪能啦，啥人撒侬了？阿香讲松江口音的上海方言，意思是哥哥你今天怎么了，谁惹你了。阿香的口音王彼得全听得懂，一门清，不有这么句话吗，要想学得会就跟师傅睡，岑阿香的意思他都明白。唉！王彼得一声长叹欲言又止。岑阿香把滚烫的豆浆，像滚烫的情怀放在他面前，阿哥侬勿要担心，慢慢讲莫事体的。说着她用手轻轻晃了晃王彼得的肩膀。这下王彼得忍不住了，靠，忒背了今天，一大早顶着门儿就吃张罚单！哦呦，我以为啥个事体，一张罚单有啥了不起的啦，阿拉经常吃罚单，打到成本里算数，不开罚单政府吃啥对吧啦？可五千，五千块耶姑奶奶！啥，侬勿要瞎讲八讲呀阿哥。谁瞎讲八讲了，五千美刀的巨额罚单，侬晓得吧？情急之下王彼得连上海话都用上了。为啥呢？环警非说我倾倒危险物品，我不就把十几台废电脑摆马路牙子上了吗？没错，是今天开始执行新法规，但五千块也忒黑了吧，这不拦路抢劫嘛！

听完王彼得这番感叹，岑阿香的确颇感意外。哗啦胜哪个业主没吃过罚单呀，那些老外警察专门欺负华人，开起罚单心黑手狠一点儿余地都没有，可即便如此五千美金的罚单也从没听到过。阿香这人爱琢磨，越想越觉得蹊跷。她对王彼得说，阿哥等一下，让我打个电话再讲。打给谁？阿哥还记得吴搭子吧，上海人，他不是也开电脑行吗，我想问问伊是不是遇到同样事体。喂，吴搭子吗，侬好哇，勿好意思，侬今早吃罚单了吗？啥，侬也吃到了？罚多少钞票？啥个，四百块，不是四千块对吧啦？侬丢出去几台旧电脑啊？欧买嘎，十来台，就罚侬四百块，好的有数了，侬有空过来白相啊，谢谢侬。

阿哥，侬没得罪啥人吧？

得罪人，没有啊？

侬好好想想看阿哥？

岑阿香的提问让王彼得一激灵，感觉被泼了碗凉水，女人的直觉很奇妙，有时就像凉水能把迷糊的男人泼醒。他脱口而出，别是前几天那个找我修电脑的吧，不会呀？接着王彼得往细里一掰扯，说有这么档子事不知相关不相关。

上礼拜有个二十来岁小伙子，抱着手提电脑堵门儿要求修理。王彼得心说，电脑行开了十来年，这么早堵门儿的还真不多见，绝对冤大头，吃定他了。小伙子急赤白脸，你修手提吗？修啊，本店强项呀，怎么不好？它一片漆黑打不开。一片漆黑，你拿它干什么了？昨晚玩游戏来着，玩着玩着突然停了，再也启动不了，这是我爸的电脑，他出差回来非杀了我不可，你帮帮我吧。王彼得一笑说，我可以帮你瞅瞅，不过这种惠普电脑修理费比较贵，不如买新的。没关系没关系，能修好就行，求求你了！得，那就帮你个忙，今天肯定不行了，你爸什么时候回来？三天后。那就没问题，明天早上你来取吧。小伙子喜出望外扭头就跑，单子也不拿。王彼得心说，必是家里有俩糟钱儿惯得没人样。被惯坏的孩子让人鄙视，还不照死了敲他。三百，三百啊！小伙子点头跑远了。

普惠这款手提电脑王彼得不看就知道毛病在哪儿。哪儿？百分百电池接触不良。你想啊，突然黑了，只要不是母板损坏，母板损坏的概率相对很小，还能什么原因，没电还不黑？这款电脑的电池加工有缺陷，王彼得见得多了，只要把电池上端拿东西顶住，别让它松动就齐活，两分钟的事。既然要人家三百大洋，甭管问题大小还是按程序走，力气用到就算对得起他。于是王彼得装好电池，电脑果然启动，再用连线接通硬盘，开始给整机做备份。做备份就是把电脑上全部信息复制到王彼得的备用硬盘上，万一维修中出现损坏还能从备份中找回来。然后重新格式化，重装驱动器及常用软件，老一套。按说下一步该把备份上的个人信息还原到电脑上。就这时，咣，纽约一台正报道市长白思豪宣布的一项决定：我认为，中央公园的观光马车是非人道的，必须禁止，并以电动观光车代之。一听到这儿王彼得蒙了，他边干活儿边看电视，看到此处忍无可忍，三十年前刚到纽约时他在中央公园的马厩打工，对这些马感情很深，连名字都记得。你什么烂市长啊，马车碍你肝儿疼了，满大街要饭的不管，跟马车较哪门子劲哪？王彼得义愤填膺骂骂咧咧，正好到饭口上了，自然而然，他甩手销门找岑阿香念叨念叨去。

我想起来了阿哥，那天侬火气好大！

没错，就那天中午。

后来侬还骂人家市长来着。

岑阿香说得没错，王彼得破口大骂，你个王八蛋市长，非要取消马车，中央公园的马车打一八五六年就有，属文化经典，弄好了都能申遗，懂个屁呀，凭什么你说取消就取消呀？看王彼得气成这副德行，岑阿香当时还拿他打趣，哦呦，市长的事体侬也要管，扎啥台行啦？现在正竞选州议员呢，侬去啊，那个候选人还是华裔，叫个啥，麦克陈对吧，侬去打败伊呀。嘿，你还别激我阿香，老子是不去，我要去，就他，满完，别看他麦克陈的照片贴得满大街都是，我一看丫就来气，听说他爹当过汪精卫的次长，这小子肯定也不是什么好鸟。哦呦呦，侬的鸟好，好不啦？说到这儿阿香自己也笑出声。她在桌上摆了三黄鸡和熏鱼，都是王彼得爱吃的，外加一壶温好的黄酒，阿哥呀，侬自己的事体管管好就算数了，吃完饭赶紧回去上班，生意嘛，哪能说关门就关门的对吧？

那天晌午从松园餐厅回来兴许是分了神，王彼得回到店里把小伙子那台手提电脑匆匆整理一下就完活儿了，根本没想起来应把用户个人文件还原回去，偏巧第二天小伙子取货时也没顾上验机，王彼得索性把这件事忘个干净。

直到两天后。

这天王彼得刚泡好一碗方便面。他喜欢吃面，佐以四川泡菜加酱牛肉堪称美味。他夹起面条还未入嘴，眼前便浮现出一张中年男人的面孔。只见他眼眶发红眼神发愣，看着就火不打一处来的劲头，让王彼得顿感疑惑。不管怎么说人家是客，王彼得点点头，来了您？心里还可劲琢磨，谁啊？看着好面熟嘛。对方并未接他的茬儿，目光居高临下，交织着某种审视与怀疑，让王彼得心中不悦，心说你丫谁呀，跑这儿抖份儿来了，少跟我玩儿哩哏儿愣。他放下热腾腾的面条，怎么茬儿，您，有事？

认识我吗？

不认识。

你再看看。

再看也不认识。

对方将手中提包打开，取出一部手提电脑摆在王彼得面前，这你认识吧？王彼得定睛一看，心说这不是前几天给那个小伙子修的普惠吗？再看眼前这位仁兄，显然来者不善呀！王彼得平淡地说，我每天过手的电脑忒多，记不清了，您到底什么事吧？里面的文件呢？对方打牙缝龇出一句，随手启动了电脑。等王彼得打开视窗文件夹一看，心里咯噔明白了，你大爷的，怎么忘了把用户的文件复制回去，丢了文件人家能不火吗？按王彼得平日的脾气，说声抱歉，赶紧给人家把缺失的补上，文件都在备用硬盘上存着呢，两分钟的事儿。可想想这家伙的德行，他决定继续装糊涂。电脑挺好啊，没问题！里面文件呢？什么文件，你的还是我的？废话，别装糊涂，知道我是谁吗？说着他啪地往桌上拍出一张两尺见方的广告，上面写着“请投麦克陈一票”，还有照片。王彼得这下恍然大悟，原来他就是岑阿香提到的州议员竞选人麦克陈，敢情小伙子是他儿子。想到此王彼得心说，干脆打个圆场算了，别跟他扯淡，这种人都打过鸡血，不好沟通。他刚要开口，只听麦克陈大声嚷起来，我是麦克陈知道吗？我是受法律保护的公共候选人耶，你个土老帽儿，你要故意弄丢我竞选文件我可以告你耶，我现在就能报警抓你信不信？抓我？一听这个王彼得顿时火冒三丈，说合着帮您修电脑还修出麻烦出来，今儿您还非得报警不可了，我倒看看警察凭哪条抓我，是抓我还是抓您这个无理取闹的？

麦克陈也不示弱，他指着王彼得鼻子说，你不认账对吧？老子不怕你不认账耶，我儿子马上到，咱们当面对质，看你怎么说！话音刚落只见大门微启，一个年轻人诚惶诚恐地蹭进来。没错，正是收他三百块钱的小伙子。王彼得先发制人，哟，你回来了，这台手提不好好的吗，怎么了这是？小伙子没吭声，麦克陈一把将他揪上前，你问他，里面的文件呢？王彼得赶忙让麦克陈松手，得得，我算闹明白了，小伙子，当初你拿来这台手提是不是黑机了？小伙子点点头。就是啊，第二天取走是不是好的？小伙子又点点头。旁边的麦克陈等不及了，我没说不工作耶，我是说里面文件消失了，你得把文件还我耶！

知道什么叫黑机吗？

不清楚耶。

黑机就是你们说的宕机。

酱紫(即这样子，网络语)啊，那又怎样？

里面文件清零了。

什么意思？

所有文件都丢了。

麦克陈的表情顿时僵住，脸色更年期般冉冉发红，又渐渐白回去。他扭头对小伙子吼道，是这样吗？小伙子点点头，看着麦克陈的目光又摇摇头。我说这位先生，是麦克陈先生吧？王彼得此刻已镇静下来。您看，当初您儿子送来时文件已经没了，与我无关，我根本没见过您的文件，不信您可以打听，从我这儿出去的活儿有一个算一个，就没不满意的。您可以问您儿子，原本三天的活儿我连夜赶出来，怕您出差回来骂他，这倒好，做好事还落埋怨了？王彼得心说，谁叫你小子出言不逊在先的，我这个土老帽儿今天就治治你这身臭毛病！想到此王彼得从容不迫，这么说吧麦克陈先生，哗啦胜修电脑的多了，像我这么有经验的实不多见。知道我干吗的吗？雷曼兄弟公司听说过吧，哎对，我原先就是那儿的资深主管，它要不倒闭我怎么也……刚侃到这儿麦克陈一抬手叫停了他，目光从居高临下转为捉摸不定。好啊，怎么称呼你？鄙人王彼得。宕机会将所有文件都清除吗？有这种可能。我再问你一次，你想好再回答我，你说你从未见过这台电脑里的文件是吗？没见过。那你肯不肯写下来，声明你没见过？写下来？王彼得一愣，万没想到对方会提这样的问题，但马上又冷静道，不是，没您这样的，我都不认识您凭什么给您写呀，我又不是罪犯！那好，我记住了，你好自为之王彼得先生。说完麦克陈拉着儿子转身而去。

3

阿香你说，会跟这件事有关吗？

伊让侬好自为之啥意思啦？

我也不清楚啊。

侬不是很老练吗，怎么要小孩子脾气啦？

谁让他盛气凌人来着？

是侬忘记归还人家文件在先呀。

王彼得回到店里一直无语，他感到周边世界从未有过的安静。原本单纯只为五千美元罚单懊恼，现在加上得罪麦克陈的事，甭管有没有关联，让他更为意气用事而沮丧。你说你，明明人家的文件你不还，还怪人家发火，谁丢文件不急呀，装回去不就完了，非置这口气，有这个必要吗？王彼得情不自禁地往回琢磨，像捯片儿似的一幕幕回放，越想越觉得理亏和不安。黑机必然导致文件自动消失吗？懂行的一听你就在胡扯。用户文件在硬盘上，黑机是母版和启动系统或电源问题，碍硬盘屁事啊？如果文件丢失，再怎么也有操作者的责任，还跟人家吹是雷曼兄弟公司资深主管，那就更跑不掉了。阿香说得没错，你说你办得这小儿科的事，一念之差让自己平白无故陷入被动，人家让写字据又不敢写，明摆着心虚呗，你说你这人，把文件还给他能亏你什么呀……

王彼得越想越自惭形秽，脸上阵阵发烫。人的感觉很有意思，永远不走直线，而是颠三倒四来回反复。此刻王彼得的心情正如是，他自责过了头不由得突发好奇，不对呀，麦克陈一公众人物，又公职竞选人，怎么那天如此失态，一点儿政客的涵养都没有，连“土老帽儿”这种侵犯性的词都脱口而出，太反常了！再者说，电脑文件丢失谁都发生过，就丢的那一小会儿着急沮丧，几天就过去了，至于吗？世上除了良心没什么不能丢的，这年头连良心都能丢，何况电脑文件乎？王彼得边想边接通备份硬盘，想瞅瞅究竟什么东西让这位公职竞选人陷入几乎失控，不，是已经失控的地步。

就这么一瞅，干了。

硬盘里文件繁多，图文兼备，均为英文。这倒难不住王彼得，他毕竟在美国读过硕士，又在雷曼兄弟公司混迹多年，这点英文不算什么。当他随机打开一个文件夹，眼前浮现的几张图片顿时让他惊呆了，完全超乎想象。一是几张麦克陈和其他男人的裸照，不光裸男，还有裸女数枚相伴左右，关键是他的一双手放得很不是地方，神态极为恣肆，与竞选广告上判若两人。另一张更让王彼得倒吸凉气，那是一份格林巴尔公司的转账单，美金二十万。格林巴尔公司是专业垃圾处理公司，位于哗啦胜边缘的河岸上。它产生的粉尘极大污染着华人社区的生活质量，阻滞房市的发展，是臭名昭著的害群之马，无一公职竞选人不以搬迁格林巴尔为诉求的。可年复一年它不仅没挪窝儿，还居然扩大再生产，向政府投标河对面的滩地，极为嚣张。面对这张转账单王彼得陷入极大困惑，莫非麦克陈也被格林巴尔收买了，他的竞选承诺不过为骗取选票而已？王彼得的心脏极速跳动，血流像奔腾的野马冲得脑浆子生疼。如果真这样就太可怕了，玩几个婊子可以容忍，但借竞选自肥出卖选民利益绝对是爆炸性丑闻，能上《纽约时报》头条的！王彼得心潮翻滚难以平静，像火苗一样，心底迸发出阵阵愤怒。坊间称王彼得这种红旗下长大的一辈人“老愤青”或“天生战斗机”，宋丹丹春晚中不有句顺口溜吗，“下蛋公鸡公鸡中的战斗机哦耶”，公鸡能下蛋，说得正是这拨人。刚才王彼得的自责已烟消云散，他被这张转账单产生的巨大悬念吞噬着，饿狗般在屋里踱来踱去。

毋庸置疑，王彼得的关注离不开手中这张五千美元罚单，会跟罚单相关吗？为建立格林巴尔转账单与罚单间的逻辑关系，他尽力在网上搜寻麦克陈的个人信息，看能否找到蛛丝马迹。没想到最后的结果令他瞠目结舌一声惊叹，看来上周对麦克陈的戏弄岂止是一场遭遇战，更是命中一劫，像北京人常说的，摊上事了！资料显示，麦克陈的父辈就与美国政界来往频繁，当年他父亲作为国府中央金库驻纽约首席代表，与马歇尔将军、陈纳德将军来往殊多，这小子闹半天是官二代，他个人经历也从未离开从政为官这条仕途，哥大法学院，和平团亚裔部主任、联邦环境署处长、纽约绿色发展协会副主席，等等！绿色发展协会？太可疑了，这不就是环保机构吗？肯定跟纽约环保局串着呢，一定是他，我说怎么人家罚四百我罚五千，绝对这孙子使的坏，咱怎么把他给得罪了呀？

黄昏中的哗啦胜渐渐暧昧，夕阳拖着缠绵的脚印，在窗外一步三顾，像不忍离去的恋人凝眸远眺。按说此刻最容易感到幸福，特别对王彼得来说，他是性情中人，夕阳是催生揉制打造沉醉美好情感的孵化器，更是性情中人的《圣经》。

然而今天他实在顾不上了，性情中人不等于缺心眼儿，他们面对现实的能力不比老油条差。赶上如此严峻局面，王彼得不得不一再问自己，究竟有没有破解之道，如果有又是什么？比如最简单的，直接找麦克陈当面道歉，告诉他文件找着了，完璧归赵，行不行行不行呢？来来来沙盘先推演一下，前提是与麦克陈之间没有信任只有戒心，更无第三者出面缓颊，硬碰硬愣怼，你是他会怎么办？那还用说，当然是怀疑喽，再怎么道歉也无法相信你的诚意，何况这些文件经过你手，你存没存底，给什么人看过没有，为何当时不拿出来现在拿出来，背后有没有指使，是否构成联邦重罪，都是他一定思考的问题。接着必让你出具供词签字画押，就跟投案自首差不多，人家学法律的，先把你彻底缴械毫无还手之力，再酌情治理，更别说撤销五千美元罚单了，连门儿都没有。想到此王彼得愈加坐卧不安呼吸急促。靠，大不了鱼死网破，有什么呀？明明贪污受贿的是他麦克陈，是咱攥着他的把柄，怎么倒没底气了，实在不行揭竿而起为民除害，豁出这五千块不要，再搭五千块凑个整儿，在《纽约时报》自费登广告，曝光麦克陈耍流氓受贿的铁证，跟丫死磕！不行不行。王彼得马上否定了这种冲动想法，不到最后时刻不能走这条自杀式绝路。常识十分清楚，决战必须先有铺垫，有个发展过程，仅凭五千元罚单就自我引爆当人肉炸弹，咱的命就值五千块吗？不如以静制动，交上这五千罚金再说。不过话说回来，毕竟五千块，叫我如何咽下这口气，如何割地赔款拿出这五千大洋呢？冷静呀冷静，得罪麦克陈就因为不够冷静，不能再犯同样的错误了。王彼得喃喃自语，强迫症般对自己嘟囔着。

突然,他想起汉森律师,对呀!

说到汉森律师还是绕不过岑阿香,那年她吃官司正是汉森律师帮她渡过难关。这件事说来本不该发生,岑阿香非要把餐馆的地下室重新装修开个棋牌室,从后院单开一个侧门进出,既隐蔽又不影响餐馆生意。用她的话说,地下室空着不浪费吗,开个棋牌室抽头好了,每人二十元管一顿盒饭,阿拉帮助老人家打发时间呀,对吧啦?王彼得当即提醒她别自找不痛快,棋牌室往往是聚赌的代名词,你说你不知道没用,如果有人报警你是房东抓的就是你。再说你这个地下室按规定只能做储藏室,不能搞经营,这要被告又是一条违规,两者相加还不判你个一年半载的,小心连绿卡都给你收了,赶你回松江。岑阿香听罢老大不乐意,哦呦,侬懂啥,人家吴搭子不就开了吗,钞票么捞捞,有啥了不起啦?最后王彼得拗不过她,宽大丰满的女人都是想咋咋,压倒一切谁也挡不住。

结果怎么样?踢铁板上了吧。赌棍有几个善茬儿的,少不了无赖之徒。岑阿香就遇到个叫小发子的搅屎棍子,赢了钱还好说,只要输钱肯定赖账,把岑阿香气得连呼哧带喘,那天一下没绷住,连推带搡把他撵了出去。这下崴了,就在当天下午,片儿警巡警楼宇警同时抵达,四五辆警车打着闪灯堵门口,终酿成一场沸沸扬扬上报纸的法律诉讼。

岑阿香顿时尿了,小脸煞白,梨花带雨搂着王彼得不撒手,阿哥对不起侬,阿拉没想到会吃官司的啦,现在哪能办啦,阿哥侬讲哪能办啦?还好王彼得找到汉森律师帮阿香打官司。他跟汉森是在中央公园马厩打工时认识的,汉森律师当时正代理马车公司因一起交通事故,跟甘比诺家族的一位二奶打官司。这位二奶也是暴脾气,尺骨骨裂多大点儿事啊,保险公司也赔偿了,非让法庭把那匹叫禅丝的肇事母马判给她,说要一枪毙了它。好么,这下把王彼得逼急了,禅丝是他最爱,他的命,谁敢碰禅丝一下老子拼了!要说还是汉森律师有招儿,他问王彼得,你拼得过甘比诺家族吗?看过电影《教父》吗?原型就是甘比诺家族,你几斤几两跟人家拼,傻不傻呀?最后经汉森律师运筹帷幄,约多方斡旋才息事宁人,否则禅丝非给弄死不可,王彼得不得上吊啊!因此岑阿香这个案子王彼得特请汉森律师出面打点,人家汉森律师真给面子,嘁里咔嚓三下五除二,最后所有刑事诉讼全部撤案,只剩一点儿民事,关闭棋牌室罚款了事,偷着乐吧。王彼得心想,人这种东西真没法讲,都说命运,什么是命运?我看命运既非性格也非本事,而是遇到的人,遇到什么人就是什么命,有错吗?谁想到后来再次证明,王彼得这句话算他言中了。

4

王彼得长舒一口气，他为想到汉森律师感到欣慰。凭以往几次经验，相信他肯定能为眼下鱼蹦网烂的迷局指条明路，应尽快见个面。他知道汉森律师喜美食，尤以日本和牛为最，有一回喝高了汉森开玩笑说，只要有牛排红酒，女人都可不要。真的？当然，暂时不要。哈哈哈哈，那我也是。王彼得抄起电话就打给岑阿香，汉森律师跟她也熟，还特别喜欢松园餐厅的南国风味，在那里见面合适。

阿香你替我约一下汉森。

好的阿哥。

你那里还有和牛吗？

有的有的。

再准备几瓶纳帕的红酒，好点的。

有数了，阿哥侬放心。

岑阿香安排饭局没话讲，转天见到汉森律师更是周到有加，极尽地主之谊。侬好吧汉森律师，好长时间没看到侬，今天多喝几杯，这是那话山谷的红酒，侬最欢喜的。是纳帕山谷。王彼得想纠正她，话到嘴边又收回去，干脆让阿香先起个头，毕竟好久不见，太直截了当难免尴尬。这时阿香又问汉森，牛排可以吗？太好了，地道的和牛。侬吃出来了呀，我早就说过侬才是真正的美食家，来，敬美食家一杯。汉森律师神采飞扬，这位德裔美国佬眼角的弧线让原本笔直的面颊柔和起来。我敢说这是全世界最美味的牛排！他硬朗的喉音打在丝绒墙布上显得有些遥远，似耳边絮语，再切下一块牛排放进嘴里灌上一口红酒，仿佛牛排是被红酒冲下去的。牛排红酒此乃绝配，像京男沪女绝配一样，红酒的植物酸可以酵化牛肉纤维，将蛋白质均匀释出，吃牛排不喝红酒铁定外行了。

尽管如此，汉森律师还是凭职业本能察觉出王彼得心事重重。以往喝酒王彼得是先缓后急越喝越紧，今天却有点磨叽。都知道喝酒讲个“通”字，上下一通千杯不醉。像王彼得这号人，红酒一瓶算垫底，心中块垒开始松动，肆无忌惮的活水丝丝全身流窜，那滋味比性欲美妙太多，古往今来写微醺的文字远胜过谈性爱的，正是这个道理。可王彼得因为心中有事，把酒给拦半道儿了，酒下不去自然奔上走，两杯过后就有点上头，半拉脑袋砰砰响像有只马猴要蹿出来，搞得寡言少语。彼得你好像有心事，有什么就说吧？就是啊阿哥，汉森律师不是外人，侬就讲来听听嘛。这么一来王彼得开始松弛了，他缓缓把吃五千美元罚单，遭遇麦克陈的经历和盘托出，我想知道，依着你汉森律师，这两者间有必然联系吗？五千美元罚单会不会是麦克陈的报复行为，该如何打掉呢？

我觉得你想多了彼得。

你的意思是五千美元罚单不是报复？

按说一个公职人员应该不至于。

可如果我发现他受贿的证据呢？

这话不好随便说彼得。

我没随便说汉森律师。

看来你并不了解竞选的复杂性。

汉森律师放下刀叉，把盘子往前一推，金属碰到陶瓷发出惊悸的嘶鸣，让空气抖动起来。这样吧彼得，虽然不是我的专长，我就把了解的选举规则介绍一下。汉森律师的喉音开始清晰起来，他说，纽约的选举法主要对选举程序做出规定，比如任期的长度、选区的划分及争议的裁决，而对受贿行为没有专门法规，大都参照公务员法，由纽约市选举局、市选举财务委员会、市利益冲突委员会等机构负责监管。但这不是最重要的，最重要的是选举涉及各方势力的较量，关系到选民及社团的切身利益，非常敏感。对选举中的投诉一般宜粗不宜细，否则就没法选了，宁可忽略部分细节也要让选举前行，绝不能引发政治干预选情的局面，这正是体制的要求。比如选举法对个人捐款额设限，过去投诉较多的就是超额捐款问题，你能一张张清点捐款支票吗？再比如候选人的开销，怎么知道哪笔必要哪笔不必要，就像打架，分得清哪拳对哪拳错吗？法律和执法两码事，不能等同，并非所有违法都会被制裁，这才是基本现实。言罢汉森律师把挥舞的手臂停在空中，再把头慢慢转过来，法官似的盯着酒未喝通的王彼得，又落在岑阿香头上。

除非，你王彼得握有铁证。

那我要，真有铁证呢？

话音未落，王彼得忍不住从怀里掏出几张复印纸，包括那张五千美元罚单，啪地拍在桌上，空气被震得哓哓作响。汉森律师一愣，大吃一惊，半信半疑捡起这几张纸，眉头顿时抽成一团，整张面孔都绷住了，木刻一样。彼得，你，打哪儿弄到这些的？算不算铁证吧，你还认为五千美元罚单与此无关吗？汉森律师没说话，屋里突然十分宁静。他缓缓将文件放下，停顿了好一会儿才问道，这张，格林巴尔的转账单，也是你从麦克陈电脑里发现的？是的，你就说算不算证据吧，我当时跟他声明没见过这些文件，现在不会为此吃上官司吧？算证据，当然算证据，我也不认为你为此会吃什么官司，因为当时你的确没见过这些文件，实话实说嘛，不过……不过什么？彼得你听我说，罚单虽然值得怀疑，但事情并不像你想得那么简单，你知道麦克陈是谁吗？他可是资深政客人脉广大，仅凭几张照片一张转账单绝对搞不定他，检察官肯定不会因几张来路不明的复印纸就起诉他的。照你这么说，美利坚合众国的地面儿上还没天理了？王彼得激动起来满脸通红，他仰脖将杯中酒一饮而尽。旁边的岑阿香也紧张起来，连忙端起杯说，汉森律师侬就帮帮忙好不啦，来来来，我敬侬一杯，干了干了。

一看这架势汉森律师反倒笑起来，我想你们误解了，我明白你们的意思，一是想打掉罚单，二是要主持公道。哦呦呦，主持啥个公道啦，打掉罚单就阿弥陀佛了，对吧啦阿哥？那可不行阿香，能主持公道干吗不主持，麦克陈应该为受贿付出代价！王彼得生把阿香怼了回去。好家伙，就这下可把岑阿香激火了，她不顾在汉森面前的淑女人设，河东狮吼发起飙来，侬个王彼得扎啥台行啦，我跟侬讲阿哥，这几天我右眼皮一些些跳一些些跳，吓么吓得嘞，肯定要出啥事体，侬给我太平一点儿，求人家汉森律师把罚单打掉算数，勿好再节外生枝了，我岑阿香把丑话放这里厢，侬王彼得关监狱我转天嫁人，看我做不做得出来，没人睬侬这个孤老头子。欧买嘎！岑阿香这通“激情演说”把王彼得吓傻了，哪见过这个啊，从来没有，他呆呆望着阿香那张被散发支离的面孔张口结舌，整场饭局顿时僵住了，汉森律师被晾在一旁。真不能轻易得罪女人，特别是上海女人，伶牙俐齿不依不饶，搞不定她们的。要说还是人家汉森律师有涵养，美国男人对女人的耐心真没法比，他把岑阿香扶回座位，再为她斟满酒说，完全是误会，你俩的问题就是不听我讲，如果听我讲完就不会吵了，能不能让我把话讲完？接着汉森律师把话头重新拉回到刚才的主题，他的目光开始闪烁，不停地眨眼。

汉森律师说道，岑小姐的心情我完全理解，但单纯打掉罚单的最大障碍是彼得的确违规在先，他扔旧电脑，应该包括镭射打印机，彼得，是有镭射打印机吧？王彼得无奈地点点头。这就对了，镭射打印机所含污染物远高于电脑，如果我没记错，该项违规的罚款额应在两百至六千之间，五千并非最高限，即使为你辩护也只能以初犯为由，请求降低罚款额，但不会太多，估计很难超过一千块，你们愿意接受吗？王彼得岑阿香相视无言，满脸茫然。其实，汉森律师接着说，这也不失为最省事的办法，息事宁人，要我可能就这么做。那我们手中这些证据呢，白瞎了？王彼得愤愤不平。彼得啊，说句实话，这些证据对你本来就没用，除非你是麦克陈的竞选对手，以此挑战对方，否则意义不大。汉森律师这句话说得非常随意，像打个哈欠，却被岑阿香一下逮个正着。哦呦，汉森律师讲得嘎有道理啦，大律师就是大律师，这些个证据对阿拉没啥用堂，但对麦克陈的竞选对手大有用堂啊，干脆把这些证据卖给伊算数，羊毛出在羊身上，对吧啦？对呀，有道理，阿香你太有才了，你牛！王彼得附和道。不，不不不不不。万没想到汉森律师说了一大串“不”，脑袋晃得像拨浪鼓。他喊起来，这样做是违法的，谁都不能销售不属于自己的东西，虽然我跟麦克陈的竞选对手，那个无党派候选人格拉斯很熟悉，他是我高中同学，但我绝不会帮你把这些证据卖给格拉斯的，除非有其他合法途径。

你，跟他同学？

没错是同学。

那不齐活了吗？

原来汉森律师跟目前排行第二的无党派候选人格拉斯是高中同学，他俩当年同在纽约市最棒的重点学校，史岱文森高中读书。格拉斯是犹太裔药剂师，早年随父母从苏联移民纽约。电视上看他长着细细的眼睛，不高，很像电影《列宁在十月》里的托派领袖布哈林。据说此人精明好斗不屈不挠，过去数次以共和党候选人参选，均未胜出。这回听说经高人指点，改以无党派候选人参选，没想到旗开得胜一路长红，排名紧随民主党候选人麦克陈之后，有几次民调还超过他。纽约市的选举是按选区划分，有点像中国的街道，哗啦胜便是一个选区，每两年选一次。先由民主党共和党等各路人马选出候选人，再彼此对决胜者为王。麦克陈是民主党候选人，格拉斯是无党派候选人，还有个共和党候选人就不提了，无足轻重，因为哗啦胜这地方是民主党的传统票仓，共和党毫无根基，难怪格拉斯过去选不上。他此次变轨杀回马枪，凸显破釜沉舟就此一搏的决心，他认为自己有独特的优势，因为此次民主党候选人麦克陈是亚裔，也是本市历史上第一位亚裔候选人参选州议员，亚裔跟犹太裔比较毕竟政治基础薄弱，所以格拉斯坚信天赐良机，志在必得。

此刻的酒，已越过三巡。正值仲夏之夜，雅间的空调隔绝了哗啦胜海湾湿热的贸易风，却隔绝不了人们在这个季节的动荡心境。夏天结婚的多，离婚的少；上床的多，下床的少。莎士比亚好容易写几部爱情喜剧，最出名的便是《仲夏夜之梦》。这时的人想问题容易正面，泰坦尼克号设计师安德鲁斯肯定是夏天开始设计的，所有浪漫主义诗人尽管命运不同，想必都是夏季高产。此刻的王彼得话开始多起来，他一把扽住汉森律师，你汉森给句痛快话，别玩虚的，兄弟有难你管不管，管不管吧？管，彼得你放心，我肯定管！那什么都不说了，全在酒里了，跟你交个实底儿吧，我哪找五千块去呀，有也不给他，所以格拉斯那边你务必想想辙，条条大路通罗马，就没路通向格拉斯吗？我知道了彼得，不过你别再喝了，岑小姐，快别让他喝了。汉森律师把王彼得扶到岑阿香手上。阿哥哟，侬勿好再吃酒了，侬不是讲红酒要品，勿好一杯杯干吗？她欲从王彼得手中取下酒杯，却被他躲开了，阿香你也太，太逗了，还"那话山谷"，哈哈哈哈，是纳，纳帕山谷懂吗？晓得嘞，纳帕纳帕，晓得嘞阿哥。说着阿香又想用苹果醋换下王彼得的杯中酒，不料他刚喝一口就叫起来，这什么玩意儿？别以为我喝不出来，你说什么酒我喝不出来吧？只要纳帕山谷五十块往上，次的我不喝，别看汉森律师大老美，他没我懂酒，汉森律师，汉森律师，咱俩来来来再干一杯玩耍。岑阿香这下不敢再由着王彼得了，阿哥侬勿要吃了，人家汉森律师早走掉了，屋里厢没有汉森律师了呀阿哥。

那晚月亮好大，纱帘像比基尼，挡不住嫦娥的尺度。阿香把王彼得扶到床上，不断用湿毛巾给他擦拭胸口前额，望着他在自己撑满的怀中睡得像个孩子。侬个猪头三呦，面孔要吧，还"那话山谷"，侬的那话来赛不啦，个赤佬坯！她以为王彼得早已睡死过去，不料这小子突然睁眼抓住阿香的手，吓她一跳。那几张复印纸呢？复印纸，我没看到啊？你没收起来吗？没啊，要命嘞，不会是汉森律师拿走了吧？肯定是伊拿走了。

5

接下来几天王彼得本想给汉森律师打电话确认一下，犹犹豫豫一直没动。他的担心出自本能，这毕竟是人家麦克陈的文件，咱还说压根儿没见过。一旦这东西被汉森律师带入滚滚红尘，再痴痴情深也白搭，脱线的风筝如何把控？没传出去它听咱的，传出去可就不好说了，世间万事都朝相反的方向发展，到时候咱听它的也保不齐。不过有一点十分明确，汉森律师的确把咱的事儿当事儿，够意思，要不他拿复印纸干吗，还不为打通格拉斯吗？不是咱自己说条条大路通罗马也通格拉斯，真通上又担心啦？担心什么呢？王彼得一直没想明白。眼前这五千美元罚单的付款期是三十天，也就是说三十天内把支票寄出，信封上的邮戳在三十天以内就不违规。说话都小两周了，日子真快，有好事期限就慢，有坏事期限就快，死规矩。头一回约某女孩，说好七点，五点到七点这两小时最难熬，手表是不是坏了呀，怎么光秒针动时针不动呢？单位轮值打扫公共卫生，昨天刚我，一周一次怎么又我啊，再看日历才明白一周早过去了。眼下每天对王彼得来说都构成压力，一边是罚单的硬压力，一边是"滚滚红尘"的软压力，硬压力显然更霸道，刀架在脖子上，所以王彼得无法与汉森律师果断切割，万一弄出钱呢？要说也真不容易，他整天这么纠结着，幸亏这天岑阿香来电话让他过去帮忙，才猛地把他从云里雾里拉回生动人间。

阿哥侬明天过来帮忙好不啦？

帮忙，怎么回事啊？

接了个大聚会要布置会场。

什么节骨眼儿聚会呀？

明天国庆节勿晓得呀，侬痴呆啦？

若非岑阿香提醒，王彼得真把国庆节这事给忽略了。撇开心情不讲，国庆与国庆也不尽相同。老家那个国庆毕竟与生俱来，虽远隔重洋，到时到点儿心里必荡起涟漪，就像"风乍起，吹皱一池春水"，是本能反应，没啥可解释的也无法改变。只要时辰一到自然会想起那首《我的祖国》，斗来拉扫扫，米扫斗拉扫，扫拉扫米来米，扫米拉斗来……可人家哗啦胜这边国庆也有自己的歌曲，此刻王彼得行走在彩旗飞舞的缅街街头，国庆节封街游行，开路的铜管乐队、风笛乐队正打他身边走过，那旋律也是十分熟悉的，知道《星条旗永不落》吗？哎对，就这首曲子，米米米米米米发发，来斗来米来斗西拉西扫……王彼得心说，还真不是跟你吹，当年首都体育馆，号称"首体"，小泽征尔指挥的波士顿交响乐团，最后返场用的就是这首铜管乐，咱坐头一排，连小泽征尔的门牙都看得一清二楚，好么，全场沸腾啊，开锅一样站起来击掌和鸣，都分不清中国美国了，是哪年来着？一九七九年三月，没错，还穿大棉袄呢，打那儿以后该旋律再未遗忘。说实在的，比起小泽征尔你们这水平也太烂了，音儿都不准，大三度和弦，这都什么呀这是，说你呢圆号，你瞅我干吗，跑调都跑到姥姥家去了。

甭看王彼得絮絮叨叨，人家周围观众该怎么乐和怎么乐和。放眼望去，白的黑的黄的，还有红的，美国人管印第安人叫红人，他们的皮肤经阳光一照射，会泛起热血般浓郁的暗红色，仿佛是被血流成河的历史染成的。当然，哗啦胜最多的还是华人，论颜色黄色过半。他们手里举着国旗，很有意思，有美国的也有中国的，又不是中国国庆举中国国旗干吗？人家可不这么想，心说一笔写不出俩国庆来，我花搭着过你管得着吗，爪哇国国庆我也举中国国旗信吗？王彼得来不来就首都体育馆，人家想的是庙会赶圩；王彼得动不动就小泽征尔，人家聊的却是"闰土"，是"赵太爷"和"吴妈"。王彼得体尝过中美蜜月的美好憧憬，人家却经历了偷渡奔命的生死煎熬。林子大了什么都有，虽说皆为华裔，有雨打芭蕉的，有铁马冰河的，有吃咸粽子的，也有吃甜粽子的，不都一样。如果说一样，黑头发黑眼睛是一样的，他们作为少数族裔的政治地位是一样的。

游行队伍呈方队行进，浩浩荡荡没头没尾，整条缅街恍若一条河流，历史符号在世俗生活的海洋中若隐若现。所有方队均以社团划分。比如说，工商协会的方队就由哗啦胜商家及子弟组成，打着各自名号招牌，把游行变成一场品牌秀。还有妇女团体，简直是旗袍嘉年华，花枝招展秀色可餐，现在旗袍的开衩比从前极大扩展了，王彼得心说，小时候赶隆福寺庙会，那时旗袍没敞这么大口子啊，好么，连小裤衩都露出来，到底想干什么呀你？

缅街的道路很长，王彼得走得很慢。来美这么多年，说实话，哗啦胜国庆游行年年有，对他来说却是头一回从头到尾这么投入。平时街面上华人同胞见得多了，满大街的华语方言，外带英文串种儿，北京话、上海话、东北话、天津话，还有福建话、温州话、广东话、四川话，河南河北，山东山西，我中华本土未必找得出这么块巴掌大的地界儿，跟开大会似的把各路代表都凑齐了，好家伙，是真他娘的带劲儿，贼啦贼啦好使，那可是忒好了，介尼玛太给力了，米道娇惯好，要得噻，霸道，歪瑞故的，三克油歪瑞嘛赤啦！可今天情况不同，王彼得从未见过如此之多的华人，自己的骨肉同胞，潮水般聚在一起，哗啦胜华人多不假，没想到会这么多，多到整个国家都像是华人的。这让王彼得不大不小感到震动，甭管是"首体"还是赶圩，无论是"小泽征尔"还是"吴妈"，这里，此地，不已然是我们大家共同的家园吗？王彼得刚想把感慨继续下去，他是个善于感慨的人，也就是性情中人，但接下来一幕让他不得不暂将长吁短叹抛至天外。

大队人马走到这会儿已接近尾声，谁承想压轴儿的竟是选举人方队。今年是大选之年，政客们绝对不愿放弃难得的抛头露脸机会，争相亮相，而走在最前面的恰恰是麦克陈的方队，这让王彼得有些意外，万没想到去阿香处帮个忙竟会与老冤家隔空相遇。麦克陈一改平日的西装革履，打扮得像去打高尔夫球，蓝色T恤衫配白色休闲裤。谁都知道蓝色代表民主党，红色代表共和党，麦克陈的穿戴一目了然表明自己的党派立场。他站在花车上微笑着向观众致意，花车前面有条巨大横幅，上写“第一次”，意指他代表亚裔第一次参加政府公职的竞选，是华人的破冰之旅。只见他带领身边的团队不断高呼着“第一次，要选上，是华人，就帮忙”。王彼得一看就明白，这是打族裔牌，看准哗啦胜选区的华人选民集中，用“华人支持华人”的诉求感召选民赢得人心，谁不想选个“自己人”代表自己啊，看来真小瞧他麦克陈了。王彼得自然想到他手中的“铁证”和五千美元罚单，试图用鄙夷的目光审视花车上的麦克陈。巧的是，此刻花车正从他眼前经过，麦克陈也正好站在王彼得这一侧，与他的直线距离不出五米，而且还四目相视照了个对面！王彼得一愣，刹那间没反应过来该笑还是该怎么着，装看不见肯定不行，都对上眼儿了，太晚了。就在神情未定之际，只听麦克陈直呼其名对他大喊，嘿，王彼得，彼得你好吗?投我一票，投华人自己一票!最后这句渐行渐远，因为花车已通过王彼得的位置朝前驶去。王彼得下意识晃晃脑袋让自己镇静，才发现右手仍悬在空中，分明刚刚是向麦克陈致过意的。

无独有偶，事情至此并没有完结，游行队伍不会因王彼得发蒙就不走了，仍在一波波向前涌动。麦克陈的方队过去了，后面还有跟着的呢。谁呀? 还能是谁，没错，正是格拉斯。格拉斯的方队整得比麦克陈还豪华，前方也有一巨大横幅引路，写着“只有公正，没有党派”。你瞅瞅，能忽悠吧，只有公正没有党派，人家一琢磨对呀，有公正要党派干吗，党派有党派立场，弄不好离公正更远呢。站在花车中央的正是格拉斯，小个子细眼睛，黑夹克鸭舌帽。王彼得心说大夏天不热吗你? 嘿，人家就要这劲儿，乍看绝对像《列宁在十月》里的布哈林，弄不好是后人也说不定。他也热情地向两边观众示好，用英文呼喊“要公正无党派，要公正无党派”。可惜多数华人听不懂他喊什么，只是平平淡淡地客气客气。与此同时，王彼得一眼发现站在格拉斯身后的竟是汉森律师，顿感困惑，汉森律师没说他是格拉斯团队成员啊? 就在这时，只见汉森律师俯在格拉斯耳边说了些什么，接着他俩一同向王彼得挥手打招呼，彼得，王彼得，你要不要上来呀? 快上车吧彼得! 王彼得举手还礼并没动窝儿。周围观众好奇地盯着他看，心说刚才民主党叫你，现在无党派也叫你，你丫谁呀?

6

当晚松园餐厅的聚会结束得很晚，等一切尘埃落定快半夜了。阿香对王彼得说，阿哥侬忙得饭也没吃好，我给侬做碗阳春面吧。她知道这是王彼得的最爱，他每次回国看父母从不直飞北京，非转机上海，就为吃一碗正宗的上海阳春面。另一方面，阳春面在上海苏州虽然普遍，素面十元，加浇头十五，可就这么一碗面，纽约甭管多大多牛，走遍全城做不出来，不仅纽约，估计全美国都做不出来。不信去问问中餐馆，菜单上一般没有，有也假的，东施效颦完全不对。原因很简单，阳春面需温水揉面还需饯面，才能又细又筋道，关键必须现做现下，干面或速冻面都出不来那种生熟之间百转回肠的细腻口感，这恰恰在纽约是办不到的。中餐馆千篇一律，干面冻面乌冬面，来这儿吃海鲜可以，吃面没戏。所以阿香这碗阳春面非比寻常，蝎子屎独一份，人家亲手操作，做的是心思。其实好吃食往往看着简单做起来讲究，著名作家陆文夫笔下的美食家朱自冶，毕生追求的不过是一碗头汤面而已，头汤面就是阳春面，这碗面凝结着一部汉人南渡的文化迁徙史，中原与水便是江南，北方面食都是胡人串种的，哪有苏杭这份玉簪花落的精致哟。

我看到麦克陈了。

侬讲过了。

还看到汉森和格拉斯了。

侬也讲过了。

夜色无言。穿越纱帘看缅街，有点像疲惫的孩子已然入睡。四周静谧而幽暗，只有松园餐厅一角还闪烁着不甘的灯火，恍若绝望中的一丝不弃。王彼得不断对阿香重复着遇到麦克陈、汉森和格拉斯的事。阿香静静听着，望着他吃面的样子，心说面是好面，可侬这副吃相哟。不知怎的她想到与王彼得做爱的情形，男人吃面吃人差不多，急吼吼，吃起来不管不顾的。她情不自禁说，阿哥侬慢慢吃，还有呢。王彼得却顾不上这些，他的心思已被今天的经历撑满，喜形于色。你知道吗阿香，麦克陈看去比上次高了，几天不见长个儿了他。侬瞎讲。这小子够贼的，你瞧他的竞选口号，“第一次”，抓人眼球吧？谁不知道第一次重要啊，女人第一次不就最难忘吗？王彼得看来兴奋过了头，女人第一次都是永恒的秘密，不好碰的。岑阿香抬手做个抽嘴巴动作，侬耳光要吃吧，个赤佬。你给我说说阿香，麦克陈真会和罚单相关吗？侬啥意思？我是说，你没看到他跟我打招呼的样子，特真诚，老朋友一样。那格林巴尔的转账单不会有假吧，阿哥侬搞七捻三犹犹豫豫到底啥意思啦？我没犹豫，那天他要态度好点就不会有这事了，华人参选也真不容易。侬讲的也有道理阿哥，单枪匹马跟老外拼怎么拼得过，我不看好伊，让伊去吧。

对了阿香，汉森律师也站在格拉斯的花车上，他原来是竞选团队的，上次都没跟咱提！人家老同学，团不团队有啥区别的啦？说的也是，格拉斯还让我上他花车呢，他长得太像布哈林了，我都不好意思。为啥呢？站他旁边我不成列宁同志了。阿香你觉得，我进他团队怎样，他选上我还能混个亚裔事务主任当当？听到这话岑阿香眉梢一扬，侬还是给我太平一点儿，咱把罚单钞票赚回来算数，否则侬当了主任我哪能办，再搞出小三小四来？王彼得没说话，他静静凝望着阿香疲惫的脸庞，不觉用手掠过她被汗水打结的鬓发，抚摸着她的面颊。阿香突然哭起来，泪水洒了一地，阿哥我好怕，天天睡不好觉，我不想让侬跟他们来往了，要不咱自己把罚单付了算数，这些天我流水上还有几千块，侬拿去付账吧阿哥。王彼得亲吻着阿香，把她所有泪水一口口吞进来咽下去，好的阿香，我明天就给汉森打电话，让他别管咱的事了，汉森他也真是，东西拿走就黑不提白不提了？好的呀阿哥，反正侬是王，侬要哪能就哪能好不啦。王彼得顺势把手伸进女人温暖的胸怀，一把掀开覆盖，落在柔韧的零距离上不肯罢休。侬要啊？嗯。侬面条吃好要吃人了对吧？嗯。

没等给汉森律师打电话，人家电话先到了。

彼得我汉森啊，欧买嘎，我不知该怎么说了，格拉斯一眼就看上了你，说你一看就受过良好教育，堂堂正正一个人。你先别说话彼得，先听我说，有件事你肯定想不到，中国人是不是管彼此喜欢叫“缘分”，你看，我说什么来着，格拉斯跟你就有缘分！你跟我说过你是人民大学经济系毕业的对吧？对对对对，你猜怎么着？猜，你猜，哈哈哈你猜不到的王彼得！格拉斯的父亲，老格拉斯就是你们人民大学的，他上世纪五十年代初从莫斯科大学去人大参加党史系的创建，有本书叫《联共（布）党史简明教程》是吧？老格拉斯就是作者之一，他在人大跟一个叫华胡的教授，是胡华啊，胡华，帮他撰写《中国革命史讲义》。什么？你母亲那时就是党史系的学生？你认识胡华？这太不可思议了！我这就告诉格拉斯！格拉斯，格拉斯，彼得母亲那时就是党史系学生，她肯定认识你老爹的，格拉斯，格拉斯！对不起彼得，格拉斯在电话上没办法，他让我问你好，这下你知道了吧？完全能跟百老汇剧情相媲美！我羡慕死了，看来咱俩当年在马车公司相遇不是偶然的，就为实现今天这份缘分做准备的，造物主真是太奇妙了！

对了，差点把正事忘了。彼得你上次的提示非常重要，格林巴尔是哗啦胜发展的毒瘤，必须赶走它，这样才能赢得选战。经过评估，格拉斯团队决定把这件事作为主攻项目进行。我们准备雇用专业监测公司，以格林巴尔为中心建立一个两英里的标准圆采集空气样本。彼得你不是数据师吗？我们需要你，想请你负责这次数据的分析处理。我们要用坚实的数据模型来描述格林巴尔对附近空气污染的程度及分布模式，这很关键，希望你不要推辞，我知道这是你的强项，对对对，你的强项。你要做的是，建立数据系统，对数据进行最后处理并产生简明易懂的数据报告。我们将用这份报告去州府奥尔伯尼游说，向州府和两院报告该事件的严重性和迫切性，争取由政府牵头与格林巴尔谈判，通过税务补偿和土地置换方式将其迁至偏远地带，给哗啦胜选民一个圆满的答复。你觉得怎样彼得，够刺激吧？我知道你想问什么彼得，这正是我要强调的，你所有工作都有工资，我们会从选举经费中拨专款补偿你的贡献，虽然不多，你知道我们都是义务帮忙，没有报酬，但你的情况不同，我了解，我们会争取各种机会让你有更多收入，相信我彼得。

听汉森律师把话说到这份儿上，王彼得心头掠过一丝不悦。前半截儿还行，说得挺热闹，什么老格拉斯啊，胡华啊，当年莫斯科大学是派遣了一些专家支援人民大学，他母亲也的确曾是党史系学生，要说缘分还真算缘分，十分意外，但这不是最重要的，最重要的全在后半截儿。王彼得心说，自打那天喝酒汉森拿走那几张复印纸，至今也没听他提过这事。什么叫我的情况不同啊，什么叫争取各种机会为我有更多收入啊，我吃五千美元罚单确实钱紧，可没白找你要吧？说破大天到底谁欠谁呀？合着我王彼得成了叫花子找你要工作是吗？你们要赶走格林巴尔我绝对支持，处理数据也没问题，的确是我强项，可那些麦克陈的证据呢？这可是我搭上大半辈子清誉换来的，到底怎么着给句话呀？没功劳也有苦劳，总该有个说法吧？想到此王彼得有点忍不住了。

那些，复印纸呢？

你是说那些证据吧？

没错，是的。

我正要说这个彼得。

接下来听汉森律师掰开碾碎一絮叨，还真不那么简单。是这么回事，随着选情逐渐深入，格拉斯的优势地位日渐凸显。他们最近收到不少“投名状”，主动举报麦克陈或其他竞选人营私舞弊的各种证据，你王彼得的也是其中一份。格拉斯的意思是，要尽量营造高大上形象，把精力集中在解决具体问题上，而非相互指责人身攻击上，驱赶格林巴尔便是一例。不到万不得已最好不用恶性竞争手段，用中国话说就是，别搞踹寡妇门刨绝户坟那套下三烂把戏，很容易歼敌一万自损八千，打不倒对方再把自己伤着，你说是吧？汉森律师刚讲到这儿王彼得猛地打断他，等等等等，我说汉森律师，听你这么一说倒是我不好了，俗话说听话听声儿锣鼓听音儿啊，闹半天我成踹寡妇门刨绝户坟的搅屎棍子了，图什么许的呀我？王彼得王彼得，能让我把话说完吗？你怎么总不让我把话说完，你们中国人都这么聊天儿的吗？有点风度行不行？好好好，你说，你有风度。

所以嘛，你这就没劲了彼得，我吃奶力气都使出来你倒说风凉话，太不公平了。那天我说什么来着，你托我的事我会尽力的，说过没有？你王彼得喝醉了就不认账，该怎么说来着，提起裤子不承认，你就提起裤子不承认。这件事本来就有难度，如上次所说，格拉斯团队很难用选举经费补偿你的线索，因为这样做法律上有风险，怎么办呢？我认为目前“驱赶格林巴尔项目”倒是天赐良机，你想想看，两者相互佐证不搭不配，格拉斯也觉得这样做效果最佳，他愿以竞选团队的名义联系媒体，尤其纽约一台，在哗啦胜图书馆门前召开记者招待会，向外界隆重披露你手中的重要证据……让我把话说完彼得，你怎么又要插我话？众所周知，媒体有的是钱，记者招待会上要安排纽约一台对你进行专访直播，让你出镜头彼得，他们的专访都是有偿的，至少万把块，你的问题不就解决了？你跟格拉斯真是有缘，这可是千载难逢的好机会，祝贺咱们的王彼得马上要成大明星了，你不觉得很带劲儿吗？放心好了，一旦敲定我会帮你把握谈话尺度，不会让你担责的。

我成大明星？

没错，马上。

虽然汉森律师说得很顺很激情，一切听着合情合理，该考虑的考虑了，该安排的安排了，里子面子样样罩得住，字面上理解绝对“喜大普奔”（网络用语，即“喜闻乐见、大快人心、普天同庆、奔走相告”的简称），如今这世道，人生价值全看出镜率，出镜率越高知名度越高，知名度越高才越有商业利益，雇经纪人，泡妞儿，百毒不侵想干吗干吗，所以出镜就是中彩，又娶媳妇又过年。可王彼得还是觉得拧巴，心绪宛如路由器的接线怎么也理不顺，大格局听着就不对，一切全成汉森格拉斯的恩赐了，明明拿我东西作秀我还得感激涕零，老外办事永远这种逻辑，天生救世主，占你便宜还得让你下跪，连《智取威虎山》里的座山雕都不如。胡彪打虎上山，献出许大马棒的秘密联络图，人家座山雕还有句人话：献图有功，劳苦功高，我封你为威虎山老九！这边呢，听半天连句谢谢全没有，甚至都不愿承认拿走了那几张复印纸，凭什么呀？你们高大上，你们不搞下三烂手段，连你爸都是我妈的老师，跟你们混我能有出头之日吗？恐怕起码的自尊都够呛！再者说，让我出镜头不明摆着拿我当枪使吗？以为我傻逼呀？我成十字军东征前祭祀的牛头了，等于彻底跟麦克陈撕破脸，一辈子为仇。他受没受贿还说不定呢，他跟五千美元罚单有没有关联还说不定呢，毕竟人家现在是唯一登高一呼的亚裔候选人，力图撬开老外垄断的传统政治版图，揭发他不等于跟所有亚裔作对？这怎么行！想到此想到阿香，想到那个夜晚与女人和阳春面的约定，王彼得禁不住冒出一句，谢谢你汉森律师，都结束吧。

什么？你的意思是……

我不想再纠缠麦克陈了。

那他给你的罚单怎么办？

我认栽，自己付好了。

彼得，麦克陈对你说了什么吗？

没有，完全没有。

那到底怎么回事王彼得？

7

阿香听罢王彼得的叙说长舒一口气，连笑容都不一样了。有压力的女人微笑就是微笑，一点儿不多一点儿不少。可轻松的女人微笑不是微笑，是绽放，花枝招展，绝对比微笑多多了。此刻阿香就在绽放着，当她微笑的时候，身上每个部分都在跳舞，对对对，是《蓝色多瑙河》，斗米扫扫，斗扫，来发拉拉，拉扫，斗米扫斗，斗米扫斗，王彼得觉得阿香正在他面前足尖旋转翩翩起舞，每次转身裙角都会随风扬起，露出匀称圆润的小腿。这是王彼得，应该也是所有正经男人最赏心悦目的时刻，看着自己女人开心得像个孩子，像枝花朵，像一汪泉水，男人的幸福不在外表而在内心，不在表达而在无言。王彼得就这么静静地看着，吃着烤麸三黄鸡，喝着八年陈的花雕，一切都还原到初心状态，哗啦胜的夏天分明还是风情万种嘛。刚才出门时王彼得把付罚款的支票放进信封丢进邮筒，去他妈的，随口骂了一句，仿佛是为一场梦魇画上句号。他没要阿香的什么流水钱，怎么能吃软饭花娘儿们的钱？阿香一再坚持让他把几千块流水结余拿走，阿哥求求侬了好不啦，我晓得侬不容易，侬做啥要犟王呢？可王彼得的回答非常简单，一把拦腰抱住，比什么语言都强。他想起一部老电影的台词："多少来点普鲁士战法岂不更好！"

其实按王彼得本意，他是想趁机拉阿香出去度假，地方都想好了，乘游轮去阿拉斯加看冰川，牛吧？几周的高强度压力突然消失，人像被抽空了一样松软如泥，干什么全没心思，就想跑得远远的，彻底放空，眼不见心不烦，与现实无关，与世界无关，潇洒走那么一回。王彼得心里还有个小九九，甭看结过两次婚，也甭管为什么，反正他从未度过蜜月，这个"蜜"字让他向往，何不借此良机双宿双飞，拉着阿香模拟一把新婚宴尔的场景？况且阿拉斯加冰川乃世界奇观，关键是由于温室效应北极气温逐年升高，听说再过几年就化光了，看不着了，那多可惜啊，什么都可不看冰川不能不看呀！为啥？阿香不解。你知道冰川是什么吗？勿晓得呀阿哥。冰川是水的来源，所有大江大河都源自冰川融水，这你都不知道啊？把阿香问得目瞪口呆，嘟嘟囔囔说跟我有啥关系的啦。哎呦喂，跟你当然有关系，水是什么？生命的起源！人类起源于水，冰川就是人类的故乡知道吗？哦哟阿哥，阿拉故乡是松江府，怎么又跑到冰川上了？那你说人类什么变的？不是猴子吗？猴子又什么变的？阿拉哪能晓得啦，猴子就是猴子喽。记住了，猴子是鱼变的，是打水里进化出来的懂吗？我的岑阿香同志！听到这儿阿香终于露出不屑的表情，猴子怎么是鱼变的？侬肯定瞎讲，再说我哪有那么多时间度假呀，你可以几天关门不做生意，我不能把餐馆停了，等从阿拉斯加回来客人全跑光了让我喝西北风呀。

阿香的话虽透出一丝抱怨，但王彼得听来却满心感动。他知道阿香是个闲不下来的女人，你不让她干活儿比杀她都难过。每天睁开眼就干，不停地，一直到上床睡觉，日日如此年年如此，从未改变。这听着好像有点俗气，缺少红袖添香的诗情画意，可那些喜欢玩小资啊、玩格调啊、玩表达啊的女人，一碰到坚硬的生活全靠不住，走走就散了。男女关系除了心肠好重情义，关键得男的像男的女的像女的。女人再能干也得有母仪天下的情怀，对男人宜粗不宜细，把他当孩子养，让他离不开你。男人呢，顶梁柱撑得起来，多大委屈不抱怨不撒酒疯，让她永远觉得背后有道铜墙铁壁，这才是小日子的魅力。王彼得十分理解阿香的无奈，这让他更舍不得她，渴望为她付出。那这样吧阿香，明天哥带你去新泽西州婷顿镇的奥特莱斯买衣裳，当天往返还不行吗？听说犹太人都去那里购物，他们去的地方肯定最划算，纽约上州乌德伯利那家其实专为亚洲土豪开的，款式旧价钱贵，咱才不去陪绑呢，你就跟我走吧，我认识。好的呀阿哥。阿香眼睛扑棱棱闪着光芒。

没想到旦夕之间，格局变了。

第二天早上王彼得还没起床电话就响起来，咣的一声是阿香。昨晚本来阿香让他住下别走了，反正今天去奥特莱斯，在一起多方便啊，可王彼得还是回来了。他不想养成住在阿香处的习惯，家是窝，窝是谁的家就是谁的，男人成家得把女人娶进门。什么叫娶进门？你得把她弄到你房子里来，不是你到女方房子里去，那叫倒插门懂吗？王彼得最不能容忍的就是这个“倒插门情结”。他都盘算好了，就这一年半载，争取在长岛的道格拉斯顿买间房，那里紧贴长岛湾，环境优雅交通便利，地税又相对便宜，正经是居家过日子的好去处。王彼得不紧不慢拿起电话，我说美女，着什么急呀你，咱十点出发都不耽误。电话那边却传来阿香急促的呼吸声，还有背景音乐，好像是纽约一台的广告？阿哥啊，侬快点开电视看看，就纽约一台，阿拉英文不大好，侬看看是不是在讲侬呢？讲我？王彼得没明白阿香的意思，啪地打开电视调到纽约一台。纽约一台是纽约社区新闻台，着重播报本地相关的新闻资讯，比如当下州议员的竞选活动便是重中之重，也是半小时一次整点报道来回循环。王彼得疑惑中熬过冗长的广告时段，当新闻再度开播时，他一下就看到被汉森律师拿走的那几张复印纸的图片，赫然全屏出现在银幕上，是这样说的：

本台号外，据有关知情者披露，目前民调大幅领先的州议员候选人麦克陈与格林巴尔公司之间，或许存在着特殊联系，他对选民“建立绿色哗啦胜社区”的承诺有可能难以兑现。据称，这份格林巴尔公司给麦克陈的转款单复印件，是由一位叫王彼得的华裔电脑工程师提供的，他在为麦克陈维修手提电脑时发现了这些证据。记者联系了麦克陈竞选团队，他们坚决否认该证据的真实性，称“这是耸人听闻的谎言，是竞选对手无耻的抹黑行为，不值一驳也不会得逞”。记者也电话采访了民调居第二位的格拉斯团队，他们对此消息表示深度遗憾，称如果消息属实，将是罕见的选举舞弊行为，建议联邦司法部门介入。格拉斯团队正在启动“驱赶格林巴尔”的项目，究竟谁能还哗啦胜选民一片蓝天不久将真相大白，请选民密切关注格拉斯团队明天的新闻发布活动。

看到这儿王彼得嗡一下彻底蒙圈，大叫一声“他娘的汉森”，几近昏厥。他感到强烈的被背叛被出卖的绝望，完全没想到竟会这样！这突如其来的洪荒式逆袭噎得他喘不过气来，只觉得浑身血浆四射，通体发烧难以自已。他一下失去了判断，一片空荡荡，仿佛世界或者自己根本不存在了，生命正在归零，气体般人间蒸发。他倒在床上，感觉不到身体的重量，恍如幻梦徐徐坠落。四周无声，只有巨大的耳鸣，像金属切割发出的高频声波令人发疯。中医有喜怒忧思悲恐惊七情，这个排序是有道理的，分轻重缓急，如果说前五种过度则伤身，那后两种过度就折阳寿了。幸好电话并未断线，阿香还在那边等待，她显然意识到事态严重，不断对王彼得发出呼叫，阿哥呀，阿哥，侬到底哪能啦，侬不要吓我好不啦，侬为啥不给汉森律师打电话，问清情况再讲呢？阿哥，阿哥？阿香喊来喊去听不到回答，慌得七荤八素嘀里咣啷，二话不说套上衣服就往王彼得处跑，心说这家伙犟么犟得要死，别再出啥子事体。对呀，他不有手枪吗？不怕毙了别人就怕毙了自己哟，个赤佬坯！她一路小跑，臀部扭啊扭的如惊风摆柳，两侧云鬓散成一片，还有胸部，急促地上下抖动奔涌起伏，里面的心房仿佛随时可能一跃而出，将赤红展现在世人面前。她先路过王彼得的店，他家距此很近，只见几个年轻人聚在门前，像期待什么人的出现。还有新闻采访车，顶部升起高高的天线停在路边，有个记者模样的女子手持话筒不断向路人询问，这家店主是王彼得吗？你们认识他吗？阿香顾不上这些，她捋捋头发，把自己装成一位过路大妈迅速通过，直到敲开王彼得的家门。阿哥哟，侬怎么还躺着，好多记者守在侬的店门前，到底哪能桩事体啊，这个汉森律师究竟想怎样嘛！

此刻的王彼得正从气急中冷静下来，阿香的到来更让他意识到自作自受的宿命。出来混总是要还的，既然厄运猝然临之，躲是躲不掉的，谁让当时一念之差擅自扣留不属于自己的文件呢，从那刻起就已铸成大错无法更改。你刚才说什么阿香，有人在我的店前等我？就是啊，很多记者等在那里，他们怎么知道侬的地址？傻丫头，汉森知道全世界就都知道了。伊究竟要怎样呢阿哥？我琢磨吧，可能是这样，他们想迅速扭转选情，于是把宝押在这几份文件上，但如果只是凌空抛出没有出处的话很难说服选民，弄不好还落下诽谤之嫌，所以需要我出面说明文件的来历和真实性，让我当炮灰，这样才功德圆满。真的呀阿哥，伊门槛老精了！他们本想用五千美元引诱我，没想到被咱们拒绝了，现在他们想造成既成事实逼我就范，让我没有退路也别无选择。可是阿哥，汉森律师真会那么坏吗，他毕竟跟咱们认识这么多年了？听到这儿王彼得深深叹了口气，是啊，我也这么想，可人都有两张面孔，纽约这潭水深不可测呀！侬还是先给汉森律师打个电话沟通一下，万一伊有啥身不由己呢，也好有个商量？说得没错阿香，我应该先探探汉森的口风，看他到底怎么解释这件事。说着王彼得抬手拨汉森电话，“对不起，您拨打的电话已关机”，关机？又打又关机，再打还关机。王彼得抿住嘴，这样吧阿香，你回餐馆等我，我直接去格拉斯竞选总部找他。那伊要躲着侬呢？应该不会，这个时候，哼！

仲夏过后差不多就数伏了，虽是早晨，闷热的贸易风仍让人喘不过气来。王彼得没走大门，他从后院的车库腾挪而出，是为避开他店前那些不速之客。今天他特意戴了顶鸭舌帽，遮住日渐稀疏的薄发，再配一副墨镜，看着有点像电视剧里的特工。格拉斯竞选总部位于七八条街外的国王大厦，那是哗啦胜一处地标式建筑，很多律师楼、医生诊所还有非营利组织，都设在那里，格拉斯办公室据说就在二层。竞选人的办公室是很容易接近的，跟选上州议员后截然不同。前者巴不得有人登门，越多越好，人气旺嘛。等选上可就不是那么回事了，州议员的办公室那么容易进吗，扯吧，先登记再安检，有全套规矩，规矩都是保护成功者的。王彼得疾步进入大厦，没等电梯，直接走楼梯上二层更省事，虽说头一次来格拉斯办公室，这座楼还是熟悉的，他的家庭医生就在五层。可没想到的是，当他来到二层却颇感意外，这里根本不是办公区，而是大楼的储藏间，莫非格拉斯为显示亲民与节俭，竟把办公室设在改装过的储藏间里，真是匠心独具啊。

楼道不很明亮，窄窄长长地伸向前方，快到尽头时突然有光线强烈射出，恍若寂静中的一声呼唤。说到呼唤真听到了呼唤，王彼得爬楼梯时就感觉有人在大声交谈，为此他特意放轻了脚步。现在说话声更明显了，每走一步都会增强几分，一波波向他扑来。听着听着王彼得心里咯噔一下愣住了，这不是，这不是汉森律师和格拉斯的声音吗?那声音正从前面的光线蹿出，随着王彼得的靠近越发清晰起来。

你这样做让我怎么跟王彼得交代?

跟他有什么好交代的，一个华人。

到底你想让他做什么呢?

让他参加明天的发布会说明证据来源。

可他说过不想再卷入此事了。

告诉他，只有投靠我才能保护他自己。

我只能试试，无法保证他一定来。

他必须来，我要让华人自己掐起来。

你不神经病吗，为什么呀？

你不懂，在选举上只有华人能摧毁华人。

…………

王彼得回到阿香餐馆时情绪还很激动，热泪在眼中回旋只差如歌如泣，他一把将阿香搂在胸前不肯放手。阿香没有挣扎，此时店里已经上客人了，她默默地在王彼得怀里，闻着他的汗味儿，听着他深情的心跳，不知不觉淌下了泪水。侬见到汉森了？没有。那见到啥人了？谁也没见到，就想见你，走，哥带你买衣裳去，咱不说好了嘛。

那一天哟，他俩玩得好尽兴，王彼得给阿香买了很多衣裳，只要他看着好就必须拿下。这个配你阿香，那个也配你阿香，这颜色多搭你啊，风衣怕什么，现在不穿总有机会穿啊。可阿香呢，静静伴着他随着他，他说好就好，他要买就买，从未说个“不”字。还有天气，真是太给力了，天蓝得哟，云白得哟，水绿得哟，像喜马拉雅一样纯正。他们没走高速，就为随时停车。阿香说饿了，就停车吃饭；阿香说累了，就躺在草坪上休息。阿哥侬开车欠力吧，侬坐到我前面，我给侬揉背。我不要，我要坐你后面。坐我后面做啥？我要从后面掐你的点。喏喏喏，个下流坯，光天化日侬面孔要吧？阿香，给哥唱个歌吧？好的呀，我会唱苏州评弹侬欢喜吧？非常喜欢，喜欢那个余红仙，“我失骄杨君失柳，杨柳轻扬直上重霄九……”哦呦阿哥，余红仙都晓得，侬老有腔调的嘛，侬好好给我唱一段吧，啥都可以。“长亭外，古道边，芳草碧连天，晚风拂柳笛声残，夕阳山外山……”这是啥歌啊？《送别》。听着老难过的，我不要侬唱这个，换一首。阿香你听我说，看到远处那片夕阳了吗？看到了，老漂亮的。你记住，所有你喜欢的人，你爱的人，如果想念他们就来看夕阳，你能从夕阳里看到他们。瞎讲，侬骗人。没骗你阿香，你一定能从夕阳里看到他们的。

阿哥，我不让侬去。嗯。我等牢侬。嗯。

8

各位观众，这里是发布会现场。你是王彼得吗？

我是王彼得，您先等等儿，咱这是直播吗？

这里正是纽约一台新闻直播节目。

您把监视器让我瞅瞅，不直播我立马走人。

请问王彼得先生，你是这份文件的提供者吗？

没错，我就是这份文件的提供者。

据说你是在麦克陈私人电脑里发现该文件的？

谁说的呀，绝对胡扯，这份文件是我自己PS的。

什么，这份文件是你自己伪造的？为什么？

您非说伪造也行，那天喝高了，寻开心PS了它。

抱歉王彼得先生，你知道提供虚假文件的后果吗？

知道的不多，我听听您的，您说。

我告诉你，用虚假文件干扰选情是联邦重罪。

联邦重罪，您的意思是？

是的，你会为此坐牢的。

…………

【作者简介】陈九，旅美作家。主要作品有，小说集《纽约有个田翠莲》《挫指柔》《卡达菲魔箱》，散文集《域外随笔》《纽约第三只眼》《曼哈顿的中国大咖》《活着，就要热气腾腾》，以及诗集《漂泊有时很美》《偶然》等。作品曾获第十四届百花文学奖、第四届《长江文艺》完美文学奖及首届中山文学奖。

亲爱的武汉

云　舒

退休后的第一天，我来到郊区那个叫“江城花都”的父母家。

父母郊区的房子是我买的。买那个房子时，周边还是菜地，菜地南边是一条叫汉河的滹沱河支流。河南岸是市区，河北岸是菜地和零零散散的村落，临近快速路是规划中的江城花都小区。那天在审贷会上看到这个项目，我的心莫名地动了一下。当信贷员讲到汉河，讲到那座石桥，讲到北岸的江城花都时，我的眼角湿润了。对面的老行长盯着我涨红的脸颊，问我是不是生病了，审贷委们的目光也都齐刷刷投向我。我说我没病，我是被项目的描述惊着了。

一年后，江城花都开盘时，我为父母认购了一套带小院的大三居。所有的朋友都说我应该买市区好位置、大开发商的房子，我家老陈也建议，还是离我们近一些方便。母亲更是一百个不愿意，她说，住在郊区我们买菜都不方便，房前有条河，夏天还不被蚊子咬死？母亲的反对直接促成了我买下江城花都小区的家。我一直想，母亲只是知道蚊子多，如果知道江城是武汉的别称呢？搬家那天，我挤眉弄眼逗父亲，父亲“嗯嗯”点着头，就是死活不接招，但我知道，父亲肯定明白我心里那点“弯弯绕”。

江城花都房子里所有的一切还是三年前的样子，父亲的回忆录还在书桌上，全家福上的父亲也正慈爱地看着我。我掸掉灰尘，翻开厚厚的回忆录，蓝黑墨水流出的欧体如水般流淌在红条信笺纸上，淙淙潺潺。父亲的生命之水，流过大别山,流过黄河,流过鸭绿江,流过华北平原,在奶声奶气的“太爷”声中戛然而止。父亲的回忆录里怎么可能没有那个她呢?我有些遗憾、有些怨气地把回忆录重重放到桌子上,半截照片从牛皮纸包装的封底里甩出来。这是一张被拦腰撕掉的半截照片,腰间的蝴蝶结、微喇的长裙,丁字形的黑皮鞋稳固地托起轻灵的细腿。瞬间我心里就出现了这样一幅画面:一对深情的眸子,两条乌黑垂肩的发辫,左手轻托肩膀上的小提琴,右手的弓划过琴弦,琴声穿越长江,穿越时空,从六十五年前向我走来。

一

“雄赳赳,气昂昂,跨过鸭绿江;保和平,卫祖国,就是保家乡……”父亲说他是唱着这首歌来到朝鲜战场的,每逢谈到这段经历,他就会不自觉地唱起来,五音不全的父亲唱这首歌时绝对不跑调。我问父亲,你当时不怕死吗? 父亲说那时能去前线是荣耀,即便牺牲也是光荣的。父亲说起战争年代,说起战友,从来不用“死”字,“死”在他嘴里是“牺牲”。我常常揶揄父亲,死就是死,杨伯伯说你命大,死里逃生,能改成牺牲里逃生吗? 父亲想了想倔强地说,关键是我没有牺牲。

父亲是1950年12月入朝的。入朝二十天后的一个下午,父亲刚在战地为一个陈姓志愿军叔叔锯掉半截腿,还没有完全做好包扎,美国鬼子的炸弹就从天而降,后方医院瞬间成了一片火海,父亲和志愿军叔叔们被埋在坍塌的医院里。父亲说他应该是被原木砸晕的,等他醒来,发现那位陈叔叔竟然压在他身上,他轻轻一推,陈叔叔背上就哗哗抖落一层黑灰,陈叔叔的后脑被烧成焦炭,但鼻息上却挂着细长的冰溜子,嘴角的冰霜里还镶嵌着半截红辣椒。父亲不知道起火的那一刻,断腿的陈叔叔是怎样翻跃到他身上的。我问,陈叔叔应该还在麻药苏醒过程中,怎么可能呢? 父亲说,那时麻药用完了,就是清醒状态下做的手术。

父亲当时顾不上悲伤,只是拼命地一点点往外钻,扒拉开烧焦的原木、烧焦的尸体,躺在一尺厚的雪地里,喊着战友的名字,回应他的只有远方的炮声、耳边的风声。父亲说他是幸运的,那次轰炸,野战医院的医生和伤员一多半都牺牲了,是陈叔叔救了他一命。手术前他没有问陈叔叔的情况,后来父亲只是凭借几句有限的对话,猜想陈叔叔可能是湘粤一带人,令他印象深刻的是陈叔叔手术前要了一把红辣椒。

你只不过傻人有傻福罢了。母亲常常在父亲谈兴颇高时泼一瓢冷水。母亲说我的大伯和叔叔都会哄后娘开心，就父亲一根筋，不招待见。我们家是中医世家，当时大伯和叔叔的《汤头歌》都比父亲背得好，处方也讨巧。刘邓大军驻扎在我家乡时，需要医护人员，后奶奶避开大伯和叔叔举荐了我的父亲。说起这些旧事母亲就为父亲鸣不平，怎么也不该你去吧？每次说完还要求证似的盯着父亲。父亲就会呵呵一笑，说当兵好呀，不当兵能有今天的好生活？本来这就应该是对话结束了，可母亲总会再追上一句，当然好啦，不然一个土包子怎么能遇到资本家小姐。

这场面是我小时候司空见惯的，我们家所有的战争都会和这个资本家小姐挂上钩，只要母亲把资本家小姐搬出来，父亲的枪膛里就倏地失去激情，黯然成一枚哑弹。

母亲不依不饶地说，是不是觉得她就是祖国，她就是你最亲爱的人？

我常想父亲怎么那么傻呢，他就和母亲叮叮当当吵一架呗，谁输谁赢真是说不定呢。父亲的沉默往往激起母亲更大的怒火，父亲一味后退，战火愈加迅速蔓延。

母亲的连珠炮一阵比一阵猛烈，你以为我不知道你心里一直想着她，你敢说给儿子起名军青，给大女儿起名民平，不是为了纪念她？你就是想每天青平、青平地唤着她。

我那叫军青的哥哥和民平的姐姐就像我的大伯和叔叔一样聪明，只要父母战事一开，就一溜烟似的躲出去了。只有我傻乎乎地靠在父亲怀里，瞪着乌黑的眼睛和父亲一同接受枪林弹雨的洗礼。往往母亲手中贴着资本家小姐标签的弹药用光时，就会冲着我说，你瞪什么瞪，看看你那黑洞似的眼睛，你那冰冷的眼神，简直就是资本家小姐派来的。

也只有这时，父亲才会挺身而出，他会闷闷地说一句，你过分了，没事也让你说出影来了。

母亲确实说出了影子。在以后的日子里，那个叫洪清萍的资本家小姐的影子就像一滴墨落到我心里，一点一点慢慢洇开，一点一点在我心里丰满立体起来。

1951年春节，父亲在后方医院养伤，医院里收到了许多学生写给志愿军叔叔的信件，那些信件的收件人都是志愿军叔叔。父亲拆开了一封来自江城师范的信件。

亲爱的志愿军叔叔：

在美丽的长江边，在明亮的教室里，我脑海里想象着战斗中叔叔们的样子。

我知道我们的平安是志愿军迎着敌人的炮火换来的。我通过老师和报纸、广播看到了听到了你们的战斗故事和英雄事迹。

志愿军叔叔，我要珍惜今天的幸福生活，好好学习天天向上，随时响应祖国号召。我坚信只要我们前方后方团结一致，万众一心，就能打败美国鬼子。

志愿军叔叔，您收到信后，一定要给我写信，给我讲讲战场上那些可歌可泣的英雄事迹。

向您致崇高的敬礼！

祝您勇敢杀敌，保家卫国！

江城师范　一年级学生：洪清萍

1951年2月16日

当时父亲是抱着诀别的信念回的信，他给洪清萍讲那个嚼着辣椒做手术，在最后一刻为他遮挡炮火的陈叔叔的英雄事迹。父亲说即使在后方，也能听到敌人飞机大炮的轰鸣声，他很快就要重返前线，要为陈叔叔报仇，坚决打倒美帝国主义！他鼓励洪清萍同学努力学习，将来参加到祖国建设中去。

半年后，父亲再次收到洪清萍辗转多地的信，不同的是这封信的收件人在志愿军叔叔后面多了父亲的名字。那封信的开头不再是“亲爱的志愿军叔叔”，而变成了“亲爱的志愿”，并随信寄来一张长江江堤的明信片。应该能想到，父亲再次收到洪清萍的信是多么高兴，父亲回信说，看到祖国的秀美风景，他仿佛沐浴着阳光，有着使不完的力气，有着必胜的信心。他期待胜利后与祖国亲人团聚，共同建设美好家园。再后来随着联合国军发动夏季攻势、秋季攻势，伤员人数剧增，父亲奔波在各战地医院，忙得饭都顾不上吃，当然更顾不上与洪清萍通信了。父亲说战士们是杀红了眼，他是急红了眼。直到1953年10月，父亲再次收到洪清萍的信。

亲爱的志愿：

您还好吗？一年零四个月我没收到您的信了。我知道前方战事紧张，您正在英勇杀敌，我知道您为了祖国和人民的平安，正一口雪一口炒面，甚至有时炒面也没有。我今天捐出了自己的零花钱，我的钱不多，无法购买飞机大炮，但可以购买武器，购买医疗用品，支援前线。想到那些物资能运到朝鲜战场，能运到您的身边，我就心潮澎湃。

志愿军是最可爱的人，您又是和我联系最紧密的最可爱的人。我被您讲的志愿军的英雄事迹深深感动着，您说您的心时时和祖国人民连在一起，那么我的心也和朝鲜战场连在一起，和志愿军连在一起。

我相信您一定会读到这封信，那么请您尽快介绍您最近的情况给我听吧，并请您寄一张照片给我。

向您致崇高的敬礼！

并祝您身体健康！

父亲这次很快就回了信，也随信寄去了在战地医院前站得笔挺、腰间挎着勃朗宁手枪的照片。再后来父亲就和洪清萍保持了正常的通信，父亲也收到了洪清萍站在长江石桥布景前拉小提琴的照片。那张照片的背面用一手漂亮的欧体写着：

亲爱的志愿——文杰留念

五四.十.二　汉生

汉生是洪清萍的乳名，以这样的署名赠给父亲一张照片，给所有的事情和交往增添了无限的想象空间。父亲与洪清萍三年八个月通信后，爱的情愫在单身俊朗的志愿军军医和清秀美丽的师范女学生之间弥散开来，尽管这种爱没有说出口，但心已经连在一起了。

二

都说女儿是母亲的小棉袄，但我和母亲就是亲近不起来，尽管母亲像天下的母亲一样养育了我，我也像天下的女儿一样从经济上、生活上照顾母亲，然而在心中，我和母亲隔着长江。翻卷的浪花拍打着我们的生活，一圈圈的波纹在岁月里荡漾开来。母亲说我的脾气不好都怪她，怪她当年带着不到一周岁的我参加批斗会。母亲说的当年是1967年。

“年轻时我好傻呀。”这是退休后母亲常常挂在嘴边的一句话。每次她看到军青哥哥或者民平姐姐在娇惯他们的第三代，母亲就会感慨，她说那会儿我怎么就不会疼孩子呢。母亲唠叨，当年她把六岁的军青哥哥扔在家里一周，自己带着我去参加批斗会。她说六岁的孩子自己到食堂打饭，自己在家睡觉，如今想都不敢想。民平姐姐若是在场就假装埋怨母亲，你总不去幼儿园接我，小朋友们都回家了，就我一人留在幼儿园，最长一次是一个月没接我回家吧？母亲会不好意思地笑笑，也没那么长吧。往往说这话时母亲和哥哥姐姐之间都是一脸的幸福。我知道那不是真正的埋怨，那是他们对那段美好时光的幸福回忆。每到这时，我都是冷冷地看着他们，一言不发。

他们说的那段时光，我刚刚半岁，什么记忆也没有，母亲怎么说，我就怎么听。我知道母亲说这些还是想讨好我的。从我上大学时，母亲就开始对我和风细雨。出嫁后，母亲的爱就像阳光一样一缕缕照拂在我身上。我也努力地让自己接近那些温暖，但心里有那条长江横亘着，我总是无法抵达。老陈几次批评我，要我对母亲和蔼一些，亲切一些，给女儿陈璐做个榜样。我说我知道。我强迫自己改正态度，费劲儿地憋出平和的腔调，可是别说母亲，就连自己也觉得别扭。我也一再叮嘱自己注意语气，可一遇到事情，我的火就像离弦的箭一样，“嗖”的一下就会窜出来。对谁我都能理智，唯独对母亲，我控制不住。

母亲总是抱歉地说我的性格和从小出入那些批斗会有关。一个不满周岁的小女孩，被母亲带到各种学习班、各种批斗会，眼睛里看到的是一张张斗志昂扬的画面，耳朵里听到的是义愤填膺的话语，被塞进脑海和心灵的净是挥舞的拳头、铿锵的口号，甚至还有那动作夸张的“忠字舞”。母亲每次都是把我往桌子上一放，然后就汇入革命洪流中去。如今认识我的人都说我挺爱笑，话也挺多的，但是他们不知道我三岁前就没有说过一句话。

父母带我到医院做过各种检查。虽然那时的医疗设备还没有现在精良，但所有的结论都是我的听力正常，医生建议父母多引导我开口。如今我想，自己说话迟和家庭氛围有直接关系。哥哥姐姐两个人岁数相差小，能玩到一起。我跑也跑不动，说又不会说，自然就被他俩嫌弃。父亲本不爱说话，再加上一句说不对，就受母亲挤对，所以就更是沉默。母亲虽然说个不停，但每一句都带着火药味，幼小的我应该是自动选择了屏蔽功能。我是三岁半开口的,我的第一声不是爸爸、妈妈、哥哥、姐姐,而是开口说了三个字:布拉吉。

当时家里应该是阴云密布,父亲因为受家庭问题牵连,被清除出革命队伍,强行复员回家,母亲没有想到会这样,她不顾一切站在革命队伍里,和“封资修”斗争,为表忠心还把我们兄妹三人的名字改为红、卫、兵。当时哥哥说“红”是女孩名字,他要和姐姐的“卫”换一换。母亲说“红卫兵”变成“卫红兵”是篡改革命,一句话武断地掐灭了哥哥的念头。母亲从宣讲毛著小分队回家时,还特意多领了一本毛主席语录,她想着回家后教哥哥姐姐背诵,培养无产阶级革命接班人,但现实迎接她的却是跟随父亲一起回老家改造。

母亲埋怨道,你为什么不去找李副司令员?他应该知道你是和家庭划清了界限的。

父亲说,李副司令员不久前刚被管制了,争取到复员还是部队首长照顾呢,不然也许情况会更糟。母亲问,说好了不唯成分、不唯出身的,是不是你又偷着和资本家小姐联系了? 父亲想说这和资本家小姐有啥关系,但他知道母亲的脾气,自从母亲看了父亲和洪清萍的那些信件,就再也没有道理可言。父亲为了避免正面交火,绕开资本家小姐的话题直接说,部队首长说了,你如果不想回原籍,可以继续留在这里。为了孩子们,我也不建议你跟我回老家去。

这是我在父亲回忆录里看到的情景, 如今探讨父亲当时是为母亲着想还是想趁机结束这场婚姻都是没有意义的事情了, 但父亲的描述还是触动了我遥远而又稚嫩的记忆,我试着还原当时的情景。

母亲应当是经过激烈的思想斗争的。当时母亲是毛泽东思想宣传队的宣讲员,虽然是随军,但在春城有一份正式的工作,再加上良好的出身,母亲留在春城应该有光明的前途,我想那一天母亲应该是想留下来。

说话总像机关枪“嘟嘟嘟嘟”不停的母亲那天熄火了,她帮父亲默默收拾着行装。父亲把被子和大衣打成方块,母亲把父亲的衣服一件件叠好,放在印有天安门的大手提包里。我当时像个小大人一样,看着母亲那件依然挂在衣橱里的碎花连衣裙突然就开口说,布拉吉。

我一只手拽着父亲,一只手指向衣橱。我想那一刻父母一定被我的样子、我的话语惊呆了。母亲说这孩子不会被什么附体了吧。父亲说你每次吵架都提“该死的布拉吉”,孩子嘴里不说,心里肯定记下了。母亲气鼓鼓地把衣橱里的碎花连衣裙一把扯下来扔到地上，狠狠地踩了两脚。母亲一边踩一边说，布拉吉，都是该死的布拉吉。

也许是布拉吉腰间的蝴蝶结太漂亮了，也许是我把它当成我头上的那个蝴蝶结了，反正我就在那时踉踉跄跄去捡蝴蝶结，然后“哇”的一声，我大哭起来，正在踩那漂亮蝴蝶结的母亲一边抬起脚，一边大喊，小冤家，你捣什么乱？

父亲气鼓鼓地推开母亲抱起我，轻轻抚摸着我的手指，给我抹红药水，然后父亲把我的手用白纱布包裹起来。

母亲上前要看我的手，我吓得像老鼠见猫一样“吱哇”大叫，一边叫一边往父亲怀里躲。父亲说，你不能拿孩子出气。

母亲把我从父亲怀里抢过来抱怨道，她不是我身上掉下来的肉，我是故意踩她的行了吧。

我在母亲怀里挣扎着，不小心碰到了裹着纱布的手，疼得惨叫一声，再次大哭起来。父亲气恼地训斥母亲，你干什么，非要她的手残废了你才高兴？你看看你哪里有个母亲的样子？

母亲气鼓鼓地盯着父亲和我，我不是她亲妈，你带着她去找她亲妈吧！说完流着眼泪就摔门出去了。

父亲坐在床边发呆，我在父亲怀里抽噎着睡着了。等我醒来时看到母亲正弯着腰把地上的布拉吉捡起来。父亲说，你还是和孩子们留下吧。

母亲说，我留下，你好自己去找那个资本家小姐。

父亲说，你就不能好好说话，明明你是为了我，为了这个家。我也知道你心里委屈。

再后来，母亲和父亲带着我们兄妹三人回了老家，我们住到了生产队放饲料的一间土坯盖的小南屋里。北面三间是土坯里子、红砖挂面的大队部，西面是院墙和栅栏门，东面是牛棚。三头瞪着大眼睛的黄牛，在我们进来时正哞哞叫着。大队的人和父亲一起抱来一些土坯，码了离地尺高的土炕，又在土炕上放了些许稻草麦秸。母亲把我们带来的松木箱子排在炕边，我们在那上面吃饭、看书、读《毛主席语录》。回家第二天，一向乖巧的民平也哭着说不喝这水，这水咸，有小孑孓。母亲摸着民平的头说，乖，咱不喝生水，水烧开了就干净了。

我也学着民平的样子闹着不让点煤油灯，我说我要电灯。母亲瞪着我说，你以为这是春城呀，有煤油灯点就不错了。那天晚上母亲盛饭时，我想把油灯推倒，电灯就回来了，想着想着就一把打翻了油灯。军青大喊，是小妹故意推的。还没等我反应过来，母亲的大巴掌就抡了过来，同时飘过来的还有母亲愤怒的声音，你就知道搞破坏，要不是因为你，我们也许就不回来了。

父亲咳了两声说，跟孩子有什么关系，是我牵连了你。

每当回忆起童年，我心里就有一个绕不过去的坎。母亲陪父亲一起下放是她自己的选择，可她却总是赖在我身上，说是布拉吉惹的祸。若不是布拉吉，她就不会嫁给父亲；若不是布拉吉，她就不会踩坏我的手；若不是怕我的手残了，她就不会选择和父亲回家。其实我又何尝不是布拉吉和小提琴的受害者呢？如今闭着眼都能想到母亲带着孕育了七个月的我发现那些信件时的心情，她在一顿雷霆暴怒后生下了我。据说当时因为大出血，母亲一度生命垂危，我也差一点就夭折了。我不像哥哥姐姐一样有奶水喝，有母亲温暖的怀抱。母亲没有了奶水，我就只能沦落成一个喝米汤的可怜孩子。

自从母亲发现了父亲和洪清萍的通信，就像着了魔似的反复问父亲，你一定特别喜欢那个资本家小姐吧，你若心里没鬼，为什么不主动告诉我这些？你还在孩子的名字里用上青平，是不是以为这样她就在你身边，在你的生活里呢？

我不知道父亲到底是怎么想的，但确实如母亲所说，1957年父亲从朝鲜回国后，是买了去武汉的火车票的，当时开药铺的爷爷已经被打成了“反革命”。临行前，李政委也就是后来的李副司令员知道了父亲和洪清萍的事情，他提醒父亲不要盲目确定关系，并很快了解到洪清萍资本家小姐的身份。此时，洪清萍刚刚因为演出中自作主张演奏反动曲目正在接受组织调查。李政委说部队要派父亲去白求恩医科大学学习，父亲自己的家庭问题就已经很麻烦了，绝不能再找一个心怀反攻倒算之心的资本家小姐。父亲被李政委从去武汉的站台上拉回来后，给洪清萍写了一封信。父亲想问问洪清萍，为什么那么多曲目，非要拉一首叫什么帕格尼尼的反动曲子呢？但父亲再也没等来回信。

李政委把赴朝慰问演出的母亲介绍给父亲。李政委说这个跳舞的比那个拉小提琴的出身好。你看她对地主的恨，眼里冒着火；她对解放军的爱，眼里含着水。这才是我们革命队伍需要的人。舞台上母亲演的是贫农的女儿，穿着补丁摞补丁的衣裤，一头营养不良的黄发和一张口就露出的两颗大门牙丝毫没有打动父亲。尽管母亲长得并不难看，但曾经沧海的父亲心里想的还是那片巫山的云。父亲以病号需要看护为由躲开了。可父亲哪里能逃出李政委的手心，李政委让当文工团团长的夫人找来一条布拉吉送给了母亲。那条布拉吉是纯正的苏联版，宽松的袖子，圆润的领口，褶皱的裙摆，腰间一条布带系成蝴蝶结，别说走动，身子只要一颤便落在万花丛中。母亲就这样再次出现在父亲的世界里，阳光下母亲在后方医院的山坡上，像花朵般摇曳着，绽放着，走到了父亲的生活里。

三

大四那年暑期返校时，老陈以换乘为名来到我们县城，其实他就是找个借口来找我，来见我的家人。我埋怨他不应该莽撞造访，我觉得自己和家人还没有做好准备。

返程的路上，我突兀地问老陈，你觉得我是亲生的吗？任凭那个理科生在脑袋里如何快速计算，也算不准答案。老陈说不管你是不是亲生的，我肯定把你当成最亲的人。说完老陈觉得哪里不对劲儿，他说你们文科学生就是爱胡思乱想。我一本正经地说，我是要来的孩子。老陈吃惊地“啊”了一声，我看见他的嘴角一直拉到了腮帮子上。过了好一会儿老陈才缓过劲儿来说，你长得和你爸简直一模一样，而且你上面还有哥哥姐姐，怎么证也证不出你是要来的呀。我说你的公式是对的，已知条件也是对的，但1加1有时就是不等于2，这个道理你应该比我明白。

老陈是农村出来的孩子，他常说如果不是改革开放，他就是一个修地球的，怎么敢奢望高攀吃商品粮的。我说我也感谢改革开放，如果没有改革开放，我也是一个修地球的。我们那会儿把回农村劳动戏谑为“修地球”。老陈这次没有“啊”，他以为我在编故事。我说我从三岁半到十二岁半在老家农村度过了九年的时光，我捡过麦穗儿，打过猪草，当过公社的小社员。四年级学习珠算时，母亲担心我将来干农活累，硬是让我留了一级，她对我说你算盘打好了，将来在生产队可以当个会计。老陈的嘴角又开始上翘，这是他每次吃惊时的表情。我知道他入戏了，我也入戏了。

我以为老陈要问我是怎么变成吃商品粮的，谁知老陈却说天下母亲没有不疼自己孩子的。我一猜就知道母亲跟老陈私下谈过话了，我问老陈，她跟你说什么了？老陈先是顿了一下，然后面红耳赤地说，没有，没有。我说，她那个人就那样，总想掌控别人的生活，其实我哥哥姐姐搞对象时，她都是把了关的。老陈一直“嗯嗯”着，任凭我怎么点拨就是不肯说母亲和他的谈话内容。他总是急于表白一个主题，母亲是关心我的，是疼爱我的。我说这些不用你说，我和母亲生活了二十多年，比你有发言权。我觉得该说说我和母亲的关系了，但看到老陈一直在那里说着母亲的各种好，雨丝般滴答滴答没有停下来的意思，我便没了诉说的欲望。但尘封的往事经过淅淅沥沥的冲刷，已经清晰地浮现在我的眼前。

我家乡是黑龙港流域的振堂县凤凰村，发源于太行山的滏阳河从我们村南流过，只要下大雨就会洪水泛滥。1963年更是遭遇了历史上罕见的洪水。在伟大领袖"一定要根治海河"的号召下，我的家乡也开展了大规模根治海河运动。我们回家后的第一个秋季，秋收刚刚忙完，父亲便和生产队的其他社员一起出河工。临行前的晚上，母亲帮父亲一边收拾东西一边叮嘱父亲，这是好不容易争取到的机会，到了工地好好干。已经改名叫章红的哥哥不服气地说，爸爸本来是革命军人，编入民兵连应当当个连长，最不济也得是排长。母亲冲着哥哥喊，可不敢胡说，若不是杨支书和你们父亲是光着屁股一块长大的，这好事能轮到咱们？从春城回到凤凰村，一家人要吃要喝，挖河虽然很苦很累，早出晚归，但是管吃管住，还能挣双倍的工分。有了工分，也就有了我们的口粮，更重要的是父亲当了河工，被编入民兵连，我们的政治地位也就有所改观了。

父亲出工的前一天，正巧是哥哥的生日。为了给父亲送行，也为了给哥哥过生日，母亲拿着从春城带回的全国粮票从县城买来五根油条。哥哥对一人一根很有意见，他说小妹那么小，吃不完一根，应该把她的一半分给父亲和我。母亲笑着摸了摸哥哥的头说，臭小子，馋了吧。说完就把自己的半根递给了哥哥，父亲也把手中的油条递给了哥哥。哥哥三口两口吃完后，就盯着我手中的油条。我不由自主地躲闪着哥哥的目光，把剩下的半根油条紧紧攥在手里。饭后从不带我玩的哥哥要跟我玩捉迷藏，条件是我把半根油条给他吃。我摇摇头说不。哥哥又说今天肚子疼，若不吃油条就会死的。我说你都吃了那么多了，肯定死不了。这时哥哥突然神秘地说，你若给我，我就给你说个秘密。我问啥秘密，哥哥说关于你亲妈的秘密。我闻了闻手上的油条，然后递给了哥哥。哥哥一边吃一边说，你是要来的孩子，你亲妈是个拉小提琴的"反革命"。

其实哥哥说的正是我心里一直猜测的，但从哥哥嘴里说出来，我好像受了天大的委屈，我哭着说，你胡说，你骗人。

已经吃完油条的哥哥不再理我，他抹了抹嘴要走，我拼命拽住他，让他再说一遍。哥哥不耐烦地甩甩手说，我咋胡说了，你没听妈妈说吗？妈妈怎么不说我和民平呢，是你妈妈害得我们从春城来到乡下的。说完哥哥一溜烟跑走了。我回屋问父亲，我是不是要来的孩子，父亲说，你不是要来的，你是爸爸妈妈的宝贝。有人担着三个瘸腿的两个癞头的要换，我们都舍不得呢。我问父亲，那个拉小提琴的是谁呢？父亲怔了一下说，你还小，等你长大了爸爸再讲给你听。

工地虽然就在离我家八里地的三汊坝口，但父亲却很少回家。他们在河套里没有水的地方挖地窖，搭窝棚，铺上麦秸，手巧的还用芦苇、麦秸捆一圈炕沿。吃住都在工地上。

有一天，父亲回家取银针。他说工地上好多民工因为潮湿寒冷，劳累过度，都得了关节炎，他要给他们针灸。母亲的脸一下就阴沉起来，她快速夺过父亲手中的针盒后喊道，你不要没事找事了，如果治聋不成再治哑了，革命群众能答应你？你想过我和孩子们吗？唉，父亲长长地叹息了一声说道，我之前用梅花针治好了那么多病人，如今不能眼睁睁看着河工兄弟们不管吧？母亲说，你目前的身份是河工，不是医生。你忘了洪清萍自作主张补台的事情了？

那是我第一次听到洪清萍的名字，尽管母亲没有再说那个资本家小姐，也没有提小提琴，但我觉得洪清萍就是那个人，那个哥哥说是我母亲的人。那个名字就像刚刚挖掘出来的煤炭，从神秘又幽远的地层下面走到眼前的炉膛里，火苗在我心头一蹿，亮亮的，暖暖的。透过那一丝光亮我看到父亲夺过母亲手中的银针盒，毅然决然地走出了小屋。

父亲走后的一天，当我在胡同口玩耍时，一个老爷爷轻轻喊着我的名字向我招手。我本能地躲着他，谁知他竟然上前蹲在我面前，轻轻抚摸我的头顶。老爷爷说孩子别怕，我是你的爷爷。我说妈妈说我没有爷爷。老爷爷又摸了一下我的头顶说，怎么能没有爷爷呢，爷爷就是你爸爸的爸爸。然后他从衣兜里拿出一个小黄本，叮嘱我把小黄本交给爸爸。

我看着小黄本上的画和父亲的银针一模一样，就快步跑回家，把小黄本交给母亲。可母亲只看了一眼，就一巴掌飞过来，把我的鼻涕打到小黄本上，随后就拽着大哭的我向北屋大队部走去。

杨支书看了看母亲手中的小黄本，表扬了母亲。杨支书说，这个我给老章送到工地去，老章的梅花针在工地立了大功呢！杨支书告诉母亲前几天筑坝会战中，县武装部的郑部长亲自带领尖刀连跳到没膝的水中挡堰。郑部长的腿在战斗中受过伤，这次会战中胫腓骨骨折，若不是梅花针控制了病情，阻止了并发症，郑部长的腿就要锯掉呢。母亲问是老章行的梅花针?杨支书说老章的梅花针名不虚传呀!

父亲的梅花针是家传的,只是父亲刚学了个皮毛就当兵走了,后来在战地医院,缺医少药,父亲就一边摸索一边行针,竟然也解除了不少战士的病痛。如今想来那个小黄本应该是爷爷留给父亲的秘诀。梅花针不仅治好了许多乡亲们的病,也改善了我们家的生活状况。父亲在郑部长的推荐下成了公社卫生院的一名大夫。

一年后,母亲当上了我们凤凰村的妇女队长,我们家也搬进了大队部旁边新盖的三间红砖北屋里,我和母亲的关系有了缓和,我几乎忘掉之前母亲的暴怒和她嘴里的那个资本家小姐了。然而八岁那年,母亲再次不经意把资本家小姐植入我的心里,母亲不知道,是她的一句话、她的一个冰冷眼神再次把我推了出去,使我们之间的隔阂如江河里的暗礁,经过了五十年的光阴流转,依然盘踞在我心中的某个地方。

那天我和章红、章卫背着书包回家,未进院门,母亲愤怒的喊声就穿过门缝钻到我们耳朵里。章红、章卫把书包放在院里,背起竹筐就去村外打草了。我推开门,只见母亲把一张细长的照片举到眼前,然后两手狠狠地一扯,扔了出去。母亲歇斯底里地喊,这个家刚刚好一点,你就又找那个资本家小姐。然后又对着落在她脚底下的半截照片狠狠踩了上去,一边踩一边喊,我让你去找,我让你去找。

我呆呆地看着母亲撕照片,呆呆地看着那半截照片像一片云朵上下翻转着,飘落到我脚下。那明亮的大眼睛,幽黑的眸子,辫梢的蝴蝶结,还有肩上的小提琴,就那样印在我的心里。母亲看着愣在门口的我,突然就把枪口对准我,让开,让你爸给你找你那资本家小姐的妈妈去。

母亲的训斥没有让我难过,那一刻我觉得自己幸福极了,我的眼神闪着亮光,母亲嘴里那个资本家小姐妈妈就像冬天的太阳,尽管遥远,但不失温暖与明亮。我便如向日葵般把脑袋把身子把我所有的精力都聚焦在那张照片上。我的神情更加激怒了母亲,她飞起一脚,踢飞了照片,但那半截照片似乎不愿离开我的视线,贴着地面从左面挪到右面。我生怕母亲的脚踩到她身上,不由自主地向照片走去,匆忙间被母亲伸出的脚绊了一下,来了一个着实的嘴啃地。母亲急忙拽起我,一边用手划拉我脸上的土一边说,你就不能消停点,简直就是资本家小姐派来的。

父亲终于愤怒地吼了一声,你有完没完?我就是觉得对不住她!再说如今她是死是活都不知道，你吃的哪门子干醋？

我们家的战争往往是母亲挑起，母亲总是顺着自己性子一味地让战火蔓延。但无论战火如何激烈，只要父亲一还击，母亲便被水淋一般，即使她受了天大的委屈，也只是坐在一旁嘤嘤啜泣。父亲过去拍拍母亲的肩膀，声音也柔和了许多，郑部长转业回湖北时，我托他打听一下洪清萍的下落，我是想万一郑部长能帮她一下呢。她有着那样的出身，又犯了那样的错误。

母亲抬起头，我是怕你和她再有瓜葛，我也是为了你，为了这个家呀！

父亲叹口气说，放心吧，我知道该怎么做，连郑部长都找不到她，我就是想找也找不到了。

母亲捡起郑部长的信递给父亲后问，她都敢刺杀农场领导？看来就是对新世界充满仇恨。如果她没投江，抓住了也应该是死刑吧？

父亲说，事情肯定另有隐情，只是没有当事人，所有的一切都是猜测……

当时我什么也没听懂，但我认定了我的母亲是资本家小姐，我把那半截照片捡起来放到我的手心里，我凝视着她的眼睛，亲吻着她的额头，轻轻触摸她肩上的小提琴。我和母亲的感情再次疏远起来。每当母亲训斥我时，我不会像章红、章卫一样撒娇，而是直勾勾瞪着眼前这个母亲，心里暗暗地想，如果是亲生的一定不会是这样。那个心里的母亲便一日日亲切起来，亲抚我，给我擦眼泪，听我说话，仿佛我一入梦就能触及她的眉眼、她的发丝，看见她对我微笑，听到那悠悠的琴声。我盼着自己快快长大，盼着长大后找到我的母亲。

我十二岁那年父亲落实政策，我们家搬到县城，章红把名字改回了章军青，章卫改回了章民平，红卫兵里唯独留下了我。不久章红当上了工农兵学员，章卫也当上了女兵。转到了县城中学读书的我，在音乐课上第一次见到了小提琴，下课后我摸着老师的琴看了又看，仿佛日思夜想的亲人一下就站到了眼前。音乐老师是上海的知青，梳着几乎拖地的长辫子，她被我不错眼珠的样子逗乐了，就问我愿不愿意跟她学拉琴。我怔了半天，嗓子发涩，眼睛发湿，一句话也说不出，只有忙不迭地点头。于是每天自习后，我便到老师的宿舍学拉小提琴。我清楚地记得第一次跟老师学琴时的情景，那天老师把琴放在我的左肩上，左手从后面帮我托起琴，右手让我像拿铅笔一样握住琴弓，她轻轻牵着我的手腕向上鼓起推弓，向下鼓起拉弓。随着一推一拉，我的头就不时蹭到老师的前胸，老师身上香甜的气息让我一阵阵眩晕，恍惚中音乐老师就像那个梦中的妈妈一般。我以为世界上的手都是和母亲的手一样粗糙，都是和母亲给我穿衣，拉我上街时一样的硬邦邦。那天我才知道世上的手还可以这样绵软，世上的举动还可以这样温柔。靠着这种美妙的感觉我开始了我的学琴生活，寒假前学校文艺演出时，我已经能拉出简单的曲子了。那天我刚把小提琴放在肩上，准备在同学家长面前露一手时，母亲猛然间从台下向我走来，众目睽睽之下她一把夺过我手中的琴，真是不务正业，我说你成绩怎么这么差呢。

音乐老师对母亲说，你先听听她的琴声，这么多年我第一次见这么有天赋的学生。

老师的话并没有打动母亲，反而让母亲更加冲动，母亲硬邦邦怼了老师一句，我们是要考大学的，请你不要误人子弟。说完把小提琴扔到老师怀里，紧紧拽着我回了家。

母亲把我关在家里，不允许我出去玩，更不允许去学琴。我求父亲帮忙，父亲竟然也和母亲一个腔调劝我不要学琴。父亲说，女孩子，还是别往文艺圈里钻，咱们学医，学点真本事，回头爸爸把梅花针传给你。

我说，我不学梅花针，我就喜欢学琴。

母亲对父亲说，你看看，学什么不好，非要学琴，简直就是洪清萍的翻版。

父亲不接母亲的话茬儿，但父亲也不帮我。等寒假后再开学时，音乐老师就回上海了，别说学琴就是再摸摸琴的机会也都没有了。

世上最慢的是光阴，最快的也是光阴。我就像屋檐下的那只小鸟，昨天还黄着小嘴，今天就钻出一双翅膀，扑棱棱飞到金城大学，再振翅落到金城银行。岁月流转中，我以为我忘了那个叫洪清萍的母亲，但只要听到见到和长江、武汉、小提琴关联的文字、声音、图片，我的心就会微微震颤。我知道，那个连父亲面都没见过的资本家小姐不是我的母亲，但她像音乐老师一样甜香的气息，像音乐老师一样的琴声，已经长在我心里了，她藏在我心底的某个角落，瞪着那双黑亮的眼睛看着我，看着我的生活。

四

女儿说她的托福成绩出来了，导师也给她写了推荐信，她已经把学校申请书发出去了。我知道女儿的心愿是去美国读书，就像我当年的心愿是学小提琴一样。老陈说孩子大了，就让她自己闯一闯吧。闯吧，我就是想拦也拦不住呀。如今的孩子们太幸福了，不只是物质上的丰裕，更多的是精神的自由。

那天我带着初中二年级的女儿去上小提琴课，从来不多上一分钟的米老师竟然拖堂十分钟，我惶恐地看着她，以为女儿哪里出了问题。老师微微一笑，那笑容就像春风，吹过山坡，树就绿了；吹过小河，水就暖了；轻拂我脸颊，我的心就安宁下来。然后她轻轻解释道，后面那个学生去美国读书了，这堂课空下来她可以给陈璐加餐。米老师说陈璐天赋好，也可以考虑到国外学习。

我连忙摇头说，这可不行，如果陈璐是男孩子还可以考虑，女孩还是图个安稳留在我身边吧。我说这话时女儿拉的那个“发”音突然高了八度，她那幽幽的眼神像闪电穿透琴声和尘埃，砸落在我身上。我没有理会陈璐的情绪变化，继续和米老师聊天。我说陈璐是艺术特长生，实验中学又是金城重点中学，都知道只要踏进实验中学的门，就等于一只脚跨进大学校园，没必要到国外去读大学。

回家的路上女儿说，我不想拉琴了。我说这怎么能行，从四岁就开始学琴，如今学了十年，扔了太可惜啦。女儿说你当时说拉琴就是培养个爱好，我为你坚持学下来了，但你不能让我一辈子为圆你的梦拉琴吧？我白了她一眼说，真是身在福中不知福。我当年想学还没条件呢。女儿说你现在学也不晚，你跟米老师那么说得来，不如就拜她为师吧。哈哈，那样你就得叫我师姐啦。

我们的小提琴老师是乐音琴行老板的母亲，乐音琴行是我们金城规模最大的琴行，小提琴演奏世家出身的老板为了让母亲开心，特意为母亲办了这家琴行。说是琴行，其实早期就是三间专卖小提琴的门脸，老太太除了卖琴，还负责为买琴的孩子们上课。没想到生意一天比一天红火，慢慢就增加了大提琴、钢琴、吉他等等。铺面越做越大，从一家开到三家，乐音琴行变成乐音艺术学校，犹如早春的一抹新绿，几个大晴天后就满眼满坡的郁郁葱葱。

女儿陈璐一出生，我就为她规划好了未来。我想给予她更多的爱与幸福，把女儿培养成洪清萍妈妈那样的人，不能像母亲一样粗粗拉拉、风风火火。我想象着陈璐在舞台上、在镁光灯下拉小提琴的样子。

我到乐音琴行买琴时，店员给我介绍说她家的琴都是手工琴，说完拿起一把低价位琴让我看。她说即便是我家低价位的琴也能陪孩子练过十级，你看这琴头、琴身多么周正匀称，左右的弧度就像机器刻出来的，你再听这音色，纯净、清晰，高音明亮，低音浑厚……我笑着说卖瓜的当然说瓜甜了。女店员愣了一下，旋即说我们家真不是这样，我们店的每一把琴都是米老师亲自选的。见我没有回应，又说今天米老师正在试琴呢，不信你去看看。女店员把我引到二楼的琴房，一位像是从民国走出的女人一手托琴，一手拉弓，一根夹杂银发的麻花长辫垂落在右肩，辫梢系着黑色蝴蝶结。琴声时而像微风拂面，时而像瀑布奔泻，恍惚间我觉得那琴声很远，遥不可及，又似乎很近，就缭绕耳际……眼前的景象似曾相识，仿佛是从梦中走来。我说就是它了。店员好意相劝，她笑着说米老师的这把琴价位有些高，初学者买个普通琴就可以了。我说我就要那把琴，只是我要请米老师亲自授课。店员说米老师授课费比别人高出许多，让我们先上大课，等有了基础再上一对一。我固执地说，万丈高楼平地起，基础最重要。店员为难地说米老师年岁大了，不加课，只有等艺考结束后，她的学生走一个才能加一个。我依然坚持说，我等。事实上我是等对了，我想如果不是米老师，陈璐也许早就放弃了。

半年后，陈璐排上了米老师的课。我想象中的琴声是婉转的，是优美的，是从长江里流淌出的最晶莹的浪花，带着清风的欢快，带着回声的高亢，哗啦啦，轻潺潺，如云烟浩渺，似雷雨铿锵。可那最初吱吱嘎嘎锯木头的声音让我失望，陈璐更是把拉琴当成上刑。米老师耐心地引导陈璐，不逼陈璐学琴，而是用上海普通话问，你喜欢花吗？陈璐眉毛一扬，小嘴一努，当然喜欢了。米老师慈爱的目光落在陈璐脸上，她指了指窗前的一株山茶花说，学琴就像种花，你不仅要埋下种子，更要给她浇水施肥，你每天浇呀，浇呀，就能等到她开花的那一天。陈璐每坚持拉完整一支曲子，米老师就鼓励她说，看，咱们的小花发芽了，咱们的小花长高了一点，咱们的小花含苞了，噢，陈璐坚持，坚持，我们的小花就要开放了……对我来说陪着陈璐上课是一种享受和放松，不管单位和家里有多少烦心事，只要坐在琴房，我的心就会出奇的宁静、舒缓。那琴声，那优雅的一举一动，那亲切的一颦一笑，常常让我产生幻觉，如果不是上海口音，我几乎就把她当成清萍妈妈了。我知道我又想清萍妈妈了，我的清萍妈妈还在吗？我想等陈璐脱开手了，我一定要去找找梦里的清萍妈妈。

陈璐考完业余十级后，坚决不再学琴了。女儿说，你以为我不知道，我拉琴是为了你的梦想。我的童年给了小提琴，我的业余时间给了小提琴，我都考完十级了，总可以学自己喜欢的了吧？姥姥说了，你不能把你的喜爱强加在我身上。

我一直小心呵护我和女儿的感情，我想着给她最好的教育、最幸福的童年，为此我的业余时间都用在带她学琴、练琴上了。就连她几次放弃学琴我都没有像那些琴童妈妈一样打她，我给她反复讲琴声之美，讲学琴的种种益处，讲她将来可以用琴声抚平生活的波折，讲练琴背谱子可以锻炼她的记忆力……我想陈璐说不学琴也就是使使小性子，没想到她来真格的，而且还用“我拉琴是为了你的梦想”的炮弹砸我。我垂死般挣扎着，拿起机关枪噼里啪啦一阵扫射。陈璐被我的狂轰滥炸吓呆了，我自己也呆了。刚才的我像极了年轻时的母亲，原来那言辞、那语气甚至那表情都在我的潜意识里。我再次想起了我那个资本家小姐妈妈，想象着那一汪清水的淡然，那风和日丽的静好。

那场争吵拉开了我和女儿之间战争的序幕。我让女儿读文科，女儿非要读理科；我让女儿选择上海的学校，女儿偏偏选了北京的大学；我让女儿毕业留京城，女儿再次选择了出国。每次我被女儿气个半死时，母亲就劝我，孩子大了，你就别操心了，你越说她越逆反。每到这时，母亲就成了我的出气筒，我把火撒到母亲身上，我说那你为啥当时老拧着我呢?

母亲说当时家里那么多事，政治环境、经济环境、生活环境怎么能和现在比?一天到晚多少烦心事，能让你们吃饱穿暖就行了。说完母亲叹口气，我们那代人都傻，心里怎么能不疼孩子，只是不会疼罢了。

我说之前没条件，我不怪你，可落实政策后，我们有条件了，你明知道我喜欢学琴，可你就是不让我学。如今陈璐学，你不帮我，还背后拉后腿。母亲嘟囔一句，不愿学琴，还有书、画、外语、奥数，孩子不学琴就不学呗。

我说，看看看，不打自招了吧?我说我有个同事的妈妈怎么怎么教育她，引导她儿子，我那个同事的妈妈怎么替女儿着想，你看隔壁的琪琪姥姥整天带着琪琪学钢琴，你去过一次吗?

母亲低下头不再吭声，我却愈加咄咄逼人，每天陈璐练琴时你就鼓动爸爸出去遛弯，你以为我不知道，从你心里就不支持陈璐学琴。当我还在义愤填膺地滔滔不绝时，父亲从书房出来叫停。他有些生气地说，我们不是不支持陈璐，我们老了，老师讲的也记不住，回来也没法纠正孩子。再说小提琴有什么好? 不当吃! 不当喝! 孩子喜欢学工就学工，喜欢学文就学文，也不一定非要拉一辈子琴呀。

我说父亲是维持会会长。我小时挨母亲训斥时总是父亲出面袒护，如今一旦战火燃起，父亲依然挺身而出，只不过如今袒护的对象变成了母亲。

老陈劝我，一个人情商高低首先看他对家人的态度，你看看你对一个小提琴老师都那么温和、尊敬，对你自己的母亲怎么就总发脾气呢? 我知道你心里是爱你的母亲的,就算为了父亲,为了给陈璐做个榜样,你也不能这样。

我委屈地说,陈璐学了十年琴,你们只知道她换了三把琴,知道松香买过多少块?拉坏了多少弓?想过我像打了鸡血般带她上课,在旁边做笔记,陪她拉琴的辛苦吗?我是喜欢米老师,尊敬米老师,人家比母亲小不了几岁,可你看人家的风度气质。琴声养人,十年间我就没见过米老师着一次急,她脸上永远是浅浅的微笑,说出的话永远是和风细雨,我是想让陈璐成为米老师一样的人。

那一段时间,任凭我说破嘴,陈璐就是不肯摸琴。米老师也批评我不能强制,越强制越会引起孩子的逆反。她说先放一放,说不准哪天她自己就拾起来了呢。还真是让米老师说准了,高考结束后,我们家中又有了琴声,尽管陈璐没有选择我的文科,也没有选老陈的理科,而是选了我们认为一个女孩子最不应该学的软件工程。父亲问软件工程是什么?是修战壕?还是修沟渠、大坝?陈璐笑着说,姥爷您说得太对了,是修战壕、修沟渠、修大坝,更是修风口,未来风口修好了,就是猪都能飞起来。

父亲知道陈璐在逗他,但依然开心地说,风口好,风口好,诸葛亮就借过东风。我们把风口修好,就不怕美国鬼子了。

陈璐上大学那年是2008年,父亲八十岁高龄,因为奥运会,陈璐开学比往年晚了十天。陈璐盯着电视看奥运会,父亲坐在陈璐身边讲在渡江战斗中,腰间水壶被打穿救他一命的往事;讲在朝鲜,美国鬼子的飞机像苍蝇一样整天嗡嗡嗡;讲他当局长时把拿着大哥大的病人当成特务抓起来……陈璐有一搭无一搭地搭着腔,当看到奥运会上那个美国的埃蒙斯打脱了靶,父亲正讲到美国鬼子刚到朝鲜战场时身下铺着军用地毯。父亲说,真的,美国人就是那么笨,那么轴。刚到朝鲜时,他们打仗先挪挪地毯,再匍匐前进。我说你俩都不在一个频道上,一个东,一个西。母亲悄悄扯了扯我的胳膊轻声说,你爸鬼着呢,他知道你不愿让陈璐出国,这是旁敲侧击帮你做工作呢。

那天我眼睛一热,我知道父亲一直是最宠爱我的。但如果知道陈璐后来的选择,他还会帮我吗?

五

母亲常常说父亲最疼我,其实不用母亲说,我自己也感觉得到。小时候我有什么事情都是跟父亲说，我不敢也不愿跟母亲说。九岁那年冬天，我玩雪把棉鞋弄湿了，一回家就挨了母亲一巴掌。母亲说这是过年要穿的新鞋，你就这么不爱惜，这点倒不像资本家小姐了。母亲让我把鞋子放在炉边上烤，谁知一不小心，红条绒鞋帮烤煳了。我怕母亲再训我，就一个人跑出去找父亲。公社卫生院离我家五里地，虽然那条路我跟着父亲走过几次，但那天房屋、树木、田野白茫茫一片，我找不到标志物小桥，也看不到沙土岗，出村口没多久就迷路了。我“哇”地哭了起来，我想学民平一样，用哭声引起别人的注意。可四周别说人影，就是麻雀也没有一只，只有太阳公公在云朵里时隐时现。我想起父亲说的中午太阳在南边，想起清萍妈妈的长江也在南边。一个火苗在心头一闪，向南、向南，去长江，去武汉找亲爱的清萍妈妈，我迎着太阳走呀走，走呀走。等父母找到我时已是傍晚，母亲上来就给了我一巴掌，她一边打一边哭着说，我的小祖宗，你这是要急死我呀。父亲一把推开母亲，把我揽进怀里，他那硬硬的胡须让我感觉又扎又痒。我附在他耳朵上问，这是咱家的南边不？父亲点头说是，然后问我到南边干啥。我嘘了一声，把嘴放在他耳朵上说，帮你找清萍妈妈呀！父亲的泪水落在我手上，他使劲抱了抱我说，好孩子，咱们谁也不找，咱们回家。那是我第一次看见父亲流泪，我用小手抹着父亲的泪水哄父亲，爸爸不哭，妈妈不在，还有我呢。

当时小啥也不懂，如今想问问父亲流眼泪是因为我，还是因为想起了清萍妈妈。但已经没有机会了。

父亲是三年前的正月初五去世的。年三十那天，军青哥哥在朋友圈发了组照片：八十八岁的老父亲擀了一家人的饺子皮，三岁的重孙子把饺子皮运到太奶手中，幸福祥和弥漫在除夕夜，丝毫没有父亲要离去的征兆。每年哥哥都邀请我们一家共同守岁，但我坚持不去。我们老家有个习俗，嫁出去的姑娘在娘家过年会穷娘家的。其实这也只是个托词，更多的是我不愿和母亲在一起，小时候不愿看母亲犀利的目光，如今不愿看母亲身上的小心翼翼。初二早晨回娘家时，哥哥说父亲有些咳嗽，我们带父亲去医院看了看。医生诊断为肺炎，开了三天门诊输液。我当时就诘问母亲，是不是又和父亲去公园了？是不是出门又没戴口罩，是不是做饭盐又放多了？如今的我就像是母亲年轻时的翻版，只是母亲当年一不如意就说资本家小姐，我如今是所有的问题都要跟母亲的失误牵扯在一起。

母亲怯怯地说，大前天他非要去公园看老战友，老杨把从他战友那里得来的最新消息告诉你爸，你郑伯伯一个月前去世了。你爸他们几个就伤感了半天，估计是心情不好，又着了凉吧。

父亲剧烈地咳嗽起来，咳嗽引起的红涨还未从脸上退去，父亲就吭吭哧哧急着说话，你妈妈照顾得好着呢，咳咳、咳咳、咳咳，父亲脸又憋得涨红起来。我说你别说话，好好休息。父亲并未理会我，咳出一口痰后继续说，我自己就是大夫，一个小咳嗽，没有什么大惊小怪的。父亲说话时眼睛一直温柔地盯着母亲。父亲说完看了看我，我当时正紧绷着脸瞪着他。父亲说都多大了，还跟小时候一样，一不高兴就不错眼珠地瞪着一双黑眼睛。我想制止他，但父亲跟小时候对我一样，投来温暖的微笑，只是如今的笑在咳嗽中颤抖着，刹那间就在我脸上勾出了一串泪水。我一边拍打父亲的后背一边说，不许再说话了，你个不听话的臭老头。

父亲却人来疯般逞能，我觉得他就像个孩子般顽皮地没话找话，兵儿穿布拉吉真好看，和你当年一个样呢。

一抹红晕从母亲眼角的沟壑里爬出来，母亲有些羞涩有些嗔怪地说，跟你说过多少遍了，兵儿穿的是裙子，不叫布拉吉。

我真后悔那天我不耐烦地打断了他们。我拉着脸对母亲说，父亲都病成这个样子了，就别再和他较真了，让他少说话，利于康复。我说我出去买点水果，你想吃什么？父亲微笑着说，我什么也不吃，你去给你妈妈买个你那样的布拉吉吧。我一边把手搭在父亲额头上，一边生气地说，老同志烧糊涂了吧？

初五早上，我被一夜的梦叨扰得昏昏沉沉，仔细回味梦里的景象，却想不起一丝一毫，莫名的烦躁使我再也无法安然入睡。我翻身起来拉开窗帘的一角，天空幽暗，没有月光，也没有星光，就连楼前路灯也因罩上了红灯笼朦胧了许多。整个楼在静谧的帷幕里微醺着，只有客厅那座爷爷留给我的老座钟在按部就班"嗒、嗒、嗒"地响着。我的心一阵紧似一阵，以至于我的呼吸都紧促起来。我推醒身边睡得正香的老陈，我对他说我要早点起去父母家。这时哥哥打电话来说父亲咳得厉害，他要带父亲去医院。我觉得秒针就是那一刻咯噔一下和时针、分针一起停止转动，凝固在早上7点钟。老陈说你等我洗一把脸，我没搭理他，慌乱中转身就往外走。车还没发动起来，老陈就追了上来，快速开车往医院方向赶。我们到医院时，父亲正在急诊室抢救，哥哥说父亲在快到医院的路上咳了一声，然后就昏迷过去了。

都说父亲是被一口痰卡住的。我后来想，如果从父亲刚开始咳嗽我们就重视起来，如果父亲娇气一些，如果母亲，最重要的是母亲细心一点，父亲就不会走得这么早。尽管父亲已经到了八十八岁高龄，但他的器官还健康得很，他的各项机能还正常得很。后来父亲的主治大夫说，父亲毕竟年岁大了，看似健康，其实所有零件都老化了。我想父亲平常的健康是一个假象，抑或是在小他十二岁妻子面前挣扎出来的年轻？老年的父亲从吃饭到穿衣到旅游等等一切都随着母亲的性子。母亲上老年大学，他就在学校外的石凳上等，母亲去买菜，他就在旁边大包小包拎着。当然父亲去公园，去看花，母亲也会陪着。只是好多活动是应该取消了的，比如冬天不再去雾霾里聊天，而是在装了净化器的房间里看电视。总之，我觉得父亲的离去多多少少跟母亲又有了关系。当医生宣布父亲心跳是一条直线时，我心里是怨恨母亲的，我忍不住要埋怨母亲没有照顾好父亲。但我还没来得及说出口，就听见民平姐姐大声呼叫，妈、妈，大夫，快救我妈！

母亲晕倒在民平怀中。母亲把众人吸引过去，看着母亲紧闭的双眼和嘴唇，我的心突然像针扎般，我推开母亲身边的民平和军青，跪在地上紧紧握住了母亲的一只手。那只手有些僵硬，有些粗糙，变形的骨节硌着我绵软的手，刺痛着我的神经。我忽然发现自己竟然没有好好握过母亲的手。母亲的手就像门前那棵冬天的紫槐，光秃秃的、苍凉的枝杈把我的心扎出了血。

大夫在一边掐人中，做心肺复苏，我在心里声嘶力竭地喊着，妈妈、妈妈。那一刻身边的母亲和我心里的母亲重叠在一起，我在心里说，妈妈，你一定要醒过来，我再也不和你较劲儿了，给我一个好好照顾你的机会。

母亲的嘴唇由青转紫，刚慢慢泛起一丝浅红，泪水就哗哗地从眼角顺着太阳穴流到花白的头发里，不一会儿雪白的枕头就被泪水洇湿了两片。母亲苏醒的那一刻，我长嘘了一口气，我想轻声安慰母亲，但我的声音里就是发不出和父亲说话时的娇嗔，我心里说，妈妈，爸爸走了，还有我呢。可话一出口就变成：你不要这样，父亲不希望你这样。母亲期期艾艾地说，都怪我，都怪我没有照顾好老头子。

父亲去世后，母亲就像祥林嫂一般天天唠叨没有照顾好父亲，后悔没有陪着父亲去台湾。其实后悔的岂止母亲一人。看到新闻里播放两岸通航的新闻时，父亲说当年就差那么一丁点台湾就……我顺口说哪天我带你们去，如今两岸都通航了，不用打枪，咱们照样轰轰烈烈地飞过去。我说完就忘了，母亲说父亲却当了真，他曾经几次翻出宝岛地图，拿着放大镜研究了好长一段时间。我总是说等明年春天，明年春天。

春天的脚步一声紧似一声，春节马上就要到了。我有时间了，可却永远失去了带父亲去台湾的机会。我放下手中的回忆录，把自己三十年前的日记本翻出来，从红色内皮里取出洪清萍的半截照片，小心翼翼地把它和从父亲回忆录里掉出来的半截合在一起。我好像看见那眸子动了一下，和我儿时梦中的一样，那眼神如月光下的湖水，闪着碎银子的光亮，那眼神更像一双温暖的手，轻轻拍打着我的脊背，让我沉醉在梦想的港湾里。我把照片放在胸前，一股热流从心底泛起，回声在身体里荡漾着，妈妈！亲爱的妈妈！

那个心底的妈妈如果还在人世，她应该也是八十岁的人了，眼睛还会那么黑，眼神还会那么亮吗？她还记得那个"亲爱的志愿"文杰吗？她一定不会知道还有一个女儿在心里装了她五十年吧？

六

我从江城花都回家后，陈璐从美国回来了。她说她准备和华兴技术有限公司签三方协议，她要回国发展。我知道陈璐从小就爱恶作剧，这次肯定又有什么歪点子。当年都左右不了她，如今更是翅膀硬了。我想只有刺激一下她，才能探个虚实，我半讥讽、半调侃她，不嫌弃家乡这落后、那污染了？

陈璐用揶揄的表情看着我说，谁让我出生在这里，嫌弃也没办法呀。子不嫌母丑，狗不嫌家贫，何况你也一天天往好处变呢。

她揶揄的表情一闪而过，黑黑的眸子里透着光亮，藏着我期待的深邃。我满心欢喜地点头，迫不及待地询问，是去北上，还是广深？陈璐拍拍我的肩膀，一脸坏笑，你这个老同志刚退休就这么"out"（落伍）。

我一边拨拉开她的手，一边嘴里嘟囔着去去去，不要给我拽洋文，更不要拿你老妈寻开心。看着她觍着脸皮得意的样子，我说也没让你非要回来。陈璐哈哈一笑，你就别推脱责任了，你和姥爷早就串通一气，姥爷天天说让我把美国鬼子的技术学回来。然后陈璐一本正经地说，一方面我们自己的"核芯"产品正需要研发人员，一方面在国外的研发机构根本就不让我们进入"核芯"领域。无论是从发展前途还是自我价值实现，国内都更适合我。再说哪个国家能有中国这么大的市场？嘻嘻哈哈的陈璐竟然把我说呆了，我认真地看着陈璐，这是那个叛逆、那个气得我肝疼的小丫头吗？我还未回过神，怎么就一眨眼长大了。面前的陈璐不再是那个委委屈屈拉小提琴的小女孩了，她是斯坦福大学软件专业的硕士。

那天她告诉我接到录用通知时，我着实吃了一惊。在我心里陈璐是愿意留在美国的，再说也没听说她报名应聘什么的，更没见她回国考试、面试，怎么就把工作都搞定了？我有些生气地说你又逗你老妈呢。陈璐说：怪不得让你退休，如今可是互联网时代呀。我在网上就可以直接投递应聘简历，哈哈哈，你女儿厉害吧？

我问，就这么简单？陈璐说就这么简单。然后陈璐又补充一句，还是跟你有关系的，因为“华兴技术”研发中心在米老师的家乡，我休息时还可以到米老师家蹭饭，还可以和米老师切磋琴艺，所以我准备签了这家公司，始作俑者就是你呢。说完她哈哈大笑起来。

我装作生气的样子狠狠瞪她，可黑眼仁里射出的都是爱意，陈璐越发笑得酣畅淋漓，我瞪着瞪着也就笑了起来，笑得泪花模糊了双眼。陈璐又放肆地拍我的肩膀，这次我没有推开她，反而很受用她的拍打，恍惚间我觉得帕格尼尼的《随想曲》从她的指尖流出来，一点点渗透到我的心里。陈璐说过完年就准备签约，趁着春节咱们去旅游如何？我说好呀，你选地儿吧。陈璐一边划拉手机一边说，过年三亚和台湾都是热线，阳光、沙滩、海浪，还有一个仙人掌，老同志你选一个吧。我说都不去，提起台湾你姥姥又要唠叨没带你姥爷去，去了三亚，更是处处有你姥爷的回忆。陈璐“嗯嗯”地点着头，我知道我俩都想起了那一幕。前年春节我把父亲在三亚清水湾沙滩上的脚印拍下来逗父亲，我说你猜一猜这像什么，猜对了有奖。我话音刚落，父亲想都没想就说，小提琴。当时陈璐哇的一声喊道，姥爷，你太有艺术范儿了。本来我想说像雁阵，可看着父亲的样子，我笑着说，抢答正确，不过您踩得更正确，您是无意中就踩出了一把小提琴呀。父亲不好意思地看看我，然后羞涩地低下头。

我说，咱们去上海如何？提前到你公司看看，有合适的再帮你租套房子。

陈璐疑惑地看着我说，我公司不在上海，在武汉呀。

我感觉自己被雷电击中一样，瞬间就呆在椅子上。陈璐用手把我惊到了天上的嘴角扒拉下来说，你不会中风了吧？

我顾不上和她瞎贫，急切地问，米老师不是上海人吗？怎么变成武汉的了？如果米老师是武汉人，那她会不会就是……那个念头在心里一闪，又自言自语道，不会吧！

陈璐眉头一锁，是不是和你期待的北上广深有距离呀？她停顿了一下，见我不吭声继续说，米老师丈夫是上海人，她是武汉的，你们关系那么好，你居然不知道?

我掐了掐自己的手指,疼,生疼,我确认不是做梦,但仍不放心地盯着陈璐问,你确定不留国外? 不去北上广深?

陈璐嘟囔着说,我就知道你不同意,伤着你的面子啦?这家华兴虽然是民营,但研发能力和发展潜力都很强,再加上中心城市和长江经济带发展……

我知道陈璐误解了我的意思,我打断她说,我当然希望你回国发展了,也支持你去武汉。陈璐用长长的胳膊把我环绕起来,猝不及防地亲了我一口,然后像只小鸟跳了起来。

我对陈璐说,你赶快订高铁票,我们仨,带上姥姥,咱们过年就去武汉。

我把自己的决定告诉母亲时是费了一番思量的,我甚至有些后悔让陈璐给母亲订了票。

我来到母亲的房间时,母亲正对着父亲的照片发呆。我把刚温好的牛奶递给母亲,然后装作不在意地说,过了年我带着您去散散心吧。母亲说行。我说你喜欢去哪儿呢?母亲说没你爸爸了,我哪儿也不想去。如若以前我会转身走开,可如今看着母亲呆滞的目光,想着父亲跟我说的最后一句话是"给你妈妈买条你那样的布拉吉吧",我便狠不下心了。我耐着性子说,您别这样,不然父亲也不安心呀。母亲说,我真后悔……

我急忙打断母亲的话,有点不耐烦地说,人都这样,活着时不知谦让,失去后总是后悔、遗憾。母亲的神色更是木然,我眼睛一闭,咬咬牙说,陈璐的那个小提琴老师,米老师回武汉了,我和陈璐想去看看她。

我已经做好了接受枪林弹雨的准备,一刹那我竟然有些幸灾乐祸,母亲手里那颗资本家小姐的炮弹如今已经失去威力,即便能爆炸,也伤不着我了。但此刻除了墙角的那座钟"嗒、嗒、嗒"一秒一秒迈着脚步,呼吸止住了,空气都凝固了,如同窗外玻璃上的冰花,任内心千娇百媚,外表依旧静若处子。我深深地吸一口气,把目光向母亲投去。我和母亲的眼光交会在一起,母亲的眼神闪着我从未见过的亮光,她直直地看着我,看得我心里发毛。我不敢告诉母亲陈璐上班的事情,而是拐着弯解释武汉之行。我说米老师教了陈璐十年琴,米老师今年都八十岁了……母亲打断我,我也想去,你们一定要带着我去。

母亲望着我惊恐的表情说,你爸有个朋友,你们小时候我经常说她是资本家的女儿,她是武汉人。你爸最爱的人是她,你爸一生最大的遗憾是错过了她。我说，爸爸对我说过，爸爸最爱的人是你，不然爸爸也不可能这么多年都没有再去找她，但是爸爸最大的遗憾应该是没见过她，不知道她后来的状况。我第一次一口气和母亲说了那么多话。见母亲的脸上有了血色，我问母亲您去武汉是想看看那个她生活的城市，还是想找找她？母亲答非所问，现在电视都能寻人，中央台有个《等着你》的栏目，咱们能让倪萍帮着找找吗？我想帮着你爸爸找找她。

“妈妈！”那声无比深情的“妈妈”是从我心里流淌出来的，那一声在我心里发酵了五十多年，窖藏了五十多年。只一声就浓烈地逼出了母亲眼里的亮光，瞬间把我心里的堤坝撕裂了一个口子，我看见长江之水滚滚而来。我说不用倪萍，让陈璐发个帖子就行。

正月初一，我们坐上了从金城开往武汉的高铁。母亲问陈璐，有没有洪清萍的信息？陈璐说还没有。火车一路南行，跨过黄河大桥后，母亲说父亲在这个叫尧山的地方一天急行军走了八十里，父亲在桥南岸的敌占区农户家里讨了一挎包羊屁屁蛋，也就是羊粪，父亲用那些羊粪治好了两个发疟疾的战士。陈璐说这个方子有些偏，估计就是姥爷整理出来也没人敢用了，说完就哈哈哈大笑起来。笑完还不忘要贫嘴说，也不对呀，应该贡献给药物研究所，没准还能成就几个科学家呢。母亲说当时缺医少药，只能用土药方，如今都有对症的药物……老的在那里自顾自忆旧抒怀，小的一边看手机一边应和着。我把目光投向窗外，看着一闪一闪的阳光，看着沉寂的土地，看着树木由灰褐变成浅绿。我问陈璐你当年考小提琴十级拉的是帕格尼尼的《随想曲》吗？陈璐骄傲地说，是呀，是第二十四首a小调《主题与变奏》，你忘了？我是以优秀的成绩拿的十级证书。

母亲问，是那个意大利纳粹分子写的那首曲子？我说是意大利人写的，但人家不是纳粹分子，人家是著名的小提琴大师。陈璐的目光从手机移到我的脸上。我说姥姥要寻找的洪清萍当年就是因为这首曲子被打成“反革命”的。陈璐惊奇地说这怎么可能，姥姥快给我讲讲。母亲眼睛眯了一下，然后缓缓睁开，眼神仿佛刚从遥远的地平线走来，她长长叹了一口气，然后开始了讲述。

洪清萍是武汉一个资本家的女儿，在一次志愿军回国慰问演出时，前面的演员崴了脚，她去救场，没有经过组织审查就擅自演奏了帕格尼尼的《随想曲》。有懂音乐的人说放着《义勇军进行曲》《中国人民志愿军战歌》等那么多的革命歌曲不演奏，偏偏拉一个纳粹分子的曲子，分明就是要蛊惑人心，反攻倒算。恰巧，在组织审查她的问题时，又截获了她父亲的海外来信，信上说他父亲已托了人接她和她母亲出国,就这样洪清萍被定为“反革命”下放到江城劳改农场。母亲说到这里就像水库合上了闸门,闸门内汹涌澎湃,闸门外风平浪静。母亲自顾自把头转向窗外,不再言语,任凭陈璐急切地问,后来呢? 后来呢?

我说后来她用琴弓戳伤了农场副场长,然后就失踪了。有人说她逃到了国外,有人说她投了江,五十年来没有她一点消息。母亲随着我的讲述转回头看着我,我也看着母亲,我们的对望是凝视,更是对峙。慢慢地我的眼眶又潮湿起来,母亲的眼神越来越暗淡,阳光打在母亲脸上,她混浊的目光里竟然闪出晶莹的泪光。我把水杯递到母亲手里,母亲轻轻抿了一口,然后就把目光又投向了窗外,母亲说当年来一趟也就一天一夜,我真应该陪你爸来一趟的。我安慰母亲,来一趟又能怎么样? 杨伯伯不是也找了这么多年? 陈璐娇嗔地问,后来的事情呢? 你们给我讲讲,给我讲讲呀。

母亲问我,你什么都知道,是吗? 我瞪大眼睛望着母亲,没有点头也没有摇头。母亲平静地说,你和军青、民平都是在208医院出生的,还都是一个接生大夫,你一出生大夫就说你们老幺眼仁真黑呀,黑得见不到底,这样的孩子长大了聪明。陈璐撇撇嘴说,我妈若是聪明,这世界上就没有笨人了。母亲没有接陈璐的话茬儿,她说你买江城花都的房子是不是因为江城是你心里的“武汉”。我像个被抓了正在偷嘴吃的孩子,一时脸红脖子粗,嘴里呜哝呜哝说不出话。母亲表情松弛了一下,像说一个与自己无关的话题。也许是天意,你长得真是和她太像了。人家说怀孕时心里想着谁,孩子就像谁,你说你们的父亲该多么爱她,多么想她呀,有时我自己都怀疑你是她生的。

陈璐哇的一声,姥姥,你都学会穿越了,不要太酷太炫耶,快说说是咋回事?

这时广播里传来武汉三镇的介绍,我说武汉快要到了。陈璐说这么快。母亲说人这一生可不就也这么快,都是一眨眼的工夫。

老陈接到一个电话,起身走到过道上,对方似乎是问他春节到哪里玩,老陈说陪岳母到武汉看父亲的老战友。陈璐耳朵尖,揶揄老陈,就说陪我看我的老师也不丢份儿呀。老陈说,你们来不是为了找姥爷那个叫洪清萍的战友吗?刹那间,母亲、我和陈璐都惊奇地望着老陈,老陈正不急不慌地把陈璐的小提琴从行李架上取下来。

我们沿着洪清萍当年描述的场景,从江北坐轮渡到中华码头,沿着大禹雕塑群走到桥头,再沿台阶上桥,仿佛置身于彩虹上。眺望四周,武汉三镇连成一体,俯瞰桥下，江滩江水热烈相拥。大江随时光东去，黄鹤楼在夕阳里一层层亮起灯光。桥头的风清冽地吹拂脸颊，有一丝寒意，有一丝清新，还有一丝丝温情。陈璐喊妈妈别动，她把我定格在我魂牵梦萦的江边上。夕阳的火红和远处高楼的灯光辉映在早春的江水上，微波里荡漾出一圈一圈金子般的光芒，渡轮在江面缓缓行驶。长发在肩上飞舞，我吮吸着母亲的气息，任凭江水打湿了我的眼眶。

母亲问陈璐有没有洪清萍的消息。陈璐说我又进了几个群，一个网友说前些日子也有人找过洪清萍。但据他了解的情况，洪清萍应该是投江了，五十年前那个黑夜她逃出劳改农场就杳无音信了。母亲的眼神暗淡起来，陈璐拍了拍姥姥的肩膀说，再有几个月，我毕业后就来武汉了，我再启用高级引擎，一定能找到的。老陈说杨伯伯找不到，之前也有人找，那么个大活人如果在，早就出现了。我们还是好好旅游，心尽到了，也就没有遗憾了。他带我们先去了陈璐准备签约的华兴公司所在的东湖新技术开发区，又去了户部巷、古琴台。漫步在三镇的街道，我想象着清萍妈妈当年走在这里的样子，想象着女儿未来在这里的样子……

我们是返程的最后一天拜访的米老师。那天是正月初五，也是父亲的忌日。几年不见，米老师的头发已经花白，但那条长长的辫子还是从脑后编到右肩上，只不过发梢的蝴蝶结变成镶金线的黑丝绒发圈。瞬间洪清萍的影子在我眼前晃动起来，一个念头在我大脑里窜来窜去，米老师会不会就是洪清萍呢?

母亲问米老师有七十岁吗?米老师微微一笑说哪儿还有那个岁数，今年八十周岁啦。这人呀不服岁数不行，老了就越发想念自己的家乡，所以就回来了。母亲说音乐养人养心，她夸米老师精神好、气质好，然后叹了口气自言自语道，如果洪清萍活着也是米老师这个年纪。

米老师惊奇地问，你认识洪清萍?

母亲反问，你认识洪清萍?

我说，米老师就是洪清萍吧。话一出口，母亲、老陈、陈璐都齐刷刷看着米老师。那一刻，我几乎认定米老师就是洪清萍了。

米老师微微一笑，我不是洪清萍，但我和洪清萍是当年江城师范乐团的一对小提琴姐妹花。当年在学校乐团她坐小提琴第一把交椅，我坐小提琴第二把交椅。我看到一抹红晕爬上米老师的脸颊，米老师的话像个休止符那样停顿了。陈璐迫不及待地问，后来呢?

米老师的眼神暗淡下来，然后咬了一下嘴唇，缓了口气后平静地说，在慰问志愿军演出时，我不小心从台阶上滑下来，她临时救场。说到这里她的声音越来越小，我屏住呼吸盯着她，从她气若游丝的声音里印证着我所知道的洪清萍被打成“反革命”的版本。说完她缓了一口气问我，你们怎么认识洪清萍？

我说，您知道章文杰吗？

米老师惊喜地问，那个志愿军文杰？

我点了点头说，是，我是文杰的女儿，我们想替父亲再找找她。

米老师欣喜地从头到脚打量了我一遍，她说我怎么一见你就觉得眼熟呢，我见过你父亲的照片。当时同学们都是又羡慕又嫉妒。

母亲忍不住问道，都这么多年过去了，也不知她还在不在人世。

米老师说，若不是滑那一脚，被下放到农场的就是我。我内疚了一辈子，儿子学成后我提出的唯一要求就是替洪清萍看看那个志愿军的家乡。陈璐“啊”了一声。母亲说，没想到在金城我们离得那么近，差一点就能接上茬儿。

米老师点点头，又摇摇头说，当年那个农场场长欺负她，趁天黑要占她便宜，她拿琴弓戳伤了场长，就逃了出来，有人说她隐姓埋名逃到了武陵山里。

母亲焦急地问，再后来呢？

米老师叹了口气说，我也一直在找她，但就是没有她的消息。

母亲看看我，又看看陈璐，仿佛我们脸上写着答案一样。

陈璐正在摆弄米老师的小提琴，她一边把小提琴放在肩上，一边笑着说，放心吧，我一定帮你们找到她。说话间，她得意地扬了扬头，轻轻拉动了琴弓，《随想曲》春风般飞舞。那琴声像极了天使的翅膀，亲吻着我们的脸颊，亲吻着武汉三镇，亲吻着过去和未来。

刹那间，我的泪水潸然而下……

【作者简介】云舒，女，原名张冰，中国作家协会会员，经济学硕士，高级经济师。毕业于中国人民大学金融学院和河北大学作家班。出版长篇小说《女行长》，作品散见于《中国作家》《小说月报·原创版》《长江文艺》等。中篇小说《朋友圈的硝烟》被翻译成蒙、藏、维吾尔、朝鲜、哈萨克等五种语言。中篇小说《凌乱年》获中国作家第七届鄂尔多斯文学奖。

福贵大哥

石钟山

一

大哥走了。

大哥离世的消息，是侄子大伟告诉我的，他事先给我打过电话，我没及时接听，后来便看到大伟的短信:叔，我爸不在了。

大哥就这么走了，后来我知道大哥走的病因是心衰。大哥是我同父异母的大哥。我上小学二年级才第一次见到大哥。

记得那是个冬天，我放学回家，推开门就看见了大哥。当时大哥身穿羊皮袄，敞着怀，坐在茶几前的马扎上，大哥面前的茶几上还放了一只搪瓷缸子，这个搪瓷缸我很熟悉，家里来客人时，父亲或母亲总会在厨房里把它翻出来，有时里面放茶，有时不放茶，倒上热水，热气腾腾地端上来。此时那只搪瓷缸子已经没了热乎气。我进门后看见大哥怔了一下，那会儿我还不知道他是我大哥，只认为是家里来的客人。大哥见到我时，眼睛亮了一下，想起身又没起，想说什么，嘴张开了，并没有发出声音。我还看见，父亲坐在沙发上，军装的风纪扣解开了，父亲满脸难色，眉头皱在一起。我没出声，默默地向自己房间走去，身后就听父亲说，他是你弟弟。又听到大哥喉咙深处发出一声，噢。

那是大哥第一次到家里来。不知为什么，在大哥来家的那几日，家里整个气氛都变了。母亲不见了笑容，父亲的眉头也一直皱着。大哥那件羊皮袄的膻味不断地在每个角落里扩散着。大哥试图和我们拉近关系，和这个说话，和那个确认眼神。因为父母的神态，我们不好拿捏和这个陌生大哥的关系，都在努力地避开和大哥说话，更不用说确认眼神了。

那会儿，我的亲大哥刚参军离开家不久，家里只有二哥和二姐，大姐已经下乡了。每次吃饭时，母亲就召唤我们去厨房，客厅的餐桌上只留下父亲和新来的大哥。父亲从柜子里拿出一瓶酒，给自己倒上，也给大哥倒上。吃饭时，大哥把那件羊皮袄脱下了，放到了沙发上。

大哥端起酒，就热热地叫，爹，这杯我敬你。

父亲不说话，端起杯子喝酒。眉头仍不见舒展。

我们在厨房里，断断续续地听大哥说，爹，啥时回老家去看看，您大孙子都五岁了。大哥还说，我娘前阵子老念叨您……

我们侧耳细听，母亲三两口把碗里的饭吃完了，催促着我们说，快吃，吃完回屋。在母亲的催促下，我们也几口扒拉完碗里的饭，踮起脚尖绕过大哥和父亲的餐桌回到了各自的房间。但我们对新来的大哥好奇，门并没关严，虽身在房间，耳朵却仍留在了客厅里。

大哥又说，爹，我本以为这辈子再也见不到你了，没承想我还真找到了。

然后是喝酒吃菜的声音。筷子放下了，又听大哥说，爹呀，今年咱老家的雪下得可大了，明年庄稼一定又会是个好收成。

终于听见父亲说话了。父亲说，生产队分的粮食够吃吗?

大哥忙答，够大半年的了，剩下那小半年就凑合着对付，反正也饿不死人。

又听到父亲悠长的叹气声。

大哥安慰道，爹，您别操心我们，这么多年都过来了，老天饿不死瞎家雀，山里有野菜、野果子，胡乱对付，饿不死人。

父亲和大哥吃完饭，天已经黑透了，冬天日短夜长。吃完饭的父亲从墙上摘下军大衣穿上，又冲大哥说，福贵，咱们去外面走走。我们在父亲嘴里第一次听到了大哥的名字——福贵。

父亲和大哥出去了，屋里一下子安静了下来。

母亲从自己房间出来，收拾餐桌，我们也纷纷走出来。母亲的脸就像被霜打了一样，不见一丝暖色。她收拾碗筷的声音比平时大了许多。母亲收拾完，回房间时，我们听见了母亲重重的叹气声。

许久之后，父亲和大哥回来了，带进一屋子寒气。我发现父亲和大哥似乎哭过，父亲的脸上还挂着泪痕，大哥的眼睛红着。

那一次，大哥在家住了几天。元旦前，大哥还是走了。大哥走那天，我们仍然照例出门上学，大哥站在门口依次和我们告别，他告别的方式是拍我们的肩膀，在我们眼里，大哥已经很老了，胡子拉碴，还满脸褶皱，他的个头儿和父亲差不多高了。我们不冷不热地说着再见，父亲在一旁说，你们大哥今天就走了，和你们大哥告个别。二哥二姐没叫大哥，只说了句再见，便头也不回地跑到楼下去了，我是最后一个出门的，父亲的话我听得真切，大哥拍了我的肩膀后，就把笑挂在脸上，还蹲下身，看着我的眼睛热热地叫了句，老兄弟，有空去大哥家玩呀。

面对大哥的热情，我想喊一声大哥，可看到大哥那饱经风霜的脸还是没有叫出来。我穿上鞋之后，还是学着二姐和二哥的样子，说了声再见，便头也不回地往楼下跑去。

我们放学回来时，大哥已经不在家了。母亲把房间打扫过了，家又回到了原来的样子。若不是父母吵了一架，似乎大哥从来就没来过。

母亲和父亲吵了一架，母亲一气之下还搬到门诊部的宿舍里去住了。母亲是军区门诊部的医生，门诊部有值班医生的宿舍。在我们印象里，父亲和母亲也吵过架，急赤白脸地吵上几句，每次都是父亲服软，他服软的方式就是躲到办公室里去。下班时，父亲在外面买了菜，还假模假式地去厨房比画一会儿。每每这时，母亲都会把父亲从厨房里赶出来，自己热闹地做饭炒菜，当饭菜上桌，父母之间的乌云已经散了。

这次却不一样，母亲率先搬出了家门。那几日，父亲像热锅上的蚂蚁，不仅乱窜，脸色也是灰的。父亲不会做饭，便从食堂打饭回来让我们吃。

过了大约一周的时间，母亲才从门诊部回到家里，母亲虽然回来了，但笼罩在父母头上的乌云并没有散去。

事后，我们才知道，母亲那次是真的动了气，父亲动用了许多关系才把母亲劝了回来。从那以后好长时间，母亲一直对父亲板着脸，还把父亲的被褥从卧室搬出来，放到客厅里。为此，父亲和大哥一样，在客厅的沙发上住了好几天。

虽然后来母亲不再和父亲剑拔弩张了，但能明显地感觉到，他们的关系出现了裂缝。许多年过去了,母亲一直骂父亲是骗子。每次母亲这么咒骂父亲,父亲从不反驳,把一颗头低下去,满脸的愧色。每次看到父亲这样,我都替父亲感到难过。

关于父亲的婚前史和大哥的身世,是几年后我才搞明白的。

二

父亲参军前是结过婚的。婚后一年零两个月,我大哥福贵出生了。我大哥出生不久,赶上了鬼子的一次大扫荡,村里人都跑到山里去躲藏,就是那一次,福贵妈带着福贵和父亲跑散了。日本人烧毁了村庄,所有人都无家可归了,便四处流浪。父亲一连寻找他们几天,也没找到个影子,后来他向村里一位长辈打听,那个长辈最初进山时,看见过福贵和福贵妈。父亲之所以没有和他们一起逃,是因为父亲养了一头猪,人跑了,猪不能扔下不管。父亲去赶猪,猪惊了,向另一座山冈奔去,父亲去追猪,就这样父亲和福贵娘走散了。后来,父亲不知在哪找了条绳子,把猪和自己拴在了一起,他一边寻找着福贵娘,一边牵着那头半大的猪。

再后来,父亲又听说,福贵娘被日本兵杀了,刺刀挑断了福贵娘的肠子。在出山后的流浪中,村民们又一次和日本兵相遇了,许多村民都被杀了。父亲相信,福贵娘不在了,福贵也不在了。敌人这次扫荡为什么如此凶残,是因为几个月前,这里来了一支八路军队伍,他们和一小队鬼子打了一仗。那是鬼子的运输队伍,当时八路军截获了许多物资。八路军人手不够,村里出了许多青壮劳力帮着把这批物资转移到了几十里外的松树镇。那里是八路军的大本营。日本人为了报复,在这次扫荡中才变得如此凶残。

村里人言之凿凿地告诉父亲,福贵妈和福贵都不在了,死在日本人的刺刀之下。当时父亲的心境可想而知,他有的不仅是仇恨,更多的是无家可归之后的凄凉。就是那一次,无家可归的父亲连夜跑到了松树镇,他参加了八路军。有几位村民见证了父亲奔往松树镇的身影。

这么多年过去了,当福贵出现在他眼前时,他从没想过,福贵妈还活着,福贵已经长大成人了。

父亲和母亲结婚时,是在东北解放之后,父亲的部队叫第四野战军,日本投降后,他们接到了收复东北的命令,队伍便从中原开拔到了东北。东北解放后,此时的父亲已经是名团长了,锦州战役时,父亲负伤住过一次医院,认识了刚入伍不久的母亲。母亲当时在野战医院当医生，梳齐耳短发，一双眼睛又黑又亮，是母亲救治了父亲。父亲那次负伤，不仅记住了母亲的名字，还爱上了母亲。

部队进城后，大龄军官掀起了一股成家的热潮，父亲骑着马，带着警卫员在城里找了三天，终于找到了驻扎在郊区野战医院里的母亲。

父亲下马向母亲求婚，母亲自然不同意，她被吓着了，惊慌失措地跑到了院长那里，还躲到了院长身后。院长是个老八路，资历比父亲还老，他当场就把父亲轰走了。

父亲这场“战役”没打胜，他带着警卫员灰头土脸地回到了部队，看什么都不顺眼，摔锅砸盆的。看着其他战友吹吹打打地迎亲结婚，他火烧火燎地找到了纵队领导，他冲纵队领导一遍遍地说，我都三十六岁了，这些年打仗了为什么？还不是为了过上幸福生活。

母亲和父亲能走到一起，纵队领导功不可没，他们为了平复父亲的心情，不仅找到了野战医院院长，还找到了母亲。他们轮流给母亲做工作，当部队又一次向关内开拔前，母亲架不住一轮又一轮的政治工作，终于答应了。在队伍开拔前一天，父母终于举行了婚礼。

这些年过去了，母亲虽然嫁给了父亲，她一直心不甘情不愿，不管父亲最后当了多大的官，她一直觉得父亲配不上她。母亲年轻漂亮又是知识分子，父亲又老又丑还粗糙得很。这是母亲评价父亲的原话。每次母亲和父亲争吵时，母亲都要把这话重复说上一遍，不论父亲多么气势汹汹，只要听到母亲对他的评价，他便会立马偃旗息鼓，找个地方蹲下，默默地吸烟，一张风霜雪雨的老脸便一点儿脾气也没有了。在我们的印象里也是如此，父亲无论如何配不上母亲。母亲在我们眼里永远干净整洁，她身上永远散发着雪花膏的香气。父亲不仅不修边幅，身上还一股烟味，久了便散发出一股难闻的气味。更多的时候，我们都团结在母亲周围，只要父亲一回家，我们便如鸟兽散去，各回各屋了。父亲似乎从没发现我们在有意疏远他。在他的眼里，我们似乎也没存在过。

福贵找上门来后，母亲和父亲大吵了一架。后来母亲总结道，这是你们的父亲嘚瑟的结果。要是父亲不嘚瑟，就不会有后来的福贵。

在我们的大哥福贵找到家里的前一年，父亲回了一次老家，不知为什么，这么多年过去了，父亲仍然忘不了他的老家。以前，他也多次和我们讲过，他背井离乡投奔八路军的过程。在他的叙述中，我们知道父亲的老家早已是残垣断壁了。

可后来，他不知哪根神经搭错了，非得要回一次老家。那会儿大哥参军，大姐已经下乡了，他要带二哥二姐和我一同前往，遭到了母亲的反对，我和二哥并不想去，我们还惦记着在防空洞里玩“打游击”的游戏。只有二姐响应了父亲的号召。父亲平时最疼爱二姐，出差回来，总想着给二姐买礼物，明天一双鞋，后天一顶帽子什么的，就是带回来的饼干、糖果也总是可着二姐先挑，剩下的才是我们的。平时我对父亲这种偏心眼儿感到不服气，这次父亲带二姐去，我们却没意见。

几天之后，父亲和二姐回来了。二姐倒是没什么变化，还拿出一些糖果分给我和二哥，一边分一边说，你们尝尝，这是老家朋友送的礼物。关于“老家”这个词，之前我们没有任何概念，我们生在东北的这座城市，长在这里，觉得这里就是自己的家，关于老家，那是父亲的，和我们没有任何关系。此时“老家”这个词从二姐嘴里说出来，我和二哥都奇怪地看着二姐。二姐后来还告诉我们，父亲这次回去，买了许多馒头，足足拉了一卡车，都分给老家的人了。还说，她和父亲走时，老家的乡亲送了足有三里地，一边送一边哭。此时，“老家”这个词在二姐嘴里已说得相当自然了，还透着某种亲切。正当二姐一遍遍不厌其烦地向我们叙述着关于老家的种种见闻时，我们发现父亲似乎从老家回来就变了一个人。父亲总是闷闷不乐，有时一个人还经常坐在沙发上发呆，嘴里不时地发出长吁短叹的声音。那会儿我们还不知道，父亲已从老乡嘴里打听到福贵和福贵妈还活着的消息。那次逃难，福贵妈和福贵并没有死，而是逃到了距离老家村子几十里外的一个村子里。父亲当时没有找到也在情理之中。几年之后，福贵妈才在见证父亲前往松树镇参军的乡邻们嘴里得知父亲的消息。起初，福贵妈是在等着父亲回来的，可一年又一年过去了，父亲却杳无音信。为了不那么艰难地活下去，福贵妈带着福贵改嫁了。后来福贵大哥告诉我，母亲带他改嫁那年，他七岁，母亲告诉他，父亲已经不在了。

自从福贵大哥第一次来家之后，父亲和母亲的关系就变了。母亲的脸上似乎永远挂着一层霜，化也化不开的样子，以前她和父亲的话就少，现在更少了。父亲似乎也多了心事，没事就背着手站在客厅的窗前向外望。不知他看见了什么，更不知父亲心里是怎么想的，总之从那以后，父亲的目光里多了种内容，这种内容让我们无法言说。有时在吃饭时，父亲的目光会依次地从我们脸上滑过，然后落到某一处，变得空荡迷离起来。

我们以为福贵大哥出现之后，会隔三岔五地来家里，结果没有，一直没来。但福贵大哥经常给父亲写信，每次来信都被邮递员投到楼下的邮筒里，父亲每天下班，都会到楼下的邮筒里看一看，寻找大哥的来信。每次大哥有信来，父亲都会坐在沙发上读信，信的内容并不多，有时一页纸，有时两页纸，但父亲读大哥的信总是很慢，有时会一连看上好几遍。看完了，父亲并不把信留起来，而是划燃一根火柴，把信点燃，把灰烬放到烟灰缸里，就像搞地下工作一样。

父亲读大哥来信时，母亲脸上的冰霜又加重一层，在厨房里做饭的声音便显得惊天动地。母亲和父亲这种关系，弄得我们几个孩子也不好受，整天生活在父母冷战的阴影下。有时父亲加班，母亲把饭菜都端上桌了，父亲还没回来，母亲就让我给父亲打电话，母亲的口气是这样的：三儿，你给那个骗子打电话，问他还回不回来。从大哥来家里后，母亲背地里一直称呼父亲为“骗子”。有一次我差点叫漏了嘴，电话通了，父亲接电话，我急三火四地叫了一声，骗子……话一出口，忙又改过来，爸，我妈问你回不回来吃饭。如果把这话连起来就是这样：骗子爸……父亲似乎并没计较那么多，他在电话里告诉我，他加班看份文件，让我们先吃。

在母亲情绪的影响下，我们一直认为父亲是个骗子，骗母亲嫁给他，还生了这么多孩子。有时我晚上睡不着，就突发奇想，要是母亲当年不嫁给父亲，那她又会给我们找一个什么样的爸爸呢？当然没有答案。

第二次见到福贵大哥时，是在二哥参军的前夕，二哥参军的消息想必是父亲写信告诉大哥的。

福贵大哥在二哥参军的前一天来到了家里，这次他给家里带了半袋小米、半袋红枣，提包里还有十几双鞋垫，鞋垫都是精心做出来的。大哥双手捧着鞋垫，脸上堆着笑送到二哥面前说，弟弟，得知你要参军了，你大嫂花了半个月时间做出来的，你带上，东北边防天冷。二哥去的是边防部队。二哥此时已经穿上了新军装，他的样子已经是个准军人了。新军装架在他身上，举手投足之间还有些夹生。当大哥把十几副鞋垫送到他面前时，二哥的表情是无动于衷的，他在鼻子里嗤了一下道，带这些玩意儿干啥，部队啥都有。大哥举着鞋垫就尴尬地站在那里。

最后还是父亲呵斥了二哥一句，带上。父亲说这话时目光并没望向他们，而是望着眼前什么地方。

二哥怔了一下，不情不愿地把大哥递给他的鞋垫收下了。

那次大哥并没有住在家里，而是被父亲带到了部队招待所。我们知道，父亲一定是忌惮母亲脸上的那层冰霜。

第二天一早，军区大院门前停了两辆卡车，卡车已披红挂绿。这两辆卡车要拉着二哥他们这批新兵去火车站，然后他们坐上军列直奔北部边陲。母亲带着二姐和我去给二哥送行。记得大哥参军时，我们也这么送过。我们簇拥着二哥来到那两辆卡车前时，看到了人群中的福贵大哥。他似乎在这里引颈张望多时了，终于看见了我们，看见了在我们簇拥下的二哥。他似乎要奔过来，但又停住了，脸上堆着笑，褶皱又深又密，在我们眼里，福贵大哥已经很老了。二哥和所有新兵一样，喜气洋洋地登上了卡车，站在卡车上的二哥冲我们挥着手臂。车下的福贵大哥也伸出手挥动着。二哥的目光一直冲向我们，似乎压根儿就没看见福贵大哥。

卡车启动了，车下送行的人都在用各种方式告别。我和二姐跳着脚为二哥送行。突然在人群里听到大哥的声音，弟呀，你在部队上好好的，缺啥少啥给大哥来个信。我看见福贵大哥眼里已闪烁出了泪花。看见福贵大哥这样，不知为什么，我的眼圈也红了。大哥伸着手还冲出人群，朝着那两辆远去的卡车跑了几步，一边跑一边冲卡车上的二哥挥动着手臂，嘴里仍一遍遍地喊，弟呀，你好好的……

在送行的队伍里，不知为什么，我没看见父亲。一直到很晚，父亲才回来。

第二天，我和二姐出门去上学，在大院的路上，我们看见了站在路口的大哥。大哥见了我们又一次把脸上的褶皱堆起来，变戏法似的从兜里掏出两块水果糖，给我们一人一块，又摸摸我和二姐的脑袋说，妹呀，弟呀，你们好好上学，大哥今天就走了。

我和二姐走出好远，看见福贵大哥仍在向我们招手。我又想起大哥送二哥时的情景，鼻子有些发酸。此时，二姐已经剥开糖纸，把水果糖放到了嘴里。她喜滋滋地说，老家的糖真甜。回过一次老家的二姐和我们已经不一样了，她说起老家时，总是带着感情色彩。

福贵大哥那次给我们带来的小米和红枣，不知为什么母亲一次也没做给我们吃。直到第二年在柜子里，小米生了虫子，红枣已变成了木炭，母亲才让我把这些东西扔到楼下的垃圾桶里。在这期间，父亲也没提那小米和红枣。

两年后，二哥回来探亲，二哥似乎比以前长高了，脚上穿着军用棉鞋。我盯着他的脚就想起了福贵大哥送给他的鞋垫，悄悄问二哥，福贵送你的鞋垫暖和吗？二哥怔了一下，似乎想起了什么似的道，当天我就扔垃圾桶里了。两年后的二哥，说起这话时，仍轻飘飘的。

三

福贵大哥和我家的关系如果就此打住，就不会有后来的父母离婚事件。

父亲的工资每月都交到家里。父母卧室里有一个衣柜，衣柜下有一个抽屉，上着锁，钥匙父母各有一把。每到月初发工资时，父母发下来的工资都会如数地放到衣柜的抽屉里，刨除生活用度之后，总会剩下一些。每隔几个月，母亲便会把剩余的钱存到银行里，也就是说，家里的财政大权都由母亲所掌握。

父亲第一个月没往抽屉里放工资，母亲似乎并没有发现，直到第二个月，父亲的工资仍没能放到抽屉里，母亲就发现了。

那天，父亲正在客厅里看报纸。母亲检查完小金库，发现钱不对时，径直来到了父亲面前。父亲放下报纸，一脸悲情地望着母亲。母亲的目光犀利地穿透父亲的悲情，两个月工资哪去了？父亲放下报纸，又摘下花镜，头疼似的用手指去按太阳穴。母亲又严厉地问，哪去了？你说话。父亲无奈地放下手，借人了。母亲说，借谁了？父亲这时顿了一下，支吾道，借，借给后勤的李部长了，他儿子下下月结婚。

母亲又犀利地看了眼父亲，然后走到电话机旁，拿起了电话。她要给李部长家打电话，核实父亲所说的话。父亲就像跃出战壕的战士，一把按住电话键，可怜巴巴地望着母亲。母亲的脸因为生气先是白了，接着又红了，然后又变白了。她说，骗子，有没有一句实话？

父亲的头垂了下来，无可奈何的样子。半晌之后，父亲交代了，他把半年的工资提前预支给福贵大哥了，原因是福贵的妈病重住进了医院。

福贵大哥的妈就是父亲的前妻呀，父亲这次捅了马蜂窝。母亲不干了，她用手指着父亲的鼻子气得一句话也说不出来。此时，我和二姐把脑袋夹在门缝中注视着这一切。从那一刻起，我觉得天都快塌了。整个家里墨黑墨黑的。果然，母亲回到卧室里去收拾自己的东西，很快，母亲拖着一只旅行箱走了出来。走到客厅父亲跟前时，一字一顿地道，日子以后你自己过吧。

母亲走了，用力带上门。随着门响，父亲的身子一抖，然后像面团似的仰靠在沙发上。

从那天开始，父亲和母亲过上了分居的生活。

每天早晨，父亲都要到食堂把早餐打回来，晚上父亲再带二姐和我去食堂吃饭。一连过了许多天,没了母亲的家变得冰冷寂寞。有一天我放学,看到了站在院里路口的母亲。母亲冲我招了招手,我奔过去,几日不见母亲,母亲似乎瘦了。她一直把我拉到她在门诊部的宿舍。宿舍里很简单,一床一桌一椅,我还看见了床底下母亲带来的旅行箱。母亲让我坐到那把椅子上,然后蹲在我面前,看着我的脸说,老三,我要和你爸离婚。我不知说什么好,死死抓住母亲的手,仿佛这样她就不会和我爸离婚一样。那会儿我还没有意识到,父亲把半年的工资寄回老家给前妻看病意味着什么,尤其对母亲来说意味着什么。我央求道,妈,能不离吗?母亲眼圈红了一下,很快又恢复常态道,不能,你爸把我伤透了,这不是钱的事。年幼的我,除了钱的事,我再也想不出还有其他事了。

母亲拉过我的手,揉搓了一下道,我想好了,我和你爸离婚后,你跟我过,让你二姐跟你爸。说到这儿母亲叹口气,又补充道,你二姐大了,她能照顾自己了。

母亲和父亲闹离婚这段时间,都是二姐收拾房间,叠被子、扫地、擦桌子。离开母亲的日子,家里虽然冷清,但却是整洁的。这都是二姐的功劳。

我眼泪汪汪地望着母亲,我知道自己没有能力挽回父母的婚姻。

母亲先是向组织递交了一份离婚报告,引来了众多朋友和领导的关心。他们轮番找母亲做工作,母亲似乎并不为之所动,仍然坚持离婚。

有一次父亲下部队检查工作去了,每到年底,父亲都要下部队。父亲走后不久,我在楼下的邮箱里发现了福贵大哥寄给父亲的一封信。我心怀忐忑,像捧了一团火似的把那封信拿到楼上。就是这个福贵的出现搅乱了我们家原有的生活。此时,我像扔一个刺猬一样把那封信扔到了二姐的面前。二姐看了眼寄信地址,又看了我一眼,小声说,这是老家来的信。我说,是福贵来的。然后我们两人面面相觑,最后还是二姐镇定,她小心地把信封撕开,拿出了里面的信纸。信纸就一张,却像写了大半天的样子。二姐一目十行地把信看完,又推到我面前,我看见二姐的脸色变得红润起来。二姐用眼神示意我把信看了,我接过来,看到了信的内容:爹,我娘死了。你寄来的钱也没治好我娘的病。爹呀,我娘死前就想再看你一眼,可惜你不在娘的眼前。娘死前说,她原谅你抛弃了我们娘儿俩……

我看完信,不知所措地望着二姐。二姐这时的脸更红了,她急切地说,你把这封信给妈送去看看。我满脸问号地望着二姐。二姐见我没理解她的意思,着急地说,妈之所以想和爸离婚,因为什么?我说,因为工资。二姐挥起手在我脑袋上拍了下,你傻呀,这不是钱的事,是爸的前妻。二姐比我大三岁,果然问题比我想得周全和深远。我佩服地望着二姐。二姐又说，父亲前妻死了，母亲心里一定好过了，说不定就不和爸闹离婚了。经二姐这么一点拨，我云开雾散，拿起那张纸，飞快地跑下楼，手里的信纸在我耳畔哗哗啦啦地飘扬，像一面胜利的旗帜。

母亲看了那封信，和我预料的一点也不一样，看完信的母亲，脸上一点表情也没有，平静地说，把信拿回去吧。

我悻悻地回到家，二姐似乎已等候多时了，迫不及待地问我，妈咋样，说什么了？我答，还那样，什么也没说。二姐抓抓头，半晌道，不会的，一定有效果。二姐果然料事如神，从那以后，母亲再也没打离婚报告，日子还是和父亲分开过。但母亲回过几次家，看到二姐把家收拾得整洁有序，拉着二姐的手说，丫头，辛苦你了。

记得父亲从部队回来后，看了那封信，他什么也没说，先是绕着茶几转了几圈，然后坐下，一支接一支地吸烟，一直在沙发上坐了好久。许多年以后，我才能理解父亲那时的心境，他身上背负的东西太沉重。在前妻眼里，他就是个背信弃义的男人。前妻到死才原谅了他的抛弃。福贵的出现，成为父亲人生的转折点。以后很少看见父亲开心地笑过，虽然前妻死了，父亲一直到生命终结，也许盘桓在他脑海里的还是那“背信弃义”四个字吧。

母亲仍和父亲僵持着，表面上他们的分居状态并没有大的改变，直到二哥出事。

二哥出事了，此时二哥已经是北部边陲部队里的一名排长了。他在带战士巡逻时，赶上了大烟炮，队伍被烟炮吹散了，二哥为了寻找战友，自己也迷路了，第二天被发现时，已经被冻僵在雪地里。二哥因为病情严重，被辗转送到了军区总院接受治疗。军区总院距离军区大院并不远，只有两站地。母亲带着我和二姐来到二哥病床前，我被眼前二哥的模样吓坏了。二哥的头肿胀着，已缠满了纱布，二哥的双手双脚也缠满了纱布。但二哥还是认出了我们，他先叫了一声，妈。然后把目光落在二姐和我的脸上，我看见二哥的泪水打湿了眼前的绷带。

主治医生把母亲叫到了医生办公室里，我和二姐被留在了外面。不知主治医生小声地和母亲说了什么，只听到母亲大声地说，不，我儿子还年轻，一定保住他的腿。

未几，母亲从医生办公室里冲出来，脸色难看。她上楼，又找到了院长办公室，不管不顾地冲进去，嘶喊着，王院长，要调医院最好的医生，一定保住我儿子的腿。母亲喊完了，她才发现，父亲和军区卫生部部长已经在院长办公室里了。

医院上下都知道二哥的腿很难保住了，但他们还在做最后的努力。冻伤科、外科、骨科的医生都来给二哥会诊，所有医生的脸上都是凝重。

二哥的伤势，让我们一家乱了套。母亲寸步不离二哥的病房，她不停地和医生嚷嚷，身为医生的母亲，已完全失去了理智。

父亲在家里一圈圈踱步，他拿起电话又放下，放下又拿起，终于，他拨通了一个号码，然后说，苏部长，能不能向北京求救，派最好的专家来？苏部长就是军区的卫生部部长。既然军区总院医生对病情不抱乐观态度，父亲就把所有希望寄托在了北京医院的专家身上。

几日后，北京陆军总院果然来了两位专家，他们检查了二哥的伤情，最后做出的诊断和军区总院医生的相同。想保住二哥的腿，只有百分之五的可能。二哥的腿已开始变黑，坏死了。

北京专家的诊断结果，让我们一家人最后的希望破灭了。

那一天傍晚时分，我和母亲仍然在二哥的病房里没有离开。福贵突然闯了进来，还是那件羊皮袄，他见到二哥，从怀里掏出一个包裹，打开，里面是一摞膏药，那些膏药码在一起黑乎乎的一团，还散发着一阵阵中草药的气味。

福贵把目光定在母亲的脸上，叫了声，娘，我是来救弟弟的。

福贵说，这是老家一个郎中的祖传秘方，专门治冻伤的。这些膏药治好了老家无数冻伤患者。他说他接到了二姐的信，便带着膏药赶来了。二哥被冻伤的事，原来是二姐告诉的大哥。

母亲起初并没把那些脏乎乎的膏药当回事，她还皱起了眉头，脸上露出嫌弃的神色。最后是二哥在病床上说，问问医院的医生吧。母亲这才叫来了医生。王院长也出面了，得出的结论是，这些膏药可以试一试。那几日，医院正在为二哥的手术做准备，医生的意见是，尽早手术对二哥多保住一截腿只有好处，没有坏处。但用这些膏药，势必会影响二哥的手术时间。讨论来讨论去，医生又把皮球踢给了母亲。得到消息的父亲和二姐也来到了医院，所有人站在二哥的床前，每个人的脸色都异常凝重。最后还是二哥拍板说，我想试一试。二哥说完这话，我们所有人都把目光投到二哥脸上。二哥头上的纱布已经拆除，脸上红一块紫一块的冻疮仍在。

父亲吸口气，蹲下身，拿起福贵带来的膏药用鼻子闻了闻，又伸出舌头舔了舔，把目光定在福贵的脸上。福贵一脸坚定地说，爹，你就信我一回，在咱老家得冻疮都用这个，多严重都能治。这可是钱郎中的祖传秘方。父亲把目光收回来，望向自己的脚尖。父亲不是个磨叽人，他出生入死经历过无数次战役和战斗，他的人生信条就是当机立断。果然父亲抬起头，望向二哥的脸道，老二，咱们就试一试，不行，谁也别怨。二哥点了点头。父亲又把目光望向福贵。福贵得到了肯定答复，把身上的皮袄脱了，挽起袖子，掀开二哥身上的被子。他在为二哥拆腿上的纱布。纱布被一层层地揭开，二哥的腿有的地方发黑，有的地方还流出了脓水。母亲看不下去了，拉过我和二姐向外面走去，身后传来福贵嘴里发出的咝咝呵呵的声音，不知福贵是被惊到了，还是心疼二哥。

那些日子，福贵一直守护着二哥。父亲母亲还有我和二姐轮流来看二哥，一走进二哥的病房就闻到了一股刺鼻的中药气味。福贵一直蹲在床角，一动不动地注视着床上的二哥。几天之后，福贵就熬肿了眼睛。父亲看到福贵这样，说，我去招待所开一间房，你去睡一觉。福贵摇着头说，我刚才打盹儿了，不用睡了。福贵一直没离开过二哥的病房。

十几天后，奇迹出现了。福贵再给二哥换膏药时发现，二哥已经变黑的腿，开始变灰发黄，流脓水的伤口也开始愈合了。病情的变化引来许多医生的好奇，他们齐聚在二哥的床前，嘴里不住地啧啧称奇。

二十几天之后，二哥的腿已看出了本来的面目，脸上和手上的冻疮也已经痊愈。此时的福贵才长嘘一口气道，好起来了，二弟的腿保住了。

二哥也是很感动，他冲父亲说，这些天多亏了福贵大哥。在我印象里，这是他第一次叫福贵为“大哥”。

福贵已经熬得两颊塌陷，眼里布满了血丝。在父亲的强迫下，福贵去招待所休息。记得那一次，福贵一连在招待所睡了三天。

一个月后，二哥已经能下床走动了。

福贵告别二哥时，二哥拄着拐说什么也要把福贵大哥送到楼下，他透过医院的玻璃门一直看着大哥的背影远去。二哥转身时，我看见二哥的脸上流下了泪水。

随着二哥病情的好转，父亲和母亲也结束了分居的生活。

四

福贵大哥又一次出现在我们视野里是在二姐婚礼的前一天，二姐的婚礼定在五月二号。大哥带来了两床被子,大红被面上印着两只鸳鸯。这是大哥按照老家风俗,代表娘家人送出的礼物。虽然二姐在以后的日子里并没有用过福贵大哥送来的两床被子,但在婚礼当天,两床大红被子摆放在二姐的新房里着实喜庆。

二姐的婚礼举行得移风易俗,两个新人站在台上和参加婚礼的亲朋好友讲了几句话,便宣告结束了。从婚礼现场出来,我看见福贵拉着父亲的衣脚说了句什么,然后就是满脸期待地望着父亲。父亲似乎犹豫了一下,此时父亲已经退休了,穿着军装却没有了领章帽徽,但父亲的威严还在。他冲走在最后的二姐说,丫头,今天是你大喜的日子,咱们照一张全家福吧。我立马明白,这一定是福贵大哥的意思。

在大喜的日子里,父亲的建议得到了全家人的赞成,包括我们的母亲。父母居中坐在椅子上,二姐和二姐夫站在父母两侧,大哥大姐和我站在他们的身后。起初福贵大哥站在人群外,想过来又不敢的样子,还是父亲冲福贵挥了下手道,你也过来吧。福贵弓着身子,低垂着头,从人缝中钻出来,怯怯地站到了我们的身后。几年没见的福贵大哥明显老了,鬓角已冒出了白发。

父亲退休了,大哥和二哥从部队转业,大姐也从乡下回到了城里,在一家商场里租了柜台做服装生意。我此时,已成为空军部队的一名排长了。因为二姐的婚礼,我提前一周回到了家里。

那天照完全家福,我看见福贵大哥走到了我面前,脸上堆着笑,皱纹比前几年见到的更加深刻了。他从上衣兜里掏出一支笔,还有一张纸说,三弟呀,你的单位能写给大哥不?我知道福贵大哥说的单位指的是通信地址,我不知福贵是何用意,但还是把我部队的通信地址写给了他。他如获至宝地把那张纸收起来,脸上露出舒心的笑容,然后又对我说,三弟呀,全家人只有你一个在部队上了,你要好好干,别让咱爹失望。

在我的记忆里,父亲是希望大哥和二哥一直在部队干下去的,像他一样,一直干到退休,成为一名职业军人。可在一九八五年部队迎来了大裁军,大哥和二哥的部队被取消了番号,两人相继从部队转业了,又一次开启了创业之路。父亲也是在那一年,被宣布提前一年退休的。好在我没在这次裁军之列。当时大哥的职位已经做到了副团职干部,二哥也到了副营长的职位。父亲是惋惜的,但无奈大势所趋,只能接受眼前的现实。

照完相,福贵大哥就提出要去车站了,我们一大家人为他送行。他穿着一件黑色夹袄，扣子系得严严实实，和他穿皮袄相比，多了庄严和郑重，我相信，这一定是福贵家里最好的衣服。

福贵大哥和我们一家人挥手告别。二哥想起了什么，走到福贵跟前，从兜里掏出一些钱来塞到福贵的衣兜里，福贵大哥真真假假地拒绝着，二弟，你这是干啥？挣扎两下，还是收下了。二哥的神色就轻松下来了，他的腿伤早就好了，此时走在路上已经看不到一点痕迹了。

二姐也走到福贵身边，她脸红扑扑地说，福贵大哥，谢谢你来参加我的婚礼。然后又从怀里拿出用纸袋包着的喜糖递给福贵大哥，嘴里还说着，这是喜糖，你带上。福贵小心地把那袋糖接到手上，向前走了两步，突然转过身，冲我们所有人深深地鞠了一躬，然后才转过身，努力地挺直腰身向前走去。

我们所有人面对福贵大哥这样的举动，心情都是复杂的。我看到父亲别过头去，望着远方的什么地方，母亲已转过身，从二姐的婚礼现场往家的方向走去。大哥大姐以前听说过福贵这个人，但这是第一次相见，他们俩的样子都是一脸茫然。

二姐结婚我休假，意外地在父亲的钱夹里看到了另外一张全家福。这是福贵大哥一家的全家福。大哥大姐早已结婚另外过日子了，二姐结婚一走，家里就剩下我一个没结婚的了。那天父亲洗澡，衣服搭在客厅的椅背上，兜里装的钱夹便掉到了地上，我去帮父亲捡地上的钱夹。钱夹已经打开，钱夹有个透明的塑料袋，里面就夹着福贵全家的一张全家福。照片显然是在照相馆照的，福贵和一个陌生的农村妇女坐在中间，那个妇女显然就是我大嫂，他们身旁站了三个孩子，两男一女。在这之前我们都知道，大哥有三个孩子。老大老二是男孩，最后一个是女儿。一家人面向镜头张望着，努力让自己做出微笑，于是每个人脸上的表情就很不自然。那张夹在父亲钱夹里的照片似乎有些时间了，已经卷了边，显然，这不是一张近照，夹在父亲的钱夹里，不知被父亲看过多少遍了。

我可以想象得到，我们照的这张全家福，将会被父亲寄给福贵大哥，福贵大哥也一定会把这张照片挂到全家最显眼的地方，向家人介绍每个家庭成员，也会向全村人显摆他的这些兄弟姐妹还有父亲。

那次我回部队没多久，果然接到了福贵大哥的来信，他在来信中恳求我，让他的儿子大伟参军。他在信中说，大伟今年已经十八岁了，就梦想着参军。父亲退休了，大哥二哥都从部队转业回了地方，全家人只有我还在部队上工作，于是他就把希望寄托在我的身上。当时，福贵大哥要我的通信地址时，估计早就做好了盘算。

我给福贵大哥回信，提起笔来我才意识到，这么多年我还是第一次和他通信，我告诉他，参军得先到当地武装部报名，然后参加体检，再由接兵部队的领导决定是否能参军。我刚从军校毕业，刚当上个小小的排长，面对福贵大哥的请求，我真的帮不上忙。

信寄走没多久，突然有一天，门岗来了一个电话打到了我们连部，通讯员跑过来告诉我说，营区门岗那儿有一个人要找我。我有些吃惊，在驻军附近我没什么熟人，更谈不上朋友，谁会来找我？我匆匆地来到了营区门口，竟然看到了福贵大哥。他风尘仆仆的样子，脚前放了一个篮子。他见我走过来，向前挪动一步，满脸堆笑地望着我，亲热地叫了一声，三弟。我惊讶他怎么找到的我，我只给了他一个通信地址，部队只留了一个番号。他似乎看出了我的不解，喃喃道，一路上我问了好多人，找了许多地方，没想到真的找到了。福贵大哥脸上露出庆幸的微笑。

我把福贵大哥领到招待所，进了房间后他才把篮子上蒙着的碎花布揭开，是满满一篮子鸡蛋。我惊愕地望着他，他低下头仔细检查着篮子里的鸡蛋，喃喃地说，一路上我一直小心护着，还好，没有破。他抬起头时又露出了满足的微笑。我看着那篮子鸡蛋说，大哥，我吃食堂，自己不做饭。这些鸡蛋我用不上。大哥眼里似乎有一缕火苗跳动着，他舔舔嘴唇道，不是给你的，是送给你们领导的。我用不可思议的目光望着他。他想起了什么似的，又解开腰带，把手伸到裤子里，捣鼓半晌，从内裤上扯下一个用手绢缝制的布袋，一边展开一边说，我让你大嫂帮我缝的，怕路上丢了。打开布袋，里面露出一沓钱来，没什么大票，只是一些卷了边皱皱巴巴的毛票。他手上沾了唾沫，又重新数了一遍，数完告诉我，三弟，这是一百五十块钱。你再买些烟酒，和鸡蛋一起送给你们领导，让他们招了大伟。大伟是你侄子，放到你身边我放心。

突然，面对大哥的举动，我心生了反感。看看地上盛鸡蛋的篮子，又看看堆放在桌子上的钱，我没好气地说，你以为送点礼就能解决大伟参军的事了？我们部队每年招兵都是分地区的，就是把大伟招到部队，你怎么知道他以后就能有出息？我一口气说完，大哥怔住了，目光躲闪地望着我，半晌嗫嚅道，三弟，你别生气，大伟不行，你把这些东西送出去，对你以后进步也有好处。

我一时不知和他说什么好了。那次，我只收下了他带来的那篮子鸡蛋，我把鸡蛋送到了连队的炊事班。大哥在招待所住了两天，我带他参观了团部还有我的连队，走时的车票是我帮他买的，送他时我请了假，一直送到火车站的站台上，怕他反悔。临开车时，我隔着车窗塞给大哥一百元。火车开了，大哥举着手里的钱不知如何是好的样子。我冲大哥挥下手，大声地喊着，让大伟到武装部报名……我看见大哥眼里流出两行泪，曲折地爬过脸颊落下来。

五

大伟最后还是没能成为军人。

年底的时候，福贵大哥来了一封信，他在信上说，大伟参加了征兵体检，身体检查合格，最后参军名额都被乡长的亲戚、村主任的侄子等占满了。总之大哥的信里说参军走的人都是乡里有头有脸人家的孩子，为此大伟还病了一场……现在想通了，大伟只能留在家里种地了。最后大哥又在信中说，三弟呀，你没在农村生活过，不知农民的苦，你要好好地在部队工作，混出名堂来，帮你侄子侄女一把……

读了大哥的信，我想象得出大哥的失落和无奈。同时我也因为没能帮大伟参军而感到不安，可我就是一个小排长，真的没有能力帮上大哥。如果父亲没退休，会不会帮大伟参军？我不知道，也没和父亲探讨过这个问题。

退休后的父亲似乎老得很快，退休前红彤彤的脸庞不见了，换之而来的是一张满是沧桑和憔悴的脸，头发也花杂地白了。在我两次探亲的经历中，家里的父亲似乎只有两件事，要么埋在沙发里看报纸，要么就是站在窗前看着一个什么地方久久凝视。父亲也很少和我说话，更谈不上交流，没有人知道他在想什么。

母亲在父亲退休后也退休了，母亲的年纪要比父亲小上十来岁，和父亲相比还算年轻，母亲身体里似乎还有没发泄完的精力，她参加了干休所老年舞蹈队，每天一大早就出门排练，然后隔三岔五地出门去比赛。

大哥偶尔还会给父亲来信，父亲再读大哥的信时不再躲躲藏藏了，而是正大光明地把信口撕开，再戴上老花镜，一字一句去读福贵大哥的信。读完了，父亲把老花镜摘下来，闭上眼睛想着什么。有一次父亲读完信，突然对我说，三儿，我想回一趟老家。

我讶异地看着父亲，在我的记忆里，我还在上小学时，父亲回过一次老家，二姐和我描述过回老家的情形，父亲买了一车馒头，分发给乡亲们，从那以后，父亲再也没回过老家，一晃都过去二十多年了。

我嗫嚅地问父亲，爸，你想何时回？

父亲摇了摇头，叹息一声道，你妈不会陪我，你们都有工作，都有自己的事。

父亲和我说这话时，我休假离归队只剩一天时间了，便安慰父亲道，明年休假我陪你。

父亲没说话，盯着茶几上大哥的来信，沉吟半晌道，以后，你福贵大哥那儿要是有啥事，你能帮的话尽量帮一把，他是你哥。

我看到父亲红了眼圈。我在心里“嗯”了一声。

父亲又叹口气，你福贵大哥日子苦。

我知道，这么多年过去了，父亲心里一直牵挂着福贵大哥。

福贵大哥偶有信件寄给我，他在信里说，今年老家收成好，养了两头猪，卖了一头，过年自己家留下一头杀了吃肉。大哥还说，老二小伟也已经高中毕业了，没考上大学，但在乡里的砖瓦厂找到了工作，女儿小凤考上了护士学校。家里三个孩子，就女儿小凤有出息，虽然读的是中专，但也是家里最有出息的一个。大哥字里行间流露出对女儿的得意和喜爱。

又是一年后，福贵大哥突然来信说，给小凤找了个婆家，是乡民政助理的儿子，和小凤是同学。大哥说到这儿，把笔墨更多地留给了那个民政助理，助理姓韩，说很有希望当副乡长，要是攀上这门亲戚，你的两个侄子都会跟着沾光……

福贵大哥的来信虽然写得热情洋溢，甚至对未来的生活充满了期许，但我隐隐地感到不安，这是让小凤嫁给爱情还是嫁给权势？我给福贵大哥回了一封信，强调了自由恋爱，一定要让小凤自己喜欢……

大哥没再来信，不久，却收到了小凤的来信。她在信中说，叔，冒昧地给你写信，虽然我没见过你们，但我在全家福里看到了你们每一个人。我想起上次二姐婚礼结束后，福贵大哥拉着父亲的衣脚，父亲才提出照一张全家福的情景。那张全家福照完，父亲一共洗了两张，一张放在他卧室的抽屉里，另一张寄给了大哥。留在家里的那张全家福我只见过一眼，福贵大哥站在最后排，只露出一个脑袋，但他却是全家人中笑得最灿烂的那一个。

小凤在信上告诉我，她不同意父亲给她定的这门亲事，让我劝劝她父亲把人家的彩礼退回去。

小凤在信里最后说，小叔，你是军官，见多识广，现在都二十世纪九十年代了，哪还有包办婚姻的。我爹相信你的话，你说话他一定会听。

接到小凤的信后，我马上给福贵大哥写了封信，我认为小凤说得没错，希望大哥改变主意，给小凤一个自由。结果，我寄给大哥的信石沉大海。可我仍然记挂着小凤托我的这件事，大约两三个月后，我又给大哥写了封信，信的内容和上一封如出一辙。仍没有大哥的只言片语。

半年后，我接到了大伟的来信，他开门见山地说，叔，我妹小凤毕业离家出走了，我爹喝了农药，农药是假的，我爹没死成。我妹离家出走半年了。前两天，我们家把收人家的彩礼退回去了。我爹现在不吃不喝，天天叹气。叔，你劝劝我爹吧，再这样下去，他怕是不行了……

接到大伟的信我脑子里“轰”地响了一下，不知这事父亲知不知道。我通过军线接通了家里的电话，接电话的果然是父亲。我没有直接问他是否知道了福贵大哥的事情，我在试探他的情绪，告诉他，我过几天就要去军机关报到了，前几天军干部处给我发来了调令，调我到军机关宣传处任干事。父亲的情绪一如既往，看不出丝毫的波澜，我便放心地放下电话。

我决定回一次老家，就在去军机关报到前这几天的空当。

依据福贵大哥的寄信地址，我坐火车到市里，又换乘长途汽车到县里，再换车来到乡里，又反复打听，坐上了一辆好心老乡的拖拉机，来到了福贵大哥的村庄。经过这一趟辗转奔波，我想起若干年前，福贵大哥一次次出现在我家时的情景，大哥每一次出行，都是经过这么多周折的。大哥的老家在村东头的山脚下，村庄三面环山，一面邻河，取名靠山屯。在乡人的指点下，我远远地看见了大哥家的那三间土坯房。此时，正是每家每户的做饭时间，家家户户的房顶上都升起了袅袅的炊烟。唯不见大哥家有任何生火的迹象。走进院门时，见一个农村打扮的小伙子，从面相上依稀能看到大哥的影子，我吃不准是大伟还是小伟。我的突然出现，让小伙子睁大眼睛，他惊呼一声，小叔?! 他拍拍屁股上的土，打开院门，不知是激动还是别的原因，他脸上瞬间掠过一抹红色。我点了点头，他说，我是大伟呀。在大伟的引领下，我走进了大哥的家。一开门，外屋站着一位中年妇女，鬓边也已经有了丝丝白发，她正红肿着眼睛盯着冰冷的灶台发呆。大伟先进的门，小声地说，妈，我小叔来了。嫂子像看到了救星，眼睛里掠过了一缕亮光，她带着哭声道，你大哥怕是不行了。话还没出口，眼泪就流了下来。

我忙进里屋，大哥头朝外脚朝里地躺在炕上，头上还敷了一条毛巾，眼睛紧闭着，面色如灰土一般。我站在大哥的床前一时不知说什么好。

大伟先是凑近叫了一声，爹，我小叔来了。

福贵大哥仍没什么反应，样子似乎已经死去了。

我上前，抓过大哥一只手，他的手粗糙冰冷，我摇晃一下他的手臂道，大哥，我是老三，来看你了。

这一声叫，似乎才把大哥从死亡线上拽回来。他慢慢睁开眼睛，先是一条缝，然后又慢慢睁大，确信是我之后，眼里先是噙了泪水，然后从胸膛里发出一声沉闷的叹息。他死死抓过我的手，嘴里一遍遍地念叨着，老三，你咋来了，这是真的，不是做梦？两行泪水终于夺眶而出。

大哥的死而复生，让大嫂和大伟都喜出望外，外间的灶膛生起了火，开始忙碌着做饭。

大哥几欲要从炕上坐起来，我把他按下道，大哥，你身子虚，躺着吧。

大哥把一双眼睛定在我的脸上，虚弱地问，咱爹可好？

我点头。

他又说，娘呢？

我又点头。

他再说，爹和娘还吵架吗？

我摇头，泪水却在眼眶里打转了。

那天，大哥破天荒地喝了大半碗粥，之后还倚着墙坐了起来，因为胃里有了食物，身体里有了热量，大哥的脸渐渐有了血色。

那天晚上我和大哥睡在一个炕上，这是我有生以来第一次睡炕。我俩并排躺着，他一直拉着我的手，大哥的手仍粗糙，但却不那么冰冷了。

他和我聊起了小凤、彩礼、韩助理。我更理解了大哥的心思，他希望小凤能嫁给有权有势的人家，借此改变一家人的命运。大伟小伟高中毕业，一个种地，一个在砖瓦厂上班，干的都是最底层的苦力活儿，大哥希望能和韩助理这些吃公家饭的人攀上亲，以此来改变大伟、小伟的生活状态。可惜小凤不听话，护校一毕业，家都没照面，便消失不见了。后来才有了大哥的绝望。

我想起了之前给大哥写的那些信，和现实比起来是那么不痛不痒，大道理谁都会说，可现实的苦日子又有多少人愿意挨。大哥把全家的希望寄托在小凤的婚姻上，没料到的是，却被小凤放了鸽子。

大哥聊完自己，又聊到了父亲。大哥一说到父亲便又哭了起来。他知道自己的出现让父亲和母亲吵架，他也知道我们一家并不欢迎他。他说父亲这么多年一直帮衬着他，除了那次父亲把半年工资预支出来，去救他的母亲，其实父亲每月都在给他寄钱，三十五十不等，一直到父亲退休。说到这儿，大哥把手抽了回去，狠狠地扇了自己一巴掌道，老三，大哥没能耐呀，不是人，都这么大岁数了还连累爹，我又没给爹做过啥……

后来，大哥翻过身子，把后背弓起来，双手捂住脸唉唉地哭泣起来。

父亲这么多年一直给大哥寄钱，不知母亲知不知道。我又想起父亲的沉默寡言，经常望着窗口发呆的样子，福贵大哥一家让父亲多了心事，变得沉重。

因为我的到来，福贵大哥的身体似乎好了起来，他开始进食、说话，目光中又充满了希望。

我那次在福贵大哥家住了三天，也见到了小伟面对着一家人客气又期盼的目光，我觉得应该为大哥一家做点什么，但嘴上却没说，因为我不知道到底能做什么。

分别时，大哥在大伟和小伟的搀扶下，执意要把我送到村口，后面跟着嫂子。嫂子是个不善言辞的女人，但望着我的目光执着又亲切。

到了村口，我停下脚步，回望着大哥一家。大哥望着我，泪水又一次流了下来，他哽咽着说，老三，你是第一个来家里的亲人，以后方便就再来看看大哥。

我含泪点头道，大哥，一定把身体养好。

大哥用力点了点头。

我背过身去，没再回头，怕大哥一家看到我眼里的泪水。

六

我被调到军机关之后，一想起福贵大哥一家，心里就沉甸甸的。

我写信给大哥、二哥还有二姐，把福贵大哥一家的情况说了，希望他们也通过各自的力量帮福贵大哥家一把。不久，二哥就回信说，他有个战友在福贵大哥老家县里工作，他正在联系那个战友。大哥和二姐回信说，他们已给大哥寄了些钱。我的心稍安了一些，写信告诉了福贵大哥，我希望他尽早看到希望。但仍隐隐担心小凤，一个女孩子，别做出傻事。

不久，我又一次休假回家，发现父亲和以前不一样了，他的目光和我接触后，很快就把目光移到别处，要么去看客厅里那棵发财树，要么把目光移向窗外。

母亲的老年舞蹈队又一次去外地演出。母亲走后不久，父亲找到我，目光望着自己的衣襟说，三儿呀，你今晚订家酒店，把你大哥、二哥、二姐都叫来，咱们聚一回吧。父亲的话似乎在命令又似乎是在商量。在我的记忆里，每次家庭聚会，都由母亲操持，在厨房里忙上大半天。父亲张罗聚会还是第一次。

晚上，我带着父亲先到了订好的那家酒店，未几，大哥、二哥和二姐他们便都来了。他们也觉得父亲张罗这样的聚会有些新鲜，不时地用目光去偷瞟父亲。父亲谁也不看，把所有酒杯都倒满了酒，让我们每人都端起一杯。二姐看着酒杯有些犹豫，父亲就说，拿过去，你可以不喝。今天的聚会只差大姐一人，她去南方为自己的服装店进货去了。

父亲端起酒杯，自己率先喝了一大口，我们只能紧随其后，深深浅浅地把酒喝下去。酒是父亲执意带的，是珍藏多年的茅台酒，还带来了两瓶。父亲仍不说话，又连续喝了几杯，当把第二瓶茅台酒打开时，父亲才开口道，我感谢你们。说到这儿停住了，把目光依次从我们脸上扫过。我们仰起红扑扑的脸望着父亲，诧异父亲为什么要说这种话。

父亲接着说，你们有个福贵大哥。

父亲说到这儿站了起来，我们也纷纷站起来。父亲挥下手，让我们坐下，自己独自站在那里，端起酒杯道，我敬你们。说完把杯里的酒一饮而尽，然后才坐下道，福贵给你们添麻烦了。

见父亲如此这般，我们一时不知说什么好，面面相觑了一会儿又把目光齐刷刷地投向了父亲。

父亲的面孔已经由红转白了，依据以往的经验，我知道父亲快喝多了，试图把他面前的酒杯拿开。父亲一只手死死按在自己的酒杯上，又说，福贵的事，是我给你们找的麻烦。然后抬起目光，又依次在我们脸上扫过，这次轮到我们回避父亲的目光了。

关于福贵大哥我们谁也没有抱怨过父亲什么，我们没权力指责父亲。

父亲沉了沉继续说，本来福贵是我一个人的事，我老了，帮不动他了，只能靠你们了。说到这儿，又把杯中的酒喝了下去。父亲大着舌头又说，不管怎么说，福贵是你们同父异母的大哥。

父亲说完这话就醉了，趴在桌子上，突然大哭起来。

我第一次见父亲哭泣，我想哥哥姐姐肯定也是第一次。我们慌张地望着父亲，又面面相觑，最后我们把父亲架回了家。

我安顿好父亲欲离开，父亲突然抓过我的手道，三儿，我知道你去过老家了，谢谢你。父亲用力地捏了一下我的手。

关于回老家的事，我没告诉过父亲，一定是大哥写信告诉了父亲。

那一夜，我听着父亲的鼾声睡去，但又不时醒来，每次醒来都会想起福贵大哥的那张脸，然后又想起父亲。通过父亲的大哭，我理解了压抑在父亲心里的块垒。也许父亲责怪自己，对福贵大哥没有尽到一个父亲的义务。生下他，却把他抛到了荒郊野地里。我又想到父亲对我们的点点滴滴。记得我们小时候，父亲经常出差，每次都会给我们带来糖果。父亲一进家门，我们就知道有好吃的，便蜂拥上去围住父亲，父亲顾不得掸掉灰尘，从提包里拿出好吃的分给我们。有几次，父亲去上海和南京开会，给大姐二姐带回来裙子，还有小皮鞋，给我们带回来了玩具枪。那会儿我们都盼着父亲出差，父亲刚走，我们就盼着他早点回来……可福贵大哥呢？福贵大哥找到家里前，父亲压根儿不相信福贵大哥还活着。父亲想帮助福贵大哥一家，但碍于母亲，他总是缩手缩脚。这么多年来，母亲因为福贵大哥跟父亲吵过架，闹过分居，父亲还是每月偷偷地给福贵一家寄钱，我不知道父亲是通过什么办法瞒过母亲的。我突然想起，父亲在十几年前突然把抽了半辈子的烟戒了。记得我还很小时，母亲也逼父亲戒过烟，父亲也试着戒了许多次，但一次也没有成功。我想父亲一定是为福贵大哥戒的烟，把每月省下的钱寄给福贵大哥。想到这儿，我突然流泪了。福贵大哥永远是父亲心里的痛。自此，我理解了父亲，为了减轻父亲心里的不安，我发誓，一定尽自己所能帮助大哥一家。帮助福贵大哥就是帮父亲。

那次我结束休假不久，接到了福贵大哥的来信，他告诉我，大伟和小伟被县里一家公司招走了。我知道这是二哥的功劳，他有个战友在老家县里开了一家装修公司。在这儿之前，二哥打电话把这情况告诉了我。我替福贵大哥感到高兴。

又过了不久，我又接到了小凤的来信，她在信中说：小叔，我已在广州一家医院找到了工作。在小凤这封信中我才了解到，那次小凤并没有真正离家出走，而是躲到了镇上一个同学家，她说得知她父亲要死要活的消息，她都快坚持不住了，她几乎要回家向父亲妥协，接受那门她不愿意的婚事。就在这时，我出现在了福贵大哥面前，大哥从此振作起来，小凤这才远走高飞。读罢小凤的信，我一面庆幸小凤逃过了这一劫，同时也为这个丫头的心计暗自叹服。我没有见过小凤，只在父亲钱夹里看过福贵大哥一家的全家福。拍摄照片那会儿小凤还小，她立在父母身边，睁着一双眼睛冲着镜头在傻笑。

面对福贵大哥家一连串的好消息，我想起了父亲，通过军线接通了家里的电话。我把大哥家的好消息告诉了父亲，父亲在电话那头很平静，最后只说了一句，谢谢你了三儿。父亲又一次用这种方式和我说话，让我心里涌出一阵酸楚。

又过不久，福贵大哥来到军机关看我。再次见到福贵大哥，他似乎变得年轻了，还穿了件时髦的中山装，以前脚下的布鞋也换成了皮鞋，远远看上去，就像乡村来的干部。他见我上下打量他，他也瞄一眼自己的穿戴说，衣服是大伟从县城里带回来的，皮鞋是小凤那丫头从广州寄回来的。大哥脸上洋溢着儿女给他带来的自豪。

那次福贵大哥来，我没让他住招待所，就住在我单身宿舍里。这次我离福贵大哥如此之近。他的话很多，说得最多的还是父亲，他说很想念父亲，可又担心母亲和父亲闹矛盾，所以他一直不敢再去看父亲。关于这个话题，我没接福贵大哥的话茬儿，我知道，母亲自从嫁给父亲后一直在包容着父亲，从生活方式到为人处事，母亲一直在向父亲妥协。父亲是个行伍军人，母亲是个知识分子，他们的生活经常发生矛盾，往往都是母亲在妥协，但唯有福贵大哥这件事，是母亲心里永远过不去的坎儿。是因为父亲和母亲结合时，父亲隐瞒了前一段婚史？还是福贵大哥一家成为了家里的累赘？也许二者兼而有之？

我安慰福贵大哥道，以后想出来转转就到我这里来。

福贵大哥眼里亮了一下，接着又暗淡下去，半晌才说，老三，你现在一个人还好说，怕是以后结婚了，我就不敢打扰了。

我拍着胸脯说，大哥，不会的。

大哥笑一笑，岔开话题道，老三，能不能给大哥弄套军装？

我惊诧地看着他。

他说，咱爹是因为参军才离开老家的，大弟和二弟，还有你，也是因为参军才出息的。原本以为让大伟和小伟也走你们的路子，到部队上长长出息。大哥说到这儿，声音小了下去。

我望着大哥低垂下的眼睛，心里不是个味，为了没能帮成大伟或小伟参军。

大哥突然抬起头说，我老早就想跟爹张口了，一直没张开口，今天我冲你开口了。

我冲大哥点点头道,不就是件军装嘛,一定帮你办成。

后勤部的服装助理就住在我隔壁的单身宿舍里，找他为大哥买一套军装是轻而易举的事,但我惊叹大哥还有这种情结。

那次,我不仅为福贵大哥买了套合体的军装,还给嫂子在商场挑了件衣服。大哥走时,我送他去车站,把东西递给他道,下次出门带上嫂子。

大哥怔了一下,才说,她一个外人就算了,再说,她离不开她养的那些鸡鸭。

我惊讶大哥在和我们的关系上把大嫂当成了外人，他又何尝不是把自己当成了外人呢,在我们面前,他总是低人一等,说话办事总是小心翼翼的。我为大哥感到难过。

后来的日子里,不断地接到大哥的好消息。他又一次来信告诉我,大伟和小伟订婚了,小凤自己在广州也处了个对象。大哥在信中满是幸福又放松的口吻。

七

突然有一天,母亲的眼睛出问题了。她急忙回到家里,又吃药又冷敷折腾到第二天,仍然看不清东西,看什么都是几重影子叠在一起。母亲毕竟是医生,她给自己确诊为视网膜脱落。送到医院的母亲,果然被医生确诊为视网膜脱落。这是二哥在电话里和我诉说的情形。

当我请假从部队赶到医院时,母亲已做了眼角膜修复手术,但因为眼角膜碎裂,手术失败。我走进病房时,母亲的眼睛上还蒙着厚厚的纱布,她坐在病床上,冲着父亲还有我们几个孩子说,我从此就要失明了。因为母亲眼睛上蒙着纱布,我们看不清母亲的表情,但还是被母亲的话吓到了。见我们没有人应和,她更大声地说,失明就是看不见了。我们看见母亲脸上的肌肉在不停地抽动。

父亲背着手在病床前踱步,他突然停下脚步,郑重地说,我去找医生,让他们再想办法。父亲转身走出病房,我们默默地跟在父亲身后。医生告诉我们,只有一种可医治母亲的方法,眼角膜移植。

关于眼角膜供体来源却只能等待。

在等待眼角膜的日子里,母亲的性情大变,她经常摔东西,抱怨自己的命不好。以前那个风风火火阳光快乐的母亲不见了,换之而来的是又矫情又脆弱的母亲。以往，每天都去舞蹈团跳舞唱歌的母亲，此时只能待在家里。母亲的舞友陆陆续续地来看望她，站在母亲面前说些雨过地皮湿的安慰话，他们一走，母亲的情绪就更加坏了。她离开了那个欢乐的集体，只能在屋里生闷气，情绪上来时，手里有什么就往地上摔什么。

父亲就站在一旁，他不劝也不多说别的，就那么平静地看着母亲。后来还是二姐把家里能摔的东西都收拾走了，留下一个空荡荡的家。母亲没东西可摔了，无处发泄便冲父亲喊，喊着喊着，就变成了哭诉。她诉说自己当初心不甘情不愿地嫁给父亲，又如何含辛茹苦地拉扯我们这些孩子，自己从年轻到中年就没过上一天舒心日子，把一切都献给了这个家，最后刚刚在老年舞蹈队找到生活的乐趣，命运却和她又开了一次玩笑，以后她的日子只能在漆黑的世界里摸索了。

父亲一直低着头，自从母亲得病后，他也变了，脸上异常严肃，就像一个指挥员面临着一场即将打响的战役。父亲不停地往医院跑，一次次地追问眼角膜供体的情况。他每次得到的答案都是：首长，供体暂时没有，一旦有了立马通知阿姨过来手术。父亲每次去医院就像碰了个软钉子，急不得又恼不得。父亲每次挺胸抬头地走进医院，每次又都耷拉着脑袋从医院里走出来。

有一次，我和父亲回到我们住的楼下，父亲抬头看了眼我们家的窗子，小声地说，三儿，陪我走走吧。我跟在父亲身后陪他在院子里走。他走路的样子目不斜视，眼前的花草树木似乎根本不存在。突然，父亲放慢了脚步，叹了口气说，你妈跟我结婚快四十年了，生了你们五个孩子，又把你们拉扯大，你妈不容易。你妈比我年轻十岁呢，现在她什么也看不见了，我于心不忍啊。他突然立住脚，认真地看着我说，我要给你妈捐献眼角膜。父亲的话让我怔在那里，望着父亲一句话也说不出来。父亲缓和了下语气说，供体一直等不来，这样下去我怕你妈垮了。我问过医生了，我有一只眼睛就够了。父亲似乎已经深思熟虑了。

我把这个消息告知了大哥大姐，还有二哥二姐，我希望他们先出面劝阻父亲。

大哥在裁军时是副团职转业，此时在一家机关里当处长。果然大哥先说话了，他清清嗓子说，爸，你这决定我们不同意，为了救母亲，要捐也得我们捐。

我们也齐声附和。

父亲严肃地看着我们，目光依次在我们脸上扫过。突然，他拍了下饭桌，胡闹，你们还年轻，还有那么多事情要做，我老了，多一只眼睛少一只眼睛的耽误不了我啥，你们趁早都死了这份心吧。

面对父亲的训斥，我们只能哑然。

母亲这时从里屋摸索出来，二姐过去扶住她。母亲不远不近地冲着我们，一字一顿地说，谁的眼角膜我都不要，我只等供体，要是没有供体，我就这样子。说到这儿，母亲失明的眼里流出两行泪。

从那天开始，母亲似乎变得平静下来，她不再乱摔东西，也不发火了，大多时候只是一个人安静地坐在客厅的沙发上，脸朝着窗外，不知她看到了阴晴雨雪还是风和日丽。

很快，我的假期就要到了，担心父亲一个人照顾母亲，他吃不消，我提出请个保姆，被父亲否决了。父亲坚定地说，你们忙你们的，我能照顾好你们的母亲。父亲的话不容置疑，好在哥哥姐姐都在一个城市里，走前我又分别给他们打电话，让他们多回家几趟，便又回到了部队。

有一天，我突然接到二哥打来的电话，先是跟我有一句没一句地说了几句别的，突然话锋一转道，福贵大哥前两天来家里了。我冲着电话“啊”了一声。二哥说，妈生病的事，不是你告诉他的吧？我说，我没有。我回部队后，接到过福贵大哥一封信，他说他和大嫂要开始养猪了，乡里也支持，划出了一块地让他做猪舍，买猪崽儿的钱都是三个孩子帮忙凑的，等春暖花开时，他就可以去集市上买猪崽儿了。我还没来得及给福贵大哥回信。二哥在电话里沉吟半晌道，你没给福贵大哥去信，那一定是爸爸告诉他的。我忙在电话里冲二哥说，你招待他一下，爸这样子忙不过来。二哥说，我去家里了，他昨天就走了。走了？我疑惑地在电话里冲二哥说。二哥道，这次福贵大哥和以前来时不一样。顿了顿又说，走了也好，爸要照顾母亲，也没精力招待他。我“嗯”了一声。

两天后，我又接到二哥的电话，他喜气洋洋地冲我说，老三，妈眼角膜的供体找到了，医院已经通知妈去住院了。我喜出望外，提高声调道，真的？二哥说，真的，妈做手术你回不回来？

我当然得回去。

在母亲手术的前一天，我回到了家里。父亲正在家里收拾母亲的换洗衣服，我问父亲，爸，供体从哪儿找到的？父亲抬起头，摇摇头说，医生不肯说，说这是医院的纪律。既然医院有纪律，我也不想多问了，只沉浸在母亲即将迎来光明的兴奋之中。晚上睡不着，仍想着母亲的供体，是年轻人的？还是老年人的？是男是女？

毕竟母亲即将要植入别人的眼角膜，紧张、陌生、期待，许多复杂的情绪让我一夜也没睡好。

第二天一大早，父亲还有我们这些兄弟姐妹齐聚在手术室门外。他们和我一样，对母亲的手术充满了焦虑和期待。在等待母亲手术过程中，我走到父亲身边，他坐在手术门口的排椅上，两只手放在膝盖上，挺直腰板望着窗外，看似镇定的父亲其实比我们更加紧张。

我靠在他的身边，目光也望向窗外，小声地问，前几天福贵大哥来了？父亲“嗯”了一声，还是刚才那个坐姿。为什么这么快就走了？我又问。他看了你母亲的样子，很难过，说老家还有事就走了。父亲说完看了我一眼。我点点头没再说什么。

大约两个小时后，先是医生走出来，他一边摘着手术戴的手套，一边冲我们说，你们母亲的手术很成功，再观察一会儿就可以到病房休息了。我们的内心是一阵轻松一片欢呼。父亲显然也听到了医生的话，他绷紧的肩膀松弛下来。

母亲到病房后需要休息，我们就告辞了。医院里只留下父亲一个人陪伴母亲。

第二天，父亲一早就出门了。他从早市买回了菜，然后张罗着要为母亲做吃的。忙活到了快中午，父亲终于把这顿饭做好了。自从母亲失明后，父亲就开始学习做饭，虽然笨拙，但已经能把饭菜做出模样了。母亲没病时，父亲连厨房都很少进去。

我给母亲送饭，照顾母亲把饭吃完。母亲自从失明之后，情绪从来没有这么好过。医生说，一周后，拆掉绷带，母亲就可以重见光明了。母亲吃完，我到洗手间洗刷碗筷，路过一间病房时，总觉得有目光在盯着我。等我从洗手间回来时，故意放慢脚步，那间病房的门虚掩着，我望过去，却看见了福贵大哥。他的一只眼睛也缠着绷带，另一只眼睛的目光正与我相遇。在那一瞬间，我什么都明白了，推门走进去。福贵大哥一只眼睛望着我，脸上充满了笑意。我站在他面前，叫了声，大哥，你干吗要这样？他伸出一只手，仍然那么粗糙坚硬，平静地说，三弟，能为咱娘做点事我高兴。

大哥说了捐献眼角膜的经过。他来家里得知了母亲失明，又陪父亲来医院问供体的事，便记住了那位医生。他谎称自己回家，却跑到了医院，指名道姓要为母亲捐献眼角膜，但跟医生提出的唯一请求就是保密。

我蹲在大哥的床前，不知不觉泪水便流了出来。大哥摇晃一下我的手说，三弟，能为咱娘做点事，大哥高兴。我说，那你以后就失去了一只眼睛。大哥平静地说，哎呀，大哥有一只眼睛就够了，不耽误养猪。那么大个儿猪，大哥看得清。后来大哥想起什么似的说，三弟，咱娘拆线前别告诉她。我含着泪点了点头。

母亲和大哥是同一天拆的线，母亲如愿以偿地又见到了光明，大哥的一只眼睛却再也看不见了。

在这期间，大哥为母亲捐献眼角膜的事我告诉了父亲。父亲久久没有说话，他背着手在家里的客厅中踱步，踱了好久，立在窗前向外张望着，又是半晌之后，他呜咽着说，我对不住你福贵大哥。

母亲重见光明后，回到家里，父亲才把福贵大哥捐献眼角膜的事告诉了母亲。母亲先是震惊，然后从胸膛里像打个嗝似的舒出一口长气，喃喃地说，福贵在哪里？

在这之前，我把福贵大哥接出了医院，安排在一家宾馆里。

那天傍晚，我又把福贵大哥接到了家里，母亲颤抖着站了起来，迎向福贵，她拖长声音叫了一声，福——贵！这是母亲第一次这么称呼福贵大哥。

福贵大哥受宠若惊地跪在母亲面前，叫了一声，娘！

从那以后，母亲主动提出每月给福贵大哥寄钱。自从父亲退休，给福贵大哥一家寄钱的事便终止了。

后来福贵大哥给父亲来信，他在信中说，爹娘，我的猪已经开始养了，等到年底，杀了猪我给二老送去……

自从福贵大哥为母亲捐献眼角膜之后，我们家所有的人，不论从感情上还是血缘上，一下子觉得我们离福贵大哥很近很近。

八

母亲的视力失而复得，父亲也变得开朗起来，父母之间的关系从此变得融洽了。母亲去参加老年舞蹈队的活动，只要晚回来一会儿，父亲就把饭菜做好了。有时母亲去外地演出，在估算出母亲快回来的时间后，父亲总是跑到小区门口等待着母亲，见母亲乘坐的出租车远远地驶来，父亲紧走几步迎上去，为母亲拉车门，并提上行李，似乎他们是一对分别许久的夫妻又一次重逢。

这一切的变化都源于母亲，自从福贵大哥为她捐献了眼角膜之后，她开始主动关心起福贵大哥一家的生活了。那次大哥回去不久，母亲听说福贵大哥要养猪，母亲主动找到父亲，拿出一张存折说，福贵要养猪肯定需要钱，我寻思着给他寄十万帮帮他发家致富。

父亲吃惊地望着母亲，目光从她的脸上又落到那张存折上。

母亲就说，咱俩用不着这些钱，孩子们都有收入，人心都是肉长的，咱们帮福贵就是帮咱们自己。

母亲这么说时，父亲感动得泪水流到了嘴角，说，这个家一直是你说了算，你定！

母亲挥了挥存折道，那就这么定了。随后母亲跑到银行，给福贵汇了十万元钱。

福贵大哥收到了钱，把电话打到了家里，接电话的是母亲。福贵大哥听出了母亲的声音，热热地叫了一声，娘。母亲应了声。在这之前，福贵叫过无数次娘，母亲从来没有应过。福贵哽咽着说，娘，你汇的钱收到了，你和爹放心，我们一家一定养好猪。

福贵大哥养猪后的第一个春节，他带着大伟又一次进了城，为父亲扛来半头猪。我正休假在家里，要留福贵大哥和侄子大伟在家过年，可他们只住了一晚便走了。母亲让我送福贵大哥他们去车站。在车站的月台上，我和福贵大哥正欲分手，他突然拉住我的衣脚说，三弟，咱爹老了。

他这么一说，我吃了一惊，怔怔地望着他。他揉了一下那只已经看不见的眼睛又说，以前，我没注意，这次我看见咱爹的头发都白了。

我的心一沉。我虽然工作在外地，一年怎么也能见上父亲几次，有时休假，有时出差路过，父亲已经七十多岁的人了，不老是不可能的，但经常见面的人，并不能发现他有什么变化，然而这种老还是不声不响地袭来。送走福贵大哥，我回到家时，又细看了几眼父亲，福贵大哥说得没错，父亲不仅白了头发，他的腰板也不像以前那么挺直了。父亲真的老了。

从那以后，每当过年过节时，福贵大哥总是要给家里送猪肉。只是来的不是他了，而是换成了大伟。大伟见到我们就说，我爹年岁大了，跑不动了。我见到大伟，就想起福贵大哥第一次来我家时的样子。大伟告诉我，他现在和父亲一起养猪，小伟自己开了一家装饰公司。他还说，小凤结婚了，妹夫是名医生。一个月前，我收到过小凤的来信,告诉了我她要结婚的消息。

我为福贵大哥一家感到欣慰。

又是半年后,母亲存折里多出十万元钱。母亲收到这十万元钱,万分惊恐地找到父亲,一遍遍地说,见鬼了,谁这么好心给我汇了十万元钱,是不是汇错了?

父亲不说话,他在打电话,电话拨通了,那端接电话的正是福贵大哥,福贵大哥搞上养猪场之后家里就装上了电话。福贵听出了父亲的声音,还没等父亲说话,他就说,给娘汇的十万元钱收到了吧?

母亲在一旁抢过父亲的电话,冲电话里喊着,福贵,说好那十万是给你的,你怎么又还回来了?

福贵大哥就在电话里大声地说,娘,养猪挣钱了,我再干几年,我给你和爹养老。

母亲怔了好久,才把电话放下。从那以后,我们不管谁,只要提起老家,提起福贵大哥,母亲都会感叹,唉,福贵这孩子!

母亲在这感叹声中也一点点老去,以前还花白的头发,也已白了大半。舞跳不动了,但每天还会去老干部活动中心,坐在一旁看那些比她年轻的人跳舞。

父亲是突然间不行的。母亲后来说,父亲早晨还去院里散了半小时步,回来吃完早点他说心脏有点不舒服,就躺在沙发上歇一会儿,这一躺下,便再也没有起来。救护车赶到时,父亲已经离开了这个世界。

我接到二哥电话时,正在外地出差,急急忙忙请了假,坐最早一班飞机飞了回来。在登机前,我又想到了福贵大哥,我拨通了福贵大哥的电话,他一接电话便哭了,告诉我,他正在收拾东西,准备马上出发。原来二哥在我之前,已经给福贵大哥打了电话。

父亲的告别仪式是在殡仪馆举行的。依据父亲遗愿,我们为父亲换上了军装,这是他穿了大半辈子的衣服,早几年他就给母亲留下了遗愿。

整个告别仪式,都是干休所工作人员置办的,父亲是有组织的人,他把自己的后事也交给了组织。当工作人员把党旗盖在父亲身上,又盖上了军旗之后,哀乐便响了起来。

前来向父亲告别的有父亲的生前好友、下级,还有远道而来的战友……他们已经不再年轻,在工作人员和家人的搀扶下,来送父亲最后一程。

我们家属站在一侧,接受着吊唁者的安慰。

此刻，我想起了福贵大哥，他本该站在母亲身边，可不知为什么，都这会儿了，他还没有出现。就在父亲告别仪式接近尾声时，告别大厅突然闯进来一伙人，所有人都披麻戴孝，领头的竟然是福贵大哥，还有我嫂子，他们的身后跟着大伟、小伟、小凤，还有他们的家人。父亲生前，他们从来也没这么齐整地出现在父亲面前，只有福贵和大伟来过家里。记得几年前，福贵大哥曾对我说过，他要把全家人召集起来，为父亲过一次生日，可不知为什么一直没有成行。

此时，他们齐聚在父亲的遗体前，先是福贵大哥和大嫂跪下，后面呼呼啦啦地跪倒一大片。福贵大哥哽咽着喊了一声，爹，我们来晚了！

身后的侄辈们就一齐喊，爷呀，我们来看您了。

在场所有人都怔住了，所有人的眼泪都下来了，不只为父亲，还为福贵大哥一家。

福贵大哥跪行几步，半边身子伏在父亲的身边，喊了一声，爹呀，福贵来看你了。

我的泪水汹涌而出，我在心里叫了一声，福贵大哥……

后来福贵大哥告诉我，他们之所以来晚了，是在等从广州回来的小凤一家。

父亲的葬礼结束之后，母亲提议要照一张全家福。十多口子人挤在一起，却唯独少了父亲。

那张全家福照片洗出来后，就压在书房的玻璃板底下。父亲生前经常在这书房里看报纸、练书法，偶尔偷偷吸上几口烟。父亲戒了十几年的烟，不知为什么在他晚年又捡了起来。

父亲不在了，母亲会经常进到书房，在父亲生前坐过的椅子上坐一坐，然后把目光落在写字台那张全家福上。她辨认着福贵大哥家的每一个人，像是要把他们牢牢记住。

九

我坐飞机先是来到了老家省城，然后打上出租车直奔福贵大哥家。这是我第二次来看福贵大哥，也就是说，第二次踏上老家的土地。这不是我的出生地，就是因为福贵大哥的出现，让我和老家有了千丝万缕的联系。

出租车快进村时，我给大伟打了个电话，告诉他我就要进村了。

当出租车驶到村头时，我又看到了既陌生又熟悉的景象：大伟带着小伟、小凤，身后的队伍里多了几个十几岁、五六岁的孩子，他们一律披麻戴孝，见我从车上下来，他们又齐刷刷地跪下。大伟叫了声小叔，就把身子伏下去，又抬起头来道，我替我爹谢谢小叔。后面那些孩子，也把头磕在地上，齐齐地叫了一声，小爷爷……

我把大伟从地上扶起来，他们看着我，又把目光投向了村外的路，我知道，他们在盼望着，我告诉大伟，家人都在路上，他们马上就到了。

我看见大伟、小伟和小凤又一次跪下，冲着村外的路，他们在用老家的习俗迎接着自己的亲人。

【作者简介】石钟山，作家，编剧，影视制作人。著有长篇小说《天下兄弟》《遍地鬼子》《男人的天堂》等三十余部，文集五十余种，共计一千四百余万字。另有影视作品三十余部，共计一千余集。作品曾获中宣部“五个一工程”奖、北京市政府文学艺术奖等奖项。

我是夏始之

余　耕

一

夏始之走过万豪酒店华丽的大堂时，心中泛起一阵悲酸：丈夫从未带她住过五星级酒店。

以前经济拮据，两个人偶尔出去旅行，住的大多是经济型酒店。后来，丈夫向亲戚朋友借了十万块钱付了首付，他们在东五环买了第一套两居室的房子。每个月还银行房贷，不是个大数，也不算是个小数。再后来，有了儿子小豪，儿子一个人的开销快抵上每个月的银行房贷。自从买了按揭房、有了儿子，旅行对于夏始之和丈夫来说，更是一件奢侈的事。所以，与丈夫结婚八年以来，夏始之从未住过五星级酒店。

而此刻，丈夫徐中来正在五星级万豪酒店的2019号房跟情人幽会。是的，夏始之是到万豪酒店来捉奸的。半个月前，她支付了一笔不菲的劳务费，聘请了一位私家侦探，暗中调查丈夫有无出轨行为。女人的直觉往往是准确的，尤其是在情感方面，每个女人都是爱情侦探。据说女人在这方面的天赋源于女人之间的八卦，在八卦的过程中可以体验不同同性的感受和经验。可夏始之不是一个喜欢八卦的女人，她的疑虑主要来自丈夫的冷淡。大半年以来，丈夫跟她的亲热都是点到为止，临睡前抱一抱，还没等亲吻，丈夫就转身把台灯关上了。关闭台灯的潜台词相当于在说，累了，睡觉吧。

有一回，丈夫关上台灯，照例背对着夏始之准备睡觉。夏始之先是用脚钩住丈夫的脚，用脚趾挠着丈夫的脚心，徐中来懒懒地蜷缩起腿来，一副全身心拒绝的姿态。看他如此反应，夏始之侧过身，把胸口紧紧贴住徐中来的身体，他竟然微微起了鼾声。夏始之略有些懊恼，她干脆侧起身半搂过去，顺势还打开了台灯。柔和的灯光照亮卧室，也照亮夏始之的欲望，亮晃晃地让人无法忽视。夏始之自信自己的容貌和身材好过绝大多数36岁的女人。丈夫当然明白妻子的意图，就在他皱着眉头找托词的时候，突然，对过的房间里传来儿子小豪的哭声。6岁的儿子胆子很小，经常在噩梦里被吓哭，平时大都是夏始之去安抚儿子。这一回，徐中来翻身下床去了儿子房间，等把儿子安抚睡了，他也就懒得挪窝，在儿子的床上睡着了。接下来的半年，夏始之跟丈夫只有过两回性生活，而且都是她主动要求。最后一次做爱，夏始之觉得简直是自己强奸了丈夫，而且在她尚未尽兴的时候，便被徐中来粗暴地推下身来。

夏始之是一个要面子的女人，不仅在社会上、在公司里要面子，在家里也要面子。被丈夫从身上推下来的那一刻，夏始之就像一只遭遇断崖跌停的股票，她的性欲也跟着跳崖自杀了。没有了欲望也就没有了期待，没有了期待，夏始之开始寻找答案。无论是生活中，还是影视剧里，丈夫的表现都是出轨才应该有的状态。于是，她开始在徐中来身上排查蛛丝马迹。为了不混淆自己的嗅觉，夏始之不再用香水，甚至连以前没有用完的香水也通通扔掉。把家里的香水清理干净，是为了更好地捕捉丈夫身上有没有别的女人留下的香水味。夏始之还花了1600元，给自己配了一副眼镜，就为了偶尔经过丈夫身边的时候，能够看清楚他在跟谁聊微信。夏始之本来有一点儿轻度近视，出于经济和漂亮的双重考虑，曾经的她一直拒绝配戴眼镜。

戴上眼镜的夏始之，立刻引起丈夫的警觉，他问妻子怎么戴眼镜了。

夏始之反问丈夫："我戴眼镜的样子很丑吗？"

徐中来赶忙关闭手机屏幕，回复道："挺好挺好，很斯文。"

接下来，徐中来明显减少了在手机里聊微信的频率。非要看微信的时候，也是调整好身体角度，面对着夏始之打开手机的微信页面，只要看到夏始之身体稍有晃动起伏，立刻关闭手机页面。徐中来只要拿起手机，夏始之也变得勤快起来，不是给丈夫倒茶递水，就是给丈夫削苹果洗草莓，找一切可以接近丈夫的机会，只为了一窥徐中来微信里的秘密。有一回，趁着丈夫喝多了酒，鼾声打得山响，夏始之半夜起来，从丈夫的枕头底下悄悄摸出他的手机，然后去了洗手间，破译四位数密码。从丈夫的生日、儿子的生日到自己的生日，然后是丈夫的月份加儿子的日子，儿子的月份加丈夫的日子，丈夫的月份加自己的日子，自己的月份加丈夫的日子……她把三组六个数字进行了30次不同组合，也没有打开丈夫的手机。她甚至想回到床上，拿起丈夫右手食指用指纹解锁，可那么做太过冒险了，万一吵醒丈夫，又该如何解释自己的行为呢？她本来也可以直接问丈夫要手机来看，可那样做的话，两个人的面子都挂不住。夏始之忍住了，她不想把脸撕破，因为她很依赖丈夫，尤其是在精神层面。从确认恋爱关系那天起，夏始之每天要给徐中来发短信，少则十几条，多则几十条。通讯进入4G时代之后，夏始之更加勤快，连文字加图片一天能够给丈夫发上百条微信，哪怕丈夫老半天后只有一个字的回复：嗯。

徐中来每一个有应酬的夜晚，夏始之在家里都会坐立不安，想象着饭局上的女人会不会跟徐中来眉来眼去，酒酣之际会不会跟徐中来加微信，加了微信之后会不会搞暧昧，搞暧昧距离上床只差一个合适的机会……她沉浸在焦虑中，对小豪的哭闹声要么听而不闻，要么心烦意乱。

夏始之悄悄回到床上，轻轻地把手机塞回到丈夫的枕头下面。丈夫翻一个身，嘴里含糊不清地念叨了一句，夏始之觉得丈夫念叨的很像是一个女人的名字。她支起耳朵，在黑暗中静静地候着徐中来能够再念叨一遍，一直候到天蒙蒙亮，丈夫睡得很沉很香，没再说一个字的梦呓。

夏始之不再使用香水，似乎也被徐中来觉察，他的反制策略是自己开始使用香水，而且使用中性香水，并经常变换香水牌子，像是在故意混淆妻子的嗅觉。

几个月的暗中较量，夏始之没有找到任何有效证据，能够证明徐中来有了外遇。但是两个人的相处状况依旧没有改善，且有渐行渐远的迹象，因为相互生了提防之心，心和心就再难以靠近了。无奈之下，夏始之只好求助于外力，找了私家侦探来调查丈夫。私家侦探的电话，是她在公司写字楼的便利店门口捡的，跟“包小姐”的名片一样，零零散散撒在人流密集的写字楼群中。夏始之试着拨通名片上的电话，电话里传来一个浑厚的男低音，一口地道懒散的京片子口音，让夏始之觉得有些不靠谱。男低音听了夏始之的简单描述后，口吻有些不屑，说这类小事一个礼拜就能搞定，而且能够拿到法院认可的铁证，但是要支付取证费。

见到私家侦探文更生是上周二的中午，夏始之约他在写字楼群里的一家咖啡店见面。夏始之比约定的时间早到五分钟，这是她的习惯，所有约会从不迟到。因为从小在福利院长大，按时起床、按时吃饭、按时上课、按时熄灯、按时换洗衣服、按时被发放牙膏和手纸……遵守时间，成了夏始之日常行为意识里的重要组成部分。文更生迟到至少一刻钟，待确认夏始之是他的客户后，他连一声“抱歉”都没有，大大咧咧地坐在星巴克窄小的椅子上，左右两侧还宽余得能蹲上两条狗。

夏始之对文更生的印象越发差了，她觉得坐在对面这个体格瘦小的男人不仅言谈举止缺少教养，连长相都让人生厌。他的脸像是在诠释“稀疏”这个词。两只小眼睛的眼距超过一只半眼睛；稀疏的眉毛若是长在女人脸上，倒是能省掉修眉这道工序；矜持的鼻子只在鼻尖处凸显出来，告诉别人这里是鼻子；他的牙齿里出外进不太整齐，偏偏又遇到两片不含分界线的薄嘴唇。文更生用脊梁顶住椅背，把一侧屁股掀起来，从后裤兜里掏出一个很小又很脏的简易记事本，对夏始之说：“把你老公的资料给我写清楚，姓名、年龄、工作单位、手机号、身份证号……”

夏始之迟疑一下，没有用文更生不知从哪里掏出来的半截铅笔，而是从自己挎包里拿出自来水笔。她一边在简易记事本上写着丈夫徐中来的资料，一边暗自怀疑眼前这个形象猥琐的私家侦探：这货色不会是骗子吧？他真能探察出丈夫的子丑寅卯？这么好听的男低音怎么会从那么难看的嘴巴里发出来？

疑虑归疑虑，夏始之最终还是支付了80%的佣金16000块钱，剩下的钱要等文更生取证之后，一次性付清。踌躇好几回，夏始之才在手机银行输入密码。她的踌躇不单单是对文更生能力的怀疑，更多原因是家里本来就没有多少存款。

文更生等手机收到银行汇款信息后，把记事本重又揣回后裤兜，站起身来就要走。夏始之起身拦住他，问他为什么不签合同。

文更生懒懒地回问道：“你是不是还想要发票？”

夏始之说：“至少得有个收据之类的凭证吧。”

文更生说：“我们这一行还处于灰色地带，不会留下任何凭证，我们的生意跟小姐差不多，靠信誉，靠口碑。”

说完，文更生便朝门口走去。临出咖啡店的时候，他把手中的半截铅笔丢进一位女服务员围裙的肚兜里，女服务员在文更生的背后，把嘴撇到腮帮子上。

时间过了一整个礼拜，也就是今天上午，夏始之接到文更生的电话，说是丈夫徐中来跟情妇今天中午幽会，地点就在万豪酒店2019号房间。文更生还问夏始之，要不要他跟着去酒店录像取证？捉奸录像取证需要再缴纳10000块钱。

夏始之稍做犹豫，便拒绝了文更生。拒绝不完全是因为钱的事，虽然夏始之也心疼钱，主要原因是她不想把捉奸的事情张扬出去。因为徐中来供职于事业单位，去年刚刚提拔成为部门的处长，单位领导和同事们都看好他年轻有为的仕途。

文更生虽然没有挣到帮忙录像取证的钱，还是不忘用他浑厚的男低音叮嘱一句："都在气头上，带上几个娘家人过去，省得吃亏。"

夏始之沉默片刻："我在福利院长大，没有娘家人。"

文更生一时间不知道该如何接话，夏始之便挂断了电话。

万豪酒店大堂有一个酒吧，夏始之路过酒吧的时候，招呼侍者给她一杯酒。

侍者问她要什么酒。

夏始之没有去过酒吧，不知道该要什么酒，她问道："什么酒劲儿大？"

侍者说："伏特加、杜松子、威士忌还有白兰地，都是高度酒。"

夏始之接着问道："白兰地多少钱一杯？"

侍者从吧台里面拿起一个酒瓶："这种法国白兰地，260元一杯。"

夏始之头也不回，转身走出万豪酒店，进了酒店旁边一家便利店，从货架上拿了一瓶21块钱的牛栏山二锅头。她站在便利店门口，打开二锅头，对着瓶嘴"咕咚咕咚"喝下两大口。一股火辣辣的感觉，从口腔直蹿进胃里。夏始之从未遇到过捉奸这样尴尬的事情，她想喝点酒给自己壮壮胆气。两口烈酒咽下去，胆气没有壮多少，倒是勾起了心底的难过：如果不是被亲生父母抛弃，何至于到了这个时候连个娘家人都没处找……等她再次仰起脖子喝酒的时候，两行热泪顺着她两个眼角浅浅的鱼尾纹滑落下来。

二

站在2019号房门口，夏始之像一尊雕像一样伫立了半个小时，房间里隐约传来男女调笑的声音，那声音就像刀子一样，一刀一刀剜割着她的心。

夏始之举起手，准备按2019号房间的门铃，她的手却在半空中停了下来。敲开门会怎么样？夫妻自此反目成仇，狗撕猫咬一番后离婚？小豪才刚刚6岁，以后便要在单亲家庭里长大，他的心里会不会像自己一样，留下一个巨大的缺爱的黑洞？离婚后，儿子小豪跟谁？跟着爸爸生活，继母会不会虐待他？跟着妈妈生活，自己能给儿子与这座现代大都市相匹配的物质生活吗？不管怎么样，只要丈夫在自己身边，这还是一个完整的家。有没有正常的性生活不重要，再说了，外人也不会知道自己半年只做两次爱……

想到这些实际问题，夏始之缓缓放下停在半空中的手。

一位送餐侍者推着餐车走过来。夏始之从侍者的眼神里看出来，餐车是送往2019号房间的。夏始之冲着侍者，很有风度地笑了一下，轻声说道："敲错了门，打扰了一对野鸳鸯。"

说罢，夏始之转身往电梯间走去。错身经过餐车的时候，她看到餐车上放着两副刀叉碗筷，两只水晶高脚酒杯，四只乳白色陶瓷汤盅，汤盅上面盖着纹饰精美的陶瓷盖子，不知道里面盛着什么菜品。但是，冰桶里的酒瓶再一次刺疼夏始之的心，那瓶酒就是酒吧侍者向她推荐的白兰地，260元一杯的法国白兰地。

从鞋子到服装，再到背包，夏始之浑身上下没有一件名牌。她平时买衣服，全都是在淘宝的小店里扒拉，发现一件合适的东西，还要去其他商铺比对价格，尽量挑选最便宜的购买。而丈夫与情人幽会，不仅跑到五星级酒店里开房，还要点整瓶的法国白兰地……泪水在夏始之的眼圈里打转，她微微仰起头来，不想泪水弄花了脸上的彩妆，那是她刚刚喝完二锅头，去大堂洗手间里补好的妆容。她觉得一会儿就要跟情敌面对面，自己从外表和气势上都不能输。

夏始之没有进电梯，而是拐进安全出口，一直等到送餐侍者离开。她觉得必须敲开2019号房门，问问丈夫哪里来的底气，让他可以像一个土豪一样在这种地方挥金如土。撕破脸就撕破脸，丈夫有了外心，名存实亡的婚姻只会让自己平添恶心。离婚就要牵扯财产分割，财产怎么分割？虽然家里存款交了侦探费后，只剩下27000块钱，可北京的房子值钱啊，七八年来房价翻了好几番。房子的首付款是丈夫问亲戚借的，可一直都是夫妻二人在偿还房贷，房子应该算作夫妻共有财产。但是，丈夫出轨在先，作为过错方，他没有资格跟自己争房子。是的，为了房子也得敲开房门。不仅要敲开房门，还要大闹一场，闹到丈夫的单位去，让丈夫身败名裂。凭丈夫的工资，他不敢也不可能到五星级酒店消费。丈夫的部门是单位里的肥缺，他手里握着道桥大工程的第一道审批权，想贿赂他的人排着队。这些话都是出自徐中来的嘴，是他的正处级公示完毕那天晚上，他在家里喝了酒，得意忘形后的狂言。

站在2019号房间门前，夏始之又开始犹豫了：让丈夫身败名裂，断送丈夫的仕途前程，儿子将来读书和就业就得不到父亲的提携，儿子会怎么看待自己的母亲？离婚预示一个女人的失败，而按响门铃就预示着决裂。夏始之再一次放下按门铃的手，可就在此刻，2019号房间里传来女人兴奋的叫床声……

妒火中烧的夏始之没有按门铃，她直接用拳头敲打房门，"砰砰砰"，她连续擂了十几下房门，直到房间里传来徐中来的声音。当他确定门外站着的人是夏始之之后，便再无声息。夏始之变得有些失控，她开始用更大的力气砸门，2019号的房门依旧纹丝不动。砸门声把其他房间的住客惊动了，两三个房门打开，有几个人伸头缩脑探望走廊，当他们弄清楚夏始之砸门的原因后，脸上露出幸灾乐祸的神情。

突然，夏始之的手机铃声响起，她从背包里掏出电话，看到手机屏幕上显示的是小豪的班主任小何老师。夏始之不敢怠慢，急忙接听小何老师的电话，竟然是小豪在学校食堂门口的台阶上摔断了胳膊，此刻正在积水潭医院急救室。夏始之挂断电话，大脑瞬间一片空白，她不知道自己接下来该做什么。她从背包里取出剩下的半瓶二锅头，"咕咚咕咚"又给自己灌了两口，喘了一声粗气，对着2019号房间大声喊道："徐中来，刚才小何老师来电话，说小豪在学校里摔断了胳膊，现在已经送到积水潭医院了，你开开门，咱们之间的事先往后放，你赶紧跟我一起去医院。"

2019号房间还是没有丝毫动静。夏始之终于爆发了，她使足全身力气，用脚踢门，并大声骂道："徐中来你还有人性吗？你儿子躺在医院急救室，你却跟狐狸精躺在五星级酒店里胡搞，你就不怕遭雷劈吗！"

就在此刻，酒店的大堂经理带着两名保安走过来。夏始之冲着2019号房间喊道："好吧，徐中来，本来我还想给你留下情面，冲你今天的举动，我夏始之非跟你拼个鱼死网破！"

三

夏始之赶到积水潭医院的时候，儿子徐小豪的胳膊已经打上石膏固定，班主任小何老师坐在病床边上相陪。小豪看到妈妈，眼泪止不住地流，像是有一肚子委屈。看见受伤的儿子，夏始之顿时打起十二分精神来，因为她在小何老师的家长群里一直都是热情、开朗、乐于助人的正能量形象。夏始之甚至没有安慰儿子，便堆起一脸耐心的神情,听小何老师讲述小豪受伤的经过。

小何老师有些诧异,她觉得夏始之跟儿子似乎不亲,不像大多数家长那样,见不得自己孩子受一点点伤害。

病床前只有一个凳子，小何老师只好站起身来跟夏始之讲话:“吃完午餐,小豪跟几个同学一起往食堂外面走，走到食堂门口的时候，他们开始打闹推搡,结果,小豪被挤下门口的台阶,摔断了胳膊。得知小豪受伤的消息,我和学校领导第一时间赶赴现场,进行了果断有效的处置,我怀抱着小豪,教务主任亲自驾驶自己家的车辆,把孩子送到骨创伤最专业的积水潭医院,我跑步进了急救室挂号,经过几方专家会诊后,骨科医生对小豪骨折的胳膊进行了行之有效的处理,目前,孩子的状态非常稳定,您看看,他的神态多么自如。”

夏始之很有耐心地听完小何老师新闻稿似的讲述，先对小何老师表达感谢，转而问小豪:“你怎么那么不小心?”

小豪嘴巴张了张,没有出声,眼泪又流了下来。小何老师在一旁握着拳头鼓励道:“刚才不是已经答应何老师了,见到妈妈不哭吗?男子汉要坚强哦。”

小豪强忍着哭腔:“不是我不小心……是卢浩天推了我。”

夏始之心里已经明白了七八分,她了解自己的儿子,小豪胆子很小,今年刚刚上一年级,平时不怎么合群,怎么可能跟同学打闹?自从入学以来,小豪经常会在晚上睡觉的时候做噩梦,在梦里呼喊救命,想必是遭遇了校园霸凌。夏始之的内心开始自责,这半年以来,自己把心思全都放在捕捉丈夫有没有外遇的事情上,忽略了对刚刚入学的儿子的关注。事实证明男人是看不住也防不住的,有没有外遇全凭个人道德约束,可当下有些人的道德底线比狗还不如,这是一个出轨的时代,只要有机会。

夏始之抱着儿子的头,轻轻地把他揽在怀中。在这个弱小的生命正需要父母呵护的时刻,他的父亲却在忙着跟情人约会,而他的母亲正在倾尽全部心思捉奸。夏始之觉得自己和丈夫都愧对儿子,她决心把丈夫出轨的事情放在一边,集中精力先来处理儿子的事情。

夏始之定了定神,她对小何老师说:“我去学校的食堂帮过厨,包过水饺,我知道食堂门口装着摄像机位,我想先到学校调看监控录像,以确定小豪是不是遭遇到校园霸凌。”

小何老师脸上露出不悦的神情,她觉得夏始之对她不够信任:“这个……我们学校领导会调看监控录像。”

夏始之看出小何老师的神情有异，立刻解释道：“小何老师您别误会，小豪这半年来晚上经常做噩梦，其实我早就该跟您沟通，可是……可是我一直忙于工作，这次出了这么大的事情，我正好想借此机会搞清楚，小豪在学校里是不是总被人欺负。”

夏始之把儿子摔断胳膊这件事上升到“校园霸凌”，并非是无中生有。她好几回在家长群里看到过类似消息，有的家长向卢浩天的妈妈投诉，说是卢浩天欺负她家的孩子。有一个家长还说卢浩天恐吓自己的女儿，说他爸爸是法院里的法官，谁都不敢拿他怎么样……每当出现这些言论的时候，小何老师就会出来制止。孩子就像是握在班主任手中的人质，家长们立刻蔫了，不再有人敢控诉卢浩天。夏始之曾经也问过儿子，问他有没有受过卢浩天的欺负，小豪支支吾吾地岔开话题。把这半年的信息证据串联起来，夏始之十分笃定：卢浩天平时没少欺负小豪。

夏始之没有再深入这个话题，她准备先安抚好儿子的情绪，明天再去学校，她一定要看到学校食堂的监控录像。

就在此刻，病房里“呼啦啦”进来三个女人，小何老师立刻起身迎上去，拉住打头的那个微胖的女人，向夏始之介绍说：“这是卢浩天的妈妈，她得知消息后，第一时间就赶来医院看望和慰问小豪。”

卢浩天妈妈一把抓住夏始之的手，另一只手抚摸着小豪的头，说道：“这些小孩子真是不懂事，嬉笑打闹起来不知道轻重，看看可怜的孩子，真让阿姨心疼。”

夏始之试着抽回自己的手，却被卢浩天妈妈紧紧握住不放。跟在卢浩天妈妈身后的两个年轻女人，一人手里拎着一个大塑料袋，挤上前来把两大塑料袋零食全都堆放在小豪的病床上。

小何老师在一旁解说道：“这是卢浩天妈妈的一点儿心意，给孩子吃的。”

卢浩天妈妈没有松手，她还抽回抚摸小豪的手，握住夏始之的另一只手，真诚且用力地说：“小豪的医药费全部由我们负担，这一点你放心，绝不会给你们增加额外的经济负担。”

夏始之突然觉得鼻腔里一阵酸痒，她想抽回一只手来捂住鼻嘴，双手却被卢浩天妈妈紧紧地握着。一个喷嚏以排山倒海之势爆发开来，像霰弹一样的液体均匀地喷射在卢浩天妈妈细腻的手背上。四只手瞬间尴尬地分开，两个女人面面相觑，一时间冷了热烈的气氛。冷场倒不是因为没有合适的话解围，而是卢浩天妈妈觉得夏始之的喷嚏喷在自己手上，她应该道歉。可夏始之觉得自己的双手被死死握住，导致她当场出丑，卢浩天的妈妈才应该道歉。

小何老师赶忙打圆场，她像是对着卢浩天妈妈身后两个女人说："浩天妈妈工作很忙，在百忙之中抽出时间来看望小豪，还主动为孩子支付治疗费用，如果所有家长都能这么通情达理，我这个班主任就好做了。"

夏始之转头看着躺在病床上的小豪，说道："治疗费用是小事，我现在要确定两件事，一是小豪的胳膊会不会留下残疾，二是这次伤害事件是不是校园霸凌。"

夏始之话音刚落，手机铃声便响起来，她看到是公司同事蔡萌萌的电话，赶忙接听。电话那头，蔡萌萌用很低的声音说道："刘总两点等你汇报工作，你在哪儿？"

夏始之说："呀！我全给忘了……我现在在积水潭医院，我儿子在学校里摔断胳膊了。"

蔡萌萌说："真的是孩子摔断胳膊了？"

夏始之很是纳闷："是真的，你怎么不相信我？"

蔡萌萌说："没有不相信你，以为你忘了汇报工作，胡乱找个借口呢。"

蔡萌萌是徐中来大学的同班同学，夏始之就是通过她介绍才进入公司的。平时在公司里，蔡萌萌对夏始之多有提携，两个人成了闺密。接完蔡萌萌的电话，夏始之瞬间脸色煞白，一早通过秘书预约了刘总下午两点汇报工作的事儿，早就被丈夫和儿子的事情冲淡，忘得一干二净。

四

没有意外，关键地点的关键时段出现监控故障，夏始之没有看到学校食堂门口的监控录像。就算是看不到录像，夏始之也没有表现出应有的愤怒，因为孩子是学校的人质。事情闹大了，吃亏的还是自己孩子。可如果息事宁人，儿子还会继续被卢浩天欺负。这才是一年级上学期，接下来还有五年半的时间，儿子的童年时光会是多么暗淡，她不敢细想下去。

夏始之走出学校大门，步入沉沉稠稠的雾霾中，她感觉胸口越发沉闷。昨天，闺密蔡萌萌给她打完电话，部门经理申明才的电话就跟着进来，他就差破口大骂了，说公司上下五百多号人，没有人敢让刘总坐等两个小时的。要是搁在平时，夏始之肯定会为自己辩白几句，因为丈夫是事业单位的正处级干部，她不是非要死乞白赖耗着这份工资，大不了换一家公司工作。结婚七年以来，夏始之换了三份工作，三份工作都是搞后勤行政，去哪个公司都是差不多工作程序，没有任何门槛障碍。夏始之大学本科读的是哲学，在现代社会众多领域里毫无用处，她只能做行政工作。

夏始之听完申明才的训斥，忙不迭地道歉，道歉的间隙小心翼翼地解释了一下儿子在学校里摔断胳膊的因由。挂断电话，夏始之也不明白自己怎么突然变得唯唯诺诺起来，虽说这是她从前最为熟悉的状态，谨小慎微谁也不敢得罪，树叶飘下来都怕打破头。自打与丈夫徐中来结婚后，尤其是两口子在北京买了属于自己的房子，还生下儿子小豪，夏始之找回了一个社会正常女人该有的状态。

夏始之是个弃婴，被遗弃的时候还不到1岁，她当时被人裹在一条破毯子里面，放在朝阳区儿童福利院的门口。福利院的工作人员只在毯子里面找到一张火车票，火车票是从韩麻营站到昌平北站的。车票的背面歪歪扭扭写了一串数字：1983、2、16，大概是孩子的生日。有工作人员建议把孩子送回韩麻营，说韩麻营是一个小镇，不难查出孩子是谁家的。

院长老严摇了摇头，说就算是送回韩麻营，也不会有人承认。老严院长把那张硬纸板车票塞进档案袋里，递给新来的保育员明秀，说是给孩子建个档案。

明秀接过档案袋，问院长老严："给孩子起个什么名字？"

老严院长挠了挠半秃的大脑袋，说道："今天是中国的第一个夏时制的第一天，就叫夏时制吧。"

明秀掂量半天，觉得一个女孩子叫夏时制实在别扭，就自作主张改成了夏始之。

夏始之结婚的时候，请来了明秀院长，而且把明秀院长当作唯一的娘家人。在婚礼上，明秀阿姨对夏始之说："孩子，你要是愿意，就喊我一声妈，这些年来，我也一直把你当自己的闺女看待。"

夏始之愣了一下，随之眼圈发红，眼泪差点流出来。是啊，那个本该被称呼"妈妈"的人，被她在心里怨恨了许多年。在她最为难熬的日子里，夏始之甚至在心里诅咒过"妈妈"。"妈妈"是她心里的一个黑洞，随着年龄渐大，黑洞也就越大。明秀是这个世界上能够让夏始之感受到温暖的人，如果要找一个最有温度的称呼，肯定是"明秀阿姨"，而不是"妈妈"。

夏始之仰起头来，用两个手掌轻轻地按了按两个下眼睑，努力地把眼泪吸收回去。她拉起明秀阿姨的手，说道："您就是我的亲人，'妈妈'在我心里被恨了28年，所以，您要原谅我，我不能管您叫妈妈……"

夏始之向公司请了假，她原以为今天会在学校里耽误一天时间，没想到校长一句"摄像头坏了"，就把她顶了回来。她本来想跟丈夫商量一下，如何跟学校掰扯孩子受伤的事，卢浩天的爸爸是法官，小豪的爸爸也是正处级干部，凭什么让自己儿子白受欺负。可丈夫昨天晚上压根儿就没有回家。不回家是什么意思？难道是丈夫做错了事害怕自己跟他闹？还是丈夫铁了心要离婚？

昨天晚上，夏始之陪着小豪在医院观察室一直待到晚上十点，确定没有其他并发症状，这才带着儿子打车回家。回到家里，发现丈夫徐中来还没有到家，夏始之便给丈夫发了一条微信，说是要跟他商量儿子受伤的事情。一直候到半夜，没有收到回信，她才开始给徐中来打电话，但始终无人接听。早晨，夏始之又给丈夫发微信，说自己要去学校处理儿子的事情，希望丈夫回家照顾小豪。直到夏始之走出学校大门，才收到徐中来的回复：我在上海出差。

夏始之心头袭来一阵恐惧，因为丈夫明显在撒谎，他不可能什么物品都不带就去上海出差。以前，徐中来每一次出差，都是夏始之帮他收拾行李箱。这些年来，丈夫逐渐学会讲究，出差要带的东西多起来，除了衬衣、领带、西装，还要带香水、剃须泡沫、电动牙刷。如果丈夫没有出差，他晚上会去哪里？难道会住在情人的家里？如果能住到情人家里，他们为什么还要去五星级酒店开房？能够住到情人家里，说明情人是个单身女性，单身女性肯定比自己年轻。想到这里，夏始之下意识地摸了一把自己松弛的腹部。自打生完孩子，肚皮就像一坨被扔在沙滩上的水母，失去了生气。斑驳的妊娠纹比蛇皮还恶心，缝合的刀口就是一条丑陋的死蜈蚣，自己都不忍心看。

夏始之的身材和长相都不错，属于中等偏上，的确要比她的同龄人更显年轻，只是产后恢复得不好，尤其是晚上脱下收腹腰带，就像从真空塑料袋掏出的羽绒服，瞬间蓬松在床上。她甚至一度怨儿子小豪，小豪出生的时候八斤六两，属于超大胎儿，才会把她的腹部撑出妊娠纹。

夏始之急匆匆往家里赶，她要给儿子做午餐。对于儿子，夏始之很多时候觉得苦恼，她不知道该如何跟儿子相处，甚至不愿意跟儿子对视。像大多数母亲一样，夏始之也会因为孩子无助的眼神而心生怜悯，可她又很抵触这样的怜悯。夏始之无数回反思，她觉得这种心态的形成源于自己的身世：一个弃婴从未感受过亲情之爱，才导致她不知道该如何爱自己的儿子。

五

丈夫徐中来整一个月没有回家住，其间回来过几趟取东西，都是在夏始之白天上班的时间。第二次回家，徐中来给妻子留下一封长信，表达了他想离婚的想法。信是手写的，说明徐中来很认真，他在信中写道：我们曾经有过美好的爱情，那个时候你像一头被惊吓坏了的小鹿，喜欢受到我安静的庇护……

读到此处，夏始之哭了。恋爱的时候，包括刚刚结婚那段时光，夏始之的确能够感受到美好的爱情，丈夫对她呵护有加，她以为一辈子都可以这样过下去。她甚至觉得这个世界是公平的，自己的人生也是公平的，她被亲生父母遗弃，没有享受过亲情，却得到美好爱情的滋养。这份滋养是雨露，让她干裂的心田被浇灌；这份滋养也是阳光，照亮她心底的黑洞。

徐中来接下来写道：都说爱情是有保质期的，爱情过后的柴米油盐生活是现实又残酷的，虽然我做好了心理准备，可没承想它来得这么猝不及防。部委公务人员的工作压力本来就大，而你对我的关注，就像勒在我脖子上的一根绳索，越来越紧……

这一个月以来，夏始之也在问自己：我的爱毫无保留地给了丈夫，甚至有时候疏忽了儿子，可丈夫为什么还会在外面另寻新欢呢？当她读到这封信的时候，简直难过到了极点，自己的无私之爱竟成了丈夫脖子上的一根绳索。长达九页的信笺里，大部分都是丈夫对她的控诉，对于出轨一事，徐中来却只字未提。

读罢丈夫的信，夏始之觉得天旋地转，她扑倒在床上大哭一场。大哭也不是放声号啕，她用一条被子蒙住脑袋，在黑暗里悄无声息地流眼泪，这是夏始之自幼在福利院养成的哭的习惯。

夏始之能够接受的是丈夫回家负荆请罪，上演忏悔的戏码，可徐中来没有按照电视剧的剧本往下走，而是直接进入离婚的高潮部分，这让夏始之乱了方寸。她曾经在心里预演了无数回接受道歉的场景；等到丈夫回家痛哭流涕的时候，她绝不能轻易原谅，首先要搞清楚那个女人是谁，怎么认识的？谁先勾引的谁？第一次性关系发生在哪里？不正当关系持续了多久？以后还会不会继续犯这样的错误？

即便是得到了承诺，她也要绷住劲儿冷一阵子，时间是一个礼拜或半个月，才能缓和双方关系。而徐中来似乎早已预料到这些戏码，他在信中写道：作为一个来自苏北的农民子弟，能够进入国家部委工作，还能在北京买上房子，拥有一个自己的家，我很满足。我对这个家，对儿子，都有万分不舍。可我心里清楚，这件事过后，即便你可以原谅我，我脖子上的绳套也会越勒越紧，一直到我窒息。人生苦短，只有这一辈子，我不想我的生命在这样的氛围里消耗殆尽……

一个月后，夏始之所在的公司在司马台搞团建活动，四五百人的团建队伍占满整个度假村，夏始之主动要求跟蔡萌萌同住一间房。分居已近三个月，这是夏始之人生最黑暗的时刻。她没有能够交心的朋友，似乎是害怕朋友窥见自己心里的黑洞，夏始之对人有很强的防备心。这种防备心理是从小养成的，在福利院长大的孩子很难信任别人。蔡萌萌算是唯一能够说几句真心话的人，夏始之想好了，她准备趁着公司团建的机会，向她唯一的闺密倾倒一下心里的苦水。

司马台的度假村赢在环境，欧式轻奢的室内布局，配上窗外的崇山峻岭和古老长城，别有一番恍如隔世的风情。两个女人进到客房，扑倒在各自的床上，夏始之没说几句话，就把话题引到自己的家事上。蔡萌萌像是有意回避，她从床上坐起身来，说是要出去看看司马台长城的险峻风光。夏始之略有些失望，她好不容易鼓起勇气，要把自己和丈夫分居闹离婚的事情向闺密倾诉一番，却遭遇了软拒绝。夏始之想把家事告诉蔡萌萌，主要是因为蔡萌萌是徐中来的大学同学，两个人的关系也不见外，彼此能够说得上话。蔡萌萌出门要去看风景，似乎也没有邀请夏始之同去的意思。“砰”的一声房门关上了，只留下夏始之独自一人傻愣愣地躺在床上。敏感的夏始之反复琢磨蔡萌萌的态度，难道是自己要求跟她住同一个房间，她不高兴了吗？公司的中层以上的领导都是单独一间客房，蔡萌萌属于市场部的总监，她跟申明才住隔壁，都是单间。夏始之是普通员工，她原本跟同部门的小刘住一间房。因为自觉跟蔡萌萌是闺密，所以，她便主动要求跟蔡萌萌同住。夏始之这样想，是不是丈夫要跟自己离婚的事情，蔡萌萌已经知晓了，因为她跟徐中来是很亲密的同学关系，因此，蔡萌萌开始疏离自己了？

团建的晚宴七点钟准时开始，度假村的宴会厅里热闹异常，大家全都沉浸在欢乐的气氛里，相互间频频举杯畅饮。夏始之没有跟上情绪的节奏，只跟上喝酒的节奏，她一杯接一杯地喝着啤酒和红酒。公司里几个喜欢恶作剧的坏小子，一口一个夏姐叫着,给夏始之换了白酒。本已微醺的夏始之几杯白酒喝下去,三个月以来的委屈化成泪水,止不住地流。

坐在邻桌上的蔡萌萌把一切看在眼里,她用胳膊肘碰了碰坐在身旁的申明才,示意他看夏始之。申明才望着流泪的夏始之,问蔡萌萌怎么回事。

蔡萌萌悄声说道:“跟丈夫分居三个月了,正在闹离婚,大概是心情不好吧。”

申明才笑道:“离婚是大趋势啊。”

蔡萌萌说:“作为后勤部领导,你得多关心自己的属下才对。”

小刘给夏始之递上一张纸巾,她接过纸巾擦泪的那一刻,突然间崩溃了,止不住地趴在桌子上抽泣起来,这是她这辈子第一次在人前失态。女人出嫁前,可以把委屈发泄给父母。女人结婚后,可以把委屈发泄给丈夫。可夏始之从未体验过父母的呵护。她刚刚学会在生活中依靠一个男人,她还不敢对他发泄情绪,这个男人便舍弃她另寻新欢。于是,夏始之36年来的委屈像是滔滔洪水,在这一刻决堤了。

申明才一看情况不妙,担心夏始之的眼泪影响团建晚宴的氛围,赶忙起身走到夏始之跟前,小声催促她回房间歇息。谁知夏始之酒劲儿上了头,趴在桌子上一会儿哭一会儿笑,旁若无人。申明才无奈,只好搀扶起她绵软的身体,急匆匆走出宴会厅。

此刻,夏始之已经完全失去了意识,她依靠在申明才身上,被他半拖半拽地送回客房。申明才问夏始之要房卡,夏始之早已神志不清,申明才不得不摸她身上的口袋。摸着夏始之凹凸有致的身材,带着酒劲儿的申明才禁不住心中一动,他把摸到的房卡又塞回夏始之的裤兜里。然后,他掏出自己的房卡,打开旁边的客房门,把烂醉的夏始之搀扶进了自己房间。

清晨时分,夏始之醒过来,感觉头疼欲裂。突然,她发现身边竟然睡着一个男人,而且是自己的部门经理申明才。瞬间,夏始之便蒙了,她努力地回想昨天晚上发生的事情,但只能回忆到自己趴在桌子上哭,其他事情一概回想不起来。夏始之转过身子,用被子蒙住头,眼泪无声地流了下来。

六

时间又过去一个月,夏始之和徐中来的离婚陷入僵局。离婚离成僵局,主要问题出在夏始之这里。不是夏始之不想离婚，而是她看到丈夫情义已绝，就算是她把身段放到最卑微处，也不可能挽回这场失败的婚姻。夏始之曾经发微信暗示过徐中来，意思是自己可以原谅他的出轨行为，并且揭过这一页，重新接受他回归家庭。徐中来接到微信后，过了三天只回复了六个字：谢谢！我要离婚。

收到这六个字的微信时，夏始之正在陪着小豪写作业。孩子上学，累死家长。这是自小豪读幼儿园以来，夏始之经常抱怨的一句话。孩子的作业、手工、读听写、社会实践，甚至连背一些校规政令，都要父母参与。

小豪大概觉得妈妈有些异样，他抬起头来问道："是爸爸的微信吗？"

夏始之像是受到了惊扰。她冲着小豪呵斥道："写你的作业。"

小豪感到受了委屈，一大颗泪水滴在作业本上。夏始之突然觉得有些心疼小豪。而且，她还想到以后的岁月，也许就是她跟儿子相依为命……夏始之一把搂住儿子的头，这是她跟儿子间少有的亲热举动。小豪顿时哭出了声，他环搂住妈妈的腰，很委屈地抽噎着。这一回，夏始之没有流泪，她知道从这一刻起，自己又回到了从前，回到那个无亲无靠无依托的世界，而且身边还多了一个孩子。夏始之不像别的妈妈那样溺爱自己的孩子，对于小豪，她更像在承担义务，一个把小豪养大成人的义务。

等到夏始之同意离婚后，双方便进入实质性谈判，谈判的主要对象是孩子和房子。徐中来明确表示自己工作忙，孩子还小，他照顾不了。但是，他愿意每个月多支付儿子1000块钱的抚养费。夏始之也担心小豪太小，将来不免会在继母那里受气，所以她答应接受儿子的抚养权。

最终导致离婚成为僵局的是房子。徐中来说房子现在价值580万元，需要还贷110万元，他让夏始之付给他70万元现金，房子便归属夏始之和儿子。夏始之咨询过律师，律师觉得这个条件可以接受。夏始之对律师说，丈夫出轨在先，属于过错方，房子应该完全归自己所有。律师说她没有拿到丈夫出轨的证据，仅凭个人陈述，法庭不会采信。

夏始之在这个世界上没有一个亲人，短时间内如何筹集70万元现金？她只有一个闺密蔡萌萌，偏偏蔡萌萌又是丈夫的大学同学，关系还比较亲密，她又如何肯帮自己呢？还有，夏始之觉得蔡萌萌最近的态度有所变化，好像在有意无意地疏远自己。另外一个与夏始之关系比较近的人是明秀院长，明秀院长的丈夫前年去世，只有一个儿子已经移民美国，并且在美国娶妻生子。明秀院长还有三年就退休了，去年,明秀院长把自己的所有积蓄150万元全部捐献给了福利院,她手里应该也拿不出70万元现金。于是,夏始之跟丈夫徐中来的离婚离成了僵局。

夏始之有些焦头烂额,觉得生活变得一团糟糕,她开始整夜整夜地失眠。在失眠的深夜里,她甚至想起团建那天晚上醉酒的事情,从自己早晨的着装判断,申明才肯定跟自己发生了性关系。夏始之既气愤又恼怒,她一度想报案,举报申明才强奸。可她自己无法陈述强奸的过程,而且,一个女人在外醉酒本身就不是一件体面的事情。何况自己又处在离婚的旋涡里,如果让丈夫抓住把柄,完全可以给自己扣上婚外一夜情的帽子,自己不仅名声扫地,房子的归属权就给了徐中来。经过左右权衡,夏始之决定忍气吞声。

夏始之吃了哑巴亏还不算完,另外一件闹心事也让她心绪烦乱,她的例假已经拖后半个月。她很担心自己怀孕,因为团建醉酒的那个晚上,自己还处在排卵期的边缘。当然也不排除另外一种可能,由于近期情绪波动造成例假滞后,高考那一年夏天,由于情绪紧张,她曾经两个月没有来例假……夏始之在心里不停地这样暗示自己。

清晨,夏始之起床给儿子做早餐,她只做了儿子一个人的早餐,因为她今天要参加公司组织的体检,需要空腹。把小豪送到学校后,夏始之还要步行一站地,乘坐地铁赶往体检中心。在拥挤的地铁里,她听到背包里手机铃声响起,可她无法把手插进人缝里掏手机,直到地铁到了四惠换乘站,她才有机会掏出手机。手机显示来电竟是私家侦探文更生,夏始之犹豫了一下,回拨了文更生的电话。文更生用低沉且懒散的京片子催她支付尾款,还嘲讽她没有信誉。

夏始之嗫嚅着应付道:“我现在在地铁里,说话不方便,微信里说吧。”

说完,夏始之挂断电话。因为车厢里拥挤,她只能单手举着手机,给文更生发送了一条微信:你承诺我可以拿到法院采信的证据,可我现在什么证据都没有,离婚还要给我丈夫支付70万元房款。

不一会儿,夏始之收到文更生的回复:我提议跟你去酒店取证,你拒绝了,责任不在我,请你及时支付尾款。

夏始之没有再理会文更生,她举着手机,挤出地铁车厢。

走进体检中心,大半都是熟悉的面孔,夏始之按照体检惯例,先去抽血排尿,然后就可以去体检中心的餐厅用早餐。夏始之端着小便塑料杯，刚刚走出厕所门口，背包里的手机又响起了铃声，她只好一手端着粘贴着二维码的尿杯，一手接电话。电话还是文更生打来的，义正词严地声称再收不到尾款就要给夏始之发律师函……

恰在此时，蔡萌萌端着空尿杯走过来，她看到夏始之在接电话，便顺手接过夏始之手里的尿杯，并小声说道："我帮你送化验室。"

夏始之冲着蔡萌萌递过去一个谢意的眼神，急匆匆走出体检中心，跟文更生理论去了。文更生有些恼火，他在电话里继续质问夏始之没有契约精神。

夏始之反驳文更生："我没有拿到出轨证据，是你没有契约精神。"

文更生说："你也算是帝都CBD的一白领，你能不能拿出一点儿白领的素质来。"

夏始之说："好吧，让我们心平气和地来解决这件事情，你继续帮我取证，如果拿到证据，我就支付尾款。"

文更生说："再次取证没有问题，你还得再支付取证费。"

夏始之说："你这个人怎么就知道钱钱钱，简直是贪得无厌。"

文更生回道："你要证据，难道不是为了钱？"

七

国贸CBD地铁站，正值下班高峰期，人流像混浊的洪水流进地铁的入口。

在夏始之的眼里，地铁就是黑夜的入口，晚上吞噬着劳作了一天的白领，早晨再把他们吐出来继续工作。地铁像是一个黑洞，吞噬光吞噬人也吞噬灵魂，要不早晨走出地铁的人怎么会脸上无光、浑身没劲儿，像是丢了魂一样。

今天，也许是夏始之这一辈子最漫长的一个工作日。早晨送完小豪，走进公司的时候，看见工位上摆着她的体检报告。夏始之对于自己的身体很是自信，这也是她唯一自信之处。她随意地翻看几页体检报告，正准备把它塞进文件夹里，突然发现尿常规检查的那页多了一行字：尿HCG(+)，建议进行彩超检查，排除宫外孕或者其他滋养细胞疾病……

尿检HCG加减号对于已婚妇女再熟悉不过了，减号是没有怀孕，而加号则是怀孕。多日来的担心终于被验证，真是越怕什么就越来什么，夏始之赶忙把体检报告锁进抽屉里，然后木呆呆地坐在工位上发愣。其间，申明才召集开了一次部门会议，夏始之一句都没有听进去。申明才婆婆妈妈很啰嗦，部门里的员工私下都管他叫“蔡明婶”。申明才啰嗦完了，让部门员工谈谈自己的看法，夏始之被几经催促，才知道轮到她发言。夏始之茫然地看了一眼申明才，说道：“我刚才头晕，没有听清楚……”

开完部门会议，夏始之的微信收到丈夫徐中来发来的一张图片，正是她尿检HCG结果的截图。丈夫随后又发来一条微信：我们分居半年，你对自己的怀孕做何解释？

夏始之一时间有些发蒙，觉得自己的头大了一圈：徐中来怎么知道这件事的？自己才刚刚看到体检报告……这么短的时间，丈夫能够得到自己体检报告的图片，夏始之第一时间想到了蔡萌萌。她站起身来，直奔蔡萌萌的办公室，才发现蔡萌萌的工位上空着。部门的同事告诉夏始之，说蔡萌萌今天一大早来公司，向公司人事部递交了休年假的申请。

夏始之离婚了。

房子的所有权归属丈夫，徐中来最后给了她20万元的安置费，并让她月底搬家另寻安置处。

为了小豪读书方便，夏始之想在小豪的学校周边租房子，可学区房的租赁价格要比周边高出1000元左右。夏始之一个周末跑了六家房产中介公司，也没有找到合适的房源。其实，合适的房源有一大把，主要是价格太高，夏始之只能量入为出，把两居室的目标降低为一居室。

夏始之从一家房产中介走出来，在门口跟一个男人撞了个正着，这个男人一把拉住夏始之，说道：“尾款到底什么时候给我？”

这个男人正是文更生，他今天戴了一顶棒球帽，夏始之差点没有认出他来。夏始之觉得自己的运气背到了家，最近诸事不顺，租房子还能碰上要账的。夏始之不想在中介公司门口丢人现眼，因为没准还要在这家中介租房子，她看中一个一居室，月租金5500元，就等着中介公司的中介费打八五折。她示意文更生往前走，找个合适的地方谈。文更生便跟着夏始之走到一个商贸中心，在星巴克门口寻了一张空桌坐下。

文更生打趣道：“请我喝咖啡，也免不了付尾款。”

夏始之说:“这是星巴克,不点咖啡也能坐。”

文更生说:“大头都付了,剩下点尾款还要我三催四催,你不烦,我都烦了。”

夏始之说:“我算是吃了没钱的亏,因为缺钱,所以算计,因为算计,越发吃亏。”

文更生掏出半盒皱巴巴的中南海香烟，抽出一根来点上:“那就别跟我算计，赶紧把尾款给我。”

夏始之说:“教训我接受了,但是钱不能给你。”

文更生问道:“为什么? ”

夏始之说:“我已经离婚了,因为你没有帮我拿到前夫出轨的证据,他逼迫我给他70万元,因为我借不到70万,只好把房子给他,而我现在只好带着儿子出来租房子住。”

夏始之避重就轻,没有说出前夫拿到自己婚内怀孕的证据,才导致失去房子的所有权。

文更生皱了一下稀疏的眉毛,大概是想攒一个同情的神情,因为五官过于松散,他的同情只相当于做了一个鬼脸。

文更生咂巴了一下薄嘴唇,说道:“这个事儿,我多多少少有一点儿责任,看你一个中年妇女还要带着一个孩子,我就不跟你计较了……你刚才去中介租房子?”

夏始之听文更生不要尾款了,心中暗暗长舒了一口气,她冲着眼前这个其貌不扬的男人点点头。

文更生说:“这样吧,我在这附近正好有一套房子要往外出租,咱们俩君子协定,就不要通过中介浪费中介费了。”

夏始之问道:“多大的房子? ”

文更生说:“两居室,89平方米,26层,南北朝向。”

夏始之说:“两居室太贵了,我想租一居室。”

文更生摘下棒球帽,使劲儿地拍在桌子上,说道:“算了,我好人做到底,按照一居室的租价给你。”

八

夏始之抱着最后一个纸箱子,准备锁门的时候,她环顾一圈客厅,眼泪禁不住涌出眼眶。这是她生活过八年的房子，也是她人生中第一栋属于自己的房子，原以为，自己这一辈子都会住在这里。从这一天开始，除了回忆，这栋房子跟她再也没有任何关系了。忽然，夏始之看到墙上还有一张她和小豪的照片，她把纸箱子放在门口，走过去从墙上取下相框，塞进纸箱子。临要锁门的时候，夏始之忽然又想起了什么，她奔进厨房，拎出来一袋子五常大米和一大桶调和油。因为徐中来不会做饭，油和米留给他肯定会坏掉，她觉得自己日后要精打细算过日子。最后，夏始之往客厅里投去仪式感很强的深情一瞥，才"咣当"一声合上防盗门。

搬家公司的工人把大大小小的箱子堆在新房子客厅里，幸亏文更生的两居室还算宽敞，夏始之懒得归置，她想等闲下来再细细收拾，反正以后多的是空闲时光。她躺在床上缓会儿腰，自打生完孩子，夏始之就落下了腰疼病，稍微劳累就觉得腰疼难忍。躺了十多分钟，夏始之便咬牙坐起身来，她要去学校接小豪放学。此时，她才意识到，自己的生活不是回到了从前，而是比从前还要辛苦。从前没有亲人可以依靠，也没有儿子需要照料。现在，她还是没有亲人依靠，可儿子还要依靠她。

夏始之在一楼电梯间里遇见文更生，她愣怔一下。

文更生歪着嘴笑了笑，把他的薄嘴唇扯得更薄了，他解释道："我在这个小区里有两套房子，我就住你楼下，有什么事儿跺两脚地板，我就上去了。"

夏始之点点头，一边往外走一边说："有钱任性，一次买两套房子。"

刚刚走进电梯的文更生，趁着电梯门还没有关闭，冲着夏始之的后背说："我是坐地户，拆迁补了两套房子……"

夏始之站在14号线地铁口犹豫了三秒钟，她决定再往前走五百米，搭乘公交大巴去学校接儿子。因为公交车大巴只要5毛钱，而乘坐地铁需要3块钱。夏始之为自己刚才的犹豫有一点儿不好意思。转念又一想，她觉得没有人能够看出来自己刚才的踌躇是为了省下2块5毛钱。生活在北京这座城市里的人，大概已经没有人会为10块钱的事儿费脑子。但家庭主妇对物价却都保持着极高的敏感，上个周末，小豪想吃苹果，年前还是4块钱一斤的红富士苹果，现在已经涨到了16块钱一斤，整整翻了四倍。夏始之咬牙挑选了八个苹果，称重后居然有57块钱。夏始之苦笑一下，自己车厘子自由尚未实现，平民水果的苹果已经直奔车厘子去了。过苦日子对于夏始之来说，算不得什么了不起的事情，因为她打小就是一个人苦过来的。

在学校门口接到小豪，夏始之对儿子说：“妈妈今天搬家搬累了，咱们在外面吃饭吧。”

小豪的胳膊已经痊愈了，学校的处理意见是孩子们之间嬉笑打闹造成的意外伤害。夏始之本想让徐中来去找区教育局理论，可徐中来担心日后孩子在学校的境遇，便劝说夏始之息事宁人。接下来，已经离婚的夏始之更没有孤军奋战的心气，她只能告诫小豪远离卢浩天。想起这件事情，夏始之便觉得沮丧，因为自己能力有限，眼看着儿子又将成为另一个缺乏安全感的自己。但夏始之更多在意的是自己的感受，似乎不太在意小豪的想法，因为她觉得小豪远比自己的童年幸福得多，他至少还有母亲养育，他至少知道自己的父亲是谁。

看小豪没有反应，夏始之追问一句：“你想吃什么？”

小豪迟疑着，最后小声说道：“我想吃肯德基的炸鸡。”

夏始之说：“要少吃油炸的垃圾食品，这里有家沙县小吃，要不咱俩一人吃一碗酸辣粉，再给你加两个饼。”

今天是周四，夏始之请了两天假，加上周末两天，她有四天的休息时间。她把请假报告交给申明才的时候，申明才讪讪地笑了笑，小声说道：“上回酒后无德，大家都是成年人，心照不宣好了，这也不能……不能成为你三天两头请假的理由呀。”

夏始之冷着脸道：“我请假做人流。”

申明才不敢再问了，赶紧抓起笔在请假报告上签了字。

夏始之拿着挂号单，坐在妇产科外候诊已经有两个钟头，前边还有两位患者就轮到她了。周围候诊的基本都是挺着大肚子的孕妇，孕妇们大都由丈夫陪伴着，脸上浮现出一层即将为人母的骄傲神情。也有几个落单的年轻女士，她们既没有男人陪伴也没有挺着大肚子，从她们愁云惨雾的脸色上，大致能够判断出，她们多半是来做人流的。

终于轮到夏始之了，她忐忑着走进三号诊室，接待她的是一位男医生。

夏始之心里暗骂：女人倒霉的时候，做个人流都遇到男医生。

男医生倒也和蔼，他问夏始之哪里不舒服。

夏始之说怀孕了，要做人流。

男医生一边询问她最后一次来例假的时间，一边开了一张收费单，并对夏始之说:“先去做个B超,要确定不是宫外孕。”

突然间,夏始之觉得小腹一阵坠胀,她拿着收费单,急忙走出诊室,去了卫生间。等她从马桶上站立起来的时候,红彤彤的马桶把她吓了一大跳,竟然是来月经了。突如其来的月经,让她有些吃不消,她手里捏着收费单,脚下竟然有些踉跄。夏始之觉得自己活成了一个冷笑话,在等待做流产的时候,突然来了月经……

夏始之木然地走出卫生间,在经过妇产科手术室的时候,突然看见前夫徐中来的身影,他搀扶着一个面色苍白的女人从手术室走出来。

一位女医生跟在徐中来的身后,用嗔怪的口吻说道:“以后注意避孕措施,一年做两次人流,以后还想不想要孩子了!”

那个面色苍白的女人没有吱声,她把头靠在徐中来的肩膀上,散乱的长发从她的面庞滑落开来,夏始之这才看清楚,这个女人竟然是蔡萌萌。

一时间,夏始之有些浑然不知所措。她甚至不知道把脚迈向哪里,神情恍惚地走出门诊大厅,走到一处人少的地方,一屁股坐在台阶上。夏始之愣怔怔地望着眼前的一辆灵车,过了许久,她才反应过来,自己坐在医院太平间的台阶上。

九

夏始之大概用一个月的时间,做了一个决定,她主动申请去公司的销售部。在行政部门工作,每个月拿的是平均工资,而市场部却是公司的突击队,有的销售精英曾经有个月拿过21万元的销售提成。当然,销售部也是全公司最辛苦的部门。在市场化的社会里,想要别人选择你推销的产品,就得吃下别人吃不了的苦。夏始之所在的公司代理一款美国的保健品,这些年随着人们对健康养生的重视,国外保健品开始大行其道。

放下清闲饭不吃,主动要求去销售部,夏始之主要基于两点:一是要赚钱,二是回避申明才。其实,夏始之最初的想法是辞职,她想离开这家公司,以避免跟蔡萌萌和申明才打交道。可是,辞职再找新工作需要时间,而一个人支撑一个家的时候,最害怕的就是失业。因此,夏始之决定在公司里先换一份工作,换一份有挑战性,也能养家的销售工作。申明才在行政部,蔡萌萌在市场部,她则要去销售部。蔡萌萌和申明才这两个人,现在是夏始之恨之入骨的人,超过她对自己父母亲的憎恨。如果申明才没有趁她醉酒占便宜,她会很清楚自己不可能怀孕,也就不会把房子让给徐中来。至于蔡萌萌，她本想去找蔡萌萌理论，当面质问她是不是故意把自己的尿液置换。可夏始之权衡再三，还是忍住了，因为蔡萌萌很清楚自己当晚没有回房间睡觉，她如果撒泼把自己和申明才的事情说出来，自己在公司里还怎么待得下去。曾经有丈夫有家庭的夏始之，婚后积攒起来的勇气，随着婚姻的瓦解也消散得无影无踪了。夏始之清晰地觉察到，她又回到曾经那个胆小、怯弱、唯恐被树叶砸破头的夏始之。甚至在耀眼的阳光下，她都能看见自己心底的那个黑洞，较之从前更加大，更加深了。

夏始之很清楚自己心底的黑洞，那是从小因为缺失亲情之爱造成的伤害。在福利院里，每当铃声响起，她的心里都会紧张，哪怕有些仅仅是吃饭的铃声，也会让夏始之坐在餐桌前抖动半天，甚至拿不住筷子。在十几年的福利院集体生活中，夏始之身边的小伙伴们时不时会被人认养，只要见到生人就害怕到哆嗦的她没有人认养，大人们大概都觉得她有些神经质。在这段难熬的时光里，幸亏有明秀阿姨的悉心照料，一直到夏始之过了10岁以后才不那么怕生人。而福利院的孩子一旦超过10岁，也很少有家庭会认养他们。福利院剩下的二十多个大孩子，大都有肢体或精神方面的残疾，只有夏始之算是一个肢体和精神都健全的人。随着年龄渐大，夏始之出众的相貌也渐渐显山露水。明秀阿姨十分喜爱夏始之，鼓励她读书考大学，用知识来改变自己的命运。夏始之不负众望，高考时虽然没有考取名牌大学，好歹进了北京的大学，并就读哲学系。她相信明秀阿姨的建议，用哲学帮助自己解决精神层面的痛苦。她在大一开学的日记本上，写下这样一句话：如果没有哲学，你将撑不过那些艰难的岁月。

与众多“80后”有个性的女孩不一样，夏始之身上几乎没有任何个性，她就像一只吓破胆子的小白兔，惊恐地提防着周边的一切，她会提防新买的羽绒服里藏着针，甚至提防呼吸的空气里有人给她混合了神经性毒气……

哲学并不是灵丹妙药，从小被亲生父母遗弃的伤害，在她心底掘了一个无底洞，仅凭哲学是填不满的。婚姻曾经为她心底的黑洞照进一缕曙光，她在婚姻的滋养中，渐渐地积攒了勇气和自信，开始像一个社会人一样面对生活。但是，婚姻的突然坍塌，又让她的黑洞陡然间扩张。夏始之觉得自己的婚姻已经不能用“失败”两个字概括，而是比失败更让人痛苦百倍千倍的构陷。因此，对于蔡萌萌和申明才两个人，夏始之现在恨不得食其肉、寝其皮，她现在要把仇恨深埋进心底的黑洞，先赚钱。

在调去销售部的当天下午，夏始之去接小豪回家的路上，她对儿子说："妈妈换工作了，以后会很忙，你得锻炼着自己坐公交车上下学，好不好？"

小豪紧贴着妈妈的身体，妈妈的身体随着公交车摇晃，他随着妈妈的身体摇晃。小豪许久没有说话，乘坐公交车是他跟妈妈最亲近的时刻，在他的记忆里，妈妈从未像其他妈妈那样拥抱过自己，所以他很珍惜在摇摇晃晃的公交车上紧贴着妈妈大腿的时刻。而妈妈却在此刻告诉他，以后他要自己乘坐公交车上下学，小豪的心里顿觉失落和灰暗。

今天的公交车司机大概是一个新手，一路上急起急停急刹车，夏始之不得不用双手紧抓住车厢里的拉环。她见儿子不作声，便用膝盖顶了顶小豪的身体，问道："你听见了没有？"

不知道是为自己一个人上下学，还是因为被妈妈的膝盖顶得有些生疼，小豪觉得很委屈，他带着哭腔应道："听见了。"

在小区门口，夏始之遇见正要出门的文更生。文更生说自己想吃爆肚了，他还主动邀请夏始之和小豪一起去。

夏始之有些犹豫，文更生低下身子问小豪："那家爆肚店的羊肉串不赖，你想不想吃？"

小豪点点头，说他也爱吃爆肚，还要拌进两份芝麻酱去。

十

两个月过去，夏始之只拿到三个很小的订单，她的月收入在销售部垫底，甚至比她在行政部的工资还要低两千多块钱。这两个月，销售部的业绩都在下滑，原因是中美打起了贸易战，随着商品关税上涨，需要消费者来埋单。夏始之没有想到，中美贸易战这么大的事儿能影响到自己这个小人物，她本来就像所有消费者的思维一样：贸易战关我屁事，凭什么给我涨价？

夏始之开始失眠，也整夜整夜睡不着觉，一直到她把朋友圈刷完，还是毫无倦意。她想起销售部经理说过的话，一个好的销售人员的朋友圈至少应该保有3000人。

夏始之叹一口气，因为她的朋友圈只有261人，能够互动的也就二三十人，且大多都是同学，从小学一直到大学的同学。就在夏始之要关掉手机，准备强迫自己入睡的时候，她看到一个叫冉伟的高中男同学在朋友圈发了一个帖子，帖子的内容是他所在单位组织退休干部到梁家河参观。夏始之知道冉伟在一家大型国企工作，好像是做办公室主任之类的角色。她想如果冉伟能够帮自己一把，采购一点儿保健品作为退休干部的福利，自己的业绩将会大幅度提升。想到这里，夏始之点开冉伟的微信，字斟句酌半天，才给他发送了五个字：嗨！老同学好。

夏始之之所以字斟句酌，是因为在读高二的时候，冉伟曾经对她示好过。冉伟戴一副黑框眼镜，长得秀气有余，气势不足。夏始之一心想找一个高大健壮、能够让她依靠的男生，所以她对冉伟的示好装傻充愣，不做任何回应。时过境迁，不知道自己当年的"软拒绝"，会不会在冉伟心里留下阴影。夏始之正在漫无边际地瞎琢磨，冉伟的微信便来了：美女还不睡觉啊？

夏始之很是开心，这么多年过去了，说明自己在冉伟心中还是有位置的，他不仅称呼自己是美女，还体贴地问自己为什么还不睡觉……她即刻回复道：心情不好，睡不着。

夏始之还后缀上一个悲伤的表情，这才按了发送键，然后捧着手机，静待冉伟的回复。

冉伟的回复速度也够快：谁惹我们的班花了？是不是跟老公吵架了？

夏始之脸上绽放出久违的笑容，因为冉伟称呼她是班花。当时班里的男生推选出四大美女，夏始之虽然名列其中，但她觉得自己顶多排第四位，绝对不敢称班花。夏始之抿着嘴角，在微信里写道：老公去欺负别的女人了，我已经离婚半年了。

冉伟微信回复：很抱歉！我不知情。

接下来，两个人你来我往，足足在微信里聊了一个半小时。两个人最后商定，周五晚上在雍和宫附近的一个酒吧见面。冉伟让夏始之把保健品的资料带齐全了，他需要全面了解产品后，才能上报给领导审批。

夏始之第二天没有去公司，销售部实行弹性工作制，除了每周一参加一下部门的例会，其他时间自行安排。因为前一天晚上跟冉伟聊天聊得太晚，她一觉睡到九点半，居然都没有起床给小豪做早餐。小豪已经接受独自上下学这个事实，好在小豪个头比同龄孩子显高，看上去像个大男孩。夏始之内心有些自责，她对儿子虽说缺少爱的互动，但是作为母亲的职责和义务，她还是会尽最大努力去完成。

正在内疚着的夏始之突然想起另一件事，她答应周五晚上陪小豪去看电影

《复仇者联盟4》，而且电影票已经买好了，还选了影院正中间的位置。一时间，夏始之有些懊恼，懊恼单身女人带着一个孩子还要忙工作……突然，手机铃声响起，夏始之拿起手机发现是文更生的电话，她接听问道什么事。

文更生说该交下半年房租了。

夏始之说："你个催债鬼，认识你以来，问我要钱就是你的主旋律。"

文更生说："两居室的房子按照一居室的价码租给你，半年期的房租都拖了一个月了，像我这样的中国好房东，你去哪儿找？"

夏始之跟文更生说话从来不见外，她有些不耐烦："别催了，我这就微信转给你……对了，你今天晚上有事吗？"

文更生语气有些兴奋，忙说道："没事，没事。"

夏始之说："这样吧，拖了你一个月房租，我请你看'复联4'补偿一下。"

文更生笑道："算你懂人事，本房东就赏你这个脸。"

夏始之说："今晚七点半的IMAX电影，别耽误了。"

文更生说："看IMAX，我从来不会错过银针落地的声音。"

夏始之说："好的，时间差不多的时候，你上楼来接小豪。"

文更生有些诧异："你……不去啊？"

文更生和小豪在去电影院的路上时，夏始之也在前去酒吧赴约的路上。她几乎用了整个下午来洗澡、化妆和换衣服，服装换了大概有十几身，有一身是今年最流行的"薄漏透"蕾丝纱裙，她上周买的还没有穿过。为了配合这身"薄漏透"，她又换了三四个胸罩和内裤，最后决定放弃这身性感的蕾丝纱裙。夏始之骨子里还是一个保守的女人，她觉得这么重要的约会，穿一身没有经过大众眼神确认的新衣服，多少有点冒险。历经一下午的穿上脱下，再穿上再脱下，夏始之把先前化好的妆已经弄花了，只得在临出门时重新补妆。最后，她决定穿能彰显自己一双长腿的短裙，这条短裙已经穿了两年，既诱惑而且保险。

夏始之几乎没有去过酒吧，她在那间酒吧周围转悠了好久也没有找到门，最后是冉伟让她打开"位置共享"，她才走进一个门脸丝毫不张扬的酒吧。十几年不见面，夏始之发现冉伟胖了不少，原先单薄的小圆脸现今已经饱满到赘肉累累。他满脸堆起笑意，来了一个亲密同学间的熊抱，两只小胖手还不停地拍打和抚摸夏始之的后背。夏始之没有拒绝老同学的热情，甚至还将身体主动贴近上去，任由冉伟足足熊抱了半分钟之久。两个人的身体松开后，冉伟的热情高涨起来，他问夏始之喝什么。

夏始之说随便。

冉伟似乎觉得“随便”二字饱含深意，便愈发兴致勃发，他冲着吧台的服务生喊道：“来一瓶马爹利干邑。”

服务生爽快地应着，把一个很漂亮的酒瓶双手托给冉伟。

冉伟点点头，让服务生打开。

夏始之认识这个酒瓶，这便是万豪酒店卖260元一杯的法国白兰地。她禁不住瞅了冉伟一眼，小声说道：“这个酒太贵了，换个便宜点的吧。”

冉伟冲着服务生一挥手，意思是尽管开瓶。他转过头，把嘴凑到夏始之的耳畔，小声说道：“放心吧，不花我自己的钱，吃吃喝喝这点小事儿，我一支笔签个字就管用。”

夏始之学着冉伟的样子，把自己的嘴巴凑到冉伟的耳边，说道：“那你赶紧帮我签个单子，给你们的退休干部发点保健品，我都快穷死了。”

冉伟赶紧把脑袋缩回去，瞅着夏始之说：“公司对外采购都是透明的，这跟吃吃喝喝不一样，我一个人签字不管用，只能往上报批。”

夏始之问道：“那……有戏吗？”

冉伟把服务生倒好的酒杯推到夏始之跟前，说道：“事在人为，只要去努力，就有戏。”

夏始之端起酒杯：“我感谢老同学的努力，先干为敬了。”

接下来，两个人推杯换盏，临近半夜时分，把一瓶法国白兰地全部喝光。其间，冉伟几次把手放到夏始之的大腿上，但都被夏始之推开。

夏始之几次推开他的手，冉伟也心中有数：今天晚上没戏。

十一

自从得知夏始之离婚以来，明秀阿姨几乎每个礼拜都会来看望小豪。说是看望小豪，明秀阿姨其实更多牵挂的是夏始之。她至今还记得夏始之高考前夕的状态，整夜整夜地睡不着觉，最后甚至连饭都吃不下。其时，明秀阿姨已经升任福利院院长，她特意开会做了叮嘱，希望大家给予夏始之更多理解和支持，因为这是福利院历史上第一位参加高考的学生。明秀阿姨还请来京城著名的中医为夏始之把脉，亲自给她熬汤煮药进行调理，最终帮助夏始之顺利通过高考。选择哲学系也是明秀阿姨的建议，她深知夏始之被父母遗弃后的心理伤害有多大，而且偏偏又是一个敏感脆弱的性格。填报高考志愿那天，明秀阿姨跟夏始之聊了许久。明秀阿姨说人这一辈子什么都把控不了，只有自己的信念能由自己掌握，所以当人在难熬的时候，最重要的是向内求，而不是向外求，这便是君子求诸己。明秀阿姨还说，哲学除了引导你做一个好人，还教会人如何掌握自己的信念，如果没有哲学，你将撑不过那些艰难的岁月。开学后，夏始之把这句话写在自己的笔记本上。

明秀阿姨带来一袋子苹果，还有一盒车厘子，她一边在厨房里洗水果，一边跟小豪聊天。

明秀阿姨问小豪，妈妈什么时候回来？

小豪管明秀阿姨叫姥姥，他对姥姥说，妈妈最近工作很忙，经常会很晚才回来。

明秀阿姨问小豪，晚上怎么吃饭？

小豪说："有时候煮速冻水饺吃，有时候跟着文叔叔在饭馆吃。"

明秀阿姨愣了愣，继续问道："你妈妈怎么从来没有对我说过这个文叔叔？"

小豪说："文叔叔好像喜欢我妈妈，可我妈妈好像不喜欢文叔叔。"

明秀阿姨把洗好的车厘子端到餐桌上，推到小豪跟前："小豪喜欢文叔叔吗？"

小豪抓起一把车厘子，接连往嘴里塞了好几颗，鼓胀着嘴巴含糊不清地回道："文叔叔是个私家侦探，什么都懂，我挺喜欢他的。"

一老一小聊着天，一直聊到晚上十点钟，明秀阿姨要赶晚班车，她穿好衣服在门口换鞋的时候，夏始之回来了，还带着一身酒气。看到明秀阿姨要走，夏始之没有进门，她挽着明秀阿姨的手臂，一直把她送到汽车站。

明秀阿姨问道："最近有没有拿到销售单子？"

夏始之叹一口气："也许我不是做销售的料，没想到卖东西给别人会有这么难。"

明秀阿姨说："不要着急，你算是刚刚入销售行，等你积累到很多经验的时候，才会有好的销售业绩。"

夏始之说："我没法不着急，带着一个孩子，还要付房租，我觉得自己快撑不下去了……”

明秀阿姨拍着夏始之的手背，宽慰道：“撑不下去的时候，还有明秀阿姨呢，最近福利院面向社会招聘一名副院长，事业编制，你要是有兴趣可以去试一试。”

见夏始之没有反应，明秀阿姨又说：“有时间去一趟韩麻营吧，那是一个小镇，要想找到你的亲生父母，应该不是什么难事。”

夏始之愤愤地说：“我不会去找他们的，就算是我的亲生父母站在我的面前，我都不会叫他们一声爸妈。”

明秀阿姨摇了摇头，长叹一口气：“抱怨是女人最大的不幸，你也是人到中年了，有些事情该放下就得放下，背负着一肚子怨气生活，你这辈子都不会轻松的。”

公交车来了，明秀阿姨拍了拍夏始之的手背，转身不疾不徐地走上公交车。末班车上有很多空座，明秀阿姨没有坐下，而是透过车窗玻璃冲着夏始之挥着手，示意她早点回家。

望着远去的公交车，夏始之眼睛有些湿润，明秀阿姨就像她灰暗人生中的一支蜡烛，给她光明，给她温暖。烛火的光亮和热度虽然有限，却是她凉薄世界里唯一能够看到的希望。

夏始之这些天来有些沮丧，她已经陪着冉伟去了五次酒吧，光是法国干邑喝了就有几万块钱，但是订单迟迟还没有拿到。夏始之很心疼那几万块的酒钱，她觉得自己喝什么酒都差不多，无论是260元一杯的白兰地，还是18块钱一瓶的牛栏山二锅头，都是同样的辛辣和眩晕。去了五回酒吧，冉伟有三回趁着酒劲儿对她动手动脚，都被她半就半推地拒绝。尤其是今天晚上，冉伟甚至在亲吻她的时候，把舌头伸进她的嘴里。夏始之没有用舌头迎合另一条舌头，而是本能地咬紧牙关，任凭冉伟的口水滴到自己的腿上。带着几分醉意的冉伟在舌头抽离后，说出一个诱人的数字，他说如果把下面的七个分厂和四个子公司的退休干部加在一起，至少会下一个六七十万元的订单。

夏始之在心里盘算了一下，六七十万元的订单至少能够拿到12万元的销售提成，足够她打破眼下的窘境。

遭遇到一个更软的拒绝后，冉伟有些意兴阑珊，他抬起手腕看了一眼手表，示意服务生结账。这一回，他已经懒得为夏始之叫车，而是自己钻进一辆网约的商务车，独自先行离开了。夏始之打了一个酒嗝儿，心中暗骂道：“许多年过后，那些曾经的翩翩少年，都他妈的变成了龌龊男。”

十二

文更生躺在急诊室的连椅上,等着护士帮他处理伤口。他给自己的伤口处一一拍照,待护士来了,流着血又让护士帮他再拍一遍。原来,文更生下午去一家酒店帮当事人取证的时候,被人打伤了。在酒店捉奸数年,都是被捉奸的人犯屃,没想到这一回被"奸夫们"揍了个鼻青脸肿。在酒店的大堂里,文更生向当事人要了10000块钱的取证费,便随同当事人一起上了楼。文更生打开手机录像功能,冒充服务员骗奸夫开了房间门,结果发现房间里有三个奸夫。他的当事人被推出房间,他则被摁在洗手间里暴揍一顿。文更生抱紧脑袋,任凭三个赤条精光的男人拳脚相加,间歇的时候,一丝不挂的女人又进来踹了他两脚。那个女人虽说力气不大,可是两脚都踹在文更生的私处,疼得他直犯恶心。

在医院收费处交费的时候,文更生接到夏始之的一条微信,说自己要出公差,问他能不能帮忙照看小豪。

文更生回复道,骗鬼去吧!开房就说开房,周末出什么公差。

夏始之回道,没有骗你,的确是公事。

文更生道,公事私办,当心被捉奸!

夏始之回道,闭上你的乌鸦嘴!

夏始之纠结了好几天,最终还是下了决心,拿下这个大单。因为冉伟还向她暗示过,一年可以给老干部们发放两次保健品,再私下动员几个老干部给董事长写几封感谢信,夸大一下保健品的疗效,现任领导们也不会拒绝,没准还能成为他们集团的礼品。按照冉伟的说法,这个采购量能到300多万元。300万元的提成就有60万元,还不带公司百万阶梯的升级提成。

夏始之也有说服自己的理由:我现在是单身,跟谁谈恋爱都是正常的;高中时候看不上冉伟,因为他不够强大,现在的冉伟呼风唤雨,我喜欢上他属于正常;我已经问过冉伟的婚姻状况,他说已经离婚了……

夏始之狠拍了一下自己的大腿,决定拿下这个大单。她拿起手机,主动给冉伟发了一条微信:一周没有你的消息了,最近很忙吗?

冉伟老半天才回复了一个字:嗯。

夏始之能觉察到这一个“嗯”字背后的疏离，她赶紧回复道，万豪酒店的酒吧不错，我们以后再约会换个环境吧。

冉伟很快回复，择日不如撞日，那就今天晚上吧。

夏始之也没有迟疑，嗯。

夏始之随后便给文更生发信息，让他帮忙照顾小豪，因为她心里清楚，今天晚上该发生的事情肯定会发生。下午时分，夏始之开始梳洗打扮，她顺手打开电视机，想让屋里有一点儿人的声响。画眼线的时候，细心的夏始之发现自己的眼角略有些低垂，这是面部走向衰老的表现，她的心中掠过一丝恐慌。

电视机里传来一位歌手的演唱：是不是我们都不长大，你们就不会变老？是不是我们再撒撒娇，你们还能把我举高高……夏始之抓起遥控器把电视机关掉。

看了一眼手机上的时间，夏始之觉得该出门了，因为小豪快放学了。如果让小豪看到自己拿一只手包出门，就没法谎称是出公差了，如果不是出公差又怎么解释在外面过夜呢。穿戴整齐后，夏始之推开防盗门，发现脸上敷着绷带和创可贴的文更生正站在楼道里抽烟。

夏始之吃了一惊，问文更生发生了什么事儿。

文更生把烟蒂扔在地上，讥讽道：“拿着个手包出公差呀。”

夏始之有些恼羞：“你来监视我？”

文更生一只脚踏在烟蒂上使劲踩了一下：“切！我来等小豪放学。”

夏始之不再辩解，赶紧按开电梯，逃也似的钻进电梯间。

文更生今年44岁，一直未婚，前后相亲不下三十回，也谈过七八个女朋友，但是时间都不长。文更生总结过原因，他觉得看重外貌的女人也是没有耐心的女人，都等不到了解他的内涵就着急分手。自此，他便拒绝相亲，并且改变了对待女人的策略：他要跟女人先成为朋友，再在朋友的基础上发展爱情。他自觉跟夏始之从客户发展成了朋友，可是，从朋友到爱情的过程却迟迟不能展开。从第一次见到夏始之，文更生就心生好感，因为夏始之的眼睛和眼神都是他喜欢的那种类型。夏始之长了一双杏核眼，大多数男人都喜欢，没有什么特别之处。夏始之的眼神是散乱的、游移不定，竟是文更生喜欢的。文更生喜欢这样的眼神，也有自己的一番道理，他觉得高傲自信女人的眼神多是坚毅又笃定的，这样的眼神冰冷且拒人千里。而夏始之的眼神里散乱着一种让人心疼的怯意，能够激发男人保护女人的豪情和荷尔蒙。多半年以来，文更生的豪情和荷尔蒙始终澎湃着，可夏始之却视而不见。

电梯门打开，小豪背着书包走出来。看见满脸是伤的文更生，小豪露出一脸惊恐，他问道："文叔叔您跟人打架了吗？"

文更生摇摇头："文叔叔被人打了。"

小豪说："那还是打架了。"

文更生说不对："打架是拳来脚去有来有往，被打是单方面的，抱着脑袋生生地挨揍。"

小豪问道："为什么要抱着脑袋挨揍？"

文更生说："男人这一辈子会打很多架，动手之前就要有预判，如果觉得这一架势在必输，那就抱着脑袋挨揍，免得激怒对手挨更多揍，你听懂了没有？"

小豪点点头，说懂了。

文更生拍拍小豪的脑袋："去，把书包放下，叔带你去吃爆肚撸串。"

小豪听说去吃爆肚撸串，很是开心："不等我妈？"

文更生说："你妈出差了，你今晚到叔叔那里写作业、睡觉。"

小豪爽快地应道："好嘞！我要拌上两份芝麻酱。"

文更生说："两份芝麻酱。"

十三

夏始之终于夺得11月份的销售冠军，提成加上工资有13万多元。

一个月就赚了一年的薪水，这让夏始之信心大增，觉得自己半年前的选择是正确的。年底快到了，她决心再努一把力，争取让冉伟帮自己再拿下那个300多万元的大单。如果这个单子做成了，她将成就公司有史以来的最大订单。憧憬着未来的销售业绩，夏始之感觉好极了，整个身体像是要飘起来一样轻松愉悦。钱对于一个缺失爱的女人来说，握在手中才有实实在在的安全感。谁说幸福的感觉只能向内求，有了外在的钱，夏始之觉得自己的幸福感更强。她嘴里哼着一首与欢快心情不太相符的曲子，正在厨房里剥一块三文鱼的鱼皮，因为今天晚上冉伟要来家里做客。冉伟到家里做客的起因，得从昨天的邀约说起。昨天下午，夏始之给冉伟发微信，说一周没见面，有点想念了。

过了半天，临近傍晚时分，她才收到冉伟的回信：上级主管的巡视组进驻企业，最近不能外出消费。

夏始之回道，那明天晚上来我家吧，你还没有尝过我的厨艺呢。

之所以邀请冉伟来家里吃饭，夏始之是希望两个人的关系更进一步。这回冉伟来了自己家，下一回她便可以去冉伟家。据冉伟说，他有一个5岁的女儿，正好可以跟小豪做个伴儿。一个男孩加上一个女孩，是二婚再组家庭的理想搭配，不会像两个男孩那么争吵打闹，也不会像两个女孩那般暗中积怨。夏始之越想越开心，禁不住嘴里哼起了歌，“桃叶尖上尖，柳叶擎满了天，在其位的明公啊，细听我来言哪，此事出在京西蓝靛厂……”

夏始之打开冰箱门取出冰块，拿着冰锥凿冰块，准备给冉伟配威士忌。突然，门铃声响起，夏始之看一眼厨房里的报时钟，觉得兴许是冉伟想她了，所以提前来了。夏始之赶忙摘掉围裙，欢快地打开门，却发现站在门口的是文更生。

夏始之问道：“你不是跟小豪出去吃爆肚了吗？”

文更生说：“吃完回来了，小豪在楼下写作业呢。”

夏始之有些纳闷：“那……你什么事儿？”

文更生往屋里看了一眼餐桌上的蜡烛，揶揄道：“今晚来什么客人，搞得这么隆重？”

夏始之翘了一下嘴角：“当然是我男朋友啦。”

文更生从牛仔裤的后屁兜里掏出一沓折叠过的A4打印纸，递给夏始之：“你男朋友叫冉伟吧？结婚六年，有一个5岁的女儿，老婆现在怀孕七个月，岳父在某部委高就，冉伟攀龙附凤才有今天的位置。”

夏始之展开打印纸，匆匆扫了几眼，怒气冲冲地说：“谁让你背后调查人家了？你……真是太过分，太卑鄙了。”

文更生仍是神情自若，用他低沉磁性的声音说道：“我哪里过分了？拿奸情当爱情的人才卑鄙！”

文更生点上一支香烟，把语气缓和下来，说道：“我拿你当朋友，所以我希望你拥有阳光下的爱情。”

夏始之冷冷地说：“我需要什么样的爱情与你无关。”

说完，夏始之用力关上防盗门。

文更生没有着急回家，抽着烟在街上转悠一圈，他给小豪买了两块烤红薯和一串冰糖葫芦，这才回到家中。小豪已经写完作业，正在看宫崎骏的动画片《悬崖上的金鱼姬》。文更生情绪有些低落，把烤红薯和冰糖葫芦放在餐桌上，使劲地咳嗽一声，算作示意小豪来吃，他便独自一人躺进沙发里闷闷地抽烟。

小豪业已懂事，他似乎觉察到文更生情绪有异，便按了暂停键，小声地说："我刚才上楼，看见那个男人了，我不喜欢他。"

文更生坐起身来："你喜欢不喜欢不重要，关键是你妈喜欢。"

小豪沉默了一会儿，问道："我爸爸一直在谈恋爱，我妈也恋爱了，文叔叔怎么不谈恋爱？"

文更生吐出一口浓浓的烟雾，学着赵忠祥的腔调说道："在求偶的季节里，那些善于鸣叫和展示自己的白头雀，总是会率先得到配偶。"

小豪被文更生逗乐了，他笑着问道："文叔叔为什么不鸣叫？"

文更生说："叔叔的声带受过伤，叫的声音不好听。"

这个时候，楼上传来一阵"吱嘎吱嘎"有节奏的声响。

小豪看了文更生一眼，问道："这是什么声音？"

文更生撇着嘴："鸟叫了。"

十四

眼看着到了年底，夏始之没再拿到任何单子。她先前只瞄着冉伟那个六七百万元的大单，便没去拓展新的业务，年底是公司按业绩评功封赏的日子，夏始之12月份却颗粒未收，她的心情也跌到谷底。心情跌到谷底，并不仅仅是因为没有拿到那个六七百万元的大单，还有半个月以来，冉伟音信皆无，发微信不回，打电话关机。这种感觉让夏始之的心情很糟糕，她本来觉得自己再次找到恋爱的感觉，可冉伟此举哪里像是谈恋爱，分明就是始乱终弃。难道文更生说的都是真的？冉伟没有离婚，而且妻子怀孕已经七个月……选择不相信文更生，是因为文更生一直在追求自己，这一点，夏始之心知肚明。作为"情敌"，文更生利用职业之便抹黑冉伟，是再正常不过的事。夏始之当时就是这么排解自己的困惑，因为她宁可信其无。

明天是圣诞节，徐中来刚刚把小豪接走，说是要一起过平安夜。望着窗外阴冷的灯光，夏始之心底泛起一丝惶惑的不安。她觉得自己与冉伟先是高中同学关系，而后发展至恋爱关系，即便是冉伟不想往下谈了，至少也该跟自己打个招呼。这般无声无息的不理不睬，拿自己当什么了。突然，门铃声响起，夏始之的心脏一阵狂跳，因为她几乎没有朋友，按门铃的人没准就是冉伟。她趿拉着拖鞋，迈着小碎步穿过客厅，打开房门的时候却失望至极，站在门口的又是文更生。文更生拎着两只装满食品的大塑料袋，把他本就松垮的上肢坠成两个溜肩膀，看上去没有丝毫男人的气度。

文更生往上提了提两只大塑料袋，对夏始之说："小豪不在家，我怕你一个人寂寞，来陪你过个平安夜。"

自打知道文更生的磁性嗓音是因伤所致，夏始之便觉得磁性消失了，非但不是磁性，简直像是沾着沙砾的鞋底踩在铁板上的声音，既刺耳又扰心。此刻的夏始之的确很寂寞，也很焦虑，但她期待天鹅的时候，飞来一只秃鹫，却是无论如何都不能接受的。

夏始之用倾尽全力的温和口气对文更生说："对不起，我想一个人清静一下，想厘清一些问题。"

文更生很是尴尬，有些难以收场，他把两塑料袋子食品放在地上，又从口袋里面摸出一个玻璃球，塞进夏始之的手里："要是一个人想不清楚的话，就把这个玻璃球扔在地上，我就会上来陪你。"

说完，文更生主动关上防盗门。夏始之倚靠在门口的鞋柜上，长吁了一口气。文更生的频频示好，她早就感受到了，可双鱼座是无可救药的颜值控，她对文更生的外表怎样都提不起兴趣。文更生跟小豪倒是相处融洽，两人几乎快成了忘年交。文更生没有社会地位，可他手里至少有两套北京的房子，他算是北京土著加土豪。即便如此，夏始之还是从内心排斥这个五官松弛的男人。

夏始之刚要转身继续窝回沙发里，突然门铃再次响起，她皱起眉头对着防盗门说道："让我一个人清静清静好不好！"

门外传来一个陌生的男音："你是夏始之吗？"

夏始之愣了一下："我是。"

门外男音传来："我们是西城区检察院，请你开开门，配合一下我们的工作。"

夏始之心中一惊，手里的玻璃珠子"吧嗒"一声跌落在地板上，弹了几下，滚进了鞋柜下面。

十五

夏始之被审查了好几天才放出来。

在审查的过程中,她才逐渐明晰:冉伟出事了!因为所有问题都是围绕着她和冉伟的关系展开的。其实,夏始之从家中被带走的时候,她心里就已经估摸出来了。夏始之清楚自己从来不做违法的事情,即便是通过冉伟的关系销售保健品,自己从中扮演的角色顶多算是道德层面的事情,构不成违法。想到这里,她心里还算坦然,跟着检察院的人等电梯的时候,夏始之看见文更生穿着一身睡衣从安全楼道里出来。原来,文更生听见玻璃珠子落地的声音,不由得心中狂喜,连睡衣都顾不上换,便从安全楼梯爬上来。看到眼前的场景,文更生当即傻眼了,他拦住检察院的人询问什么事。

检察院的人着便装,便有人向文更生解释,说是西城区检察院的工作人员,还向他出示了工作证件。

文更生看了夏始之一眼,眼神中颇有些责怪的意味,但他对夏始之说道:“认真配合调查,大大方方谈恋爱没有什么丢人的,小豪有我照顾,你就放心吧。”

对夏始之来说,这几天似乎有一年那么长。她把自己与冉伟的交往过程反反复复交代了好几遍,甚至讲过做爱的过程,但她始终咬定自己在跟冉伟谈恋爱,这是事实,也是那天晚上得到的文更生的暗示。在她即将被带进电梯间的时候,文更生叮嘱道:“大大方方谈恋爱没有什么丢人的……”

没错!文更生是在暗示自己,自己是在跟冉伟谈恋爱。这就对了,恋人之间相互帮忙无可厚非。在这煎熬的几天里,夏始之突然觉得文更生其实也没有那么讨厌了,如果此刻文更生出现在自己面前,她甚至会觉得亲切。

这天,一位工作人员走进来,对夏始之说:“对你的调查算是告一段落,你先回去,该干吗就干吗,关于调查内容,你要严格保密,不准对任何人泄露。”

夏始之问道:“我犯法了吗?”

工作人员说:“犯不犯法,法院说了算,你要做好退还赃款的心理准备。”

夏始之道:“我光明正大地谈恋爱,我以团队最低价卖保健品给冉伟的企业,我赚的是公司的销售提成，凭什么说是赃款？”

工作人员严厉地说：“你已经涉嫌不法交易，关于案件定性，还要看我们接下来的调查取证。”

夏始之回来的那天晚上，文更生在全聚德烤鸭店订了一个包房，说是要给她接风洗尘带压惊。等夏始之和文更生进包间的时候，明秀阿姨和她的混血孙子早已候在里面。明秀阿姨抢先两步，与夏始之抱在一起，两个女人开始抽泣抹眼泪。文更生嬉笑着把两个人劝说开来，四个人刚刚坐定，徐中来和小豪一步闯进来。这一回，是夏始之主动拥抱了儿子，小豪有点受宠若惊，眼泪在眼圈里打转，因为妈妈对他很少有亲昵的肢体接触。

徐中来也走到夏始之的跟前，他似乎不知道该做什么，也不知道该说什么，他用一只手扶住夏始之的胳膊，嗫嚅道：“等小豪放了寒假，你来挑个地方去度假吧，我来安排。”

夏始之微微侧身，不经意地撇开徐中来的胳膊，冷冷地对徐中来说：“我哪里都不能去，要留在北京等待调查。”

文更生急忙起身打圆场，他热情地拉着徐中来入座，徐中来有些尴尬，说他只是过来送儿子的。文更生不容分说，就把徐中来按坐在椅子上，还在他的耳边悄声说道：“她现在需要亲情的陪伴。”

徐中来小声回道：“我们离婚了，情分早就疏远了。”

文更生说：“那也比我近。”

徐中来眨巴着眼睛，回味文更生说的话，有点不明就里。

席间，众人没有询问夏始之接受调查的情形，大家尽量说一些开心的事，要么就逗两个男孩说笑。

明秀阿姨问夏始之，接下来有什么打算？

夏始之窘了瞬间，说道：“我压根儿就不是做销售的料，所以，我也不想在原来的公司干了。”

明秀阿姨说：“那就去福利院应聘副院长吧，你的各方面条件都合适。”

夏始之犹豫着：“我现在还在接受调查……”

文更生接过话：“根据我的经验判断，你如果有事，或者是要处置你，他们是不会现在放你出来的。”

文更生举起酒杯，跟徐中来干了一个满杯，一副深谙此道的样子，继续说道："既然放你走，就不能不对关了你这几天有个说法，所以才会危言耸听让你有所忌惮。放心吧，人家不是说了，该干吗就干吗，听明秀阿姨的，应聘副院长去。"

大家都把话往宽处说，夏始之的眉头这才舒展开来。

看着文更生和徐中来推杯换盏，明秀阿姨很是开心，她小声对夏始之说："最近没啥事，去一趟韩麻营吧，带上你的侦探男朋友。"

夏始之的脸上即刻恢复成冷色调："我为什么要去找我这辈子最恨的人。"

明秀阿姨说："就算是这辈子都解不开这份愤恨，你至少也得知道你恨的是谁吧？"

夏始之瞅着坐在对面的小豪，处在愣神的状态里，她没有说要去，也没有拒绝。她的神情像一个忘了采摘的茄子，被霜冻摧残得皱皱巴巴，从皮色到茄子心正在缓缓变成黑色。

十六

寒假第二天，文更生开着车，载着夏始之和小豪驶出拥挤的北京城。黑色越野车飞驰在京承高速公路上，刚刚挣脱城市的拥塞，转而一头扎进无边无际的雾霾里。夏始之慵懒地闭上眼睛养神，车窗外的雾霾让她觉得呼吸不畅，干脆眼不见为净。

自从记事起，夏始之的内心就充满恐惧，感觉自己生活在丛林里，任何一个个儿头比自己大的动物都可以威胁到她。她没有可以依靠的怀抱，每一位阿姨的温暖都是暂时，只要把她放下，她便重新置身丛林，虽无性命之忧，可内心的恐惧一刻都不曾消失。年龄渐长以后，夏始之开始懂事了，从小积攒起来的恐惧变成了对亲生父母的怨恨，恐惧有多深，怨恨就有多重。带着这么多深重的怨恨，即便是找到亲生父母，又能怎样？

禁不住明秀阿姨和文更生的絮叨，夏始之踏上了前往韩麻营的寻亲之路。早在动身前，她便在心里拟好了台词，见到亲生父母后，她一定要问问他们：你们当初为什么要抛弃我？你们这些年来过得心安吗？你们后悔过吗？

一阵猛烈的颠簸，惊得夏始之睁开眼睛，发现文更生已经把越野车驶离高速公路。文更生导航的目的地是韩麻营派出所，历经六个小时的车程，终于找到派出所。文更生跟一位当值的副所长说明来意,副所长很是热心,他叫来一位管户籍的民警帮忙查找1983年2月16日出生的女孩登记。而后,副所长又找来一位民警,让他查找丢失人口的登记。查询档案需要时间,副所长让文更生一行三人先出去吃饭。

韩麻营四面环山,人口不多,街道却说不上冷清,因为有三条省道汇聚在小镇上,街道两侧有很多吃饭、修车加补胎的店铺。文更生挑选了一家门脸稍大的“四海大酒店”,点了一份烤羊排、一只叫花鸡、一份西芹百合,还要了一盆酸辣汤。店里客人不多,菜上得很快。夏始之没有什么胃口,小豪和文更生早就饥肠辘辘,烤羊排和叫花鸡不消多时,便被梳理成一堆骨头。

文更生打了一个满足的饱嗝儿,又给自己盛了一碗酸辣汤,这才腾出嘴巴对夏始之说:“在这荒山野岭的地儿,家里没有男人是不成的,你出生那个年月,计划生育抓得紧,我估摸着你被遗弃十有八九跟这个事儿有关。”

夏始之用勺子搅动着碗里的酸辣汤,没有说话,也没有喝汤。

文更生接着又说道:“到了现在这个岁数,你也没有必要跟自己的亲生父母怄气,他们也是迫不得已,那是当时的国情。”

三个人吃完饭,正待要离去,副所长拿着一沓资料走进来,一脸笑意冲着夏始之打招呼:“找到了,找到了,南窝子村的,你叫韩春英。”

即便是对父母有再多怨恨,夏始之还是觉得有些期待,她问道:“他们在哪儿?”

副所长坐下来,不紧不慢地说道:“很不幸,你的父亲15年前就因病去世了,母亲是前年去世的。”

夏始之的眼睛里闪过一丝失望的神色,轻轻地吁了一口气,心里竟也生出几许难过。她在心里反复品味着突然间涌出来的难过情绪,到底是为亲生父母?还是为自己?被她怨恨的亲生父母已经不在了,而这份怨恨的情绪也就无处安放了。此前,那些早就拟好的质问和情绪,要发泄到何处才能使自己心安呢?自己原来叫韩春英,从这一天开始,我还是夏始之吗?夏始之在心里问自己。

文更生看了一眼夏始之,对副所长说道:“你们韩麻营人挺逗的,这算是哪门子找到人了?”

副所长仍是一副不急不躁的样子,他让文更生别着急,转头对夏始之说:“你还有一个姐姐,叫韩春玲,嫁在本村,还住南窝子村。”

十七

越野车在一条坑洼的土路上开了一个多小时，终于看到了南窝子村。坐在车里如同坐在船上，前后左右摇摆个不停。

小豪从未到过这种地方，心中不免惊喜，他问夏始之：“妈妈，农村是这样啊？”

文更生接着小豪的话，对夏始之说：“你差一点儿就在这里长大了。”

文更生随口说出来的一句话，正是夏始之所思。她望着车后面扬起来的滚滚黄土，脑补着自己在这方土地上一步步长大的画面。突然，一个急刹车，车里的三个人的身体都往前倾，夏始之和文更生幸好都绑着安全带，后座的小豪则撞到前椅靠背又弹回车座上，小脸上挂满惊慌。

文更生放下车窗玻璃，冲着倒在车前的一个五十多岁的男人大声吼道：“我车里装了行车记录仪，别想跟我玩碰瓷。”

五十多岁的男人胡子拉碴儿，板着一张像是好久没有洗过的脸，从地上坐起身来，不紧不慢地对文更生说：“啥行车记录仪，在俺们这儿啥都不好使，恁快掏钱给俺瞧病。”

文更生说：“碰瓷你都不够敬业，距离我的车还有一米多远，你的伤在哪里？”

胡子脸倒也听话，坐在地上往车前挪了挪身子，说道：“俺受了内伤，肋骨断了。”

文更生被胡子脸气乐了：“人家都去大城市碰瓷，你怎么在家门口干这种勾当，就不怕乡里乡亲笑话？”

胡子脸说：“笑贫不笑娼，俺们这里没人笑话赚钱养家的人。”

此处已经快到南窝子村村口，文更生和胡子脸一问一答之际，村里已经有不少闲人围拢过来。一个中年男人冲着胡子脸喊道：“村里半个月没进外地车了，韩老三今日里好运气呀。”

另外一个年长一点儿的女人冲着文更生说：“撞了人就别赖了，多多少少赔俩钱得了。”

其他人也随口附和，帮着韩老三向文更生要钱。

文更生摇了摇头，叹了口气，他指着坐在副驾驶座上的夏始之，对村民大声喊道：“车里面坐着的这个人，就是你们南窝子村的，你们这回是武松抢了林冲，自家人打劫自家人了。”

夏始之打开车门，她的脚一落地，黄土面子就淹没了她的皮鞋。夏始之皱了皱眉头，她走到韩老三跟前，瞅了他一眼，对围观的村民们说道：“我叫韩春英，出生在这个村子里，我还有个姐姐叫韩春玲，你们认识吗？”

听完夏始之的话，围观的人群几乎同时发出一阵惊呼，先前那个帮腔的中年男人窃笑道：“韩老三，你碰了你小姨子的瓷了。”

韩老三一骨碌从地上爬起来，对着夏始之看个仔细，说道：“还真挺像……俺听婆娘说过，说她有个妹妹，你这是打哪儿来？”

年长的女人跟着打趣道：“还是个有钱的小姨子，这车怎么也得值三四十万元吧，直接送给姐夫得了。”

韩老三脸上也露出兴奋之色，他拉开车门，一屁股坐上副驾驶，冲着车外的夏始之和文更生喊道：“妹子、连襟，咱们回家。”

村子中间的小胡同无法进车，韩老三让文更生把车停下，四个人下得车来继续往里走，进了一个很破败的院落。

韩老三指着四间老房子，对夏始之说：“你姐姐在屋里呢。”

接着，韩老三冲着屋里喊道：“春玲，春玲，你妹子来看你了。”

夏始之看了一眼四周，虽说都是农村的平房，但还算有模有样，唯独姐姐家显得败落。“吧嗒”一声屋门打开，一位面容憔悴的中年妇女走出来，她望着院子里站着的三个陌生人，又瞅瞅韩老三，一时间竟有些不知所措。

韩老三急忙上前，牵过中年妇女的手，把她拉到夏始之面前，对她说道：“你以前不是提过你有个妹妹，被你娘送去北京了，你瞅瞅，你妹子回来看你了。”

中年妇女伸出一双粗糙的大手，握住夏始之的手，两眼直勾勾地盯着夏始之看了半晌，突然间，两行眼泪涌出眼眶，她嘴唇哆嗦着说道：“真的是春英，真的是春英，眼睛、鼻子、嘴巴，跟咱娘一个模子……”

透过中年妇女憔悴的脸色和凌乱的短发，夏始之发现眼前这个女人的眉角眼梢，还有鼻子，真的跟自己有几分相像。按说，一个农村妇女有这样的长相，算是出类拔萃的，可是韩春玲的右眼角有一条斜过脸颊的伤疤，把一张俊脸生生给毁了。

韩春玲从炕上的柜子里摸索出一把卷得紧紧的纸币，抽出一张百元纸币，递给丈夫韩老三，让他去买些猪肉和韭菜包饺子。

韩老三接过钱,瞅了一眼文更生:"咱们连襟好不容易凑成块儿,得喝二两。"

文更生说得喝,便领着小豪跟着韩老三一起出门买酒去了。

屋里只剩下姐妹二人,夏始之竟然觉得自己无话可说,眼前这个女人的脸上除了那道丑陋的伤疤,还镶嵌着磨难镌刻过的皱纹,看上去浑像是一张50岁的农村妇女的脸。

韩春玲似乎比夏始之放得开,她走近妹妹,伸出双手抓起夏始之的手,把头抵在夏始之的胸口,号啕着哭出声来。夏始之也不由自主地抱紧韩春玲,这是她平生第一次感受到来自血缘亲情的拥抱,眼泪也禁不住流下来。一对同胞姐妹相拥而泣。

十八

夏始之让文更生送她去韩麻营火车站,她说她要坐火车回北京。

文更生查了一下购票信息,说道:"一天就一趟慢车,要坐八个多小时,还只能到昌平北站,那我和小豪去昌平等你吧。"

夏始之说:"不用了,我从昌平坐公交车去福利院。"

在前往韩麻营车站的路上,文更生没话找话问道:"你觉得你姐姐和姐夫人怎么样?"

夏始之望着车窗外的天空,说道:"人们倾其一生都不一定能够认清自己,那些仅有一面之缘的评价,又有什么意义呢?"

文更生听着这句没头没脑没逻辑的话,只是笑了笑,没有作声。

这是夏始之第一次乘坐绿皮火车,穿行在灰黑色的山峦里,满眼都是北方冬季的萧瑟。人生就像是一趟单程的旅行,夏始之错过襁褓里的母爱,也错过父亲的暴戾,她究竟是该喜该悲?逃离了南窝子村淹没脚脖子的黄土,在中国最好的都市里长大,拥有了令亿万人垂涎的北京户口……如果人生重新来过,可以用这些现实的条件来置换遥远山村里的母爱,自己难道真的会毫不犹豫地选择母爱吗?

车过梁底下站后,夏始之从背包里掏出一个皱皱巴巴的牛皮纸信封,里面装着一堆硬纸板火车票。这是母亲去世后,姐姐韩春玲从母亲的箱子底翻出来,用姐姐的话说:"我还以为是妈攒下的钱,结果就是一堆去北京的火车票。"

夏始之把信封里的火车票倒出来，数了数总共45张,22张韩麻营到昌平北的车票,23张昌平北到韩麻营的。夏始之按照时间顺序排列了一下,除了第一张火车票是1983年5月5日，其他车票都是每年2月16日韩麻营到昌平北,2月17日昌平北到韩麻营,而2月16日正是自己的生日。原来,母亲每年都会在自己生日这一天,坐着绿皮火车辗转到北京,这样的奔波一直持续到自己大学毕业。从出生到大学毕业,在自己生日这一天,都有母亲的眼光相伴,她是躲在哪里看着自己？妈妈确定会在生日那天看见我吗？大三那年的生日,我是在医院里度过的,因为感冒转成肺炎,妈妈知道吗？

夏始之清晰地记得大三那次住院,身边没有一个人陪伴,半夜被查房的护士扰醒后,她发现床头柜上有一碗冲泡的盖面,里面还有两枚茶叶蛋,而且还有温度……这一刻,夏始之再也无法自控,她趴在车票上哭到哽咽。她几次想止住哭泣,可36年来的怨恨通通化作眼泪,止不住地涌出眼眶。

昨天晚上,夏始之跟姐姐睡在一个被窝里,她问过姐姐:“把我扔掉,他们是不是想要个儿子？”

韩春玲叹了一口气:“咱妈生了你,坐完月子就被拖去结扎了,就算是把你扔了,也生不了儿子。”

夏始之问道:“那为什么还要遗弃我？”

韩春玲说:“长大后,我也问过妈,她说是想给你找条活路。”

夏始之冷冷地说道:“你不是也活得好好的。”

韩春玲突然坐起身来,撩起自己的短发,露出右脸颊的伤疤,对夏始之说:“我身上大概有十几处伤疤,都是咱爸打的,我后背上的伤疤是一岁半留下的,是咱爸用火钩子烧的……他脾气不好,喝上酒,连我带咱妈一起打。我比你大3岁,可我不记得你出生的事,只记着从小挨打的事儿。”

夏始之沉默了好久,又问道:“咱……妈怎么知道把我放在福利院门口？”

韩春玲说:“咱妈年轻的时候去北京的福利院帮过工，她说福利院吃得好,还能给孩子上北京户口,是个得福报的好地方。”

韩春玲拉着夏始之的手,接着说:“别怨咱妈,她心里头一直记挂着你,临走前那几天还跟我念叨过你,说你读完大学就能过上好日子了,我才知道她每年都去北京看你,来回车票要花不少钱,每次回来咱爸都会打一顿咱妈,连我一块儿打。我背后偷偷问过咱妈,为啥不把你认回来？她说她愧对你,知道你的日子好过就得了，她的心就安了……”

火车进昌平北站时，已经临近傍晚。出了车站，夏始之一路打听去了汽车站，乘上开往德胜门的公交车。一路上，夏始之都在体味母亲当年的心境：三十多年前，火车应该更慢，昌平到德胜门的路应该更难走，母亲要赶整整一天的路程才能到北京。她应该不会去住旅馆，因为她没有那么多钱，也没有留下住宿的发票凭证，母亲会在哪里熬过这冰冷的一夜呢？那些在寒冷冬夜蜷缩在街头巷尾的可怜人啊，那里面竟然有生我的母亲，可我对那些孤苦无依的身影从来都不肯多看一眼……

半年过后，夏始之应聘进福利院，并当上了副院长。

周末的时候，夏始之经常带着文更生和小豪去看望明秀阿姨，有时候还会在明秀阿姨家吃饭。吃完饭，四个人还会坐在一起喝茶聊天，邻居们都把夏始之当成明秀阿姨的女儿。

最近一个周末，文更生接手一个调查案件，正忙着帮人家调查取证，没有跟随夏始之去看明秀阿姨。夏始之和小豪在明秀阿姨家吃晚饭的时候，接到福利院的电话，说是有一个刚入院的女婴发烧不止。

夏始之放下碗筷，说是要去福利院看看才放心。

夏始之牵着小豪的手往外走，出门口的时候，她回过头来对明秀阿姨说道：“中秋节放假，我和小豪再来看您……妈。”

明秀阿姨听见夏始之管自己叫妈，嘴唇哆嗦了一下，眼里噙满泪水。

【作者简介】余耕，祖籍山东崂山，先后出版长篇都市小说《德行》、童话小说《当心你的狗》、历史长篇小说《古鼎》。小说《魔伽吒》入选中国作协选编的《2017年中国中篇小说精选》。2018年，长篇小说《金枝玉叶》在掌阅上线，付费读者评分高达9.2分。都市荒诞小说《如果没有明天》获得第十七届百花文学奖影视改编价值奖，根据小说改编的话剧《我是余欢水》在北京上演两百余场。由正午阳光公司投拍的电视剧《我是余欢水》上映后社会反响热烈。

拳

何大草

一指见明月，
一月见春山。
春山藏千山，
千山归一山。
——匙名

第一章　四月杪

一

我小学五年级时，看了一部关于马王堆汉墓出土的纪录片。贵妇人华丽的服饰，陪葬的黑红漆器，绢帛上的《扶桑十日图》，都让我确信，地下的颜色要远比地上更绚烂。有个动人的细节是，云纹漆鼎中盛着一片2173年前的藕，粉嫩如新，但当摄影机转动起来时，有人稍稍挪了一下鼎，藕就在瞬息之间化成了一汪水。

旧世界的漆棺、女尸、帛画、汉简、神秘纹饰、古怪的书法，都让我着迷。这一切不可思议，怅怅然，又引我想入非非。比照而言，生活的日常，又是多么的灰扑扑。

高中毕业前，我已读了三遍范文澜的《中国通史简编》，二分之一的《史记》，写了大半本说愁道恨的旧诗词。17岁的初秋，提了口箱子，乘车从市中心穿了半座城，驶过九眼桥，进大学就读历史系。

宋词上说，"东南形胜"。这所大学所在的位置，即是成都的东南角。校门正对锦江，右手有一座望江楼、一口薛涛井，竹林环抱，僻静而多幽趣。左手，则是白塔寺街，塔已不存，只剩了个地名。

1983年4月的第三个星期五，我作为大四学生，结束了在茂陵博物馆的实习，搭火车返回成都。傍晚的西安站，风是暖和的，我把铺盖卷儿放在车厢之间的连接处，坐了上去。没有买到硬座票，硬卧本来就没想，能登车已算好。每年暑假，我都会搭上载着木材、青稞、黑山羊的解放牌汽车去做田野调查，阿坝州、凉山州、大渡河……屁股颠得生疼，还高兴得很。在铺盖卷儿上坐十几个小时，相当舒服了。

火车启动时，明代城墙在窗外慢慢退远。成群的燕子，绕着箭楼的檐角在盘旋，天很快就黑了。

我这还是头一回在北方生活，待了两个月。

我2月份出川时，成都已满眼翠绿。穿过秦岭隧道，一望皆是漠漠黄土了。西安北边，有著名的汉五陵：高祖长陵、惠帝安陵、景帝阳陵、武帝茂陵、昭帝平陵。论震古烁今，推武帝第一，茂陵自然是最气派的。但在寒气逼人的早春，它也未见出雄峻，和陪葬的卫青墓、霍去病墓等，像十来个干馒头摆在宽阔的陵园内。

松柏脚下，还积着没融化的雪。茂陵博物馆的一个小旮旯儿，摆了我的一张床。每天早上，我会冲到晨风中跑步两千米。风中有微小的沙砾，偶尔飘雪花。

霍去病的墓碑前，有个穿中山装的老人在打太极拳，是退休返聘的老馆员，大家尊称他谭公。我跑过时，冲他招招手。他微微一笑，又似乎人境两忘。

我出生在成都少城的一家妇产医院。时值灾荒年，体弱、多病，爷爷婆婆尽量弄了鱼肉喂我吃。念小学后，又坚持跑步，逐渐强了些。还有就是我很能吃粗粮。那时的口粮供应，白米、粗粮各半。粗粮即红苕、玉米，很多人难以下咽，我当药吃，习惯了，反而嫌米饭太淡，细而无嚼劲。除了跑步，也打乒乓球。篮球、足球，浅尝辄止。我很难在一个群体中参与协调行动。跑步是最简单的，而打乒乓球只需捉对厮杀，也不复杂。不过，我原来打乒乓球比较谨慎，自信心差，主要是削球。久削则技高，同学们骂我是怪球，不好接招。高一时，班上转来个借读生，是业校乒乓球队的主力，他常抄我的作业，也教会了我大力扣杀。他还跟我说了一句话，让我很难忘。

“不光用手打，还要用全身发力，一扣就有千钧之力了。”

半年后，我已很少找到对手了。

但，我也说不上多么喜欢打乒乓球。只是感谢它让我成了个健康人，身子虽还是颀瘦，四肢却是较为灵敏、有力的。有力得稍稍过分时，就嫌乒乓球桌中间的网子，阻挡了力气痛快地倾泻出去，憋得慌。

二

大学的新六舍，是我们进校才建好的，共六层，四、五、六层住了全校的女生，下边则是同年级、不同系的男同学，历史系在第三层。长长的走道中，依次是哲学、中文、历史、数学。

三层和四层之间，无任何阻拦，只有夏天才会贴出一张纸，上有娟娟楷书：“天热，男同学止步。”

我们寝室有八个人，排年龄我是第七，被称为老七。偶尔，女生的内衣会飘到我们的窗台上。老鲁就把它们折叠好，正正衣冠，梳梳头发，捧了，轻手轻脚送回楼上。以为会有啥故事，然而没有，依旧河清海晏的。

但老鲁回来，总不忘告诉我，“老七，我替你留意了。太漂亮的，人家看不上你；太一般的，你看不上人家。”

“为啥只提漂亮呢？”

“好吧，换句话说。太聪明的，看不上你；太木讷的，你看不上她。”

“……”妈的，说得这么绝。

有个初夏夜，我在二教102室上晚自习，读一本《夜郎史研究论文集》。那个学期，正在上蒙默老师的西南民族史选修课，很喜欢。尤其是族源传说、民族迁徙，犹如古歌、史诗，颇为之着迷。我很例外地，记了半本读书笔记。

教室是安静的，但到10点以后，开始出现捂着嘴的哈欠声、咳嗽声。有人出去上厕所、闲走、抽根烟。我也走到了教室外的平台上。很多人靠着石砌栏杆在说话，像剧院的中场休息。我就再往外走，下边有个灯光篮球场，环了水泥的阶梯看台。我坐下来，点燃一根锦竹牌香烟。没有灯光，蟋蟀在草丛中叫。上边靠右的看台上，也坐了个抽烟的人，穿白衬衣，是个女生。

天上开始飘小雨。我抽完烟，起身离开，她把我叫住了。

“喂，你不是个书呆子吧，同学？”声音略沙，但不沧桑，听起来年龄跟我差不多。

“我……”我不晓得咋回答。

“你是不是很内向啊？”

“我……”

“你在读什么书呢？好像很专注。”

我如实、简略地说了说。

“这就会让你着迷吗？为什么？”

“……”

“多想一想。”她的声音忽然变得很和蔼。

“可能，就像是解谜语，越难越放不下……我也说不清。”

她默然了一会儿，不予评论。我觉得无趣，再次转身要走时，她说话了。

“我本来打算学数学，考虑到哲学是解决宇宙根本问题的，而数学是游戏，我从小到大，解数学题就跟玩游戏一样的轻松，我就念了哲学系。很后悔。”

“遇到难题了？”

“是难题就好了。再难的题，都能找到解决的办法，得出唯一正确的答案。可你看那帮搞哲学的，高等数学吃零蛋，还号称百家争鸣，实在是狗屁不通。”

“狗屁不通？太过分了吧。”

“是客气了。所有学问，只要缺乏数学般的、精确的标准，就是闹闹嚷嚷的游戏，而且是低级的游戏。”

“庄子也不懂数学吧？可他很伟大。”

“你谈什么庄子。庄子说，一尺之棰，日取其半，万世不竭。他不是数学家，可懂得数学的思维。极限原理，听说过吗？”

我从脑子里搜到一个人名。“萨特，了不起的哲学家，是吧？可他也不懂数学。”

“萨特死了，才不久。”

我一片茫然。

“可你并不难过？”

“抱歉，我只听说过萨特，从没读过他一本书。”

“太肤浅了。他不懂数学，可他懂文学，写了很多小说，用来阐释他的哲学，还获得过诺贝尔文学奖。”

我突然涌起一股恶意。“这种小说，我不屑读。用来阐释哲学的小说，只能是二流的，跟科普文章差不多。”

“你！”

从她气得发抖的声音里，我感觉终于出了一口气。

“哈哈哈！”我笑了几声，扔了烟头，车转身。

“站住。你叫什么名字？”她厉声道，也扔了烟头，再一脚踩上，蹭了几蹭。

我颇为不乐，随口编了个名字。“贾发财。”

“好名字啊，寄托着你家祖辈的愿望。”她说着，把手伸出去，仿佛要接住什么小东西。“我叫叶雨天。”

“无穷的雨点子，就像无穷的数字……适合你。”

“知道我数学为啥那么好？”

我当然不知道。

“我爸爸是一家报社的美编，工作是画插图、刊头、题花，连署名权都没有。可他认定自己是画家，而且相当不平凡。星期天，他要么骑车到郊外去写生，要么窝在阁楼上从早画到晚。画了很多，花鸟、山水、工笔、写意、大泼墨，斗方小品、丈二巨幅，堆了半屋子……不过，没人买。出画册、办画展，也没有他的份儿。好在他有份工资，妈妈是军医，外科一把刀，不然，全家早都饿死了。”

“你……怎么评价他的画？”

“我相信爸爸有天赋，不，他就是个天才。”她深吸了一口气，再徐徐吐出来。“可我相信有什么用，就连我妈妈也不信。”

“时间会给出一个证明吧？”我用半是宽慰半是商量的语气说。

“被时间遗忘的人，要比记住的人，多无数、无数。不然，《二十四史》都要挤爆了。对不对？”

我有点犹豫地点点头。

“所以，我爸爸鼓励我做个数学家，是庸才还是天才，无须等待，不证自明。可是……我自作聪明，辜负了我爸爸。”说着，她声音变得有一点儿严厉。“你怎么想的呢？贾发财。”

我支吾着咕哝了两句，自己也不明白说了啥。

她很失望地冲我挥挥手。“你走吧。”

我松口气，立刻走掉了。

她是否漂亮呢？没看清。是否聪明？这是肯定的。

后来在校园里，我很久没再看见她，看见了可能也认不出。

三

那些年，本校学生只有三千多人，树木比人还要多上几十倍，时常见树不见人。湖边、邮局门外、工会大院里，各有几块菜畦，春天油菜花，夏天丝瓜花、黄瓜花，秋天收茄子和番茄。南墙内，还有两座砖窑，烧窑、开窑，一派古风。南墙外，则是沟渠纵横的田野，一眼望不到尽头。

倘不放坝坝电影，不办舞会，诗人也不来做讲座，真有一日当一年的静。

《神秘的大佛》放映后，学校很是热闹了一阵子。开始有人谈武术，暑假旅游，就去乐山、峨眉访高人。《少林寺》出来就更热闹了，九眼桥那边的星桥电影院，放通宵场都搞不赢，学生潮水般拥了去，看了又看。中文系男生就拿麻袋装了沙子、泥巴或者豆子、糠皮，吊在门框上，半夜还在练击拳、飞腿，并发出猛禽般长啸！老鲁睡不着，心烦，就起床走过去，抓住沙袋，一发力，撕开条口子。沙子流到地上，堆成了圆锥体。沙袋主人大怒，刚想骂，又忍了回去。

老鲁身高1.62米，但是十分敦实，肩上、臂上肌肉鼓起来，是很吓人的。他是湖南怀化人，从前做过石匠，在湘西、川东浪荡过七年，已结婚，等毕业就要孩子。我们那几届学生，年龄差距八九岁很常见，应届高中毕业的没几个。老鲁只争朝夕，除了苦读，还加入了十驾史学社、锦江文学社、锦江话剧社。又去校网球队报了名，教练摇头，但耐不住老鲁苦求，答应让他试一试，刚跑动了几步，他就“啪”地摔倒了！教练说，你很有气力，但不是这个料。老鲁问，为什么？教练笑而不谈，说，去举重队吧，那儿更合适。他就去了校举重队，却又被拒绝了，理由是：你肌肉虽多，却是死肌肉。老鲁不懂，要问一个明白。

举重教练是从省体工队退役的，曾获得过76公斤级别全国第三名，他就捡了根青竹竿在手上，弯成一个圈，一放，“嗖”地风声一响，又弹成了一条线。他说老鲁,你的肌肉是石头、钢钎,硬度好,但缺的是竹子的弹性。死了心吧。

老鲁只好悻悻而回。室友们听了转述,有的若有所悟,有的却骂那教练瞎诈唬,欠打!

说到"打",大家都看了眼老王。

老王本名王大卫,二十五六岁,高个子,国字脸,头发三七分,颇有书卷气。他填写的籍贯是广东,而父母是印尼归国的华侨,他小时候独自在香港生活过几年,还有个女朋友,据说相当漂亮,正在武大念图书馆专业。他普通话说得不错,性格则像老成都,有空就去望江楼下泡茶铺,结交了些吃茶的,掺茶的,卖香烟、瓜子的,掏耳朵的,还有讨口、行骗的,记了好几本笔记。我每天晨跑一次,他早晚要跑两次。我喜读野史,他也读野史,但还搜求稗官巷谈。我比较独善其身,他是要兼济天下,这一点,又颇像理想中的山东人。

食堂吃饭排长队,他常站在一边,把插队的男生一个个硬拉出来。有个男生偏不服,一拳打去,他也一拳相迎,拳打拳!那男生"妈呀"一声,几乎就要瘫倒了。

我们纷纷夸老王了不起,问他咋不参加学校武术队,老王说:"我略会点西洋拳,武术完全是外行。"原来两者不是一回事。那区别在哪儿呢?"武术是中国的传统,西洋拳嘛……呵呵,就是西洋拳。"

老鲁问他:"是不是跟香港人学的?"

老王歪了下嘴角,笑笑。"跟香港人能够学什么?"

老鲁和我就动了个坏念头,跑去跟举重队教练透露,老王说搞举重的人,个个都是死肌肉。是不是活肌肉,打一架才晓得。

那教练听了,十分冒火。他三十出头,也还年轻,血气未泯,就叫我们去约老王,打一架论肌肉。老鲁看着我,我说,老王最照顾别人的自尊心,从不跟门外汉动手。教练明知是激将,却受不得激将,就挑下午5点,老王在田径跑道上跑步时,把他拦住了。

老王结实得像一棵杨树,教练魁梧得像一座铁塔。

百十号学生立刻围成了一个圈,吆喝着:"友好切磋,点到为止!越打越亲热!"

老王晓得自己被室友算计了,倒也不辩解,大方道:"我们就算给同学们解闷吧。"

圈子很自然地移到了足球场中心,露出一块青中泛黄的草坪。正是初冬,适合厮杀,熬炼气力。

教练一拳头打向老王的胸口。老王朝后倒下去，这一倒，其实是避让，还在草尖上滑了几步远。但他立刻跳起来，几乎是飞到了教练的身后，连出两拳，一拳打臀部，一拳打大腿。教练一软，竟跪了下去。

老王停了两秒，跑过去双手扶起教练。教练大叫一声，把老王横抱了起来，高高举起！然后轻轻放了下来。围观者掌声雷动。此后两人成了朋友，差不多是刎颈之交了……此是后话，且按下不表。

我就请教老王，他打败教练凭的是什么？老王说，没打败，是平手。我说好吧，那你咋把他打得跪下的？老王说，力气大，动作快。

我就请老王教我西洋拳。老王说，你乒乓球打得好好的嘛，乒乓球是国球。我说，因为是国球，高手太多了，我只能算个三脚猫。老王点点头，以示理解，但又摇头，诚恳道，我那点本事不够教。倒是有个好朋友，带徒弟是绰绰有余的，但他不会教。

我赶紧问那个人是谁。"我去程门立雪嘛。"

老王哈哈笑。"他倒的确是姓程，不过，你就是跪雪也白跪。他谁也不收。"

四

临近期末考试，气温又冷了许多，偶尔有雨夹雪飘落，天空灰蒙蒙。这也是学生最焦躁的日子，只盼早点熬过去，轻松过春节。但，又想时间再慢点，临考前把笔记复习得烂熟。活像卖炭翁，可怜身上衣正单，心忧炭贱愿天寒。

食堂的气氛也是压抑的，大家都穿了臃肿的棉衣，人群仿佛扩充了一倍，拥挤得像是火车站。插队的人更多了，老王依然一个个拉，动作不慌不忙，两手像是无数的手。

突然，"啪"的一声脆响，老王脸上挨了一耳光。我们都听到了，食堂里一下子安静了。

打人者是个精悍的男生，穿了件军大衣，他出手之后敏捷地后退着，并把大衣脱下来，扔到一边，露出蓝色运动装，胸前印着：武术队。

他年龄跟我差不多，但发际线高，略微显秃，而鼻子又尖，这使他看起来犹如鹰隼，英俊、冷冽。还有个漂亮的下巴，长着淡淡的青胡子。

要在平日，早有人喝彩、吆喝了，唯恐打得不闹热。但这会儿一片哑巴。队伍自动环绕了过来，没买到饭的，不急于买饭；买到了饭的，则边吃边等着，有滋味，有耐心。老鲁小声跟我说：“是武术队的副队长，拿过两届冠军。肯定是来挑事的。”“你咋晓得呢？”“他们天文物理系在一食堂，这儿是二食堂，饭票都不同。”“妈的，是个狠家伙。”

老王抹了下挨耳光的脸，说：“你下手也太狠了吧。”

副队长笑道：“你嘲讽武术是花架子，只是想让你尝一尝，疼不疼？”

“我啥时嘲讽过？”

“你还说，西洋拳才是真功夫，打得武术落花流水。”

“我没说过。”

“说了就不要赖。”副队长朝边上看了看。

替他抱军大衣的胖子就张开嘴，露出两颗大门牙，直吼：“我亲耳听见他说的！狂得很！”这人姓鲍，三十来岁，是北郊天回镇人，电大生，写过很多诗，常窜到本校各系蹭课，跟人称兄道弟的，我们叫他鲍叔牙，私下称他鲍门牙。

老王叹口气：“好吧，我错了，你把我打疼了。”他转身就走。

“不，”副队长否决了他，“刚才我是不宣而战，不算。也给你道个歉。现在我们来比画几下，也算给同学们解闷吧。”说着，双臂一张，摆了个架势。

终于，沉默的人群喧哗了起来。那是个经典的架势，我们都在《少林寺》里看得烂熟了。

老王说了个“好”。他本已转身，这个“好”声还没落地，突然就是一拳！副队长朝后飞出去，跌翻了。

我就站在旁边，却根本没反应过来，实在太快了。又以为副队长是故意的，然而，他不是。

老王一手握拳，一手指着副队长，喊着：“一、二、三……”

副队长挣扎了几下，还是没有爬起来。鲍门牙呜呜地哭了，把大衣一把扔在他身上。

老王数完了十，去窗口买了一小盆烩面，又加了份蒜苗回锅肉。

我没有为老王鼓掌。心里是该为他高兴的，却又说不出来的灰心。

过了几天，我又去打乒乓球了。乒乓球，轻而薄，再怎么扣杀，它也不会破。运气好，它飞出去，又飞回来，在桌上“咚”地一跳，十分好看。

老王也不提拳脚上的事。他依然故我，没课就泡茶铺、图书馆、博物馆，还把皇城坝、后子门、少城里的几十条小街小巷，都逛得可以如数家珍了。一拳打翻副队长的事，似乎就算过去了，然而不是的。当他从中文系门口经过时，打沙袋的健儿们，会把猛禽般的长啸，变为黄鹂般的轻声鸣啭，并目送他远去。老王脑后长眼，看在眼里，嘴上不说，心里还是惬意的。

而老鲁已在话剧《抓壮丁》的彩排中，扮演了一回潘驼背，被定为B角，以备不时之需。室友们为他抱屈，他却说，过了回戏瘾，够了。他又在锦江文学社的杂志上，发表了回忆石匠生涯的小说《伤口》。室友们读了，叹息一回，说不比《伤痕》差，可惜晚写了两三年。

第二章　鹤鸣

五

大三的春天，大学生运动会的选拔赛正在筹备中。室友们都鼓励老王参加拳击。

老王摇头，说没有兴趣。但我们说得多了，他改了口，答应考虑考虑。

过了几天，他从箱底翻出一双旧的红色拳击手套，挂在蚊帐钩上，很让人惊骇，仿佛挂了一双血肿的大手。

他比从前提前了半小时起床，摘下拳击手套，拉门而去。

老鲁忍不住，跟踪了一个早晨，回来告诉我们，老王在文史楼后边的杏子林中，时而蹦跳，时而飞快地滑动步子，猛一拳打在树干上！比打副队长还狠十倍，真是“芳华鲜美，落英缤纷”啊。老鲁又没忍住，热烈鼓掌。老王就把食指在嘴上一竖，嘱他：“不足为外人道也。”老鲁点头如捣蒜，一回寝室就啥都跟我们说了。

一个星期天傍晚，我在家跟父母吃了晚饭，坐公交车返校。

我家在明蜀藩王府故址北边的后子门，是一座机关的家属院，百来户人家。每家做父亲的，早上穿了中山装，提个人造革黑包包，捏个果酱瓶做的茶杯，去隔壁机关里上班。傍晚，再提着包包和茶杯走回来，包里多了份《参考消息》，白天没看够，晚饭后再看。顾家的男人，顺路还买把打折的菠菜、莴笋，提在手上，一甩一甩的，脸上有舒展的笑。我父亲是他们中的一个，不过，他不买菜。他左手有时会提一把黑伞，手表则一直戴在右手腕，走路时略微走神，可能在思考午休时没下完的残棋。我们一家都吃食堂，父亲吃机关食堂，我吃学校食堂，母亲在物资公司做会计，吃公司食堂，比我小9岁的两个双胞胎弟弟在公司隔壁念小学，跟着她一起吃。

我高二时，父亲调到金沙江畔、紧靠云南的渡口市工作，说是干部轮换，为期两年，结果现在也没有回来。

全家人难得聚拢了吃顿饭。吃饭，也是安静的，多是咀嚼声、碗筷的碰撞声。我童年被寄养在别处，与家人少有合适的话说。两个弟弟长得并不像，近似南瓜和丝瓜的区别，但都爱唱、爱跳、爱打架，属于手不停、脚不住的捣蛋鬼。不过，有我在，他俩都难得吭一声，只偷偷翻眼皮瞟下我。对他俩，我没打过，没骂过，感觉很无趣。父亲调走后，母亲星期天就带弟弟们回外婆家吃饭。外婆儿孙成堆，开饭要摆两桌，热闹得很。而我怕热闹，能不去就不去。家也难得回一趟，寒暑假除了做田野调查，多半时间也住校，吃食堂，读闲书。

这一次，是父亲回成都出差，我回家吃了顿团圆饭。父亲别无多话，送了我两个渡口的大石榴，送了弟弟们一人一本《鲁滨孙漂流记》、少儿版《西游记》。他俩似乎都想跟我换，但没敢说。

我在九眼桥下了公交车，天已飘雨，幸喜不大，就顶了雨疾走回寝室。

学校今晚停电，寝室空空的，又黑又冷，室友不晓得跑哪儿耍去了。我放了石榴，摸到半根蜡烛点燃，泡了杯茉莉花茶，就着一点儿烛光，读陆游的《老学庵笔记》。读到"'夜凉疑有雨，院静似无僧'，潘逍遥诗也"，门嘎吱一响。我没理会，继续把那段文字念了两遍，心静了下来。继而听到了呼吸声和窗外的雨声，一抬头，老王站在桌前，定定地看我。

他身上有酒气，眼睛在蜡烛的弱光里，一片茫然。这是从未有过的。

"老王？"

"老七。"他指了指自己的脸。

我看不清，举起蜡烛凑近去，他左边颧骨上一大块瘀青。"打架了？"

"被打了。"

"好狠……拳头？铁棍子？"

"是脚。"

"脚?"

"光脚板。"

"输赢如何?"

"哪有输赢,我挨了一脚,躺了十分钟才爬起来。"

"他是谁? 就是你说的可以教我的人?"

"是他。"

"做什么的?"

"人民公园鹤鸣茶社的幺师。"

"一个掺茶的,咋这么厉害啊?"

"年轻时候,做过四川军阀杨森的保镖。"

"我要去拜他为师。他姓程是不是?"

"他要收徒,我早就拜了。死了心,打你的国球吧。"

老王看见石榴,也不问来历,掰开了,大把抠了丢进嘴里去,用力地咀嚼。石榴是渡口特产,暴热、干旱的河谷天气,使之壮若牛头,且甘甜多汁。老王吃了几口,又抓一把放在烛光下看看,石榴米像半透明的红宝石,晶晶闪耀,冷冽又赤热。他叹了口气,默然爬上上铺,平躺了下来。

"他为啥要打你呢?"

"是我恳求他打的,如果我能挡得住三下,就去参加拳击赛。结果,他一脚就把我踢醒了。"说罢,老王放下了蚊帐。

我忽然想起啥,赶紧追问一句:"他操的武术还是西洋拳啊?"

老王没吭声,睡了。

六

这事就算过去了。除了我,没人晓得老王为啥弃赛,还把拳击手套收回了箱底。他一句也不解释。

过段时间,我发现他迷上了川菜。不是吃,是烹调。周末他去骡马市的荣乐园打工,先是洗碗、洗菜,后来是做墩子,刀工渐熟,还试着上了几回灶。于是很得意,回来跟我们吹,他最拿手的是麻婆豆腐、宫保鸡丁、水煮鱼泡泡。我问他学来做啥呢,他说,女朋友去年已考取公派留学,正在纽约大学读硕士,他过两年也是要去的，有了这门手艺，可去川菜馆打下手，吃饭不成问题。我说，你家也还算殷实吧，何愁这几个碎银子？他叹口气，反问道，毕业就已三十了，饭钱还不能自己挣，很可悲是不是？

我深以为然。其时，我也悄悄在高考补习班讲课了。地址在八里庄的地质学院内，每周四节课，每节课两元钱，而青年工人的月工资才29块8毛钱。虽路途遥远，要转两趟公交车，但已颇感滋润了。头个月领了钱，我请老王、老鲁在三洞桥的带江草堂吃了顿邹鲢鱼，是仔鲢红烧的。还筛了十大碗散装冻啤酒。

这儿已近西郊，再走几步，就是漠漠田畴了。一里外，隆起一座草木蓊郁的大土堆，是前蜀皇帝王建的墓，墓园内有个文管所。

老鲁说："我志气不大，今后能把老婆接来，安家成都，在这墓下做个管理员，知足了。论力气，我是有的，抱石像，扛石碑，都不是问题。"

老王笑道："力能扛碑，这志气还不大！除了项羽，就是赑屃，还有你。"

老鲁呵呵一笑，干了一碗酒。老王夹了半条仔鲢，仔细嚼了，徐徐吞下，感叹道："成都也算南国古都，人文胜地，论作家，巴金最为著名，读他的小说，却找不到这种好吃的味道。《家》的故事，放在哪座城市都可以。"

"李劼人就不同，他的《死水微澜》就胜于《家》，茶铺、酒馆、烟馆五毒俱全，黑帮、戏子、婊子都是地道的成都味。"我说。

"可惜李劼人只写到了晚清，民国几十年就还是个空白。"老王说。

"你来写。"老鲁朝着老王，端起酒碗。

"好嘛，我想写本《茶铺：成都社会各阶层的分析》，不是小说……我不会乱编。"老王哈哈笑。

"你都要去美国了，说起耍啊。"老鲁说。

"肤浅……"老王指着老鲁笑而摇头。

我们三只碗一碰。老鲁冲我说："老七你免谈志向。20岁，也是挣钱的人了，去银行开个存折，耍个女朋友吧。"我本想自嘲两句，却没找到合适的俏皮话，只好诚恳地点头。

吃好出来，老王去荣乐园打工，老鲁去王建墓摸底。我无聊，闲逛着，从同仁路穿过窄巷子，经过长顺街，不觉走到了祠堂街。祠堂街得名，是从前有过一座年羹尧的生祠。生祠故址的对面，就是人民公园了。

买五分钱门票，进公园，跨过石拱桥，一条梧桐林荫道。道左有片湖水，临湖是座小岛，鹤鸣茶社就在小岛上。

一件已放下的事，这会儿又浮了上来。

七

这家茶社，我5岁就随爷爷来喝茶了。

10岁前，我寄养在红照壁街的爷爷、婆婆家，距人民公园只有十几分钟的路，经南灯巷、忠孝巷、陕西街，跨过半边桥，就到公园的后门了。

半边桥下，是绕进公园又绕出来的金河水。清朝时候，桥上砌有一道墙，把大城和少城隔离开了。少城是城中城，乃满蒙八旗驻兵之地，长官即成都将军，等级略似今天的军区司令员。至今公交车线路上有一站，叫作将军衙门，即其办公的旧址。

明蜀藩王府位于大城的腹心，曾巍巍然如紫禁城。张献忠入蜀，把藩王府烧成了一副骨架。清朝将就骨架，建了一座贡院，民间称之为皇城。环绕皇城的两条小河，叫御河和金河。

皇城大门往南一里外，耸立了一堵巨大的红照壁。爷爷、婆婆的家，就在红照壁街的一个大杂院。院子里有两口井，水黑油油的，用竹竿提一桶水上来，则无色透亮，宛如一只空桶。

人民公园的前身为少城公园，是末代成都将军玉昆用菜园子改建的，很有年岁了。爷爷是省建二公司的玻璃匠，长期在外盖楼房，回家探亲时，总爱带了我去鹤鸣茶社喝碗茶。

茶社有一二百张矮桌竹椅，柳树环绕，紫藤当头。隔湖望过去，是一座逶迤小山。沿山脊线登到顶，可俯瞰半个城区，参差十万人家，皆是青砖瓦屋。倘在傍晚，瓦缝中炊烟飘出来，淡入暗蓝的天空。

茶是三级茉莉花茶，简称三花，5分钱一碗。盖碗分茶盖、茶碗和茶船。茶船是黄铜的，幺师挥手一撒，桌上宛如开了朵朵黄花。茶壶也是黄铜的，一股水箭遥遥射入，茶叶在碗底旋转着，一滴也不溅出来。爷爷拿盖子擀擀茶水，再舀一盖递给我。我就在他手上，把这一盖茶喝了。爷爷喝道："慢点儿，看烫！"我喝得傻乎乎笑。茉莉花的香气，压过了茶味，闻着比喝下去还要安逸些。

有些茶碗摔碎过，又被铜钉钉好了，留下裂痕和钉子，别有错杂的趣味。

还有一个耍小把戏的人，我一直还记得。他三十几岁，头发很光生，白皙的脸，眉目也秀气，布鞋，扎了绑腿的灯笼裤，提只竹篮，依次走到每位茶客跟前，先鞠个躬，啪！腿一提，笔直，高过头顶。再从篮里摸出根小竹棍，拿牙咬稳了，棍上站只空酒瓶，下巴一扬！酒瓶翻了个个儿，又站在棍子上。随后，收好家什，再鞠个躬。爷爷就摸出两分钱硬币递过去，他收了，客气一笑。

如若茶客不赏钱，他就很有耐心地从头演一回，甚或再一回，直到对方掏口袋。

我问爷爷："他是谁啊？"爷爷摸摸刮得精光的下巴，茫然道，"搞不醒豁。"

每次去，他都在。

今天我去，才走到茶社门口，就一眼看见他刚把腿提了起来。

腿却没提直，离头顶还差了一小截。他该有50岁了吧。

八

他见老了。但样子比从前更为突出了，黑色灯笼裤换成了金黄色；鬓角白了，皱纹多了，动作迟缓了。酒瓶站在竹棍上已有点哆嗦，时不时得用手扶扶稳。这是个不该耍把戏的年龄了，却还在耍把戏。每个老茶客，已把他看作了茶社的一部分，茶老板、茶博士、幺师换了好几轮，他还在。偶尔没见他，客人就问："他病了哇？""他咋个会病呢！""肯定是去朋友家喝喜酒了嘛。"果不其然，最多小半天，他又提着篮子出现了。

我点了碗一毛钱的花茶，拖把竹椅坐下来，仔细把每个幺师都琢磨了一遍。没一个像是能一脚踢翻老王的高人。

倒是有个结实、利索的汉子，但看年龄不到四十岁，不应该做过军阀的保镖。还有一个干瘦老者，颇带凶相，他掺茶时，我手指蘸了点水往他脸上一弹！他立刻手忙脚乱，开水溅了一桌，大骂："你搞×些啥子？"我连声道歉，继而自嘲地笑笑。

等耍小把戏的过来了，我就请他喝碗茶，歇口气，摆会儿龙门阵。

他很奇怪地看了我一眼，也拖把竹椅坐下来，但说不喝茶。

我说要向他打听一个人。漫不经心地，把老王描述的那位老年幺师转述了一番。

他点点头，表情甚为肯定。"我晓得这个人，姓程，是个狠货啊。"

这让我完全没想到，来得也太容易了。

我试探着问他，是大家都晓得呢，还是只有他晓得？

“只有我晓得。民国二十几年，我就在少城公园耍把戏了。杨森来鹤鸣吃过几回茶，他都是站在背后的。我提脚表演给杨森看，心头一慌，就栽了下去。他伸二拇指一抬，就把我又抬直了。”

我笑道，伸指一抬，就算厉害了？

他哼了哼。“他起码站了半丈远，手一伸，就到我下巴了。你说得松活，你来试下嘛！”

我说那好吧，我信了。可咋个只有你晓得？你一说，人人皆知啊。

他更不高兴了。“我耍点小把戏，能在鹤鸣混四十年的饭，靠啥子？嘴巴紧。”

我又笑了，嘴巴紧？你全都跟我说了啊。

他长叹了一口气。“是哦，啥子都说了，反正，他走了。”

我吃了一惊。他死了？

“走了，就是走了，你不要多想。”他摇摇头，又点了点头。“前阵子，有个大学生来找他耍，开始还是说说笑笑的，后来不晓得为啥，他扬起一脚，把小伙子踢了个八丈远！这就不得了，茶铺头的新闻，比马路新闻还要热闹一百倍，这一脚把他踢神了。记者来采访他，年轻人要拜师，过去的仇家恨不得咬他一块肉……咋个办？走。”

我摇头不信。这幺师少说也有七十岁，还能躲到深山老林去？

“老弟，你也太年轻了……”他指了下湖面。“藏一滴水，就放它到水里。藏一个人，就放他在万人中……然而，可惜了。”

可惜啥呢？

“他是入得传的人。我要是有心，又有力，就该给他写本书。不是本纪、世家、列传，是别传。”

我呵呵笑，没想到他还懂得这么多。

“幼承庭训，《史记》是自小读过几遍的。你倒像个大学生，是修哪一科的呢？”

我有点心虚，不敢说历史，怕露怯，就随口答，哲学。

“哲学好，道可道，非常道……”说着，他慢慢起了身。

我赶紧递上5毛钱。

他收钱入篮子，又摸出了两毛钱找给我。“我今天废话太多了，啰里八唆，也没给你耍把戏，下次再补起。”

九

我和老王单独在一起时，问他晓得不，程姓的老年幺师已走了。

他没有直接回答我。“他早就想走了，只是没找到一个合适的理由。”

我没有听明白。既然是早就想走了，那为啥没有走？

“人造出‘迟疑’‘犹豫’这些词，就因为人总是迟疑不决、难以割舍的。一个人活了99岁，要死了，衰朽得像堆垃圾了，可还是舍不得死……为什么？生有所恋啊。”

我依然摇头。幺师的走，毕竟不是去死吧。

老王看着我，像看一个白痴。“一条鱼，离开游了一生的水域，这跟死有啥区别呢。你还不懂，老七。这件事，我们再不要提起了，放下吧。”为加重语气，他拍了拍我的肩。

我的确没有再提了。但，放下，这还很难说。

十

茂陵实习期间，我给老王、老鲁写过几封信。老鲁在王建墓文管所实习，私心毕业就在此工作。老王已考取了公派留美，秋后就要去哥大读硕，跟女朋友在纽约重聚、结婚。他实习选择了文庙前街的四中教高一历史，周边的饭馆、茶铺一间挨一间，且是地道的成都味，今后够他回忆半辈子。

我的信，老王的回复总是三言两语。

老鲁则闲，信写得比我还要勤。他问我，还记得鲍门牙不？鲍门牙通过广泛旁听，拜了两位老教授为恩师，已然是入室弟子，且已被推荐到师专去兼职，教文化通论了。还有那位武术队副队长，大名夏晓冬，他倒是正经八百的天文物理系高才生，已撂了武术，去体育学院拜师学习西洋拳，据说，进展很神速。

我对鲍门牙没兴趣。但西洋拳，又勾起了一番心事。我告诉他，这儿有一位退休返聘的谭公，每天清晨在陵园中打太极拳，丝毫不惧寒冷、风沙，想必也是位高人。

老鲁就说，那你赶紧拜师啊，反正你也没有女朋友，无须写情书，时间多的是。

我深以为然。

博物馆实习，比我想象的简单，但也更琐细。主要是给馆里的老师们打下手，配合清查库存文物，重新登记，编号归类，摘编相关历史资料，抄写若干卡片。而有的时候，则是搬砖，譬如院墙加固、修补缺口，或者砌个花台，等等。而花还没开，春寒未退，倒已有“一”字雁阵、“人”字雁阵，飞越秦岭北上，划过陵园的天空，款款往西伯利亚而去了。

陵园外有个小集市，我喜欢吃路边火炉现烤的大馍。炉子是汽油桶糊了黄泥改造的，一口铁锅一个馍，馍跟锅一般大，看看硬如铜盔，咬一口，绵柔、耐嚼，还有回甜。成都平原的阴天多，面粉就缺这一点儿味道。中午，我切了半斤馍，提到面馆，叫了一碗羊肉汤，就着门口小桌，吃了起来。稍后，对面又坐下个老者，正是谭公。

门外两棵大杨树，已长出些嫩叶，颇有绿意了。

谭公吃的也是馍和汤，不过，是羊肉泡馍。他掰馍的动作仔细而利索，掰碎的馍均匀如豆，让我很是佩服。我吃过一回，把馍掰成几块就扔进碗里，不好吃，把汤也糟蹋了。

“你不像个成都人，急性子。”谭公笑眯眯说我，“成都人一碗盖碗茶从早喝到黑，喝急了，岂不把肚子胀爆了。”

我说谭公，您对成都很熟啊。

“咱们念的同一所大学啊，校友嘛。”

我乐了，径直就把话引到了太极拳。我说，您拳打得可真好。

“何以见得好？”

慢而不滞，行云流水。我脑子里飞快地组词。

谭公呵呵笑了，抹了抹下巴。“谢谢，太极拳的确是好看。”

实战呢？我问。

“不好说。我在成都念书时，爱生病，没钱去华西坝看西医，就在九眼桥那边，水井街的中药铺子捡药吃。老中医说，药济得一时，济不了一世。就传了我这套拳，叮嘱要常练。我听话，拳是没一天断过。六十好几岁了，吃、睡都还不错，血压从来不偏高。至于能不能实战嘛，这倒是没想过。”

哦，我点了点头。他似乎看出我有一点儿失望。

“小伙子，电影看多了。拳打脚踢、舞枪弄棒，我不喜欢。逞强斗狠，更是有害了。譬如汉武帝，刘彻小儿，一辈子打仗，一辈子修陵。江山皇皇，而老百姓饭都吃不饱。茂陵集天下珍宝于一坑，却不知已被盗了多少回，匪来盗，兵来也盗，而今已是半个空城计……唉，说岔了，别听老头子啰唆。”

我默然无语。半晌，才把话接上，问谭公，可还喜欢成都吗？

“喜欢啊，”谭公又乐了，“那时候我身子养好了，常去吃小馆子，坐茶铺，从望江楼到鹤鸣茶社，所有的茶铺我都泡过，赖汤圆、龙抄手、钟水饺、麻婆豆腐……我吃了该有几十样。读了《死水微澜》，还去沙河堡的菱窠拜访过李劼人先生呢。”

我也乐了，忙问，他老人家跟您说了什么呢？

“说的啥我也忘了，只记得他说，年轻人胃口好，放开吃，莫辜负了这一城美食啊。李先生十二分书卷气，却没一分书呆子气，哈哈哈。”

我自然也笑了。又问，除了吃，您还喜欢什么呢？

“喜欢听饭馆、茶铺里三教九流的人摆玄龙门阵。成都人啊，真能吹壳子。”

我心思一动，又转了回来。试着问，可知道杨森有个姓程的保镖？

谭公并不迟疑，当即点头。“这个人，我知道。有一年少城公园摆擂台，打金章，他是总裁判。有个得银章的老兄不服气，被他拎起来，一把就扔到了湖中央。”

嚯！那您一定见过他动拳脚吧？

他却摇摇头。“不惜流血博取名誉的活动，我从不去看热闹。比古罗马的斗兽场还荒唐。我是听说的。”

我又默然无语了。谭公心细、体贴，怕我尴尬，又主动说起他听来的逸闻。“姓程的保镖算是顶尖角色了，可还有两个人，他是服气的。一个是他的杨长官，一个是大慈寺的和尚，叫问海。”

问海，我心头莫名震了一下。是他的师父吗？

谭公又摇头。“不是。听说，那保镖的师父，是个韩国人，他学到的本事，今天就叫作跆拳道。问海禅师的道行，该是另一种路数吧。”

我呆呆地望着谭公，还想问些啥。谭公起身说：“该走了。”

馍吃完了，汤喝干了，馆子空空的，只剩了我们两个人。

我们往陵园而去。午后还有些阳光，但一点儿也没暖意。4月的风刮地而来，扬起一阵一阵沙尘。尘影渺渺，蓦然涌上岑参的诗：

秋色从西来，苍然满关中。

五陵北原上，万古青蒙蒙。

第三章　禅门问海

十一

我结束茂陵的实习，回到成都，分散各处实习的室友也陆续归了窝。

说到收获，有的说很多啊，有的说，也没什么。我呢，自忖是有收获的，但又说不出是啥，就闭了嘴不说。老鲁也不说，一副心中有数的样子。老王则问我，不谈收获，谈感受，茂陵可比马王堆大了何止几百倍。老七这辈子铁了心研究古人吧?

我茫然摇头。“马王堆再小，是个梦；茂陵再大，也是一堆土。一辈子的事，我想不清，只想过两天买辆凤凰牌自行车，去把高考补习班的课续完，多挣几个钱，暑假出门玩，走远些。”老鲁大笑：“你以为你还有暑假啊！”

“五一”期间，我翻出已定稿的毕业论文《论李昇》，工整誊抄一遍，还写了份实习报告。过了节，去文史楼一齐提交了，周身有说不出的轻。轻如一把谷草。从黑洞洞的楼道走出来，阳光射得人眼睛发花，就踱到湖边，在毛主席塑像前摸到把长椅，躺下来，睡了个死沉沉的觉。

老王不在四中上课了，但每天还是泡茶铺，做笔记。老鲁也依旧去王建墓，赖在那儿，做不拿工资的帮手。我跟补习班通了电话，答复说，代课老师已上手，高考在即，临阵换将不得行。我怨不得人家。

晚上我跟老鲁、老王说，看你们每天忙碌，我好嫉妒，觉得自己闲得慌，没出息。

“耍女朋友啊！说了好多回。可惜我没有资格了。老王也还有机会，在美国，人是说变就变的。”老鲁说。

“肤浅。”老王笑。

“我想写一部别传。”我说。

“给谁写？就写我和老王吧，我们的故事够写两本书。别学司马迁，净写些死人。”老鲁说。

“我不写死人，但至少要写老年人，七十岁以上的。”

“哦，已确定传主了，谁？”

“大慈寺问海禅师。”

老鲁、老王面面相觑。

“你晓得这位禅师吧？”我问老鲁。

“不晓得。大慈寺在哪儿？”

老王也说，他知道大慈寺，但从来没去过。

“你看，这有什么值得写的呢？”老鲁笑了。

“这就更值得写了。”我说，似乎是赌气，“《史记》里的多数人，是司马迁写了才被记住的。我不写《论李昪》，你晓得李昪是哪个？”

“是李煜的爷爷，南唐的开国之君，小时候是弃儿……”老鲁说。

“算了，是你看了我的草稿才晓得的。”

老鲁大笑。我说：“我明天就着手去打听，大海捞针，也要把他找出来。”

“问海，果然有禅意。”老鲁说，看了眼老王。

老王说：“河有河伯，海有海神，问，总会是有回应的。何必明天呢，今晚就可以去隔壁问柱哥。”

十二

柱哥全名梁玉柱，人瘦，双目炯炯，生于1954年，世代成都人，祖宅城守东大街49号，是座栽花、养鱼的私家小院落。他念大学前，做过细木匠，会拉琴，还写有若干诗歌和小说，是个才子。也颇有名士、游侠气，常骑一辆老牌自行车，时而大校门进来，时而左侧门出去，行踪比较飘忽。虽然在宿舍有床位，但他在校外，还有另一个江湖。他的空床上，除了被子，还放了两摞旧书、一把二胡。

我住家的后子门家属院，位于城中心偏北。柱哥住家的城守东大街则偏东。顺东而行，是老东门大桥；而略朝东北走，就到了大慈寺。柱哥每提“大慈寺”，必念“太慈寺”，地道老成都口音，也很符合于古法。泰山，古书上写为大山，念“太山”。太者，大中之大也。东汉的《张迁碑》《石门颂》，凡有“太守”，均写为“大守”。论学问，柱哥比我好，也更像个修历史的人。我早想跟他多讨教，可惜他常不在。

然而今晚运气好，他在。我进门时，他正在泡脚，读小册子，笑骂：“锤子哦，乱写。”是某老师关于刘文彩庄园的专著。

听我问问海禅师，他好奇，反问我：“是个高僧？”

我如实把由来说了一番，他着实点点头。“倒还值得寻访……不过，很难。大慈寺好多年都不做寺庙了，只是个空壳，还俗的和尚恐怕都该抱孙孙了。”

我说杜哥真会说笑啊……因为难，所以才请你帮忙嘛。

他略想了想。“我有个小学同学，家住镗钯街，楼上睡觉，楼下开茶铺，一台老虎灶，两把铜壶，七张小桌，二十八把竹椅子，过得很滋润。他即便不晓得，他爸可能也晓得。”

我却很不解，镗钯街位于大慈寺以南，中间隔了起码六条街，有啥子关系呢？

“老七有所不知。大慈寺曾是天下最大的庙子，唐玄宗题的匾，唐宋两代，占地有一千多亩，房屋八千九百间，跟故宫差不多大小。镗钯街，就是和尚当年练武的地方，镗钯、禅杖、铜锤、月牙铲、斧头、飞镖、刀、剑都存放在这儿。既是嘴巴念佛，又有霹雳手段，可见吃素的和尚，不是吃素的啊。”说到得意处，他补充了两声，“嘿、嘿。”

那，今天的大慈寺，又咋个那么小？

“物换星移，白衣苍狗……所以才会有历史系，培养我们做笨活路，专门来搞研究嘛。”他把脚提起来，仔细擦干净。“我尽快去打听，过两天就回话。”

我看着杜哥，佩服，感激之至。

但，情况起了点变化。杜哥的毕业论文指导老师说，他的《张之洞对近代四川教育之影响》很不错，再搜集些材料，充实完善，可推荐到学报上发表。杜哥淡泊，却不愿拂老师好意，就在新南门买了长途汽车票，赶往雅安的省档案馆去了。临行对我说：“老七，我七八天就回来，反正你也不忙嘛。”

我苦笑道，我是闲得忙，可否告知那位同学和茶铺的名字，我自己去拜访？

杜哥爽快，写了一行字：曹德旺，曹记茶铺。“报我的名字就行了，德旺是个老实人。”

十三

我去九眼桥搭乘公交车。桥头有个刚形成的二手货交易市场，旧的衣服、家具、收音机、自行车等，堆了一路。我看一架永久牌自行车还可以，随口问多少钱，卖主说，60元。我没理，径直走。卖主在背后喊：“你说个价钱嘛。”我脚下不停，随口又说，30元。“你拿走！”

这车是二八圈的，加重型，六成新，没铃铛，没锁，护履板上还溅满了泥浆，比崭新、锃亮的凤凰牌差远了。我从没想过要有这么一辆车！但它只要30元啊。我付了钱，骑上就走。

虽然笨重，又不好看，但结实、稳当。蹬了一程，逐渐就有了相当的信赖。

镗钯街是条小街，却有三四家茶铺，都没招牌。我草草扫一眼，即找对了哪家是曹记，店堂布置，跟柱哥说的一模一样。快倒中午了，阳光落在门口，亮晃晃的。影子里坐了个大妈，太阳穴贴了块膏药，正在吃一大碗面，桌上还摆了碟拌了红油的泡萝卜。我就问德旺，她说不在，去蒙顶山收茶了。又问德旺的父亲，她说也去了，父子俩一起出的门。我叹口气，她说年纪轻轻的，有啥子气好叹？我就道出柱哥，说明了来意。她变得客气许多，拿筷子敲敲碗边，说："稀客、稀客。我是德旺的妈，给你煮碗面吃吧！"

我赶紧道谢、推辞，说改天再来拜访德旺和伯父。

"德旺哪晓得这些事。他爸是结巴，就是晓得也说不清。我是要上庙子的人，不过去的是文殊院。隔壁开旅馆的大爷，倒是可以问一下，他也信佛，小时候在大慈寺皈依的。"

我又忙不迭地道谢。

大爷的旅馆很小，几间一楼一底的旧铺板房打通而已，也没个像样的院子。但门口站了棵巍巍的泡桐，树叶阔绰，阳光徜徉于上，碧绿透亮，相当夺目。大爷瘦得像把砍柴刀，正坐在树下研究一只破鸟笼。他嘴里还咬着一管熄了火的黄铜叶子烟杆，桌上放了碗盖碗茶。

"你找对人了。"他说。

我说全靠曹伯母引荐。他说："说引荐，就文绉绉了。你伯母信佛，我也信佛，和尚是侍候佛的人，这就是佛缘。对不对嘛！"我说，对、对、对。他说："说一个对，就够了。说两个，就不诚。说三个，就假了。对不对嘛！"我咋敢说不对，当即点头如捣蒜，说，对。他又说："难得你啊，年轻人有一片佛心……不过，烧香拜佛，也未必非得要进哪家的庙门。大慈寺的和尚不见了，宝光寺、报国寺的还在嘛，对不对？"我心头紧了下，迟疑着没回答。好在他话锋又是一转，"不过，要见问海禅师嘛，说难也不难，亏了你找我，找对了。"

我赶紧看了眼曹伯母，感激地一笑。又问，听说问海禅师的武功造诣相当高，是不是真的？

大爷沉了脸，不高兴。“我看一个和尚，是看他经念得通不通，话说得在不在点子上。武功？就从没留心过。你《少林寺》看多了。”

我想分辩下，但没敢分辩，就默然不语。

大爷见我似有所愧，就撇开《少林寺》，接着说问海。“大慈寺的和尚散了后，问海有个徒弟还了俗，回松江老家务农，把他老人家也接了去。住了几年，到底住不惯，又回来了。”

我说，是徒弟对他不好吗？

“咋不好，好得很，像个尽心竭力的孝子。我有五个儿子，就没一个有孝心，都盼我早点死，好分祖宗的房产……丧德！”他把烟点燃，深吸一口，吐出一泡痰，拿脚蹭了好几蹭。

我不敢接话。他重复了一遍：“问海住不惯，又回来了。”

我松口气，问大爷，那是吃得不够好？

“啥子话！松江是鱼米之乡，好吃好喝的，自古就不缺。”

那又为啥啊，出家人也思念故土吗？

“故土谈不上，出家人不问俗家事。”

我问啥都不对，索性不问了。

“他是想喝一碗盖碗茶啊……”大爷叹了一口气。

我有点儿不信，但不敢说，只是赶紧问，在哪儿可以找到禅师呢？

大爷且不回答。他把烟杆在桌沿边咚咚地敲，敲落烟锅巴，又端起盖碗茶，一手托碗，一手拈盖，擀了几擀，嘘口气，十分惬意。茶水黄亮亮的，漾着泡开的干茉莉。

我耐心地等。

“……糠市街……号。”

我没听清门牌号，也可能太急切，听清了也觉得没听清，赶忙掏出钢笔，伸出左手，凑上一步，想把它写在手掌心。多少号呢，大爷？

“啪——”的一声，盖碗落在地上，砸成了几块。茶水从街沿溅到马路上，浓厚的茉莉香味腾起来，又撩人，又含怨。破鸟笼散了架，竹签子撒一地。

大爷指着我，手指头哆嗦。“你看你，你看你！”

我也在哆嗦，手脚无措。突然，曹伯母大吼：“干啥子！”

两个小街娃正要对我的永久牌下手。可怜它连把锁都没有呢。我也吼了声："滚！"冲了过去。

街娃被吓跑了。等我回过身来，大爷已进了旅馆。泡桐下，只有一泼残茶的痕迹。曹伯母嘴里念念叨叨着，把碎瓷片扫进了撮箕。

糠市街紧挨在大慈寺南边，一共有四条，南糠市街、北糠市街、东糠市街、西糠市街，临街铺板房成片，院落一个连一个，我不敢冒失去找，罢了。

十四

晚上我谈起这件事，老鲁说："知难而退吧。留个悬念，今后写成演义，敷衍出若干故事来，比三顾茅庐还好看。"

我点点头。"有道理。"

老王则说："所谓有道理，也最没道理。老鲁的道理，不是你的道理。先要想清楚，你到底要什么？写别传，写小说，还是拜师呢？"

我也颇以为然。老王做事，从来是思路清晰，要做一事，必见成果。然而，如他所说，他的道理，却未必是我的道理吧。

我要什么？我什么都想要。太贪了，自己也吓了一跳，不敢说出口。

十五

吃过早饭，老鲁赶去王建墓上班，老王去茶铺做调查，我则把自行车推到了工会大院外的修车铺。修车匠问了车价，笑道："同学，你买了贼货了。"我吓了一跳，咋办呢？"咋办？凉拌。"他幸灾乐祸说了句俏皮话，吹着口哨，替我加了崭新的锁、铃铛，还拿毛茸茸的大手在座墩上一拍，着实赞道："好车。丑是丑点，经得用。农民赶场，用它载300斤肥猪都压不垮。才30元！"

我忐忑地骑过了九眼桥，心情才慢慢转好了。

九眼桥始建于明朝天启年间，下边压了九个洞，上面是个很高的弓背，从前的学生考这所大学，天不亮坐黄包车过桥，专门有人等在桥头，嚷着："考上！考上！犒赏！"猛地把车子推上去，考生赶紧把赏钱塞过来。

而今，弓背只过汽车了，行人、自行车则走两边加设的辅道。

昨夜下过雨，锦江的水涨了起来，盛满河床，颇像是流动的湖泊。桥洞边有人撒网，有人甩白竿，不时有大鱼出水，鳞光闪闪。教五代史的老师说，前蜀皇帝王建曾在这儿检阅过舰队,春风十里,千船竞发……可惜也只能想想了。

过了九眼桥,又过了东门大桥,我骑进老城区,折而向北,径直朝大慈寺而去。

上一次来大慈寺,还是刚念初一的10月。为了备战,给解放军造子弹,全民都发动起来收集废钢铁。我和几个男生推着两轮的平板车,合法逃课,嘻嘻哈哈,四处闲逛。穿过热闹的盐市口、春熙路,转了几转,突然就到了个僻静的地方,时近正午,静而又静,连蝉子都哑巴了。木头房子紧挨在马路两边,泡桐是浓密的,日光也很强烈,影子却短到了没有,活像午夜森森。我们都有点发怵,谁也不再吱声。再走,又发现几条小街,射线般汇聚到一座巍巍山门前,形成一大块空坝。

山门是紧闭的,墙上有鲜红的标语,空坝晒得发烫,偏偏释放着寒意。

"日怪,"有个男生怯怯地说,"这是哪儿呀? "

"大慈寺。"班长见过点世面。

"咋不见和尚呢? "

"早就被撵跑了。"

"为啥子? "

还没人回答,突然就被一阵嘹亮的小号声冲断了。

隔着空坝,我们看见对面树荫下,一位高个子青年举着小号,旁若无人地吹奏着。吹的是《闪闪的红星》主题曲,英武、骄傲,非常不平凡。

一只黑公鸡踱过来,立在他脚跟前,也抻长了脖子听。

吹完了,他退到更深的树荫里,不见了。黑公鸡脖子一梗,喔、喔、喔——叫了起来!我们面面相觑,揉揉眼睛,好像是眼花了。"日怪。"起初那个男生又在咕哝了,但没人接他的话。

自那以后,我偶尔想起大慈寺,就像想起荒凉的海滩。

今天再来,时间已过九年了。

十六

大慈寺的山门依旧紧闭着。

和尚散了已多年,寺庙移作了他用,里边的人进出,都从后门走。后门朝北,门外是东风路。院墙西边是纱帽街,东边和尚街。南边,即紧闭的山门外,是北糠市街。

北糠市街和山门之间，那一块空坝子还在。

但空坝子已不空，成了闹腾腾的菜市场。

这里挤满了卖菜、卖肉、杀鸡宰鹅的农民。提着篮子的主妇、保姆络绎不绝，一旦停下脚讨价还价，立刻就堵成了一堆，后边人就喊："走嘛，走嘛，走嘛！"我冒冒失失把车推进来，衣领一圈都急湿了。我预想是从山门定方位，从北糠市街开始，一户户篦个遍，定要把问海禅师找出来。可进退两难，实在是失算了。

勉强走了百十步，眼前一座字库塔，两层砖砌，已破旧，半边被嵌在了民房中。塔下，有个剐黄鳝的汉子，两根指头去盆里夹起条黄鳝，甩成个弧形，在盆沿边啪地一磕，朝钉子上一钉，小刀子自颈往下一拉，一泡黑血就叹息般淌了出来。啪！啪！啪！他飞快地甩着，就像在显自家的手段，滑腻的水沫溅在我裤子上，还有一滴血差点射中我的眼。我本能地推着车往后退，突然听到几声哦、哦、哦……我心口咚咚跳，以为碾到了小娃娃。

还好，是一只鹅带了两只小鹅在啃青菜叶。

刚松了口气，鹅贩子一把揪住车龙头，说小鹅的脚被碾瘸了，要赔。

我问赔多少，他说10块钱。我说你太狠了嘛，1斤鹅肉还卖不到1块钱。他说那你赔30元，把小鹅牵回家。我说小鹅我不要，赔1块钱还是可以的。他满脸络腮胡子，拳大如碗，冲地上吐了一泡痰，说："呸！"

这时候，我们已被看热闹的围得水泄不通了，有个老太婆尖叫："想不通就打一架嘛，莫耽误大家的时间。"

鹅贩子冷笑看我，意思是，你说呢？我心一横，打就打，把车一提，想把它架起来。

这时候，剐黄鳝的汉子看不惯了，说，小鹅的脚脚，本就是瘸的，你不要欺负老实人。

鹅贩子大怒，骂："管你×事。"一脚踩翻水盆，黄鳝满地乱窜。汉子也火了，握着小刀子就要捅过去……

一颗红色小球飞过来，正打在鹅贩子额头上！他哼都没哼，直挺挺，仰天就倒了，发出沉闷而利索的一响。

整个市场突然安静了两秒钟，又突然大闹了起来，纷纷嚷着："咋个了？""咋个了？"

扶起鹅贩子，他已晕死了，脸上满是血红的汁浆，却不是血，是砸烂的番茄。可，番茄咋会有这么大的力？大家想不通，又纷纷嚷着日怪、日怪、日怪啊。

没人站出来承认是自己干的。

我算是高个子，站在那儿把四周都看了个遍，也没看到一点儿异样。

十七

好容易从菜市场脱了身，我钻进糠市街十字路口的一家小茶铺。四五张茶桌，多半摆在了铺子外。街沿上，街沿下，也都是卖菜、卖肉的，还有现做包子、馒头、酸辣粉的，有人买了站着吃，吃得鼻涕、口水一齐流。还有卖鸡蛋的，蛋都埋在两箩筐米糠中，谁要买自己伸手掏，好像永远掏不完。

马路被挤成了一条缝，阳光陡然大热，人人脸上都油汪汪。我连喝了两碗茶，赔个小心，递了根锦竹烟给茶老板，请教他，刚才番茄打翻鹅贩子的事，好稀奇，可能是啥子人干的呢？

老板是年轻小胖子，戴了副圆框眼镜，衬衣口袋别了两支钢笔，手抱一本繁体竖排的小说，要读不读，表情颇为冷淡。“不稀奇。人打堆堆的地方，飞番茄、飞鸡蛋、飞子弹，都算平常。”

我知难而进，再赔小心，又问，附近是否住了个问海老禅师？

“啥子问海？我只晓得海眼，就在大慈寺普贤菩萨的宝座下，从海眼可以通到东海的龙王殿……你信不信嘛！”他吐了口烟，眼睛望到一边去，若有所思。

我顺他的目光看过去，是个姑娘在买鸡蛋。

姑娘的年龄，该是个大三的学生，但不像在念书，胖胖的，高个子，一排刘海儿遮住了大额头，皮肤黑里透红，厚嘴唇，衬衣印满了大朵的牡丹花，是北方乡下的丫头。她伸手在米糠中掏蛋时，眼珠发亮，嘴角漾着憨笑。再细看，却又不是笑，是鼻子略翘，嘴角微弯，天生的，即便嗔怒，也是带点儿笑意的。

我忽然骂自己很无聊，就把目光移开了。

“看打烂！”一声暴吼，把我一震。

是鸡蛋贩子在喝胖姑娘。她没竹篮、袋子、网兜，右手抓满了蔬菜，十几个鸡蛋只好摆在左手心，摞了三四层，成了颤巍巍的鸡蛋塔。

“要出事。”我说。“瓜女子有瓜福，出不了事的。”茶老板难得笑了笑。胖姑娘很是满足地抿了抿嘴，朝我们这边看了一眼，左手摊着鸡蛋，走了。

我觉得有趣，又很是好奇，不觉就跟了过去。

一个农民骑了加重自行车，挂了两只沉甸甸的潲水桶，喝醉了似的，冲进小街里，边叫“得罪、得罪”，边闪避着人群。千闪、万闪，一闪失灵，迎头就朝胖姑娘撞上去……

我吓了一跳，本能地把她往路边一推！

这时候，肩上被人连拍了两下：“车不要了哦？”赶紧转身，是茶老板。猛地想起姑娘手上的鸡蛋，再转回去，潲水桶“呼”地擦身而过，胖姑娘已没影子了。

我再次给茶老板递上一根烟，诚恳道，胖姑娘被我害惨了。

他用奇怪的眼光盯了我一下。

我说，她肯定是个小保姆，咋个跟主人家解释呢？

“解释啥子？”

那些鸡蛋啊，我说，十几个鸡蛋都打烂了。

“我从不管闲事，”他哼了哼，“你也少管。”

我说，晓得她住哪儿吗？我去跟她主人家解释……我可以替她赔。

“赔？你有多少钱，你连饭钱都还是爹妈给的吧？”

我气得想把兼课挣的钱掏出来，一把扔在他脸上。但他丝毫不惧，冷冰冰看着我。正僵着，有客人拍掌要加水，他提了茶壶就过去了。

我推车过了十字街口，人流渐少。骑上去，折向西糠市街，再从南纱帽街穿到城守东大街，这就离柱哥的家很近了。他说隔壁有家馆子叫香风味，青笋肉丁的价钱跟学生食堂一个样，两毛五，但味道更巴适。很顺利就找到了，点了一份，清炒的，空口就吃完了，抹抹嘴，又点一份加了豆瓣、酱油的，慢慢下饭吃。笋丁、肉丁切得很周正，厘米见方，笋丁脆脆的，肉丁有弹性，口感极为舒服。那为啥才跟食堂一个价？因为，笋多肉少。但小锅炒，火大，油旺，几铲子就上了盘子，有着食堂绝无的生鲜味。

我自从挣了点儿小钱，吃喝上对自己慷慨了许多。荤菜敢吃双份，6块4毛钱买一套《静静的顿河》，也只犹豫了两分钟。每天去喝一碗8分钱的茶，更不成问题，可惜我没老王的兴致。

吃好了，抹抹嘴出来，腆着肚子，似乎醉了饭，有轻度惬意的晕眩。我决计再去糠市街走一趟。找不到问海禅师,能见到胖姑娘也是好的。她胖乎乎的一只空手,很无辜地,老在我眼前浮出来。

十八

时间已在正午偏后,糠市街忽然变了个脸,九年前的静又回来了。小贩们躲进树荫打瞌睡,鸡、鸭、蝉子都闭了嘴。街面空空的,阒寂无人……然而,还是有一个人,扛着竹梯,踽踽独行。

阳光直直落下来,人和竹梯的阴影几乎等于无,人走得轻飘飘,竹梯显得很轻盈。我脚下用力一蹬,车子跟了上去。

居然是那个胖姑娘。

"喂!"我叫了声。没应答。又喊,"喂!"依然没应答。我就伸出一只手,抓住了梯子。"小妹!"

她回头看了我一眼,带了点笑意。"俺?"不惊不诧,淡淡的,口音土得很纯正。

"把梯子搁上车龙头。"

"为啥?"

"可以轻松一点儿嘛。"

她很听话地点点头,依言而行,把梯子的一端交给我,提着另一端,依旧轻飘飘地走。我觉得自己也有了点轻飘飘,才发现,是梯子在拉着车子走。好惭愧。

"小妹……"我说。

"俺?"

"让你受累了……"

"啥累?"

"我本想帮你一把的……"

"俺晓得。"

"晓得啥?"

"你帮了俺一把。"

"主人家骂你了吗?我可以替你赔。"

"赔啥?"

"那些鸡蛋啊。"

又不应声了。

"我不是坏人……"

"俺晓得。"答得很利索。

我笑笑，换了个话题。"扛梯子做啥呢？"

"上树。"

说话间，已到了十字街口，她朝右一拐，进了东糠市街。再走半箭路，又朝左一拐，钻入一油坊和一小面馆之间的小巷。我盯了下门牌号，默念两遍，记牢了。

所谓小巷，实在不是巷，是三尺宽、两丈长的鸡肠子。我赶紧跳下车，推着跟她走。

进去是个小小院落，三户人家，一棵老榆树拔地而起，高高耸过屋檐。两户关着门窗，窗下靠着几双鞋子、凳子。一家开着门，街沿的阴影里，放了一把马架子，斜躺了个老大爷，搭着白床单，左手捏了书在看。很老了，脸上寿斑点点，皱纹密如木刻。头发倒不稀疏，但已雪白。眉毛也是白的，唯有双眼还乌黑、亮灼灼，让人骇异。见我们进来，他笑一笑，咳了两声。马架子在阴影里，他挥了挥左手，阳光在五指间闪闪、跳跳。

"二祖爷爷。"胖姑娘唤了声。

二祖爷爷又咳了咳，微笑着。

胖姑娘把梯子靠着老榆树，进屋去取了样东西，摊在手心。我凑过去一看，两只幼鸟，像是喜鹊。"你想干吗？""放回巢里啊，昨晚刮风吹落的……死了一只了。"

我仰头望了望，好高啊，树巅冲上去，伸进了蓝天里，一窠鸟窝夹在树梢，遥不可及……我脑子一大，手心都湿了。

胖姑娘脱了带襻扣的布鞋，捧着幼鸟，踩竹梯上去了。"疯了哇！"我吼起来。她不应声，踩一脚，竹梯轻微一晃，嘎吱响一下。我看了眼二祖爷爷，他眼神淡淡的，目送着姑娘。

我赶紧扶稳了竹梯，一仰脖子，正冲着她滚圆的屁股，这让我有点难为情。梯子的顶，搭在树干的分叉口，上边还有很长、很长的一段。

胖姑娘不犹豫，光脚寻找着小枝，一手托鸟，一手抓树，继续向上攀。

树，猛烈地摇晃着，好像要把她甩出去！我脸煞白，低了头不敢看。

梯子又嘎吱响了几响，她下来了。"你咋了？"她问。

我想扇她一耳光。咽下口唾沫，我说："我想喝口水。"

她进了屋，我跟进去。是厨房，光线很暗淡，一柱阳光从亮瓦穿下来，落在灶头的筲箕上。筲箕铺了鸡蛋，滢滢透明，还有点婴儿红，默数一下，十一个。

她出了屋，我跟出去。看看二祖爷爷，他看看我。马架子边上，立了个独凳，凳上放了一碗青花瓷的盖碗茶。

胖姑娘又放上了一碗，还用茶盖搿了搿。茉莉花味腾了起来，香气四溢。

我突然哈、哈、哈、哈，大笑不止。笑完了，看他们的表情，正像在看一个疯子。

“二祖爷爷就是问海禅师吧？”但我忍住了，没有这么问。我说，老人家您贵姓？

老人挥挥手，咕哝了一句，我完全听不清。胖姑娘埋下头，凑在他耳根。

“俺二祖爷爷说，出家前姓赵，眼下在家，也姓赵。”

“那，你也姓赵了？”

“嗯哪，俺赵家沟人人都姓赵。”

“你妈妈也姓赵？不会吧。”

“俺娘惹你了！”她眼珠子一瞪。

我赶紧讨好地笑了笑。“赵家沟在哪儿呢？”

“赵家沟在小夹马营，滑县。”

“滑县？哪儿的滑县啊，从没听说过。”

“安阳。”

“河南安阳，在豫北，我晓得，盘庚迁都说的就是那儿，古称殷墟嘛。”

“俺莫学问，你说的是个啥，听不懂。”

“我是说，安阳是个好地方。”

“安阳俺还莫去过。赵家沟离滑县几十里，滑县离安阳几百里，远得很。”

“远？那咋又来了成都呢？几千里路呢。”

胖姑娘还没回答，一只马蜂飞过来，从我们中间飞过去，嗡嗡声有如螺旋桨，诡异而可怖。

马蜂在二祖爷爷的头上，盘绕不去。他张开左手的五指，轻轻挥赶着。马蜂不怕他，反复在他的指缝间穿过去，穿出来，寻找着落脚点，以求一蜇。

我看得火起，悄悄捡起他的书，盯准了，猛地朝马蜂打过去！这一击，就像打乒乓球，用足全身之力地扣杀。

马蜂落在青苔上，抽搐着，渐渐不动了。

胖姑娘瞪着我，脸都气红了。黑里透红，红从黑里烧出来，是满腔的愤懑。

但她啥也没有说，俯下身，把马蜂捧起来，轻轻给它吹气，还念念有词，咕哝些什么，我也听不懂。

马蜂挣扎了几下，居然站稳了，翅膀一扇，腾了起来。它丢下一串嗡嗡声，越过屋檐，沿着榆树干，有力地向上飞去了。

我指着胖姑娘，想骂句狠话，又觉得不忍，改成了："妇人之仁！"

"俺就是妇人。"

"它要蜇死了喜鹊呢？"

"那又能咋样？俺只管得了地上的事。天上的，菩萨管。"

我看了眼二祖爷爷，他眯了眼，睡着了。差点被我扇破的书，是线装的《华阳国志》。

十九

我坐下来喝了口热茶，胖姑娘又替我把水续上。我问她："你买了多少个鸡蛋？"她说："十三个，吃了俩。""番茄呢？""俩。吃了一个。""还有一个呢？"

她瞪着我，似乎在想什么，越想越好笑，就捂住了嘴巴，哧哧地笑。还不行，就走到树下，靠着树子，低了头忍住了。

我跟过去，非常诚恳地问："你是不是会武功？"

她静了下来，淡淡看着我。"俺又莫学问……武功啥？"

"你装蒜。"

"装啥呢，赵家沟人人都吃蒜。"

我猛地一拳打过去。算好了，不能打脸，也不能打胸部，只能照着肩膀打。她如果没装蒜，真被我打伤了，我送她去医院。

"嘭"的一响，我已摔在了地上。那一拳，不知打到哪儿去了。

胖姑娘哎呀了一声，蹲在我边上。"不疼吧，大哥？"她把我拉起来。

"你用的什么招？"

"招啥？哥是滑的，看青苔可多了。"

"滑的？"我推开她，又是一拳。这一拳并不多想，径直打脸。

"嘭！"我又倒了。而且更狼狈，摔下去，还滚了一转，半边腿和屁股都疼麻了。

她又赶过来扶我。我闭上眼，使足劲，用全身的力下沉。但她伸手在腋下抬了抬，就把我抬了起来。

我不甘心，在她胳膊上捏了一把，哪是胖肉，全是肌肉。

她把我丢开，退半步，气哼哼地看着我。似乎在寻思，是不是该扇我一耳光？

“对不起，对不起，”我赶紧道歉，“我不坏，是被摔晕了。”

她依然瞪着我。

“我胆小。”我又说。

“俺……”她说不出话来。

二祖爷爷呼噜呼噜咳了一阵，吐出两个字。我终于听清了：“蠢蛋。”

“蠢蛋，”她重复了两声，指着外边，“你走。”

第四章　砖窑槐花开

二十

骑车回学校，寝室空无一人。我身子很困，脑子却又新鲜。倒头睡了，睡不着，起身枯坐一会儿，琢磨着去洗个澡。

洗澡是件麻烦事。澡堂里永远雾气弥漫，光身子乱作一团，又一团，你只要在莲蓬头下多冲两秒钟，立刻被人搡到一边去，好多脑袋一起伸过来。宿舍楼每层有两间淋浴室，然而是冷水。一小撮怕麻烦又耐不得脏的家伙，会在那儿受施洗，并发出杀猪般的号叫声。妈的×，太冷了！只有老鲁不叫，他不怕冷。老王也不叫，他有意志。我去号叫过一回，肥皂泡没冲干净就跑了。

柱哥发现了一个洗澡的好地方，南墙内的砖窑，利用烧砖的余热，水充足且烫得很过瘾。跟烧砖的工人一起洗，他们汗味、体味重，热水从头冲到脚，一汪汪，从黑到清，流出门外，汇入林中的水沟。柱哥说，要体会到珂勒惠支黑白版画的力量，就该去砖窑洗个澡。

我端了个盆子，就朝砖窑走去。这是头一回，路还不很熟，隐约记得柱哥说，要从二食堂后边穿过去。

下午四五点，食堂静得像史前的遗迹。几个捡饭皮的农村小娃，每人抱个盆子，坐在墙根水泥地上玩过家家。两只红鼻大老鼠，旁若无人在阴沟石板上踱步。我转到背后，经过柴火堆、煤堆，一个养猪场，一畦豆棚，就穿入了树林。树木参差，品种不一，杨树、朴树、梧桐、罗汉松，以及灌木女贞、乔木女贞……很是混杂，但都一起释放着嫩叶的气味，其中略为闷人的，是槐花的香味。

槐树有上百棵之多，棵棵均有合抱粗，树皮苍古遒劲，而花却粉嫩、芬芳，我带点怜惜地吸口气，再呼出来，莫名感喟了一声，唉。

林中空地上，出窑的新砖，临时砌成了几堵矮墙。墙那边，就是冒青烟的两座窑，几间工棚。其中一间工棚搭着很大的门帘，估计就是浴室了。还没几个人进出，我心头一喜，不觉就加快了脚步。这时候，听到有"砰、砰"之声传来。不响亮，但沉闷、结实，非常有力量。

是有人在打沙袋。

红色沙袋从古槐上吊下来，像一根巨大的香肠。打沙袋的人，戴着黑色拳击手套，只穿了条短裤，光身子，肌肉虬结。他飞快地移动着步伐，落叶、落花在脚跟下卷起小旋风，嗖嗖响。每一拳出去，沙袋似乎都没动，但槐树被震荡，千枝万叶都在发抖！我认出，这正是被老王打翻的武术队副队长，夏晓冬。

还有一个女生在旁观，双手揣在裤兜里，脸蛋儿极白，没一点儿表情。衣服是大翻领军装，松松垮垮的军裤，没军帽，没领章。脚上一双灯芯绒布鞋。

我看了一小会儿，默然而去。

"喂，"夏晓冬把我喊住了，他大口呼吸着，但并不气喘，也不粗野，"同学，请给你大哥传个口信吧，我跟他还有一场友谊赛。"

我哼了声："他跟你有什么友谊呢?你打输了，卧薪尝胆要雪耻，说友谊，也太有风度了，何必嘛。"说罢，又补充了一句，"他是老王，不是我大哥。"

他看了下女生，宽宏大量地笑了笑，大意为：不可理喻。

女生冷冷的，没表示。

"你当初挑战老王，是听说老王侮辱了中国武术。你现在打的是西洋拳，这又算什么? "我说。

"师夷长技以制夷。"他耸耸肩。

"西洋拳是夷技，可老王并不是夷人啊。"

"……"

"你是条硬汉子，那就硬到底，再练两年，用武术把老王打趴下。"

我以为他无话可说了，然而，他笑了。他用两只拳击手套相互碰了碰，又爱怜地吻了下。"我跟你说句真心话，同学。你大哥说得对，武术就是花架子。"

“那，你就该找武术家挑战啊，说什么制夷呢。”

“我是有这个计划的……不过，我要先在栽倒的地方站起来。”他又看了女生一眼，像在求得她赞许，“对吧？”

女生没吭声，但笑了笑。

“这是你女朋友？”我说。

“不敢高攀，”他说，“只是刚好能听懂她的话。”

他的谦卑虽有点夸张，还是让我吃了一惊，就又细细看了看女生。

女生终于说话了，几分不耐烦。“装什么蒜，又不是没见过。”

我从声音里听出她是谁了，不由得打了两个哈哈。“还在为哲学憔悴吗？叶雨天同学。”

“是哲学在为人憔悴……人总是那么蠢。”

“你变了，哲学又很神圣了？然而，你不是痛恨哲学没有标准吗？”

“我没有变。是今天的人把标准弄乱了，值得痛恨的是愚人。”

“在你们的哲学史中，愚人、愚公不就等于哲人吗？”

“不是我的哲学史，是幼稚的童话……你听得太多了。”她瞪着我，冷冷的眼珠子冒出了火，“蠢蛋。”

我想起二祖爷爷也这么骂过我，不由得大叹一口气，转身又要走。

“回来！贾发财。”

我愣了片刻，嘿嘿笑了。

“你笑起来真丑。”

“对不起，我不叫贾发财，骗你的。”

“够了！”夏晓冬听不下去了，他朝着沙袋猛烈一击，老槐树悚然震颤着，几乎就要断裂了，“文科生说话，没一个通逻辑的。”

“好吧，你们两个通逻辑的多聊聊，我洗澡去了，今天一身臭汗。”

“帮我把话转给你大哥。”

“他不会跟你打的。”

“他怕了？”

“他不屑。”

“你嘴挺硬的。”叶雨天把手从裤兜里拿出来，手上多了根香烟，“名字只是个符号，这个符号就很适合你。洗澡去吧，贾发财。”

二十一

我洗完澡出来，叶雨天还靠着古槐树在抽烟。好像刚才的对话，只是一瞬间的事，而天已经擦黑了。

沙袋也还吊在那儿，像停下来的钟摆。

“他呢？”我指着沙袋问。

“我让他走了。”

你咋不走？我没敢问。

“我问你个事，要如实回答。”

我点点头。

“你是怎么想到要写小说的？”

“我？没有写过小说啊。”

“你不是写过《伤口》吗？回忆石匠生涯的。”

“不是我写的，是老鲁。”

“就是你。这会让你难为情？”

“我21岁还差三个月，咋可能做过石匠呢，笑话。”

她深深地看了我一眼，脸上浮起奇怪的笑。

我莫名害怕，也只好假笑了一下。

她把烟头扔了，拿脚蹭了蹭，又抱住沙袋拖了拖。“你来试一下，好不好？”声音慈祥得像个老奶奶。

我没法拒绝，就放了盆子，搓搓手，一拳打过去。

她咯咯笑，手一松，沙袋挟着钢铁般的重量荡过来，正撞在我脸上。

我嘭地就倒了！四脚朝天，半天挣扎不起来。

她居高临下，俯视着我，拿布鞋压住我下巴，左右晃了晃。“没嫖过妓，就没法写妓院？没杀过人，就写不了杀手？说你蠢，还不服气呢。”摇摇头，丢下我走了。

二十二

我闷闷地吃了晚饭，又靠在床头打了个盹儿，寝室才有人打着哈欠回来了。到8点多，除了老王，都在了，我就把遇见夏晓冬的事说了。

老鲁想也不想就说：“老王不会应战的。他现在所有的心思，都放在留美，跟女朋友团聚上，两天一封信，写满了正面写背面。还抓紧时间学烹饪，泡茶铺，为今后的博士论文收集材料。哪有工夫去打架。”

我说，不是打架，是比武。

“算了吧，比武不打架，比嘴巴劲啊？”

说的也是。但人家把挑战书贴到门上了，还能算了吗？

“那也无所谓啊。卒然临之而不惊，无故加之而不怒，老王就是这种有大志的人。何况，”老鲁挤了下眼睛，笑道，“真要打，估计老王要吃大亏的。”

其他室友也很赞同老鲁的话，还补充，听说夏晓冬这一两年专心学拳，学业都荒废了，考试几门挂科，毕业也可能要推迟。不过，这也很可能是他故意的。老王心思在留学，而夏晓冬心思在留级，就是为了参加下一届大学生运动会，夺西洋拳金牌。他除了跟成都体院的老师学，假期还去哈尔滨、上海的俱乐部拜过名师，其中一位是奥地利教练，培养过世界级选手，其中一个徒弟成了好莱坞明星，叫施什么格。教练说，夏晓冬的资质比施什么格还要好，念天文物理从开始就错了。夏晓冬则说：“我以无限为有限。”这是剽窃李小龙的话，倒是唬得外国佬直呼他哲学家。

总而言之，室友们的结论是，老王要再赢夏晓冬，悬。不说拳，论力量，可能就要差他一大截。中文系有人趁他上厕所，偷他的沙袋，哪里抱得动！里边灌的不是沙子，是铁砂。

我不觉抹了下脸，难怪那么疼……妈的×。

我是很想再看老王痛打一顿夏晓冬。不为比武，不为打架，是教训他。那小子太狂了。但，听了他们的分析，深觉有理，只好叹口气，暗暗替老王认输了。

到熄灯时，老王仍然没回来。老鲁说了句日怪。我也觉得有点儿怪，但也没觉得有啥子。睡了。

后半夜，我去了趟厕所。回来时，闻到一股刺鼻的酒味，呛得人差点呕吐。

是从老王的床上发出的。他躺着的姿势直挺挺的，俗称挺尸，嘴巴、头发、身子，都像在酒精中浸泡了很久，酒味中还有腐烂气。我小心凑过去，吓了一跳！他双眼圆睁，正瞪着我。

他上次挨了程老保镖一脚，还保持着自嘲。这一回，是彻底地垮了。

咋回事？我问。

他闭了下眼睛，示意我，睡吧。

我心中有事，这一觉却睡得极沉。醒过来，寝室已经空空了。老王也没了影子，被子没叠，乱得像一张揉过的烂报纸。这是从未有过的。

食堂过了早餐时间，我去小馆子喝了碗豆浆，买了三根油条，吃了一根，另两根包了提走。沿着文史楼前边的大路，拐入经济系边上的林荫小道，有一扇小门，凭校徽，可免票进入望江楼公园。

我在望江楼下的茶铺找到了老王。他面前放着一碗盖碗茶，还有一本笔记本，但没有打开。酒气已没了，表情是平静的，似乎在沉思。

他给我也要了一碗茶。我让他赶紧把油条吃了。“空肚子喝茶，人想吐，又吐不出，难受得要死。”

“你体验过？”

“高中时候给女同学写情书，被她嘲笑了一顿，就赌气去鹤鸣茶社泡了一上午。”

“呵呵，还没恋爱，先尝了失恋的滋味。也好，从此对女人免疫了是不是？”

我自嘲地笑笑，起身溜达一下。望江楼在清代时，是全城最高的建筑。楼下有个大码头，叫作玉女津。千百年间，出蜀的船只都从这儿启程。旅程渺渺，临行了，就要在楼下摆几桌酒席，话话别。酒足饭饱，迎风洒几滴泪，方才解缆揖别。我们来上学时，码头已然废了，但江中还有一条小渡船，船头尖尖的，覆了竹篷，靠一根铁链系住上游的铁桩，钟摆一样在两岸之间晃，来回一次两分钱。我们在渡船上留影，老王说，比《边城》的渡船强多了，可惜少了一个女孩子。

而今渡船也没有了，只剩了一汪水。对岸是纺织厂，工休时间，戴了白帽的女工们在江滩上闲坐，远望去，像落了千朵雪花。我问老王，这景象如何？他说，一朵，是触手可及的，千万朵，就只是梦。我说，梦有梦的好。老王说，我没说梦不好，但我只要那一个。

而今，连这对话也远了，再过两三个月，各自东西。

老王吃完了油条，却一字没提昨晚酒醉的事。

我不讨无趣，也不多问，只径直把夏晓冬说的话转述了。他听完，脸色阴沉着，不吭气。

我又说，如果是我，就懒得接他的招。他还没长醒，毛头小子，迷着打架斗殴。你去办你的大事吧。

他的眼睛渐渐放出光来，冷冽刺人。“错，这就是大事。”

我怀疑他是不是疯了。

“麻烦你转告他，我同意。越快越好，我拳头都发痒了，今天就可以。当然，他也可以准备一两天，后天吧。”说着，他把两只手拧紧，关节发出啪啪的声音。

日怪。我心头暗暗说。完全不像是老王。

二十三

我去小卖部用公用电话打到王建墓，跟老鲁说了。他也觉得怪。不过，他到底比我年长些，弯弯也转得比我快。他说，老王是非常之人，既然应了招，必有九成的胜算——很可能，还有压箱底的本事没有拿出来，哈哈。

但愿如此吧。

下午两点多，我去了砖窑，夏晓冬不在，红色沙袋倒是吊在古槐树下。

又去他的宿舍找，仍不见人。有个家伙正在乐呵呵拆电视机，元件堆了一桌子，抽空告诉我，理科大楼的顶上，安了一架天文望远镜，夏晓冬去做义务看守，已经一年多了。

理科大楼是苏式老建筑，体积庞大，造型封闭，矗立于湖边毛主席塑像的背后。我这是头一回走进去，立刻感觉到刺骨的静。静中，有噗噗声传下来，均匀、结实，且又轻盈，十分好听。我每登上一层，声音就更清晰些。

登上顶层，眼前一条很长的通道。

通道黑乎乎的，两边是无数关闭的、虚掩的门和窗，零星的光线穿过门窗投进来，在黑暗中闪烁着，旋转着，宛如想象中的外太空。

尽头，有个人在跳绳。他跳得极为轻快，看不见脚尖沾地，绳子成了影子，人成了一团飘浮的幽魂。

我用了很长时间才走近他。

他一下子停下来。双脚还在原地小跑着，但呼吸很是顺畅。

“副队长。”我很正式地称呼了一声。

“我早就不是了，也退出了武术队。我姓夏，请叫我夏同学，或者叫晓冬。”

“夏晓冬。”

“好吧。听说你大哥叫王大卫。”

“我叫他老王……他不是我大哥。”

“好吧。老王叫你来……”

“老王请我来,说他答应你。时间后天,地点你来定。”

夏晓冬嘘了一口气。他停下脚步,把绳子收起来,叠整齐,搭在窗台上。又摘了脖子上的白毛巾,揩了两把汗。

“你愿意花两分钟,听听我的故事吗?”他说。

我说好啊,五分钟也可以,愿闻其详。

“泉州,你还没去过吧,泉州有个南少林……我就是泉州人。”他看着窗外,脸上漾着一汪白光。“我爸爸是业余体校的武术教练,我从小自然就是习武的。家里养了只猕猴,爸爸带我一起观察它,练猴拳。还带我去动物园,观察鹰,练鹰爪拳。每年参加少儿武术赛,市里、省里的奖牌拿了一大把。如果运气好,我也能在《少林寺》里演个反派的狠角色。信不信?”

我诚恳点头,说,信。

他笑了笑。“我没这个运气。可我成绩又特别好,上了初中,一直都是物理课代表。不怕你笑话,半个泉州城里,我也有过神童的名声,能文能武嘛。我爸爸那辈人,信的就是数理化。我是个孝子,就来这儿念了天文物理系。我爸爸说,这是手艺活儿,天上、地上的手艺都学到了,今后再不济,开个修理铺,修不完的收音机、电视机……哈哈,他是个好爸爸。你爸爸呢?”

我说,我爸从不跟我谈这些。

“那谈啥?”

啥都不谈。我其实没吭声,这么说,没人会相信。

他一笑,把这个问题放过了。“我念了天文物理,又进了武术队,才发现自己爱的,还是挥拳踢腿的事。最喜欢的,是找对手比武。武术队的队友,都被我比下去了,队长也晓得,我敬他是学长,不抢他的位子,而其实,我才是第一。后来,我把成都的高校,包括体院的武术系,都比试了一遍,没输过。即便输了,过几天也能赢回来。于是就琢磨,要参加大学生运动会,拿武术的金牌。”

他顿了顿。我耐心地等着。

“你大哥一拳把我打醒了。”

我没有纠正他。

“我这才想明白,从前的比赛,不过是表演,像京剧里的武生,标准是看谁的动作流畅、漂亮和规范。其实呢,就是没标准。只是比,不对打,不互搏,等于就是花架子。譬如你跟猴子学,就算变成了猴子又怎样,猴样还没摆好,人家一拳就把你打趴了。猴子里只有一个会打的,孙悟空。可那是瞎编的。”

那,西洋拳呢?

“硬打硬。有规则,有裁判,一对一,拳头定输赢,输家趴在擂台上,赢家接受欢呼。以武会友,点到为止,不战而屈人之兵,通通是他妈废话。”

他突然来了气,退半步,猛地一抽左拳!我听到风声一紧,不觉就退了一大步。

“这是勾拳,打在下巴上,牙齿都要飞出来。”他说。

“很厉害。你爸爸知道吗?”

他点点头。“过年回家,我用西洋拳把他的几个高徒全打翻了……还有几个拒绝打。我爸爸很悲哀,但什么也没说。”

我默然了一会儿,最后问,跟王大卫比赛,你胜算有几成?

“九点九。”他笑笑,很爱怜地抹了抹下巴。他漂亮的下巴上,淡青的胡子已经漆黑了。

二十四

出了理科大楼,我被阳光晃得有点晕。一颗红番茄飞来,猛砸在我脸上!

当然,这只是个幻觉。

我想起老鲁的话,但愿老王还藏了几手压箱底的本事吧。

晚上,老王把红色拳击手套取了出来,拍一拍,挂在了帐钩上。早晨我醒来,老王已经出门了。该是去文史楼后练拳吧?可手套还挂在帐钩上摇晃,像在对人说,拜拜!我觉得很滑稽,很好笑……总的来说,很疑惑。

老鲁说:“管他呢,反正明天看好戏。你的问海禅师呢,问出点儿名堂了吗?”

我没理他。

二十五

我骑车去散散心。过了九眼桥,向左,折进星桥街。天亮前下了雨,地上湿腻腻,粘着些打落的树叶、烂泥巴,很不好看。杂货铺正卸下铺板,而面馆早已开张,茶铺里坐满了看报纸的闲人。沿街一色瓦屋，屋顶不时冒起阁楼的窗户，俗称老虎窗，窗口站个抽纸烟的瘦男人，瞅着马路发呆，是闲得发慌了。

街右的星桥电影院，是我们常光顾之地。早场冷清，门口只停了稀稀拉拉几辆自行车。再过去，即双槐树街、水井街，前边三岔口，连接上河坝街和水津街，岔口附近有座大院落，是望江川剧团。川剧是落寞的，每过一个冬天，就减少些老观众，是故，演出也就很少了。剧场空着可惜，就放映老电影，票价一毛，也颇得我们欢心。老鲁拉我和老王去看过三四回《抓壮丁》，全说四川方言，我还担心老王听不懂，不意他笑得比我们还要欢。可惜，川剧团图省钱，灯光屁亮屁不亮，看得人眼睛痛。老鲁就大叫："亮点儿嘛！"结果，人家一句话就把我们堵死了：

"旧社会的故事，你想要好亮吗？"

我每一想到，就好笑，又佩服，那家伙要是做编剧，定能写出《抓壮丁》续篇。可惜这么好的片子，已成了《广陵散》。

骑过剧场门口时，我慢下来，多瞟了一眼。门口站了个红衣女子，正朝我挥手。

居然是东糠市街的胖姑娘。

我心头一喜。

"俺老远就看见大哥了，不敢喊。"她说。

我问为啥呢，我很凶吗？

"凶？那倒不……俺骂过你。大哥不记恨？"

我呵呵笑，说记不得了。又说，别叫我大哥，叫我七哥吧。

"七哥。"她叫了声，大大方方。"七哥该还有个学名吧？"

我摸出钢笔，在手心写了三个字，递给她。"名字里有个草，算不算很蠢蛋？草包嘛。"

"草咋会蠢？俺东北有三宝，人参、貂皮、乌拉草。草可宝贵了。"

我说，你家不是河南滑县赵家沟吗，咋成东北了？

"七哥记性好。俺娘是吉林红石砬子的，姥姥、姥爷还在呢。"

问她的名字。

"赵宝珠。"顿了一顿，又补充，"俺姐姐小名招弟，俺小名迎弟，弟弟比姐姐小8岁，比俺小7岁。"

又问她多大了。

“19岁。俺是腊月生的娃，实岁是19岁零4个月。”顿了顿，又补充说，“虚岁嘛，是21岁。”

我说，我长你两岁。

“七哥学问好，俺莫文化，七哥等于长了俺40岁。”

我一下就成花甲老人了！我涨红了脸，好气又好笑。宝珠呢，眼珠子发亮，看着我，嘴角漾着两弯笑意。今天她穿了件红布衬衣，手工缝的，纯红，大脸蛋儿滢滢有光。乌黑的刘海儿下，睫毛也是又黑又长。自从我拧了下她的胳臂，也不觉得她胖了。

我消了气，笑道，你咋会走到这儿，是迷了路？

“是问着过来的，想看《少林寺》。”说着，她把票递给我。离开映还有45分钟，我说我也买张票，咱们一起看。她说：“中啊。”

二十六

剧场的街对面，有一家小茶铺。剧场的院子里，也有一家小茶铺。我们就在院子里喝茶，茶桌在一架葡萄藤下边。几步外，放了一张乒乓球桌，两个老演员在慢条斯理地打球。

我问宝珠，今天咋不管二祖爷爷了？

“二祖爷爷的侄儿、侄媳妇来了，接他去新津享两天清福。”

那，你跟他们也算亲戚哦？

“那不算……是二祖爷爷的师侄。”

那，他没有徒弟吗？

“有是有的，可孝顺了，可不在成都……远得很呢，俺也晓不得。”顿了顿，她又补充说，“俺是六天前的晚上才到成都的，今儿是第七天。”

二祖爷爷是谁，我终于算是吃准了。心下舒坦，着实喝了一口茶，啧啧惬意。又叫她，喝吧，好好喝。

她喝了一口，也舒坦地嘘口气。“是井水烧的吗？”

为啥这么问？

“井水街啊，自然是烧井水的。”

我说，望文生义。泉州，岂不就浮在泉水上？

“嘿，嘿。”宝珠憨笑。

我说，成都的水井有千口，不过，味道咸，涩口，只能洗衣、洗菜，不能喝。能喝的，只有一口薛涛井，就在望江楼公园，几百年历史了。想不想去看看呢？

“想啊，那可好了。正好二祖爷爷这两天莫事情。”

我就问，从前是谁照顾二祖爷爷呢？

“俺爹、俺娘啊。俺小叔要结婚，这才赶回去操办……十天半月还回来。”

我有点儿奇怪，这小叔再小，结婚也太晚了吧？

“小叔出过一点儿事，耽搁了。俺跟小叔可亲了……可惜他命不好。”

这么说，我也不好再问啥。就换了个话题。二祖爷爷既称为二祖，想必不是你的亲祖祖，你家咋对他那么好？

“俺祖祖对俺爷爷说，人要报恩。俺爷爷又对俺爹这么说，知恩必报。二祖爷爷对俺家是有大恩的。”宝珠说罢，很严肃地双手端起茶碗，又喝了一小口。

我不吭声，用目光期待她说完。

“俺祖祖——他埋地下已经五十多年了——是二祖的亲哥哥，大他12岁，都属龙。祖祖自小帮他爹下地，到二祖出生时，家里有了些余粮，就让二祖多念书。后来闹凶年，天干地旱，过土匪，又打仗，活不安生了，肚皮还填不饱。军队的官长来抓丁，定了是祖祖。到开拔的那天，祖祖病了，发烧，人都要烧死了。二祖说，俺去。他给爹娘哥哥磕了头，背个小包就走了……包里还装着本《论语》呢。”

二祖那年多少岁？

“14岁吧……13还不到。”

走了多久，才又通了音信呢？

“过了两年，二祖寄了钱回来，就知道他还活着的。自那后，他年年都寄回钱，有多有少，但年年总是有一点儿。靠这笔钱，一家人才活下来。祖祖盖房，娶了亲，有了儿孙，儿孙的儿孙。祖祖还给二祖带了话，一半的钱我都替你攒下了，今后立了业，回来成个家。二祖回说，我已经出家了，成家就别提了。祖祖不相信。有一年，二祖真的回来了，头皮精光，披了袈裟，已是个和尚了。全家哭得不行，他说，世上最不值钱的就是眼泪了。他给祖宗牌位磕了头，又走了……再也莫回过。”说罢，她又喝了一口茶。茶水还是烫烫的，溢出茉莉的香味。

我忘了喝茶了，急着想晓得，是爷爷告诉你的吗？

“是俺爹。一辈辈讲下来，一辈辈就不会忘记了。俺爹说，那年二祖回来，右手已经残废了，差不多齐肩膀都被砍莫了。”

我骇然地抽一口气。听说，你二祖爷爷的武功很厉害，是不是？

“俺，从莫亲眼见到过。”她直视我，语气淡淡的，目光没一点儿闪烁。

那……你的武功呢？

“俺那也叫武功？七哥笑话了。”她憨憨一笑，露出两颗虎牙，白白生生的。

我看了她好一会儿(也许只是一小会儿)。我说，你总之是练过的，对吧？

“练是练过的，赵家沟人人都练嘛，譬如是，”她环顾了一下，“那些老爷爷要喝茶，姥姥们要纳鞋底，俺们放了锄头、针线，也就练拳脚。自小就练了，走不稳，就在站梅花桩，端不动饭碗，已在抡石锁。”

那你练到什么程度了？

“不好说。”

嚯，还跟七哥谦虚啊？

她默然片刻，又漾出两弯笑。这笑里，多了点严肃和笃定。“拳脚上的事，不兴嘴巴说。”

这时候，剧场铃响，《少林寺》就要开映了。

二十七

场子里不到七八个观众，灯光依旧暗暗的。

宝珠看得开心死了，一会儿哈哈大笑，一会儿又唉声叹气。打斗激烈时，她几乎从椅子里跳起来。但也会叫一声，双手捂了脸。

《少林寺》我看过几遍了，只留意看宝珠的反应。

散场出来，我看见她眼睛红红的，是哭过。我说，看个功夫电影，你还动了感情啊？

“小和尚不是个东西。”她说，“他倒好，受了戒，小姑娘咋活呢？”

我笑笑，说，这是演戏，别当真。

她狠狠盯了我一眼。

我清清嗓，很认真地问，和尚们的武功怎么样？

她脸色淡下来，还用手把刘海儿细心抹了抹。“演戏嘛……”我耐心等她把话说完，她却指着乒乓球桌。“七哥，教我打乒乓球，可好呢？”

刚才打乒乓球的老人已走了，拍子放在桌上，扣住一只球。

宝珠说，她可喜欢打乒乓球了，可惜只念了三年村小，莫法再打了。

我小心、平和地把球打给她。

她很稳地接住了，再打回来。技术的确是比较生涩的，或者说，还谈不上啥技术。

我慢慢加了力，她依然很稳地回应着。

感觉她不是用手打，是用眼睛打，很专注地盯着我的手、我的眼睛，一举一动。

十分钟后，我的力已用得很重了，速度越来越快，并不时猛挥拍子，扣杀过去！

她被扣死了七八次。随后，一拍子扣了回来！我猝不及防，竟然没接住。

我们开始对扣。她突然叫了声停，把球拍换到了左手。

我说，原来你是左撇子？她摇摇头。

我很是惊讶，那是为什么？你不怕别扭？

“别扭啥。俺的左手对着七哥的右手，正是顺手嘛。”

我笑了，怎么会顺手，你傻啊！

宝珠却不笑。“当如照镜子，七哥的右手，就是俺的左手啊。”

我也不多说，接着打。她仍是很专注地看着我，以变应变。我弱，她弱；我慢，她慢；我以全身之力扣过去，她以全身之力扣回来。她顺手，我的手却是别扭的。又打了几分钟，我居然落了下风，不停地跑到墙角去捡球。

不打了，我叫了声。

她立刻把拍子一收，放回桌子上。

我有点儿羞恼，喝问她，你是咋搞的?!

“俺……错啥了？”她有点儿怯怯的，看着我，发蒙。

我忽然笑了，觉得自己很没有风度，也没道理。但，很想晓得她咋会把我打赢了。

“俺莫有打赢七哥啊，平手。七哥是师父，俺一招一招在学你。”

我恍然大悟，嚯！我说，猴子最会学样了，你这不是在学猴吗？可就是成了猴子，也不会有出息。

“七哥说得对，成猴子不算个啥，要成，成猴精。”

猴精？你好好跟七哥说说猴精的事。

"俺能说啥,俺又莫文化。"她憨憨一笑,掏块帕子,擦额头、脖子上的汗。袖子挽了起来,露出很粗的手腕,腕上的肌肉一条条,细长、密实,条条都在窜动。

我请她去小饭馆吃午饭,她说不了。

"天气好,俺回去洗澡、洗衣服,还要晒被子、洗床单,好多事。"

我说好吧,今天就算了,明天欢迎你来学校,我请你吃学生食堂,去望江楼公园看薛涛井。下午砖窑还有场小话剧,很精彩,一起看吧,好不好?

她高兴得脸发烧,眼珠子透亮。"好啊好啊,谢谢七哥啊……俺做梦都想吃顿学堂里的饭。"

我就告诉了她来学校的路线,我住的宿舍、寝室门牌号,约好11点半见。

第五章　午后1点50分

二十八

夏晓冬和老王的比赛,定在午后1点50分。这个时间点,校园最清静,该上课的,都去了教室。沉迷昼寝的,还赖在床上。地点呢,夏晓冬说,最好是去体育馆借一个擂台,并请来裁判,正规化、专业化。老王不反对。但后来夏晓冬又变了,说,如果打出个三长两短,给学校添麻烦,影响很不好,还是砖窑吧。老王说,可以。夏晓冬又提议,比赛有规则,但拳头无情,我们还是签一份免责书吧,纯系自愿,责任自负。老王说,也太婆婆妈妈了……当然,也可以。

这天早餐一切如常,室友们喝稀饭,啃馒头,不提"比赛"两个字。吃完了,却没一个人走,整个上午都留在寝室里自习。很有一种败局已定,且陪杀场的怆然之气。同心同德,却也隐含着怜惜与同情。

老王自然也有感受,但他也啥都不说。跟大家一样,读书,整理笔记。后来,他铺开白纸,开始写一封长信。红色拳击手套挂在帐钩上,还没有取下过。

老鲁则在整理实习日志。他记得极细,包括在墓穴里看到个影子,听到墓床下传来声叹息……我说,近于幻听幻视。他辩解,目前是史料,还没写史记。

我在读一本书。没读进去,又换一本。换到第五本,读出点味道了,是唐传奇选本中的《昆仑奴》。但刚读了一半,老鲁咳了声,说时间差不多了。大家吁叹一回，搓搓手，准备去食堂打饭。

这时候，门敲响了。我看了下手表，11点20分，该是宝珠到了。我已把自己的饭盒洗干净，留给她用。又去隔壁拿了柱哥的大碗，也洗了洗，自己用。

老鲁坐得离门近，起身拉开了一条缝。他转头看看我，笑道："找你的。"

我莫名红了下脸，而且没想到，心跳还突然加快了几秒钟。好在，即刻就平复了。我叫了声："请进。"

门开了，站着个瘦瘦小小的女生，大翻领白衬衣，松松垮垮的军裤，灯芯绒布鞋，脸上是不变的冷淡。

我有点儿惊讶，起身招呼。"叶雨天……你好嘛！"她点点头。

一时尴尬，我忽然想到啥，冲老鲁说："她读过你写的《伤口》，评价很高啊。"老鲁大喜，却不怎么敢相信。"真的读过啊?是怎么评价的？"

叶雨天一笑，真难得。她指了下我。"我都告诉他了，还请他转告你，可能他忘了吧……很像是个大忙人。"

老鲁看着我。我不敢撒谎，敢撒也想不起说什么，只好假笑道："我忙啥，无事忙罢了。说来话长，慢慢再说吧。你来是有事？"

叶雨天找了个下铺坐下来，摸出细长的纸烟，给每个人递了一根。只有老王摆手谢绝了。室友们纷纷吸一口，吐出烟子，很有兴趣地看着她。好像把比赛的事都放下了。

"我也没啥事，就是来串串门。"叶雨天说，"同一栋宿舍楼四年了，也算老邻居了，彼此还那么生疏，不应该。"

"他常上去给你们送……小东西。"有个室友指了下老鲁。老鲁不窘，坦然而慈祥地点点头。

"我听说过，今天是第一次见到。"叶雨天再给了老鲁一个微笑。

"你们饭吃饱了，都要去看比赛，对不对？"她说。

"吃了饭，我们要先睡一会儿，养养神。"另一位室友笑嘻嘻回答。

她看着老王，彬彬有礼道："你就是王大卫同学吧？"

老王看着她，不置可否。

然而，她不以为忤。"我是哲学系的叶雨天，也是夏晓冬同学的好朋友，按外国人说法，也算是他的经纪人。"

寝室里一片哑寂。

“夏晓冬托我来带个话，如果王同学同意，这比赛就取消了。”

大家面面相觑。老王脸上也抽搐了一下。

“为什么？”我问。

“不为什么，不需要理由，也没有条件。如果王同学点头，夏同学的提议立刻就生效。”

老鲁说：“我其实是很想看打架的……”

“不是打架，是比赛。”叶雨天打断他。

“好吧，比赛……但是，和为贵嘛。我同意取消。”

室友们也嚷着，纷纷附和老鲁。老王沉着脸，不吭声。

我假笑两声，看着叶雨天。“你不是凡事要问为什么嘛！且要有答案，而且是唯一的、正确的答案。咋个要说不为什么呢？”

老鲁点点头，笑道：“孙子说，兵者，诡道也。这位夏同学，是不是在使诈术哦？”

“好吧，”叶雨天把烟头在指头上摁熄。我闻到一丝焦味。“答案是：取消，是为了保住面子、尊严，以及校友的情分。”

“面子。是保我的面子，还是他的面子？”老王问道，嗓子十分沙哑。

叶雨天看着他，不回答。

“是我的面子，对吧？”

叶雨天依然不说话。

老鲁说：“算了，谁的面子不重要。打什么比赛呢，就要毕业了，各人都有一堆事要忙。何况，大学四年，谁留个鼻青脸肿的记忆都……很无趣。”

室友们都看着老王，目光是诚恳的，希望他同意取消。

叶雨天说话了，和蔼、温柔，简直不像她。“听说，王同学就要去纽约，跟未婚妻团聚。她会怎么看这事？”

老王的呼吸变得很粗浊。“谢谢。她会穿着漂亮的婚纱，给我一个惊喜的。请转告夏同学，1点50分，砖窑见。”

二十九

宝珠直到我们去食堂打了饭回寝室，也一直没出现。我还是给她打了一份回锅肉、一份红烧茄子，扣在饭盒里。

老王打了两份猪脑花烧肥肠、一份肝腰合炒、一份炝莲白，还比平日多打了二两饭。大家默然无语，寝室里只有咀嚼声，沆瀣着饭菜的气味。老王突然说："中医说缺啥补啥，我啊，缺的就是猪脑子。"说罢，嘿嘿一笑，又补了句，"扯淡！"大家不敢接话。

吃了饭，各自靠在床头打盹儿、翻书。到了1点30分，老鲁吼了声："走！"拉开门，又咿了声，回头乱看。

门口站着宝珠，满脸是汗，衬衣也湿了，贴在身上，线条毕露。我赶紧招呼说："是找我的。"老鲁挤了挤眼睛。

宝珠说："俺晚了，七哥，对不起。"我问她吃了没有，她摇头。赶紧把饭盒、勺子递给她。我说："可惜凉了。"她不吭声，笑得脸发烧。

老王摘了拳击手套拍了拍，冲我嘀咕道："你小子能耐了，四处当哥啊，小心点。"我没时间分辩，一拨人匆匆就往砖窑去。

宝珠边吃边问："去演啥戏呢？"我不搭理她，只在她肩上拍了拍。

夏晓冬、叶雨天已经等在那儿了。

观众说多不多，也不很少，双方室友，加上等着看好戏的烧窑工，足有三十来号人。夏晓冬还请来一个体院的助教做裁判。场子在红砖矮墙内、洗澡棚之外，一小块儿空地上。

这几天降温，风吹过，我和几个没添衣服的都有点儿缩脖子。老王和夏晓冬把上衣脱了，身上肌肉一鼓鼓的，没一毫发抖。裁判宣布了规则，双方用拳击手套碰了碰，各退后了两三步。我们退得更远点儿，紧靠了墙根、树根。叶雨天神情冷冷的，宝珠嘴里还在响亮地嚼着。我看了她一眼，她说："可香了，七哥。"忽然，她差点儿叫起来，"演啥戏呢？这不是要打架的嘛！"我狠狠瞪了她一眼，她赶紧住嘴，但眼睫毛下，杏子眼闪闪发亮。

老王个子高一头，双目精光大盛。夏晓冬还是像鹰一样英俊，扬起头，两眼却微眯。他们各自的两条腿，都在原地轻快地跳跃。突然，老王大叫一声，猛出一拳！这很不像老王的风格，他之前从不主动攻击，而且拳击也不兴吼叫，又不是《少林寺》。但，这一拳确实打得好，快、准，夏晓冬向后一跌，几乎倒地，好歹站住了。

但老王立刻又是一拳！夏晓冬再向后跌，撞得槐树剧烈摇晃着，烧窑工晾的衣服落下来，竟把他的脸蒙住了。

裁判立刻向老王示意:停。

但老王哪肯,再发一拳,隔衣打在夏晓冬脸上。“嘭”的一声,他终于栽倒了。

叶雨天冲过去,把他脸上的衣服扯开了。裁判数点才到三,他伸展腰姿,“嗖”地一跃,起来了。这动作,却又很像《少林寺》,大家都喝了一片彩。但他的一只眼血肿,半边脸瘀伤。

宝珠还在吃,嘴里包满了饭菜,但没嚼,很专注地看着夏晓冬的手。

老王吸口气,又开始了出击。但夏晓冬一直在躲闪,和他保持着好一段距离。

观众已觉得有点儿乏味了,裁判也向夏晓冬发出了警告,不准消极怠惰。就在一瞬间,没人回过神,夏晓冬已贴近到老王的身前,右一拳,左一拳,打在他脸颊上。这两拳,夏晓冬亲口告诉我,叫勾拳。真是快如闪电,出其不意。

老王倒了,爬起来,又挨了两勾拳。再爬,再挨。还有一拳是挨在肚子上,“哇”的一下,嘴里射出一股棕色的物质! 后来,他也撞到了槐树,顺着树干坐到了地上。树上的衣服也落了下来,罩住了他的脸。夏晓冬就半跪着,隔了衣服,飞快地猛击他头部,“嘭、嘭、嘭、嘭!”像打沙袋。

很多人把脸转开,不敢看。

裁判和叶雨天终于把夏晓冬拖开了。他继续把拳头击向空气,仰天大笑着,如猛禽长啸。

老王的头已耷拉到了一边。老鲁把衣服扯下来,先试了试他的鼻息,嘀咕一声,“还没×死”。那张脸,血肉模糊,像颗烂西瓜。

“还没×死……”老王也在喃喃着,还哼哼了两下,似笑非笑。

第六章　予怀浩渺

三十

一个小时后,我用自行车搭宝珠去望江楼公园。答应过,要带她看薛涛井。

老王是自己走回寝室的,坚决不让我们扶。老鲁说:“不是说我是扛碑的赑屃吗,你就当回纪念碑嘛。”老王哪肯,还软塌塌给了他一拳。

躺到床上,老王长舒一口气。大家找不到话说。良久,他开了口。“我是自找的。欠揍。”

老鲁假笑，故作幽默。“赶紧养好，不留痕迹，别把你女朋友吓跑了。”

“已经跑了。”老王嗓音今天已沙哑，这会儿更像喉咙口堵上了沙子。

“跑了？”

“跑了。她爱上了她的导师史密斯，这个暑期就要结婚了。”

“开玩笑！”

“这种事能够开玩笑？”

我心头觉得烧着一团火。“美国的史密斯多如牛毛，哪一个史密斯？”

“对她来说，史密斯只有这一个。对我也是。”过会儿，补充一句，“59岁的新英格兰人，大她31岁。”

有个室友拍了桌子。“妈的×！老王。你倒好，该暴打一顿史密斯，却跑去挨别人的暴打。”大家或附和，或叹息。

“我以为会被打死的，结果还没死，算是又捡了一条命。以后一定好好活，不辜负了弟兄们。”他指了下蚊帐钩。“这副手套，是再不会用了。谁要，送给谁。”

大家彼此看看，没人接话。

“怕沾了血腥气，不吉利？”老王笑了笑。“那，替我扔进垃圾桶。”

“俺要。”宝珠一伸手，把手套摘了下来。

这时候，大家似乎才注意到这个女孩子。

“你家小保姆？”有人问。我一时语塞。宝珠定定地看着我。

“昨天是我徒弟，过几天嘛，可能就是我师父了。”我夸张地笑笑。

“她能教你什么呢？”

“学猴。”

“是个驯兽师？”

我看看宝珠，她笑而不答，似乎就算默认了。

老王不相信。“小妹妹，手套不是用来驯兽吧？”

宝珠点点头。“这倒不是……是个稀罕物，俺来一趟学堂，算是莫白来。”

我把帆布挎包腾空了，塞进手套，再把包斜挎到宝珠的身上。她又羞又喜，满脸透亮，反复拿手把刘海儿掀上去，露出白生生的大脑门儿，也是透亮的。

宝珠坐上我的自行车后座。我问她：“老王那一副惨相，你怕不怕？”

“这倒莫啥好怕的”，她说，“俺赵家沟的娃，吃了饭就在晒场上比画，流个血，断只胳膊，是常事，跟消饱胀也差不多的嘛。”

我听得笑起来。又问她：“夏晓冬，就是打老王的那家伙，他拳头怎么样？”

他拳头嘛，还是很硬的，快嘛也是很快的。说完，她又拍了下我的背，叮咛说，七哥可不敢跟他比画啊。

“我哪敢……你今天怎么来晚了？”

她就讲了迟到的原因。

上午10点多，来了个客人找二祖爷爷喝茶，是二祖爷爷的师叔。二祖爷爷不在，她就陪他去茶铺坐了小半天。

“师叔！该有一百多岁了啊？”

她说，那倒是莫有，师叔是辈分高，只比二祖爷爷大几岁。

“那年龄也很大了啊。也是还俗了吗？”

她说，那倒是莫有，他住在大邑县邮江的一个小寺里，是光光头，穿了袈裟的。俺爹娘说，他腿脚比二祖爷爷还灵便，一个月来一趟成都，来了也莫事，就是找二祖爷爷吃顿茶，吃完了，还要裹了茶叶走，一副褡裢，前后都塞满了。俺也是头一回见到他。

“这个老和尚，有点儿贪啊。”

她又说，那倒是莫有。贪嗔痴，二祖爷爷说，数这个师叔是戒得最好的。他拿走的茶叶，都泡了给施主喝。

“他喝白开水啊？”

那倒是莫有，他说他这辈子，有个“贪”字戒不掉，就是好喝一口盖碗茶。他说了，他也是施主呢，施主里排末尾的，要论喝茶嘛，倒是排头位。

我哈哈大笑。“这老和尚武功很高吧？”

她也哈哈笑了。啥武功，二祖爷爷说他师叔，手无缚鸡之力，是个书呆子。

“这就奇怪了，和尚也有书呆子？”

是啊，她说，他念的书可多了，学问可好了，还写诗。今天来了，还捡根木炭在墙上写了个五言四句呢。

“嚯！背来我听听。”

她说，俺笨，字又不好认，背不了。七哥哪天来了自己看嘛。

“你读过诗没有？”

读还是读过两句的。她念起来，有点儿像唱歌：

一根杆棒等身齐，
打四百座军州都姓赵！

“宝珠可以啊，《水浒传》上的。”

她说，《水浒传》啥的，俺哪读过呢。这两句唱词就写在晒场的土墙上，赵家沟人人会念的。

正说着，就到望江楼公园正门了。

三十一

望江楼始建于明代，紧挨锦江，门匾、楹联俱全，极为富丽。我头一回来时，才念小学二年级，印象并不深。后来读《红楼梦》，贾政验收大观园，脑子里浮现出的，却处处都是望江楼，且又觉得，论深邃、幽谧、不可测，望江楼公园还甚于大观园。

门口的石台阶有七级，门联不止一副。其中之一是：

一水绕当门，滚滚浪分岷岭雪；
双扉开对郭，熙熙人乐锦楼春。

对得有点儿呆气，却也大大方方。

进门是一条竹径，很多竹子篷拢来，成了阴森森隧道。望江楼的竹，有几百种，我于竹是白痴，看上去，只有粗细之分。宝珠是北人，也不懂竹，可她看着竹，摸着竹，脸上是喜滋滋的。

我带她顺江边护杆溜达了一圈。崇丽阁挂的对联，有212字，比昆明大观楼的天下第一长联，还多了好几十个字。不过，激情和愤怒也都多了些，我说不上喜欢。再过去，濯锦楼的对联，却是我读之不够的：

引袖拂寒星，古意苍茫，看四壁云山，青来剑外；
停琴伫凉月，予怀浩渺，送一篙春水，绿到江南。

几千里的纵深，宇宙的阔大，落墨又那么的安详。

我讲给宝珠听，她也是笑笑，脸上喜滋滋的。“七哥说的啥，俺也听不懂……俺也喜欢听。”她像摸竹子一样，也摸那些刻的字。我说：“你懂字？”“俺哪懂。”“看你一脸的欢喜。”“字好呢。”“好在哪儿？”“好在有气力。”

薛涛井在林子深处，几棵大树下，背后有石碑和鲜红的碑阁。明代的蜀藩王府，就是取这口井的水仿制薛涛笺。再后来，富豪人家从这儿取水泡茶，可谓风雅一时。以北方的标准，它该叫甜水井。可惜全成都，甜水井也就这么一口。

而薛涛井的水，我从没尝到过，甚至，没有看见过一眼。它一直都是捂住的。八角形的井圈上，长年盖着厚厚的石头盖子。盖顶上，伸着一小节铁栓。

宝珠问我，薛涛是个啥人呢？我说，唐代的艺伎，才女，能歌善舞，能写会画，死了一千多年了。

“俺就最服这样的女子。”她说着，加快步子，先到了井边。

她把井盖提起来，埋头看了看。我赶紧凑过去，也埋头看。是黑油油的水。“啥也没有啊。”我不无失望。她就把井盖换了个手，挪开点位置。井水变得亮堂了，灰蓝色，水里晃动着两个圆东西，像是两只瓢。看仔细了，是她和我的脑袋呢。

“啊！”她突然叫了声，一下把井盖盖上了。“咋个了？”“俺看见了井龙王的角……”她淘气地咯咯笑，跑了。我明知是假，还是想再看一眼，就抓住铁栓，一揭！哪里揭得开。用双手抓紧了，再猛地使劲，石头盖子纹丝不动。

管理员走了过来。“喂，你在做啥子？”

“想揭开看一眼。”

“揭开？脑壳有问题啊！书呆子。”

我还有很多问题想问宝珠，但她急着赶回去。二祖爷爷的师叔要来吃晚饭，要给他烙饼，做番茄烧豆腐、青椒炒苦瓜。

“吃得太素了。你怎么有气力？”

她说，老师叔吃素。

“过几天我进城，请你去吃样好东西。”

我把自行车借给了她。

她骑上去，又顿住脚，望着我。她问，七哥咋对俺这么好？

“你帮过我一个忙。”

啥忙啊?

“你不说,我也不说破。”

她憨憨地笑。江风把她的刘海儿吹乱了,她脚下一发力,自行车嗖地射远了。

三十二

砖窑拳击赛的观者虽少,但风声很快传了开去,夏晓冬得了大名。叶雨天还替他传出一句话:武术不禁打。

第二天就有人挑战他,是九眼桥一个练形意拳的高手,人称拳上拳。他欣然应战,在江滩上找了块沙地比试,三拳就打翻了拳上拳。

叶雨天又陪着他,带了一帮好起哄的家伙,骑自行车穿街过巷,去主动找了两个高手挑战。一个住在东马棚街,成都一中斜对门,是个练猴拳的,人称小猴王;一个住在包家巷、成都一妇产医院隔壁,是练铁砂掌的,人称掌将军。两个人都回避了。小猴王是称病,掌将军则闻风走亲戚去了。这就无异于不战而胜,夏晓冬的名声不止涨了一截,且有点传奇了。

我问老王,对夏晓冬的成名有何想法?

“没有想法。”他说。

他在赛后第二天,就顶着一张被打得变形的脸,又去泡茶铺了。计划要调查120家茶铺,目前已完成60多家,必须赶在出国前收官。

但,他突然又把节奏慢了下来。“我要去学太极拳了,而且已经找好了师父。”

我们很感兴趣,这是要复仇吗?

“复仇? 想到哪儿去了。仇,无从谈起。只是为了化瘀血。即便有几口戾气,也会逐渐把它练没了。”

那师父呢? 我想到了谭公的师父,白髯飘飘的老中医。

“是举重教练给我介绍的,就是他妹妹,在中医学院做助教,针灸专业的。她跟她哥不一样,苗条、优雅,像一片柳树叶。”说罢,老王哈哈大笑。

我和老鲁相互看看,老鲁拍着掌,着实赞叹一回。“在哪儿栽倒,就在哪儿站起来,这才是好汉子。可惜,我没机会了。”他又在我肩上拍了一掌。“老七,莫辜负了好时辰。”

“不要想歪了。”老王说。

我关心的，是另一个问题。“太极，能不能实战？”

“不要想多了。”老王没心思谈这个。

三十三

食堂的午餐时间依然乱哄哄。老王已无心把插队的人拉出来，何况，他经常都不在。

我忽然有恶作剧的念头，就端着饭盒，也找个缝插了进去。

立刻有人拍我的肩，我不理。随后，我的耳朵挨了一勺子。转身一看，背后站着叶雨天。“站我后边去。”她冷冷说罢，又莞尔一笑。这个笑，很不适合她，但的确是莞尔一笑了。

我站到她后边，后边是个大块头，不答应，猛掀我一掌：“凭什么！”

我有点下不了台，就捏紧拳头，琢磨要跟他硬斗硬。叶雨天说话了。

“你显你力气大？他插我前边、后边，对我影响不一样。对你，答案只有一个，反正是多了一个人。”

“好吧，你既然喜欢他插你，我也没意见。”大块头故意把“插”停顿，并加重一倍的语气。

啪！叶雨天甩了他一耳光。

周围的人一下子围拢来，等着看好戏。

大块头摸摸脸，大大咧咧说了句：“没啥好看的，一个小误会。”

叶雨天打了肝腰合炒、番茄炒蛋，我也一样。边吃边走，才到宿舍门口，我的菜已经吃光了。她停下来，把菜全拨到我饭盒里。我一时大窘，她说：“难吃死了。你心好，帮我这个忙。”

“你……”

“什么？”

“还是很有风度的。”

她哼了哼。“去我寝室里坐坐。姐妹们都进城了，陪男朋友。”

“都有了？”

“没有的，正在抓紧找。”

“夏晓冬,怎么样?”

“没有怎么样,他很好……好得很。”

她的寝室在六楼,门口挂了半幅帘子,白棉布起朵朵红花。细看不是花,是一枚枚红柿子。

我还是头一回进女生寝室。不是我想象的闺房,说不上整洁、雅致,倒也不脏乱。门背贴了两张《大众电影》的封面,阿兰·德龙饰演的佐罗,还有刘晓庆的大头像。窗口摆了盆虎耳草,晾了几件小内衣,我把目光避开了。

她在自己的下铺坐下,踢了个凳子给我。我的饭已经吃完了,她只动了几小口。担心她又要把饭擀给我,好在她没有。

“毕业打算做什么?”她问。

“能有啥打算,等分配。”

“我平生最讨厌等,等人家来支配。”

“那你要咋样?”

“你还不知道?”

“……”我怎么会知道。

“我已经打了报告,去敦煌。边疆、艰苦地区,是可以主动申请的。”

“可是,你的专业不对口啊。”

“我的英语,不比外文系的差。我的数学,文科生中顶尖的。哲学……那一套,我还是烂熟于心的。敦煌研究想要国际化,这些都是必须的。”

我点点头,以示很佩服。

“你也打报告吧,一起走。天高地广,呼吸也要均匀些。”她看着我,目光炯炯。“论专业,你更适合。而且,大沙漠里,缺的就是书呆子。”

这个……我完全没想到,半天说不出话来。

“算了,你哪儿吃得了苦呢。”她目光一收,冷冷道。

“我也是吃了些苦才长大的,当然,也不算很苦。”我斟酌着字句。

“说些废话。当初,你为什么要念历史系?”

“我正要说这个。小时候看了部电影,是记录古墓挖掘的,让我相信旧世界的斑斓多彩,要远胜于眼下。”

“这就对了。还不跟我走?”

“然而我错了。”我顿了顿。她推给我一只草绿色小杯,我喝了口凉水。“我即便每天在马王堆汉墓中吃喝，钻进莫高窟的洞子里临摹……旧世界的颜色，依然不会是我的生活。”

“那是谁的？”

“死人的。”

“那，你就在眼下的生活中等死吧。”她把杯子收回来，一扬手，把残水泼到了窗外。

我理解这是在下逐客令，就站了起来。

“坐下。”

我又坐了下来。

她苍白的小脸上，严峻的表情转化为和蔼和诚恳。“你要学会听懂我的话。”

“就像夏晓冬那样？”

她莞尔一笑，不置可否。

“是夏晓冬让我意识到错误的。”我说。

“意识到什么？”

“眼下的世界，并非灰扑扑。”

“……”

“你为啥要给他当经纪人？”

“因为，很无聊。”

“他为什么要八方挑战？”

“因为，一个男儿梦，舍我其谁。”她嘴角漾起一丝深刻的皱纹，之前从没注意到。“他天真得很可爱。”她点燃一根烟。

我犹豫片刻，还是说了。“珍惜他吧。”

她盯着我看了几秒，淡淡道：“滚。”

我走到门口，刚要掀门帘，她又叫了声：“你回来。”

她从枕边拿起一块布，抖开来，是一匹蓝色的劳动布，已过水，略微发皱，有新棉布的清香味。

“我想打一条喇叭裤，裤脚八寸二……好看不？”她把布卡在腰间，放下去，遮住了松松垮垮的军裤。很像一条好看的高腰裙。

“好看。”我诚恳地点点头。

“还要打两条裤缝，看起来跟刀子一样挺括。”

“可是，你的鞋……”她的脚上，总是一双灯芯绒布鞋。

“这还不简单，买双高跟鞋啊。我爸爸好容易卖了一幅《松鹰图》，30元，全发给我做了奖学金。”

“可惜了，本可以买两只老母鸡炖汤的。”

“你是个俗人，贾发财。”她一脸鄙夷，又咬了咬嘴唇。“今后，我要给爸爸做经纪人。”

我连连点头，以示赞同。

“那，我的建议你再想一想……去吧。”

三十四

杜哥从雅安回来几天了。他来找过我，我不在，就留了张条子，大意为，已通过开茶铺的曹德旺，跟开旅馆的大爷取得谅解，问清楚了问海禅师的地址：东糠市街17号附2号。

我给杜哥回了张条子，诚恳致谢。但没写，这地址我已摸到了，且晓得它是夹在油坊和面馆之间的。

我又给叶雨天写了张条子，折叠了两下，挑上午9点，宿舍楼清风鸦静时，上六楼塞进她的寝室。刚到门口，门开了，她一步跨出来，差点儿撞了我。

“想好了？”她微笑着，并不惊讶。

“不是……”我把条子递过去。

“不是？难道还会是情书？”微笑消失了，声音冷冷的。也不是冷，是非常的严肃。

她把条子读完，笑容回到了脸上，但不是微笑。

“我跟夏晓冬说过，经纪人我已经做烦了，不做了，何况并没有报酬。不过，”她话锋一转，“你找来的这个人，太特殊，我还是很有兴趣的。”

“我也是，很想晓得个答案。”

“答案只会有一个。”

“但愿答案不止有一个。”

“哼、哼？”

“萨特死了。上个月，张大千也死了。他们哪个更伟大？”

“偷换概念。”

“……”

第七章　春山藏千山

三十五

我去东糠市街找宝珠，提了一篮红番茄和鲜鸡蛋。进了小院，听到几声喜鹊叫，一眼看见榆树下的永久牌加重车，擦洗得光明、铮亮，简直不像是我的。

二祖爷爷还在屋檐下半躺着，搭着一张淡绿色床单，好像我上次刚离开，打个盹儿又回来了。他乐呵呵冲我笑，还指了下独凳上的盖碗茶。茶碗边，新放了本旧书。

我把篮子放进厨房的灶头，转过身，正见宝珠从院外走进来。“七哥。”她脸上湿了层汗，鼻尖也是汗。“俺以为你隔天就来呢……咋才来？”

也没几天啊，我说。她脸上烧了一下，只是笑。

我问她刚刚去哪儿了。“把二祖爷爷的师叔送到长途汽车站。他是来拿新茶的。新津带回的新茶，一多半让他拿走了。”说着，她拿起一只小铁盒摇了摇。“七哥再晚几天，连这点儿也莫了。”

她又拿出一副盖碗，揭开来，白光闪眼，空空的，却如盛了一碗霜雪。撒一撮花茶进去，花瓣薄得透明，茶芽有嫩黄的茸茸。冲了开水，也放在二祖爷爷的独凳上。阳光上好，老王的拳击手套挂在屋檐下，小风吹着，发出轻微的响声。

我喝了一口，真是青涩、香洌，说不出的安逸。二祖爷爷的这位师侄，还俗后在小县城以装裱字画为生，制茶虽是业余，却又颇为讲究。茶是清明前去峨眉采购的嫩芽，茉莉则是自家后园种植的，摘了盛入竹簸箕，放上瓦屋顶晾干。还要经过几遍我没听说的工序，一年也就制成三斤花茶。一斤自家喝，一斤分送亲友，一斤孝敬二祖。二祖拿回家，再被他师叔拿走了八九两。我居然还喝到了一碗，想想也是很幸运。

我把这个意思讲给宝珠和二祖爷爷听，宝珠笑，二祖爷爷做了个表情，大概是：蠢蛋。但心情是好的。

我就故意把话往问海身上引。我说，鹤鸣茶社有个掺茶的幺师，从前是杨森的保镖，还做过少城公园打金章的总裁判，身手厉害。

二祖爷爷忽然咕哝了一句话。宝珠凑到他耳根，他重复了一次。“不是厉害，是很厉害。二祖爷爷说的。”

我舒了一口气，上路了。接着又说，这幺师诚然是很厉害，但他还是最服两个人，一个是杨森老爷，一个是问海禅师。

我看了下二祖爷爷。他脸上堆出笑来，又咕哝了一句话。宝珠帮他说出来：“俺也是，最服一个人。”

谁？我没想到他会这么说。

“俺师叔。”

这个，我就更没想到了。为什么？他不是手无缚鸡之力吗？

“二祖爷爷说，手上之力，比起心上之力，就算不了个啥。”

我没有听懂。这个老师叔，可惜我没见过。

“二祖爷爷说，他当兵时，炮火中讨生活，靠点儿运气，莫成炮灰……有一回打仗，手膀子都被人家砍莫了，血流半个坑，气也莫有了。师叔路过，把他从死人堆里拖出来，拖到一个破庙子，每天讨饭回来给他吃。吊了三天气，命才又回来了。”

哦，我明白了。我说，师叔有恩于二祖爷爷，二祖爷爷是知恩必报啊。

“二祖爷爷说，师叔是四川总督鹿传霖的小外甥，贵公子。总督创办中西学堂时，师叔成了最年幼的学生。后来，他遇到了关隘，很烦恼，就改名为髡名。”

昆明？我没有听懂。

“是髡名。二祖爷爷说，髡，就是剃光头发，头发，就是烦恼丝。可他还是想不透一个究竟，就去大慈寺出了家，后来又做了行脚僧，苦行了十八省。有回在山西一个庙里头挂单，遇到几十个土匪来洗劫，村子的妇女都跑进庙里躲。当家和尚脚杆都吓软了。师叔一个人把土匪堵在山门外，不让进。匪头子说，你不让开，看俺把你下油锅。师叔说，俺是地藏王菩萨的侍者，下油锅的时候念个咒，把你爹娘的魂魄也勾来一起炸。俺的话，也可能是假的，你不妨试一试。匪头子想了半晌，走了。”

我松了口气，说，好在匪头子还有一点儿天良。

“二祖爷爷说，罗刹也是有天良的，看你能不能找到它。”

我默然了一会儿，又说，出家人不打诳语，师叔毕竟还是撒了谎。

“二祖爷爷说，救人一命，胜造七级浮屠。师叔打一诳语，造了多少浮屠？”

我又默然了好久。宝珠把茶碗递给我，还替我用茶盖擀了擀。小风中飘着新鲜的茉莉茶香。

师叔该有一百岁了吧？我说。

“二祖爷爷说，他师叔已经莫有年龄了。”

我斟酌着字句，委婉道，他行脚十八省，这么老了，为啥要住在邶江呢，是不是有所放不下？

“二祖爷爷说，他喜欢过一个邶江的小尼姑。”

我抽了一口气。

“二祖爷爷说，小尼姑16岁就死了，是在渡江时淹死的……八辈子远的事情了。”

我叹了一口气，说，好想去拜访他老人家。他住的庙子，叫什么名字呢？

“二祖爷爷说，一座小庙，不足为名……莫要去，去了也见不着。”

我自然不甘心。又很诚恳地问道，可否告知您师叔的法名呢？

“问海。”

这一回，不等宝珠复述，我已经听清楚了。

三十六

宝珠给我指了指墙根。

白石灰刷过的砖墙上，有髡名，即问海禅师用木炭写的一首诗。笔迹有点怪，像汉人抄在竹简上的字，但多了些摇摇摆摆的风姿。

一指见明月，
一月见春山。
春山藏千山，
千山归一山。

三十七

宝珠侍候二祖爷爷用过午饭，跟我上东大街，去三义园吃牛肉焦饼。

店堂临街，小小的，由于过了饭点，就显得空阔，又清静。师傅倒还在忙着，一大盘饼很快上了桌，微微烤黑，飘着火炭气味的焦香。吃吧，我说。宝珠吸口气，傻傻一笑，嘴角流出两滴清口水。

我咬了一口，她咬了一大口。牛肉、葱子被烤炙的牛油泡着，猛地粘上舌头和上膛，齐叫一声，啊呀！相互看看，彼此吃得一脸怪相。

我吃了两个，宝珠吃完四个。再吃几个不？我问。

她两眼水汪汪地看着我，很听话地点点头。

我却说，不吃了，留点肚子，我们过会儿吃牛肉面。三义园的牛肉面也是很绝的。

她憨憨一笑，又是很听话地点点头。

我说，我有个同学，她爸爸是个画家，画了半辈子，没人买他的画。偶尔卖一幅，价钱也低得跟青菜、萝卜差不多。但他相信自己是天才，她女儿也相信。除此，再没人肯信了，只信这是个笑话。他于是就感慨，说，艺术要能像比武就好了，拿拳头来证明，赢家、输家，答案只有一个。

她收了笑，摇摇头，淡淡说："比武啥的，也是不能证明的，七哥。除非把人打死。"

我吓了一跳。我问她，世上的武术比赛、拳击比赛，多得很，为啥这么说？

"但凡是比赛，莫管武术啥、拳击啥，就是个游戏。游戏有章程，这能打，那不能打。武，不是拿来比赛的。"

那，拿来做啥呢？我问。

"杀人。"

"……"

"这咋比得出来呢？七哥。赵家沟的人每天练的活儿，出手就要伤人的。"

"……"

"俺小叔去给一个功夫电影做替身，头一天拍戏，不留神就把对方打残了。要赔好多钱，哪有钱，他就选了去坐牢。前两个月才出来……俺小叔好可怜。"宝珠老气横秋叹口气，像老了十几岁。

我就问，二祖爷爷的武功怎么样？

"俺也莫见过。倒是听他讲过一句话：俺杀人如麻，俺师叔活人无数。"

我欲言又止。

"七哥有话？跟俺说说吧。"

我说，你见过的，在砖窑痛打老王的那个拳手，他打败老王后，还去四处找武术高手们挑战。有的他赢了；有的怕他，躲了，也算他赢了。他就说，武术是花架子，他要见一个打一个。我本来想让你跟他比一比……算了吧。

宝珠不应声。

各自吃了一碗牛肉面，走到了街上。街两边的梧桐树，新叶已阔绰，映着阳光，绿莹莹好看。过来一个戴草帽挑扁担卖蝈蝈的农民，两头各挑了几十笼麦秆小笼笼，每笼里一只蝈蝈、一朵丝瓜花。我掏一毛钱买了一笼，送给宝珠。

宝珠的脸烧了下。“俺又不是娃了啊……”声音有点儿忸怩，却是欢喜的。

我说，念小学时，我拿零花钱买了一笼蝈蝈。晚上叫起来，母亲心烦，就把笼子撕了。早晨起来，只看见半朵丝瓜花、一只蝈蝈腿，差点儿就哭了。

“差点儿哭，那是哭了莫有呢？”她似乎是好奇。

我想了想，说，想不起来了，好像是没有哭。大了些，读《诗经》，读到一句“六月莎鸡振羽”，这次是流了几滴泪。我就是农历六月出生的。莎鸡呢，就是蝈蝈，成都人称为叫蛞蛞。“六月莎鸡振羽”，是说到了六月，叫蛞蛞翅膀硬了，该飞了。我就想，我是应该飞远些。

“七哥毕业了，想做什么呢？”

不晓得嘛，我说，只能等分配。

“俺知道，好多事莫法由着自己来。”宝珠替我叹了一口气。

我说，能去做个叫蛞蛞也好啊……在成都，老师的绰号就是“叫蛞蛞”。

宝珠扑哧笑了。“叫蛞蛞好啊，俺今后来当七哥的学生。”

我也笑道，宝珠一定是个好学生。

“俺念过三年小学堂，倒是个听话的学生呢。”

我点点头，以示很相信。

宝珠把笼子举起来，看了看，又换一只手，举起来，转了转，她忽然说：“七哥，俺答应你，跟那个人比画下。不过，你要答应俺一个事。”

我心头一喜，赶紧点头，生怕她变卦了。

“打赢、打输，都请俺再吃一顿牛肉饼。”

三十八

晚上睡觉前，我在寝室讲了宝珠要跟夏晓冬比武的事。

大家都拍掌，等着看好戏。随后明白了，宝珠就是拿走老王手套的胖姑娘，都笑了，说我摆玄龙门阵，寻开心。

只有老王安静看书，不置一词。

我说，是真的，不信就算了。老鲁笑道，你真不会编故事。我说，不是故事，是真的，错过了别遗憾。老鲁把我看了好久，正色道，不要害人又害己，收手吧，就当没有这回事。我说已经定了，谁劝都没用。

隔壁传来调试二胡的声音，是柱哥。老鲁松口气，说，算你运气好，今晚有柱哥在，听他给你讲一番道理。

说罢，他去把柱哥请了过来。柱哥的手上，还提着二胡呢。

但柱哥听了，脸上堆出笑来，既未阻止，也没说支持。"我其实，还是想看一个结果的。"

老鲁不悦。"柱哥，要是你看过夏晓冬出拳，不看，也晓得结果了。"

"所以，就应该眼见为实嘛。"柱哥依旧是笑笑，至于可否，也不很坚持。

"老王尚且……何况是个女孩子。难道非见到她脸蛋儿开花？"

"既然女娃娃敢应承，想必是有两把刷子。至少，也能抵挡几拳吧？不至于……"柱哥顿了顿，摸了10元钱放桌上。"如果她伤了，拿去做汤药费。如果侥幸赢了呢，就算是奖金。"

我把口袋里的钱全掏了出来，是9块8毛钱，也放在了桌上。

老鲁哼了哼，冷笑。"都他妈疯了啊？"

其他人笑笑，纷纷摸口袋，1元、2元凑了一小堆。老王干咳了一声，大家看着他。他摸了20元，默然放上去。

满屋一片掌声。老王把食指竖在嘴上，小声说："不足为外人道也。柱哥，给我们拉一曲吧？"

柱哥在独凳上坐稳，低低头，略一沉吟，弓子运了起来。

琴声舒缓地响起，起初还比较沉郁，渐渐有了生气，且越发轻快。这时候，屋内突然一片漆黑！宿舍熄灯的时间到了。

二胡依旧响着，月光从窗口进来，正落在柱哥身上，水盈盈的。他低头拉琴，心神似乎已不在此，去了遥遥之地、江河之源。琴声之外，还有淡淡的松香味。我轻声问："啥曲子呢？"老王答："《空山鸟语》。"

三十九

叶雨天和我商定了，比赛的地点和时间，依旧是砖窑，下午1点50分。

但过了半天，叶雨天变卦了，说要改在上午11点。她说，夏晓冬当天下午还有个活动，去北郊天回镇跟一个武术界前辈打比赛。这样安排效率会高些，砖窑的事了结了，就近洗个澡，到食堂吃午饭，赶公交车跑一趟来回，还来得及回学校吃晚饭，又营养，又实惠。

我表示理解，并佩服他们数学思维的精准和高效。

但她不接受恭维。“数学思维也可以是有弹性的。现在你们取消比赛，也可以。”

“我们不取消，即便你们想取消，也不行。”

她一脸的惊讶。“书呆子，没想到你会这么强硬啊……我们取消了呢，你敢打上门？”

“是的。”我冷淡地说。

她想表现得更冷淡些，却笑了，还把手伸出来，让我握了握。她的手是凉的、细的，也是有力的。

四十

宝珠是骑我的自行车直接来砖窑的。

昨晚下了雨，早晨还飘雨花，刚刚才收住了，风还是凉飕飕的。她的脸蛋儿被风吹出一层粉霜，黑、红、嫩，厚嘴唇上还有好看的茸毛毛。嘴角依旧漾着两弯笑，但乌黑的刘海儿被梳到了脑后，绾成一个结实的发髻，还用一个尼龙网罩牢了。大脑门露了出来，白生生的，又白又嫩。

裤脚上还扎了绑腿，是拿三寸宽的黑布一圈圈缠紧的。其他看不出变化，就像一个村姑骑了毛驴去赶集。

我们全寝室的人都站在文史楼后的小路边接她，眼里满是友好和爱怜。进了树林子，草尖上还留着雨水珠，空气湿湿的。旧年的落叶已经扫净，新叶已是苍翠浓荫了。多走几步，还没到砖窑，已见到黑压压的人群，一簇簇，一片片，在林中窜动着，全是来看比赛的。不晓得是谁走漏了风声，也可能是叶雨天故意招来的，观众比上次多了好几倍。老鲁骂了声×！“人心多残忍，看一个女孩子挨打，就那么好看啊。”老王则笑道：“也可能是怜香惜玉呢。”

看见我们过来，人群让开一道缝，目视着宝珠，充满了好奇。

叶雨天和夏晓冬已先到了。沙袋从古槐树上吊下来，仍像一根极为夸张的红肠。夏晓冬戴着黑色拳击手套，抱着沙袋，轻轻地摇晃着，额头、面孔、脖子上，泛着亮晶晶的汗光。鹰隼般英俊的脸，两颗眼珠是锐利的，看见我们过来，流露出相当的友好。他身边站了一个胖子，面熟，我沉默了片刻，认出是鲍门牙。

鲍门牙亲热地打了我一拳。“晓冬下午有场硬赛，对方是我老家的堂伯，回龙拳宗师，他先来热热身。”说罢，又冲宝珠露出两颗大门牙。“小妹妹一看就精精神神的，有志气。”他比出一个大拇指。宝珠憨憨一笑。

裁判还是体院的助教，叶雨天在陪着他抽烟，暂且无话。

我看了下表，是10点50分。小声问宝珠：“二祖爷爷晓得你来吗？”

她点点头。

“他有没有叮嘱你什么呢？”

“要稳。”

“还有呢。”

“要静得下来。”

“你静不静？”

“嗯。”她点点头，又笑了笑。

夏晓冬招手把叶雨天叫过去，俯在她耳边说了几句话。

叶雨天走到我身边。她穿着黑色高跟鞋，裤脚八寸二的劳动布喇叭裤，裹紧的小屁股骄傲地翘着。她对我说：“你们现在还可以放弃。”她嘴里的气吹得我痒痒的。“我们还可以对大家说，这姑娘肚子痛，或者刚好是生理期。”

我说：“不。”

“为什么？”

“你们不是就想要个结果吗？”

“如果把这件事理解成小说，留个悬念也不错。”

我笑笑，再看了下表。“开始吧。别误了他下午的比赛。”

她恨恨地盯了我一眼。

夏晓冬把T恤脱了，扔给鲍门牙。他身上的肌肉游鼠般活跃着，腿在原地轻快地跳跃。我注意到，他额头新缠了一条红绸带，这使英武之气又添了丝优雅。

宝珠把拳击手套从挎包里掏出来，老王替她戴上手，细心检查了一遍，柔声问："用过了吧？"

她点点头。

"别紧张，啊？"

她笑了笑。

黑压压的人群挤压拢来，又在裁判和叶雨天的驱赶下，退出一个圆圈。没人说话，但呼吸声有如阵阵闷雷。我望了下树梢，今天没有晾晒衣服、床单，但树枝上坐了几个激动不已的男生。还有些人站在矮墙上。烧窑工倒没来，他们正在把砖坯放进窑洞去。

圆圈的空地上是湿的，还有个浅凼，积了一汪水。夏晓冬穿了双黑色的高帮运动鞋，宝珠还是一双带襻的布鞋，已经湿透了。她把脚向我伸了伸，说："七哥，替俺脱了吧。"我蹲下去给她脱，手有点发抖，脱了好久才脱下来，提在手里。

宝珠的脚板大，十个脚趾大张开，这使她站得很稳当。

裁判简单宣讲了规则，双方点头。夏晓冬是武术世家出身的，对手也来自武术之乡，他就按老规矩，有礼貌地拱拱手。

宝珠不动声色。

空气凝滞了，期待着撕裂。蝉鸣突然静下声，两百多颗心提到了嗓子眼儿。

四十一

裁判叫了声："开始。"夏晓冬脸上还挂着笑意。

两人相距五六步。

"始"声刚落，宝珠右手一扬，左手打出一拳！

这是一记左勾拳，正打在夏晓冬的下巴上。夏晓冬后仰扑出去，他试了三次要保持住平衡，但没成功，终于倒在了一凼雨水里。雨水受到强烈的撞击，啪、啪、啪飞起来，有力地击打在观众的脸上。

所有人都还没有回过神，表情茫然。裁判站在夏晓冬身边，数着："一、二、三、四、五……"

宝珠站在夏晓冬刚才站立的位置，很专注地俯瞰着他。谁也没有看清楚，她是怎么一刹那跨过这五六步距离的。

裁判数完了十，树林里没一丝动静。似乎又过了一分钟，夏晓冬还躺在水里，就像安静地睡着了。他脸上没伤痕，下巴依然是光滑、漂亮的，嘴角保持着已经僵硬的微笑。

人群终于闹腾起来了，有人鼓掌、跺脚、喝彩、喝倒彩。叶雨天脸色煞白，指着宝珠，手指头颤抖，又转而指着我，恨恨道："她作弊。"

闹腾突然回到了安静，比刚才还要静。大家都在听。

"为什么？"

"夏晓冬是西洋拳，她是武术……她刚才打的那一拳，算什么?!"

大家都盯着宝珠的手。红色拳击手套还没取下来，她动作很小地挥了挥。"俺不懂这啥拳、那啥拳，但凡过了俺的手，就是俺的拳。"

很多人笑了，还有人鼓掌或尖叫。叶雨天冷冷道："狡辩，没逻辑。"

裁判和鲍门牙已把夏晓冬搀扶了起来。他除了身子软，湿透了，看不出刚挨了这么一下子。他不看宝珠，看着我，脸上留着的，不是伤痕，是一个春梦的残影。突然，他嘴巴努了努，吐出一颗牙齿，诚恳问："姑娘刚才那一拳，可有什么说法吗？"

"千山归一山。"我淡淡道。

第八章　春去也

四十二

我把室友们凑的钱转交给宝珠，她分文不收。我说，我们再去吃一顿牛肉焦饼吧。她说，俺最喜欢吃的，不是焦饼，是学堂里的饭。

室友们大喜，每人拿出7毛钱菜票，各买两荤一素，拼在寝室的两张长桌上。我又提了两只竹壳开水瓶，去工会小卖部打回散装啤酒。请了宝珠坐中央，济济一堂，大吃了一顿。

宝珠吃得满脸红彤彤，嘴巴吧嗒、吧嗒响。她一人吃了两份夹沙肉，一嚼一嘴油，油水顺着嘴角淌。肉下蒸的糯米饭，饱浸油和糖，她也总是吃不够。老鲁笑眯眯，说宝珠今后又想吃学堂了，尽管来嘛，八个哥哥轮流请。

宝珠频频点头，忽然说："你们不是就要散了吗？"

这话一出口，大家都沉默了，只剩一片咀嚼声。良久，老王说："散了，还有再聚的时候。今天酒味淡了些……下回吧，威士忌加茅台，还有大哥亲手烧的麻婆豆腐、水煮鱼。”说罢笑笑，轻轻叹口气。

吃完饭，我骑车送宝珠去九眼桥那一头乘公交车。她坐在永久牌的后座上，挎包里塞着拳击手套，脚上是快焙干的鞋。绑腿是解下来了，拿在手里一甩一甩。

锦江中已没有渡船了，还能看见系渡船的铁桩，兀自立在江流里。岸边有人撒了一网，啥鱼虾都没有网起来。很多燕子停在电线上，还有几只绕着一家客栈的屋檐飞，估计那儿有新搭的燕窝吧。

她告诉我，父母已忙完了小叔的婚事，过两天就来成都照顾二祖爷爷了。

“那你该回老家了？”

她说俺不回老家，去深圳。有个堂姐姐在深圳做工，让她也过去，只要肯吃苦，挣的钱不少。小弟弟要念学堂，还要娶媳妇，种田的钱是不够的。

“你是为弟弟去挣钱啊？”

她说，嗯。

“管弟弟是你爸妈的事情，你管好自己就行了。”

她嘿嘿笑起来。弟弟是俺姐妹两个招来的、迎来的，咋能不管呢。再说，俺也不怕吃苦啊。

我想说啥，车已上了桥，碾着一块断砖，嘭地一跳！

她“啊”了一声，抱紧我的腰。我背心一热。水声突然大起来，是九个桥洞里的哗哗冲刷声。春天已远，这是夏水了。

岷江涌出青藏高原最东边的谷口，在都江堰分出一支锦江，流经成都平原，绕过老城的东南角，有力地穿出九眼桥之后，逐渐舒缓了下来，再淌过我的大学、望江楼，经双流县进入彭山县，在江口镇流回到岷江，一路蜿蜒蛇行，归于无影无踪。

【作者简介】何大草，1962年生于成都少城，1983年四川大学历史系毕业。出版有长篇小说《刀子和刀子》《崇祯皇帝·盲春秋》、小说集《贡米巷27号的回忆》、散文集《记忆的尽头》等。曾获百花文学奖、十月文学奖、《文学报·新批评》文学评论奖。现执教于四川师范大学中文系。

四人餐桌

沈星妤

1

咚咚。

睿涓用拳头敲了两下。

哗啦啦，一块墙皮掉了下来。

“听得见吗？”

“听见了，很清楚的。”

曼宁的耳朵在这个时候硬生生地疼了一下，好像有什么蜇人的小虫子钻过墙壁溜进了她的耳道，她跳起来，下意识地甩头，想把那东西甩掉，这时，她又想起不久前在一本小说上看到，人死后的魂魄是居住在活人的耳朵里的，也许刚才钻进来的是丈夫安东，于是，停了下来。

“我整理一下再去你那边。”

“别把东西搞乱了，找不着他们会不高兴。”

曼宁的声音又传过来，这回果然比刚才清楚。

“我知道的，你放心好了。”

睿涓也离开了墙壁，转身查看这屋子里的一切。

屋子不大，紧挨着父母的卧房，这是睿涓出嫁前住了二十八年的小房间。婚礼前一天晚上，父亲和梓楠电话打个没完，担心这儿担心那儿，母亲曼宁嫌他们吵，过来和睿涓睡，母女俩亲亲热热聊了半宿。眼下，这房间是另外一个样子，关于如何布置，睿涓和曼宁都没有经验，她们从来没做过这种事，也没想过要做。曼宁的母亲是前年去世的，没能见上最后一面让她哭到肝肠寸断，安东怎么劝都没用。当时，谁也没想过还有什么办法能弥补这遗憾，安东和曼宁是标准的唯物主义者，对于迷信的东西一向避而远之。现在情况不同了，曼宁和女儿商量了半天，还是决定要试一试。

事实上，这种仪式，睿涓也完全不懂，她只是机械性地配合母亲去执行，自己所受的高等教育不允许她迷信，从根本上讲，她要比父母唯物得多。她只是觉得母亲太可怜，失去父亲让她的精神世界彻底坍塌，而自己尚年轻，够坚强，时间久了自然就挺过去了，所以当母亲提出要求时她没有说任何劝解的话，劝解对母亲来说是毫无用处的，还不如积极配合。

"睿涓！吃饭了。"

母亲又在叫了。

她必须马上出去，稍有迟疑曼宁就会感觉被冷落。

睿涓应了一声走到房门边上，又忍不住回过头去，对着阴气极重的空间深吸一口气，想最后确认一下梓楠的味道是不是都已经留在这里了。

是香烟的气味，红双喜。

梓楠答应她结婚以后就戒掉的，现在，又自个儿躲着抽起来了。

2

曼宁一个人把圆桌面展开。

睿涓看见桌面上端端正正地摆着四副碗筷，眉头便纠结到一起。她望着母亲坦然利落的身影，感觉到走火入魔的恐惧，尤其是梓楠的位置上还放着一杯冒泡的啤酒。

"妈，你不要这样。"

曼宁含着一口饭，听见女儿低声说道。

"怎么了？"

“不觉得有点过吗？”

她看见睿涓的目光始终盯着对面安东和梓楠的位子，难以下咽地咀嚼着嘴里的食物。

“我们必须做到完美，就像他们真的还在，否则是没有用的。”

“你怎么知道？又没有根据。”

“六里巷的温家阿婆上网查到的。”

“有这种网站吗？”

“都是有经验的人写的，他们说，光聚集阴气还不够，必须让亡魂知道我们召唤他们的决心，让他们有回家的感觉，否则，他们宁可飘荡在外也不肯回来的。”

“还不如花钱找人做。”

“别人做不知道会招来个啥，这种事还是要自己做，一次不成就多做几次。”

“结果，温家阿公有没有回来呢？”

“当然回来了，否则我怎么会相信呢？”

睿涓的心突然干燥地裂开一条缝。她不再看母亲的脸，无法将这张急剧枯槁的脸和那张辛劳了半辈子却依旧乐观开朗的脸吻合到一起去。她没料到母亲会糊涂到和老头老太太一起钻牛角尖。看来，由着她瞎折腾并不能解决问题，只会把她的精神越弄越糟。

“这是自欺欺人，世界上根本没有回魂这种事，你不要脑筋搭错跟着犯糊涂。”

“那你又跟在我屁股后面忙活啥？还不是为了能再见梓楠一面？”

“你住口！”

睿涓忍无可忍地跳起来。

曼宁不满地白了女儿一眼。

“我知道，从一开始你就不相信我，你这么做只是想让我心里好过些，既然如此，你就安安静静陪我做完，别对我大声嚷嚷，小心把他们吓跑了。”

睿涓愣了愣，思忖着措辞，她听出母亲轻描淡写的话里充满了痛苦和哀伤，好像一根被扯紧拉直的白头发，说断就断。

“我保证，你一定可以见到梓楠，你要相信我，我是亲眼看见温家阿公把烧酒喝光的，就那么一眨眼的工夫，如果你也在就好了，你就会相信了……”

“什么烧酒？”

睿涓不晓得母亲在说什么。

“温家招魂那天，温家阿婆把老伴爱喝的烧酒放在供桌上，半杯茶的工夫，酒就不见了。”

“那酒盅呢？”

“还在呀，一动没动，可是杯里的酒不见了，在场所有的人都可以做证，不信你去问张家阿姨。温家阿婆说不够，就再倒了一盅，很快又不见了，于是一盅接一盅，整整喝了一壶，温家阿婆就哭了，说回来了，真的回来了，原来她老伴生前每天晚上都要喝热烧酒才能睡得着，而且不多不少，就那么一小壶，哪有那么巧的事？不是他还会是谁？”

睿涓的汤勺“咣当”一声掉在地上，不寒而栗地望向空荡荡的餐桌对面。

酒杯里，金黄色的液体依旧饱满，气泡正慢吞吞地向杯口蔓延。

曼宁收回目光继续吃饭，不再说话了。

睿涓却开始聚精会神地凝视啤酒，睫毛好像被空气粘住了似的一动不动。

3

星期三。

睿涓有补习，过九点才回来。

曼宁一个人吃饭，桌上依旧摆着四副碗筷。

菜很丰盛，都是安东爱吃的，还有梓楠的苔条花生。梓楠爱吃花生，睿涓从来不晓得替他买，他常说，这家里最疼他的女人不是他老婆，而是他的丈母娘。

安东没回来，梓楠也没有，曼宁不知道自己遗漏了什么，她决定明天再到六里巷走一趟，但不能告诉睿涓，她会不高兴。

睿涓已经忘记了招魂的事，把母亲的“四人餐桌”当成了日常的心理安慰，基本上不回来吃饭。曼宁觉得问题就出在这里，女儿每天可以站在讲台上神采奕奕心无杂念地上课，当作什么都没发生过，她究竟是怎么做到的？睿涓从小就这样，骨子里有着某种复杂合金锻造而成的不易扭曲的毅力，身为母亲是应该感到骄傲的，至少安东一直引以为荣，他常说那是任何富裕家庭培养不出的优秀基因，有了这个，女儿就能够成长为一名顶尖的女子。可不是，梓楠车祸去世不到两天，她就正常上班了，这到底是理智坚强还是薄情寡义？曼宁替女婿感到委屈，她不该对梓楠这样，夫妻感情总比父女之情延绵深刻吧，怎么说放下就放下了呢？曼宁想着想着，就要抹眼泪，一时间也分不清是为了谁。

吃罢饭，她开始琢磨接下来应该做些什么，以往这个时候，她是很忙碌的，应该说从嫁给安东那天起就一直忙碌到现在，工作、持家、生儿育女，接着是退休、返聘，女儿大学毕业、谋职、恋爱、出嫁，等等，本来还要继续忙下去，因为女儿会怀孕，会要她照顾小孩，她和安东也必须开始为自己的晚年生活做打算，就这样一直忙，忙到忙不动为止，可是，就在女儿结婚那天，突然间，一切都结束了，终止了，就像一部总是转动的机器突然没了电，在极短的时间内静止了，再也动弹不起来了。可是，她已经习惯了这样的忙碌，也乐于忙碌一辈子，为安东，为女儿，为这个家，她无法适应现在的生活，太寂寞了，她受不了这个。曼宁迫切地想知道上辈子到底得罪了谁，这不公平，真的不公平，她一向知足、恬淡、节俭，不就为了一家四口其乐融融的那一点点平凡的幸福吗？怎么就没有了呢？

要么让我跟安东一起去，要么把他留下，与我好好地把这辈子走完，现在这样算什么？算什么？曼宁的眼泪止不住地掉下来，满腔悲鸣积郁在喉间，欲叫不出，欲咽无力，只有几声咳嗽不像咳嗽哽咽不像哽咽的哀号回响在空旷的四壁之间。她低头看看表，还有三刻钟女儿就要回来了，立刻擦干眼泪收拾收拾，准备到那间屋子里去。

今晚，她要和安东说说话，不管他回不回来，有些事他是必须要知道的。

曼宁洗了一把脸，从睿涓的化妆台上找来一支能让自己的嘴唇恢复血色的口红细细涂抹了一番，然后换上件干净衣服，走进了墙那边的房间。

4

睿涓走到校门口，看见李老师站在那里等她，心里一阵悸慌。

“你还好吧？”

李康筑问她。

“还好。”

睿涓微微点头。

“所有的人都忌讳提我婚礼的事，你可别这样，你瞧，我的脸色很好，已经没什么了。”

李康筑凝视睿涓的脸，没答话，他知道她不好，这和脸色没什么关系。

“我陪你走走，说说话？”

“好。”

她没有拒绝，这条路长得很，夜灯也很暗，是该有个人陪着。

“梓楠的事，我一直没机会和你说。”

“你不说我也知道，你们是大学同学，你的悲伤不会比我少。”

“事情是怎么发生的？能不能简单告诉我，我知道我不该问这个……”

“其实我也不太清楚，总之，我没等到他，事故发生的时候我和母亲正在张罗客人，他去接我父亲，他们坐同一辆车，可能是太急太赶，他的性子就是这样，你也知道，在高架桥上，车速太快了。”

李康筑沉默。

睿涓能感觉到他的痛楚，很清晰、很细腻地徘徊在身旁近距离的空隙里。

“听说，你父亲也……”

“没抢救过来，我母亲很悲伤，至今都难以平复。我倒是有点安慰，至少有我父亲陪着，总比他孤单单一个人走得好。”

李康筑不禁侧目，讶异着她的漠然与冷静，感觉她有些陌生，身体里原本热乎乎的暖意仿佛跟随梓楠的魂魄一起消失了。

“那不是你的心里话，他们都是你的亲人，你也不希望发生这样的事。”

“事情已经发生了，我能怎么办?和母亲一样一蹶不振吗?家里已经没有男人了，再不振作怎么撑下去？”

李康筑体味到她的焦躁与无奈，还有必须竭尽全力遏制的悲哀，她避免去想梓楠，因为这样会让自己垮掉，除了忍耐别无他法，于是，他不再继续这样的话题，只想默默地陪她走完这段路，现在她需要的就只有这样而已。

很快，路就到了尽头，没法再走了。

李康筑觉得还是得说些什么。

“人生无常，你不必勉强自己，日后有什么难处随时找我，别说梓楠没托付，看在多年朋友又是同事的分上，我也应该照顾你的。”

睿涓点点头以示感激，目光下意识地落在他真挚的眼睛上，突然想起了一件事情。

“那天，我没看见你，后来在宾客签名本上也没找到你的名字，你真的没来么？”

他掉转头去，似乎不想回答。

“梓楠本来要请你当男傧相的，你又说不会喝酒，我没料到你索性连婚礼也不参加了，如果他知道了一定很失望。”

“你怎么知道梓楠会失望，也许他并不希望我去。”

“什么意思？”

睿涓困惑地皱起眉头。

李康筑有些不安，他意识到有许多话即使梓楠不在了也是不能说的。

“没什么意思，我随便说说，你别放在心上，时候不早了，我就送到这里，你还是早点回去休息吧。”

“那谢谢你，明天见。”

“明天见。”

说完，他掉头就走了。

睿涓呆立了一会儿，直到李康筑完全消失在路的另一端，她想，此时此刻，梓楠说不定正在不知名的角落静静地观望着他们。

睿涓走上阶梯的时候，曼宁已经躺在床上了。

她本想看会儿书就睡的，不管睡不睡得着都得把灯灭掉，否则，睿涓又要把安眠药端进来了。

可是，她睡不着，一直在想着刚才所做的一切是否真有可能唤回安东的游魂。

他在哪里？还能不能看见我，听见我的声音呢？

曼宁把自己关在屋里的时候并没有想到问这些，她只是很平静地和安东说着话，就像平日饭后一边看电视一边对他絮叨那样，每到这个时候睿涓就躲得远远的，嫌她烦，安东就不会，他性子好得很，只要给他泡壶龙井就能不厌其烦地听她讲，偶尔还会与她一搭一唱。曼宁回想起恋爱时就很喜欢他的耐性，想着这个男人到老的时候一定特别体贴温柔，即使心情不好也不会对老婆大呼小叫，安东就是这样的人，曼宁非常满足，她觉得女人穷极一生渴望的也不过就是这样的温柔。

今天晚上她自然没忘记沏一壶好茶，殷切地盼望着能够在谈话中起到些许灵异的作用，不现身也没关系，只要喝几口茶让她知道他在听着就可以了，可惜，什么也没发生，安东和梓楠的灵位以及他们生前所使用过的东西既没有发出诡异的动静，也没有传出鬼魅的气息，整个屋子木讷、清静得一如遗物陈列馆。

曼宁先是将近来家里发生的大小琐事向安东汇报了一番，包括到六里巷观摩招魂，并恳求他也能够回家来和自己见上一面，否则心里总也不踏实。唠叨完无聊事，供桌上的茶水也已冰凉了，但是没有被人饮过的迹象，曼宁很是失望，但她依旧抱着那么一点点微薄的希望，执着地凝视着黑白照片里安东微笑着的黑白面孔。

“如果你真的不想来，我也不勉强你。”

她悠悠地对着照片说。

“也许，命中注定我要跟你一同去，我不知道你怎么想，我倒是一直有这个心理准备来着，这也没什么，反正迟早总要见面的，既然你不肯来只好我去找你，没有你的日子不好过……真是不好过啊……”

说着，她又想哭了，好歹还是忍了下去。

那个秘密要不要说，曼宁犹豫了好一会儿，她怕安东担心，但是如果他真的担心，搞不好就会有感应。那是在他去世以后才发生的，本来想先告诉女儿，可又怕她大惊小怪。曼宁决定让安东知道自己真实的状况，她觉得没什么害羞的，但是，上衣脱到一半还是踌躇了起来，她想到这屋子里不只是有安东的东西，还有梓楠的，若是他也在的话就不成体统了，于是，她暂且用黑绢把梓楠的相片盖上，把上衣重新弄整齐，然后只解开一半纽扣，露出左半个乳房来。

“你瞧，就是这里，是这里。”

她靠近安东，对着他，用手指轻按乳房左下部接近肋骨的地方，那里有一个椭圆形鹌鹑蛋大小的肿块，即使不触碰，偶尔也会隐隐作痛。

“你走后没几天，我就觉得乳房胀得很，不久便发现这里肿起一块来，起先只是黄豆大小的一粒，现在已经扩散得很大了，想必不是什么好东西，起码也是癌症之类的，现在，你总该相信我的话了吧，唉，都是命啊……你放心，我是不怕的，我现在心情好多了，可是不能让睿涓知道，如果我真得了那种病她就苦了，所以，我也矛盾呀，痛苦呀，又想和你在一起，又放不下我们的女儿，没有了梓楠，她也是孤苦伶仃的一个人，你说我该怎么办呢？如果你还在，好歹也给我拿个主意……”

曼宁强忍着泪水絮絮叨叨说完这番话，她怕一旦抽搭起来就会口齿不清。

曼宁又静静地等了一会儿，直到客厅里的钟敲过九下才站起身把供桌收拾干净，回到卧房和衣躺下。睿涓进门时，挂钟刚好又敲了十下，曼宁还没有睡着，她清楚地听见睿涓的钥匙不小心落到地上，然后她马上又捡起来搁在鞋柜上面。

“妈，你睡了吗？”

睿涓小心翼翼地拧开母亲的房门，里面漆黑一片，悄无声息。

黑暗中，曼宁双眼紧闭，努力地想要进入睡眠状态，她听见客厅里睿涓细碎的脚步声，她拉开椅子坐下，一边泡脚一边吃着曼宁留在桌上的夜宵，然后洗碗、擦桌子、收椅子，最后刷牙、关灯、上床。

然而，就在曼宁快要入眠的时候，突然听见墙那边的门吱呀一声被打开，又吱呀一声地关上。

那么晚了，睿涓又进去做什么呢？

曼宁担忧地思忖着。

难道她也有话要对梓楠说吗？

5

睿涓在曼宁去六里巷的那天发起低烧，她觉得手脚冰凉，站得一久就头晕目眩，于是，下午请了假在家休息。

前两天，不知道是谁把一块黑绢罩在梓楠的遗像上面，把睿涓的心搅得很慌张。也许是母亲打扫时怕沾灰才盖上的，结果忘了拿下来。睿涓这么想着，但她没办法确定，说不定是梓楠自己蒙上去的，他生气，不想见她，因为她那么快就把他给忘了。

睿涓懊恼又茫然，她不知道那是悲伤到了极致产生的幻觉，还是母亲的行为真的引发了还魂的契机，总之，那是比决绝、沮丧、凄惶来得更加枯竭的情绪，它加剧了掩埋在她内心深处、阒无人声的角落里与日俱增的那些恐惧。

梓楠去世之前，她从不畏惧，没有任何东西能威胁她，可是现在，一切都发生了变化，起先只是细微地试探性地让她感到不适，她从不理会到克制，又从克制到忍耐，接着，那势头便顺流而上排山倒海了起来，直至当下现在这一秒，仍然在暗潮汹涌，那是生理、心理、肉体和精神多方面的叠层裂变，她一直在焦虑地寻找着“逃生”的出口，并以冷漠和坚强作为外在的掩护，但是，毫无进展，她觉得自己就快要不行了，那个即将到来的临界点终究还是要出现，对此她一点儿底气也没有。

体温的突然下落，让睿涓更加确定某种能量正逐步消失在体内的事实，这还不是最严重的，真实的情形她连谁都不敢告诉，那的确是难以启齿到了万般无奈的地步。深夜里，当睿涓缱绻在梓楠的灵位与冰冷的衣物间时，她没法不对自己的身体感到羞耻，当初，为了将最美好的保留到新婚之夜，她洁身自好得近乎精神过敏，到最后，还是没能等到那一天。

睿涓觉得自己不再是个女人了，这辈子都没机会成为女人了，她不想这样活着。于是，她偷偷溜进了隔壁的房间。即使梓楠已经不在，即使他的手指、身体再也无法触碰到她，他也有必要了解她的身体有多么纯洁多么美好，更要全心全意地去体会她为此所做出的努力，那不是责任而是义务，是身为男人和丈夫必须要履行的义务！

把新婚之夜还给我。

当睿涓和梓楠的遗像一起平躺在床上时，她终于感受到了身体的复苏，情爱的渴望，她幻想着丈夫的手指轻柔地在她身上撩拨，幻想着腹股间欲望的攀升，两人忘我的纠缠……让他的身体进入自己的身体里面，那是多么唯美又激动人心的瞬间……睿涓无法停止这样的幻想：紧张地攀附着梓楠宽厚的肩膀，勇敢地等待着那强韧的、冲破一切阻碍的痛楚的到来，然后，在痛楚中迅速地湿润、溶解、幻化，那是将少女的青春累积到巅峰之处的勃发，就好像一口蕴藏着天地万物间最清澈最温暖泉水的深井被突然凿开，那种甘醇与甜香会让梓楠在她年老色衰的时候仍能百转千回地去回味，可是，梓楠就这样消失了，永远不会再回来，只留下她独自和这口枯井顾影自怜，这叫人情何以堪？

眼下，睿涓的担忧远不止这些，她觉得自己的尊严和自信就快要耗尽了。

"我病了，很严重，我不知道该怎么办。"

睿涓掀开黑绢对梓楠说，从他走的那天开始她就再也没有来过月经，常常感到下身瘙痒难耐，时不时还伴随着疼痛以及来历不明的液体流出，就连一向坚挺饱满的乳房也开始萎缩了，这使她对自己的身体感到厌恶，她一天比一天消沉，一天比一天讨厌自己，这种危险、恐惧和困境是睿涓从小到大都没有经历过的。

"出来吃饭啊！"

母亲又在喊，睿涓把黑绢重新盖上，并预感到这是母亲试图催眠她的诡计。

又是四人餐桌，睿涓感觉到胃酸逆流的恐惧。

“我拿到房间里去吃。”

曼宁按下她的碗筷。

“他们就要回来了，今天一定会回来。”

睿涓甩开母亲的手，飞快地盛饭夹菜，曼宁受不了，冲上去阻拦，两人死缠不放近乎要打起来。

“放开我！”

“我就不放，他们已经来了，就站在这里看着哪，你到底听不听话！”

“死了！全死了！变成鬼都不会再回来了！”

睿涓抢起梓楠的啤酒砸向对面的墙。

砰！

啤酒杯瞬间炸裂。

啪啦啦，墙上多了一个洞。

“睿涓！”

曼宁眼看着睿涓两眼一闭，软绵绵地瘫倒在地上。

6

她以为晕倒的会是自己，她准备好了要倒在她面前的，却没想到会是睿涓。

曼宁有点被吓到，蹲在地上看了好久，心脏怦怦跳，几分钟后，睿涓醒了，见她全神贯注地看着自己的脸。

“别动！再躺一会儿，回回魂。”

“回魂？”

“刚才，是不是梓楠把你推倒的？你看见什么？听见什么没？”

睿涓脸上的愤怒不见了，眼底全是说不出的绝望。

她不敢碰她，怕惊扰了生魂，任由她自己爬起来坐好，迅速地吃了几口饭，喝了一碗汤，转身回房将门反锁，曼宁感觉女儿从今往后都不会再跟她说话了，心里越发凄惶。第二天一早，睿涓就不见了，所幸，东西还在，保险起见，曼宁找了一把锁头把女儿的房门扣死，以防她偷偷回来搬东西。

从六里巷到医院的行程中，曼宁迷了路，绕了好大一个圈子才到达医院的门诊部，那条路她并不陌生，当初安东小腿骨折的时候她带他来过的，今天不知怎么搞的，走来走去都在同一个地方。也许是安东故意在跟她闹着玩也说不定，温老太说过，鬼魂在白天是很爱和亲人开玩笑的。

“别闹，别闹，我很快就能和你见面了，很快。”

曼宁心里刚说完这句话，医院的大门就出现了，她很高兴，认定是安东替她指了条路。

曼宁愉悦地等待着诊断结果，周围与她年龄相当的中年妇女都诧异地望着她，心想，这个没人陪的女人居然一脸乐滋滋的一点儿都不害怕，曼宁的坦然让人无法理解，众人窃窃私语，揣测着她和死神之间的关系，这个女人到底在期待什么？

“我大概还能活多久？”

曼宁迫不及待地问道。

“不知道。”

主治医生微笑着回答。

“没关系，我有这个心理准备，你不必安慰我，有话直说。”

“检查结果表明你的身体很健康，医生的职责是治病救人，猜测寿命可不是我们的专长。”

“那我左边乳房的硬块是怎么回事？我的确摸到它的，硬硬的，好大一块，压下去还有点痛呢！”

“你的乳房的确有些异常，不仅是左乳，右乳也开始有些肿胀了是不是？”

曼宁点点头。

“说实话，按理你这个年龄是不可能再出现这种类似青春期的现象。”

“青春期？”

“检查结果显示，你体内的性激素水平很旺盛，促使你的乳房逐渐饱满增大，那种感觉就好像重新发育，所以才会胀痛，除此以外，你还有没有感觉到其他的变化呢？”

“其他？什么变化？”

“比如，皮肤变得光滑有弹性，你绝经多久了？”

“一年半，大约一年半以前就没有月经了。”

“可能会回潮。”医生一边写着病历一边说，“不必担心，更年期的妇女，激素水平起起落落是很正常的，也可以说是一种回光返照，反复几次之后最终还是会慢慢衰退的。”

“那就不是癌症了？”

“当然不是。”

“这种状况会持续多久？”

“因人而异，有的几个月就消退了，有的半年或更长，青春能够延长是好事，这是你以往饮食、作息、营养以及夫妻生活都很健康的结果，顺其自然就好。”

曼宁眉尖微蹙，低下头去。

“奇怪，明明很痛的……很痛的……为什么不是呢？……”

起身时，曼宁忍不住哀怨地哭了起来，医生奇怪地看着眼前的女人，搞不懂她为什么要哭，就这么等不及要老去吗？

回家的路上，曼宁走进一间偏僻的咖啡馆，打算独自思考一下医生遗留在她脑海里的那些新奇的疑问和假设，这个时候，李康筑正站在她家门口，思忖着没打电话就跑来探望睿涓是不是太冒昧了？

睿涓打开门，和李康筑默默相对注视了一会儿，李康筑发现客厅里有点乱，两个空箱子躺在地上。

“你要搬家吗？”

“本来是想搬的，现在搬不了了。”

睿涓指指房门上的锁头，李康筑发现门口放了一堆工具，锁也快被敲烂了，但还是没能撬开。

“要不要我帮你？”

睿涓摇摇头，踢开箱子。

“坐呀，我帮你泡杯茶。”

“不用麻烦了。”

不晓得是什么让睿涓改变了态度，她不掩饰了，并且很分明地告诉他，她现在很愁苦很烦恼。

“你身体好些了吗？”

“没有。”

李康筑眉头抽紧，睿涓看见了那微小动作的全过程，恍惚中，有些痴盲。

“到底哪里不舒服？要不要去医院看看。”

“是应该去看看。”

李康筑眼帘低垂，始终看着睿涓的手，这时，她的手瑟瑟地颤动起来，他毫不犹豫地握住了她的手。

一股暖流涌进睿涓的身体里，过电般地在她体内回流，让她愕然不知所措。

“别怕，没事的，一下子发生这么多事，换谁都受不了，你肯定是太累太辛苦了，没事的……”

他的声音也颤动了起来，睿涓的眼球周围一阵热乎，视野顿时糊成一片。

李康筑依旧坐在那里喃喃自语，睿涓不想听清楚他到底在说什么，只想滤开他的嗓音，去捕捉音律背后的担忧、怜惜和焦急，那感觉好清晰好熟悉，仿佛是梓楠在她的耳边轻轻地吹着气……

“我看不要再耽搁了，还是赶紧打个电话叫你母亲回来陪你上医院去……”

“你到底想说什么？”

睿涓忽然醒悟到，其实，他想说的并不是刚才的那些话，又或者，从以前到现在，甚至将来，他所说的一切都是虚设。

他真正想说的应该是很简洁的。

睿涓禁不住这样想。

如果现在不让他说，他可能永远也不会说给她听了。

“你知道我为什么不愿意参加你的婚礼？”

睿涓沉默地看着他，不想打断他好不容易整理好的思绪。

“其实那天，要和你相亲的人是我，因为领导做媒，梓楠担心不靠谱，都什么年代了还有这种事情，这是他的原话。”

两人相视一笑，眼前不约而同浮现出梓楠爱管闲事的样子。

“所以，他坚持要帮你把把关。”

李康筑点头。

“当时怎么没有拒绝？”

“因为我对自己有信心。”

“凭什么？”

睿涓目不转睛地凝视他那张的确比梓楠还要英俊的脸，有种恍如隔世的熟悉。

“凭我们第一次见面时，你看我的那一眼。”

是啊，他们第一次见面的时候，她确实被他吸引，她从未主动盯着一个男人的脸看，那是仅有的一次。

“这么说，是我辜负了你？”

“怎么能这么说呢。”

他很坦然地笑了。

“你们是真心相爱，是我自己错失了缘分，是我的错。”

“既然如此，你就应该高高兴兴地祝福我们才对。”

他突然站起来，背对她，好像没有办法再继续下去了。

睿涓也站了起来，困惑地看着他不知所措的背影。

“你知道那种感觉的，一旦爱上了就没办法了，只能想着她，即使知道她不是你的，你也没办法，我当然是祝福你们的，默默地离开，永不回头，不就是最好的祝福吗？”

他突然哽咽，滚烫的泪水终于从睿涓脸上滑落，她突然想起，从出事到现在，她还没有为梓楠流过一滴眼泪，她一直在克制不让自己失控，可是现在，她被他彻底击垮了，崩盘了，她不想在他面前痛哭流涕，这不是她要的结果。

“陪我去趟医院吧。”

“现在吗？”

他擦干眼泪，回过头来。

睿涓点点头，她不想再挣扎了，也没有力气再挣扎下去。

7

睿涓觉察到母亲的变化是在恢复工作的一个星期之后，事实上，她的身体并没有明显的起色，但是，又找不到其他合适的理由请假。

去医院的那个黄昏，李康筑只是远远地等在医院门外的花园小径上，睿涓不想让他看见自己走进妇科专家的诊疗室里。

检查、抽样、化验，程序冗长而又复杂，结果亦偏离了想象的轨道。

睿涓毫不避讳地描述了这些日子来身体的不适，但是，医生的诊断却是轻微的内分泌失调。睿涓的处女膜完好无损，一切都健康无异，至于突然断经的缘由，一半来自失调，一半来自“卵巢间歇性忧郁症”。

“你最近的情绪是不是很糟糕？”

医生直言不讳地问道。

“还好。”

“你这个年纪内分泌失调多半是身心疲惫造成的，是不是最近工作压力太大了？”

“还好。”

“子宫没有问题，只是卵巢发生了非病理性的拒绝排卵，就好像一个人的生殖能力突然间冬眠了，也可能是一种突发的应激反应，最近家里有什么意外变故吗？”

“没有。”

医生觉察到她迟疑了几秒。

“女人的生理时钟是很奇妙的，到了某种阶段就必须突破障碍，女孩子洁身自爱固然是好的，但是，是时候要放下事业心谈谈恋爱了，要不然，你的身体也是会抗议的哟……”

睿涓尴尬地对医生笑笑，医生见她面带潮红，便也就点到为止了。

走出医院大门的时候，太阳正倾斜着没入地平线，夕阳分外刺眼。

李康筑从花园的树丛中缓缓地走过来，不安地望着伫立在余晖下的睿涓，光芒如此耀眼，可是，她身上却被一层无形的薄膜笼罩着，丝毫没有沐浴的感觉。

“医生说没事。”

“真的吗？”

“真的没事。”

“那就好。”

她面对着他，第一次走到这么近的位置，两人的身影蔽在花丛的后面，花香伺机入侵，他们依然不为所动地站在那里，许久也不说一句话。

“今天天气很好，要不要去别处走走？”

“你也请假啦？”

他不好意思地低下头去。

“一起吃晚饭吧。”

“你平常一个人都吃点什么？”

“随便吃，吃什么都行。”

她笑了。

也许，现在的她还无法吸收阳光，但是，他也不会让她在灼热的曝晒中老去，李康筑这么想着，心里便觉得踏实多了。

那一刻，他们刚好路过曼宁所在的那家咖啡馆。

迷惘的夕阳照耀在睿涓身上的时候，曼宁离开了咖啡馆，她没有回家，而是没入了市中心的人流中。

女儿不会一个人了，永远不会了。

曼宁一想到这个心里就洋溢起宽慰和幸福来。

那是多少年都不曾有过的一次漫长的游荡，从这条街到那条街，从平民的百货公司到昂贵的购物商厦，曼宁独自游荡着，驻足着，观望着，也享受着，并且，忽然发现自己好像从来没有像现在这样自由自在地观看过这座生活了许多年，并终将继续生活下去的城市。

那一瞬间，一切都不复存在了，光阴、年华、生存、死亡、快乐、回忆、痛苦、感伤，还有，灭顶的绝望。

曼宁看了看手表，五点三十五分，以往每一天的这个时候我到底在做些什么呢？

在家里吧。

熟悉的家居空间置换似的回到了人潮汹涌的大街上——曼宁身处的四周，她看见自己如同一只年老色衰的蜜蜂，习惯性地忙碌在那个熟悉狭隘的空间里，厨房里烟雾缭绕地炖着什么，洗衣机脱水的噪声徜徉其间，她匆忙地整理着家里的一切，擦桌子、摆椅子、收垃圾、拖地板、抹家具、清冰箱……嘴里好像还哼着什么歌谣，唇齿轻柔地一开一合，手脚却一刻也停不下来，她看见自己稀疏的头发松松垮垮地滑落到肩头，但没有时间打理，没时间，因为已经六点了，安东要回来了，她走到玄关把他的拖鞋拿出来面朝门口放好，睿涓？睿涓也要回来了，她再次看了看四人餐桌，确定水果已经摆放整齐……

这就是生活，这就是存在，这就是幸福。

她一直笃定着，坚信着，哪怕耗尽青春，倾尽一生……

可是……

此时此刻，她突然疑惑了。

可是……

她听见安东的声音从另一个不知名的地方传过来。

可是……

她立刻停下脚步频频眺望，激动地寻找。

茫茫人海，人影幢幢，却不见安东的身影。

可是……

曼宁愕然摊开掌心，那些粗陋的、伤痕累累的、陪伴她走过半生的茧纹渐渐地、渐渐地隐没在悠长的生命线上。

她蓦地抬起头，睁开眼。

不远处的人群中，浮现起安东温柔的脸庞，微笑地、爱惜地凝望着她。

安东的笑脸很快就淹没在人潮中央，只剩下生命的脚步声凌乱却又延绵地回响在耳边。

顷刻间，她热泪盈眶。

一个月之后。

祭日。

阳光明媚。

曼宁和睿涓起得很早，因为，今天很忙碌。

扫墓的时间安排在上午，睿涓以为母亲会托六里巷的温老太请些法师来，今天是招魂的好时机，可是，母亲好像没有任何安排，并且，很突然地拆掉了那间屋子的窗帘，让阳光整个普照进来。曼宁默默地收拾着屋子里属于丈夫的东西。过了一会儿，睿涓提着一只大箱子走进来，她没有看母亲的脸，也低头开始整理梓楠的遗物，两个女人始终没说一句话，直到那间屋子彻底恢复到原来的模样。

梓楠的墓碑离安东不远，睿涓烧了三炷香静静地为亡者祈福，与此同时，感受到身后就近的地方，母亲那安逸祥和的气息正悠扬地缭绕在墓园的上空。其实，不仅仅是安逸祥和，睿涓无法了解父亲的离去为什么会让原本衰弱的母亲突然变美丽了，那种奇异的美即便是她，也能身临其境感同身受，以至于无法抗拒，这样的母亲骤然激荡起她内心难以平复的感动。仪式结束后，母女俩便相互依偎着，穿越一座又一座墓碑，往外面走去，不知为何，这次，睿涓没有感到不舍，也许是母亲的手臂太温暖了，以至于融化了所有的阴霾。

“你不想再见到他了吗？”

睿涓还是忍不住问了。

曼宁沉默片刻，意味深长地绽开笑颜。

“他已经来过了。”

曼宁的回答让睿涓摸不着头脑，看起来，母亲的悲伤似乎已经结束了。

走到十字路口，睿涓轻轻地放开母亲的手。

“你不跟我回去？”

“中午有约。”

“和康筑吗？”

两片红晕从女儿逐渐恢复滋润的脸颊上透出来。

久违的幸福感。

等了很久很久的幸福感。

母女俩就此别过，往各自相反的方向走去。

少顷，睿涓忽然又转身喊道：

“我今天很晚才会回来。”

“那我不给你留饭啦。”

睿涓亲热地对母亲挥挥手，继续转身往前走。

就在这时，两个女人突然同时停下脚步。

冬眠的小腹深处，一阵柔和的疼痛与痉挛袭来。

一股温热的暖流充满了整个子宫，缓缓地顺着密闭的通道往神秘的洞口流去……

曼宁惊讶地回头望去。

睿涓也蓦然回首。

静谧的墓园被日光染成一望无际的金黄色，显得特别温暖，特别明亮。

【作者简介】沈星妤，上海作协会员，影视公司总经理。著有《寻找你的命运之轮》《容器》《盛夏的樱花树》等，作品多次获奖。

蛙牛大了

刘庆邦

蛤蟆是一种统称，在这种称谓下面，蛤蟆分好多种。以前，这个地方的蛤蟆至少有四种：癞头包子、青蛙、土蛤蟆和气蛤蟆。这四种蛤蟆当中，只有青蛙的肉能吃，癞头包子、土蛤蟆和气蛤蟆的肉都不能吃。癞头包子的大名叫蟾蜍，它的皮黄啦吧唧，身上布满粗糙的疙瘩。它的头顶两侧，各鼓着一个像人的储精囊一样的硬硬的东西，叫耳后腺，耳后腺里面储存的不是精子，而是一些毒汁子。当蟾蜍受到威胁，或受到打击时，作为防卫武器，它的毒汁子就从耳后腺里冒出来。毒汁子一珠一珠，是浓浓的白色，很像是处在哺乳期的女人的奶头冒出的乳汁。有一种用来以毒攻毒的中药叫蟾酥，就是从蟾蜍身上分泌的毒汁子里提炼出来的。蟾蜍也叫癞头蛤蟆，在水塘边和庄稼地里随处可见。癞头蛤蟆在地上蹦得，在水里潜得，被称为两栖动物。有人在棒子地里掰棒子，觉得脚下一梗，原来踩到了一只癞头蛤蟆，他飞起一脚，就把癞头蛤蟆踢远了。有的小孩子，把癞头蛤蟆当玩具，捉住癞头蛤蟆的一条后腿，说是教癞头蛤蟆打车轱辘，一下子就把四条腿的家伙抛到天上去了。癞头蛤蟆支奓着四条腿，在天上旋转了几个圈子，不知落到哪里去了。有妇女在地里割豆子，发现豆叶下面趴着一只癞头蛤蟆，她用镰刀把蛤蟆扒了扒，见蛤蟆长得肥肥大大，想起她儿子天天馋肉，就掐一根草茎，拴住蛤蟆的一条后腿，把蛤蟆提溜回家，在灶膛里烧烧给儿子吃了。一只蛤蟆没解馋，儿子嚷着还要吃。于是，儿子的娘连着给儿子逮蛤蟆烧着吃。儿子连着吃了几只癞头蛤蟆后，小脸成了大脸，明显胖了起来。再一看，坏了，不是胖了，是肿了，脸肿得像鼓起肚子的气蛤蟆一样，合了缝的眼泡子掰都掰不开，连眼珠子都看不见了。过了没几天，娘的儿子就死了。这表明，身上带毒的癞头蛤蟆是吃不得的，吃多了是要人命的。

土蛤蟆和气蛤蟆不能吃，倒不是因为它们身上也带毒，它们身上并没有毒腺。只是因为它们的个头都太小了，身上没什么肉，不值得一吃。特别是气蛤蟆，别看它一遇到危险就虚张声势，把肚子鼓胀得圆溜溜的，像一只圆球，一旦把气消下去，剩下的不过是一副皮囊而已。

能吃的只有青蛙。青蛙不仅长得好看，身上的肉也多一些。有一个村庄叫文福洼，村庄周围的水塘里长了很多苇子，苇子棵里每年都野生野长有很多青蛙。苇子长得很深，从水里长到岸上，给这个村庄构成了绿色的屏障。那么生活在苇子丛林中的青蛙呢，它们以集体的蛙鸣，像是为村庄构成了声音屏障。特别是到了春天的夜晚，青蛙们以月光为幕，以星光作灯，以苇塘作舞台，彻夜在进行合唱，歌声几里远都听得见。青蛙们似乎都很爱美，穿什么花色衣裙的都有，有的是绿中带白，有的是紫中带红，有的是条纹状，有的是斑点状，还有的像是迷彩。青蛙们也很风流，不管它们穿什么样的衣裙，所袒露的胸脯和肚皮都是白色的。小孩子们把铁条的一端砸扁，做成带倒刺的锥子，把锥子绑在竹竿上，以苇子为掩护，去水塘边扎青蛙。每扎到一只青蛙，他们就用生麻批子把青蛙绑起来。绑够一串时，就把青蛙提溜回家去了。他们扒掉青蛙的皮，去掉青蛙的内脏，只留下青蛙的两条白腿和脊背，就放在铁锅里炒起来。没什么作料可放，可能连油都没有，只能撒一点儿咸盐。好在青蛙肉质细嫩，见锅就熟。拿锅铲把青蛙肉三翻两炒，蛙肉的香味就扑鼻而来。有人把蛙肉与鸡肉作类比，把青蛙说成是田鸡。可在小孩子们尝来，蛙肉比鸡肉好吃多了。小孩子们的牙齿都很好，他们在吃青蛙肉时，连青蛙的骨头都嚼碎吃进肚子里。他们这样吃青蛙肉，很像是老虎吃鸡。

青蛙肉都是小孩子们吃，大人却不吃。大人们闻到炒青蛙肉的香味，也想尝一尝，但他们忍住了。吃肉要吃正经肉，他们大概觉得青蛙肉不是什么正经肉，吃了显得不大正经，就不吃。也许他们认为，大人要有大人的样子，如果像小孩子一样吃起青蛙肉来，会有失作为大人的体统，所以就拒绝吃。

然而后来形势一变，文福洼村的人就看不到青蛙了，也听不到蛙鸣了。小孩子们不但再也不能吃炒青蛙肉，连青蛙的屁都闻不到了。怎么了?出什么事了?也没出什么大事，只是邻村有人在河边办起了造纸厂，开始用麦秸造纸。造纸要使用化学制剂糟化麦秸，要排出许多废水。造纸的人直接把废水排到河里去了，使原本清凌凌的河水很快变得黑浆浆的，像盛了满河的酱油一样。河水与文福洼村水塘里的水是通连的，河里的水一黑，文福洼周围水塘里的水很快也黑了。须知黑水里面是有毒的，而且毒性还不小，毒水一来，水塘里的鱼没有了，虾没有了，鳖没有了，蟹没有了，任何活物通通都没有了。当然的，青蛙也被毒死了。看不见青蛙的尸体，毒水的腐蚀能力很强，青蛙的尸体很可能被毒水溶解了，也变成了毒水的一部分。别说水里生的动物了，连水里和岸上生长的那些植物，包括芦苇在内，也被毒死得干干净净，村子周围一下子变得光秃秃的。

不要发愁，任何事情都是否极泰来，自有转机。忽一日，村里传出消息，有人要在村里养蛙，所养之蛙，不是本地原来的那种青蛙，是从最发达的国家引进的蛙种，名字叫美国牛蛙。什么什么？别开玩笑了，牛是牛，蛙是蛙，牛那么大，蛙那么小，牛和蛙怎么连到一起了呢！有一个说法，叫风马牛不相及。风蛙牛恐怕更不相及吧。别着急嘛，别急着否认嘛，反正文福洼的村民文明灿已经开始饲养牛蛙了。牛蛙到底长什么样，牛蛙到底有多牛，去现场看看就知道了。

文明灿养牛蛙，当然不会到村边充满毒性的水塘里去养，他到村外的庄稼地里一块独立的水池去养。那个水池的面积有一亩三分，原是他家承包的三块责任田之一。他把这块地里的熟土卖给了窑场烧成了砖瓦，整块地被挖成了两米多的深坑。夏天一下雨，深坑里积满了水，就变成了水池，再也不能种庄稼了。本来上面有规定，不许挖可耕地里的黏土烧制砖瓦。可因为文明灿有背景，他的背景还比较大，村里人谁都不敢管他。他的背景是谁呢？是他的亲爹。他的亲爹是谁呢？是当今县里的副县长。他们家原来是地主成分，他爹原来只是一个教书匠。地主成分被摘帽之后，上过大学的他爹当上了副县长，就抖起来了。他爹一抖，他也跟着抖了起来。爹抖的是当官，他抖什么呢？他想发财。就算他爹不能亲自和直接发财，他利用爹的影响，间接发一点儿财总可以吧。他暗暗地有一个想法，要把曾经失去的地主的地位重新夺回来。就算当不了地主，当一个财主总可以吧。可是呢，他把那块地里可以生长庄稼的土壤卖给了砖瓦场，虽然挣到了一笔钱，钱还是有限的，离财主的标准还差得很远。钱是硬的，也是软的，只要想挣钱，门路总会有。文明灿听说，邻乡有一个人办起了养牛场，养肉牛发了财，成了远近闻名的农民企业家。前面有车，后面有辙，他也想养牛。他去找那位牛老板学习养牛经验时,打了他爹的旗号,对牛老板说了他爹的名字。牛老板劝他不要养牛了,因为养牛的太多了,竞争太厉害了。他问牛老板,他应该养什么?看在他爹的面子上,牛老板给他出了一个主意,建议他养牛蛙。

牛蛙?什么是牛蛙?文明灿的心思还在牛上,他差点儿把牛蛙听成了牛娃。

牛老板微笑,说,怎么,你连牛蛙都没听说过吗?

文明灿摇头。

青蛙你总该知道吧?

文明灿说,青蛙他当然知道,小时候,他还扎过青蛙、吃过青蛙呢!

牛老板这才对他解释说:牛蛙是蛙的一种,从产肉量来说,牛蛙要比青蛙大得多,一只牛蛙是一只青蛙的七八倍吧。青蛙是本地产的,牛蛙来自美国,把牛蛙说成洋蛙也可以。更重要的是,青蛙不当菜,根本上不了桌。而牛蛙可是一道高档菜,在饭店里请比较重要的客人吃饭,香辣牛蛙必不可少。我敢说,你家的县长大人一定吃过不少牛蛙。现在中国人有钱了,饮食结构发生了改变,大家开始注重营养,也愿意改变一下口味,都想尝尝牛蛙是什么味道。我敢给你打包票,你要是养了牛蛙,很快就会发财。牛老板还对文明灿说,养牛蛙本来是他的一个商业秘密,他本来打算自己养牛蛙,连建养牛蛙池的地址都选好了。如今文明灿来找他,他见文明灿这个老弟人还不错,就把商业秘密转送给了文明灿。

文明灿心里明白,牛老板看的不是他的面子,而是他爹的面子。说不定,牛老板还要通过他,跟他爹取得联系。发了财的人都是这样,下一步就该想着当官了。他还是一再对牛老板表示感谢。

牛老板说,我养牛,你养牛蛙,咱们养的东西都带一个“牛”字,跟亲家差不多。你看这样如何,今后你想吃牛肉就找我,我想吃牛蛙就找你,咱们互通有无。

我还没见过牛蛙长什么样呢!

不见不知道,一见保证吓你一跳。你见过美国人吗?

没见过。

道理是一样的。

文明灿的眼皮眨了又眨,他不明白道理怎么是一样的。这个牛老板,人一发财,好像见识也多了起来,说话也牛气起来。他问牛老板,那我到哪里去学习养殖牛蛙呢?咱们县里有人养牛蛙吗?

我正要告诉你,在县城的郊区马阳坡就有一个养殖牛蛙的专业户,专业户的老板姓马，是我的朋友，你去找他就可以了。你就说是我让你去找他的，他保证热情接待你。在他的养殖场里，你不但可以学到养牛蛙的技术，还可以从他那里批发牛蛙的种苗。

听说文明灿在西南地里养起了牛蛙，文福洼村的男女老少都去看。只有在村里有人家娶新媳妇的情况下，才会吸引那么多人。在村里人看来，开天辟地头一份，文明灿养的牛蛙恐怕比新媳妇还要好看。新媳妇再新，也是本地的媳妇，而文明灿引进来的牛蛙，应该是“洋媳妇”。谁家娶的媳妇都是两条腿，而文明灿养的“媳妇”呢，却是四条腿。都去看哪，都去看稀罕哪，看热闹哇，再不去看就被别人看完了。

文明灿颇为得意。前段时间，有人看他的笑话，说他把好好的庄稼地挖成了水坑，再也种不成庄稼了。想不到吧，看我的！虽说种不成土庄稼了，本人种上了洋庄稼；虽说种不成带秆的庄稼了，本人种上了肉庄稼。文明灿对他的肉庄稼极为重视，看护得很严密。他在养牛蛙池的旁边搭了一个小棚子，日夜都守在那里。听说牛蛙喜欢自由，愿意乱跑乱跳。为了防止牛蛙逃跑，文明灿在养牛蛙的水池周围栅上了铁丝网。听说牛蛙怕晒，阳光不能直接照到牛蛙身上。文明灿在铁丝网上方用苇席搭了遮阳篷，牛蛙们可以在篷子下面乘凉。另外，文明灿还在铁丝网外面种了丝瓜，丝瓜是善于攀爬的藤蔓植物，它不仅爬满了铁丝网，还爬到了席篷上面，绿色的藤蔓和叶片把整个养殖池都笼罩起来。时值夏天，丝瓜开了花儿。金灿灿的丝瓜花每天都会开一茬儿，远远看去，养牛蛙的棚子像是一座金屋。文明灿为牛蛙投食定时定量。人一天吃三顿饭，他给牛蛙也是一天投三次食。人吃的饭分早饭、午饭和晚饭，他给牛蛙的待遇跟人一样，甚至比给人的待遇还高一些，说成是早餐、午餐和晚餐。文明灿买了一对铜镲，每当召唤牛蛙们就餐时，他就呲地把铜镲拍打一阵。牛蛙们一听到镲声响起来，就从水池里的深水区游到浅水区，再从浅水区来到就餐的平台，开始集体进餐。

镲声是对牛蛙们的召唤，同时也给了村里的人们一个信号，镲声一响，村民们就知道文明灿又要喂他的牛蛙了，想看牛蛙最好这个时候去看。在以前，外乡的人到村里耍猴，在耍猴开始之前，耍猴的人会把铜锣噹噹敲上一阵。文明灿拍打铜镲，其召唤力和影响力与耍猴人敲铜锣的效果差不多，只是呢，文明灿耍的不是猴子，是外国来的牛蛙。说他耍的是人也可以，听到铜镲声，村里的一些大人和孩子，一路小跑着到牛蛙养殖场来了。养殖场的棚子，向北一面是敞开的，但棚口一侧挂有一块铁牌，铁牌上写有“养殖重地，闲人免进”的字样，只有养殖场的主人文明灿可以进，别人一律不许入内。看牛蛙的人只能站在棚子外面，用双手扒开丝瓜的叶子和花，透过铁丝的网眼观看牛蛙。围观的人们看见了，文明灿投放给牛蛙的食品是合成的饲料，不知饲料里都是什么成分。据说那些饲料的营养价值很高，很快就可以把牛蛙催肥。有时候，文明灿喂给牛蛙的还有一些切碎的动物内脏，比如牛肺、狗肺、猪肝什么的。而不管文明灿给牛蛙们喂什么，牛蛙们都吃得慢慢的，一点儿都不争不抢，显得颇有教养和传说中的绅士风度。用完了餐，牛蛙们并没有马上退场，没有到水塘里去，继续在没有水的平台上待着。它们大概知道人们在棚子外面观看它们，就留给人们一些观看它们的机会。有的牛蛙似乎为了使自己的形象更完美一些，就以爪子代手，擦拭自己的嘴巴。用“左手”擦嘴巴的右边，用“右手”擦嘴巴的左边。它们在擦嘴巴的同时，等于把脸也洗了，脸上显得光光的。

实在说来，牛蛙除了身量比本地的青蛙大一些，形象上并没有什么出彩的地方。牛蛙身上的主要色调是绿色，头部是浅绿，背部是深绿，腿部是暗绿。除了绿色，牛蛙还有些发灰、发黑，说它们是杂色的也可以。牛蛙背部和肚子两侧，分布着一些鬼色的斑点，很容易让人联想起本地的癞头包子。村民有些怀疑，是不是癞头包子到国外留了一圈洋，回来摇身一变，就变成了牛气烘烘的牛蛙呢！

关于为什么把蛙叫成牛蛙这个问题，文明灿已不止一次对没有见识的村民进行了解释：之所以把蛙叫成牛蛙，并不是指蛙会长得跟牛一样大，而是从声音上加以比较，指牛蛙的叫声跟牛叫的声音比较接近，所以才叫牛蛙。听了文明灿的解释，村民们有些将信将疑。牛的嘴大，喉咙粗，肺活量足，而牛蛙在这几个方面都与牛不能同日而语，它的叫声怎么能和牛的叫声相提并论呢！牛叫起来哞哞的，叫声能传出几里远。牛蛙就算鼓破肚皮，叫声也传不出去多远吧。解释为虚，耳听为实，前来观看牛蛙的人都想亲耳听一听，牛蛙的叫声到底是怎样的。有一个小男孩儿对牛蛙提出了要求，牛蛙，叫一个！

牛蛙们对小男孩儿的要求没有任何回应。

有一个小女孩儿也对牛蛙提出了要求，她的要求跟小男孩儿是一样的，等于对小男孩儿的要求做出了呼应，也是要求，牛蛙，叫一个，叫一个让我们听听呗。

牛蛙们还是不理人，听见了跟没听见一样。

牛蛙们肯定是长有耳朵的，肯定是有听力的，不然的话，文明灿一打镲，它们怎么知道集合在平台上吃食呢！于是，前来围观的大人和孩子们，从不同角度，一致向牛蛙们发出了要求，牛蛙，来一个！牛蛙，来一个！他们这种喊法，像是在人民公社化时期开社员大会之前互相拉歌，如果想让谁唱歌，就一起大声喊，谁谁谁，来一个！

集体的意志不可违，这一下，牛蛙们总该有所回应吧，总该“来一个”了吧！就算牛蛙们不能集体性地鸣叫，有一只牛蛙叫一下也好呀，对村民们的要求也算是有个交代呀！

然而，牛蛙们的表现是集体性的傲慢，它们瞪着圆滚滚的眼珠子，连一只叫唤的都没有。有一只牛蛙大约有些不耐烦，把带有金眼圈的眼皮塌蒙下来，塌蒙的眼睛半睁半闭，仿佛在说，你们算老几，你们凭什么对我们提出要求！我们美妙的歌喉，难道是你们这些土包子所能欣赏的吗！

这时，文明灿从他所待的小棚子走了出来，他站在牛蛙的立场，辩护性地为牛蛙打圆场，你们不要再喊了，喊的声音再大也没用。你们知道不知道，牛蛙只听得懂外国话，听不懂中国话，你们喊的都是中国话，外国来的牛蛙怎么可能会搭理你们呢！文明灿又说，人分男女，牛分公母，牛蛙也分雄雌。雄牛蛙会叫，雌牛蛙不会叫。雄牛蛙在春天谈恋爱、找老婆的时候才叫，现在它们不但找到了老婆，连孩子都有了，就不会再叫了。

既然目前听不到牛蛙的叫声，什么都懂的文明灿为啥不早说呢！村民们未免有些失望，纷纷离去。

如饲养肉牛的牛老板所料，饲养牛蛙的文明灿果然很快就发了财，成为另一种意义上的牛老板。发水靠雨，发财靠运，应该说文明灿的财运不错。前几年去餐馆吃饭，红烧甲鱼是一道高档菜。客人只有吃到了甲鱼，才算享受到了高规格的接待。现如今呢，甲鱼在宴席上已排不到甲等的位置，是不是能排到丙等，恐怕也很难说。为什么呢？因为牛蛙后来者居上，挤走了甲鱼，并取代了甲鱼的位置。与漂洋过海而来的牛蛙相比，甲鱼算什么呢，不就是老鳖嘛，不就是那种一遇事就把头缩进肚子里的家伙嘛，它凭什么占据席面的重要位置呢！牛蛙就不一样了，牛蛙可不是土老帽儿，它身上带有洋气，吃它就是开洋荤。乖乖，洋荤哪，人活一辈子，谁不想开开洋荤呢！凡有重要的宴席，或是老板请官家赴宴，牛蛙这道菜必不可少。什么猪肉、羊肉、牛肉、驴肉、鸡肉、鸭肉、鱼肉、蚌肉等等，肉再多都不算数，只有点了牛蛙肉，才算是真正的好席面、高规格。关于牛蛙的做法有多种，除了香辣牛蛙，还有麻辣牛蛙、泡椒牛蛙、干锅牛蛙、炭烧牛蛙等。不管何种做法，一沾到牛蛙就不便宜。这没关系，请贵客吃饭的老板们，不怕菜贵，就怕菜不贵，菜越贵越有面子。就是在这样的饮食潮流推动下，文明灿才发了牛蛙财。他所养的牛蛙，不必东奔西跑，求爷爷告奶奶，到饭店去推销，销路直接铺到了他的家门口。有那专事采购牛蛙的二道贩子，骑着装有盛牛蛙箱子的摩托车，突地就开到了文明灿养牛蛙的棚子门口，他们用抄鱼一样的舀子，一五一十，十五二十，从水池里就把牛蛙抄走了。他们抄，文明灿也抄。他们抄走的是牛蛙，文明灿概不赊账，抄走的是贩子们留下的钞票。在牛蛙最抢手的那个阶段，文明灿所养的牛蛙还没有完全长大，还不是成品牛蛙，只是半成品牛蛙，就被人不惜加价，提前买走了。

精神与物质相联系，想法与金钱相联系，人们的钱包鼓了，想法就多起来。村里有的人，家里的母牛生了牛犊子，一高兴，要点一点儿纸，放一挂鞭炮，包一顿饺子，庆贺一下。村里有的人家添了孙子，庆贺会更隆重一些，除了烧喜纸、放喜炮、喝喜酒，还要请一台戏在村里唱一唱，让大家同喜。而文明灿，文老板，他养牛蛙发了那么大的财，该有什么样的表示呢？村里有同辈的人敦促文明灿说，文老板，你的腰比牛腰还粗，不能老是哑巴逮牛闷逮呀！文明灿的答复是，他要低调处理。又说，这也是他爹的意思。后来敦促他的人多了，连他老婆都认为不表示一下恐怕说不过去，他才跟一个堂弟表态说，他要给大家一个惊喜。

什么惊喜？难道你要给大家请一台大戏唱唱吗？

唱什么戏，那是传统的办法，现在早就不时兴了。

那，你要给大家放一场电影吗？

文明灿没说放不放电影，在继续卖关子，他说，不管什么艺术，关键不是在形式，而是在内容。你等着惊喜就是了。我先给你打一个预防针，到时候不要把你们的下巴颏子惊下来。

在一天晚上，文明灿在村子里放的不是电影，是投影。投影其实也是电影，只不过投影的屏幕小一些，其他方面跟电影没什么区别。村里人看了投影，不知喜了没有，确实惊住了，惊傻了，惊坏了。有一个半老的妇女，头晚看投影时精神大概受到了刺激，第二天神经就出了毛病，见人就说，白活了，她这半辈子白活了。有人问她，怎么能说白活了呢？她的回答还是白活了，白活了。

是什么投影具有这么大的能量呢？按文明灿的说法，他放的不过是一部外国人的生活片。

村里上岁数的人骂了文明灿的娘，还骂了文明灿的爹，他们说，什么生活片，不就是驴嘛，牛嘛，马嘛，不就是一帮不穿衣服的牲口嘛！说他们是牲口，还是好听的，其实他们连牲口都不如。牲口交配起来，不过是一对一。村里人看了这样的投影，受到影响的不只那些半老的妇女，连一些小孩子都受到了毒害，模仿起片中人的动作来。孩子的家长吃惊之余，都把责任归到文明灿头上，说文明灿一发财就变坏了。

任何好花都不会常开，任何好景也有它的阶段性。文明灿因养牛蛙而发财，没有长期把财发下去，只发了四五年就不行了。养牛的接着发财，养猪的照样赚钱，养鸡的经济效益也不错，养牛蛙怎么说不行就不行了呢？文明灿把行情调查了一下，却原来，该尝牛蛙肉的差不多都把牛蛙尝过了，他们尝过以后，觉得牛蛙肉不过如此，并没有什么特别的味道。回过头来，食客们认为：要解馋，不如吃猪肉；要大块吃肉，不如吃牛肉；要连吃肉带喝汤，不如炖羊肉；要吃带骨头的肉，不如吃鸡肉。而牛蛙算什么玩意儿呢，要什么，没什么，吃过牛蛙，不过多一份吹牛的资本而已。人们回想起本地的青蛙，说比较起来，牛蛙的肉还不如青蛙的肉好吃呢！而不管是青蛙，还是牛蛙，都不能算正经菜，都不可以长期吃。

登门采购牛蛙的二道贩子不见了，文明灿骑上电动三轮车，自己上门为饭店送货。他走一家饭店，又走一家饭店，人家都拒绝再进牛蛙。有的饭店老板对他说，现在很少有人点牛蛙，你上次送来的牛蛙还在那里放着呢，都快饿死了。还有的饭店老板对他说，你以后千万不要再给我的饭店送牛蛙了，有的顾客说，牛蛙属于野生动物，身上携带有不明病毒，吃多了会得瘟病。文明灿很不高兴，说简直是胡扯！他就不信，曾一度，牛蛙被说成是洋荤，被捧为珍馐美馔，怎么说下跌就下跌呢，这是什么道理呢？又来到一家饭店，文明灿把价钱开得很低，带有抛售的意思，原本三十元一斤的牛蛙，十元一斤他就卖。让文明灿更加生气的是，这个饭店的老板说，你就是倒贴钱，我都不会收你的牛蛙！

别看文明灿已经养了好几年牛蛙，村里却很少有人吃到牛蛙，主要是因为牛蛙太贵了，一般人吃不起。这天中午，文明灿捉了三只牛蛙，装进一只鱼鳞塑料袋子里，趁回村吃午饭时，把牛蛙送到了一个跟他比较要好的堂弟家，让堂弟尝尝鲜。

堂弟说，这么贵重的东西，我们可吃不起，你还是提走吧。

文明灿说，你跟我客气什么，咱们弟兄，只要有我吃的，就有你吃的。

这玩意儿我不会杀，不知道杀头，还是杀屁股。我还听说，做牛蛙还得配许多作料，俺家里什么作料都没有。

杀牛蛙又不是杀牛，一点儿都不难。你把它的肚子开膛，把皮扒下来，不就完了。烧牛蛙的作料可多可少，如果没有别的作料，只放点辣椒就可以了。文明灿说着，把装有牛蛙的鱼鳞塑料袋子放在堂弟家院子里的地上。

塑料袋子没有扎上袋口，堂弟的儿子扒开袋口，大概想看看里面装的是什么。他一看，不好了，一只牛蛙两条强有力的后腿猛地一蹬，一下子从袋子里弹跳出来，牛蛙的嘴巴重重地顶撞在小家伙的脑门儿上。小家伙大概以为牛蛙要咬他，吓得哇哇大哭起来，一边哭还一边喊，我怕，我怕！

看到从袋子里跳出来的牛蛙，不仅堂弟的儿子害怕，连堂弟都有些害怕。堂弟有一段时间没去看牛蛙，没想到牛蛙竟然长得这么大。这哪里还是牛蛙，大得简直像兔子，像猪娃子，一只牛蛙恐怕有三四斤重。堂弟不能任牛蛙在院子里跳来跳去，他得把牛蛙捉住，并顺便把顶撞儿子的牛蛙处罚一下，替儿子压压惊。他冲过去，没有把脚踩在牛蛙背上，而是冲牛蛙踢了一脚。踢牛蛙的时候，他还骂了一句去你妈的！只一脚，他就把肥胖得有些臃肿的牛蛙踢到了南墙上。牛蛙与墙壁相撞，啪地响了一下。等牛蛙从墙壁上反弹下来，牛蛙的身子翻了过来，翻得脊背朝下，肚皮朝上。牛蛙的肚皮是白的。牛蛙的四只脚胡乱蹬抓，就是翻不过身来。

当着文明灿的面，堂弟这样虐待牛蛙，让文明灿有些看不惯，他转身走了。

文明灿一走，堂弟把那只肚皮朝上的牛蛙收拾到袋子里，连同袋子里的那两只牛蛙，一起扔进村后的水塘里去了。

堂弟的老婆问堂弟，你把牛蛙弄到哪里去了？

我才不吃他的破牛蛙呢，通通给他扔到水塘里去了。

你可不敢乱扔，那些牛蛙都大得成了精，它们会回来找你报仇的。

成精？成个屁！你不是不知道，水塘里的黑水是有毒的，只要一沾毒水儿，不等它们从袋子里爬出来就得完蛋。

还留在养殖池里的那些牛蛙怎么办呢？文明灿决定，不再喂它们。喂它们，就要投饲料，投饲料等于投成本，既然收不到经济效益了，还白白投那些成本干什么呢！

让人可笑的是，文明灿并没有拍那一对铜镲，并没有向牛蛙发开饭的信号，牛蛙们却聚集到了往日用餐的平台上，眼巴巴地向池子上方望着。它们像是一致要求：我们饿了，给我们吃的吧！它们又像是在静坐，在示威，在抗议，要求文明灿还它们蛙权，还它们蛙主，还它们自由！有的牛蛙见静坐抗议无效，开始付诸行动，力图从池子里跳出来。大概由于它的身体太笨重了，只跳到池壁的半腰就摔了下来。

牛蛙们差不多等于被遗弃，文明灿不再担心别人会去偷那些人嫌狗不理的东西。到了夜间，他也不再到野外的棚子里去睡。守着自己的老婆，还是比守着牛蛙好些。

有一天早上，有人告诉文明灿，他的棚子失火了。文明灿到西南地的养殖池边一看，他所搭的棚子已化成了黑色的灰烬。不仅棚子烧没了，连搭在池子上方的苇席和爬在苇席上的丝瓜秧子，也被烧成了空洞，露出了天空和直射的阳光。文明灿的判断是，这是有人故意纵火，已经构成了一个案件。文明灿有些生气，他在想，要不要把这个案件向他爹汇报一下？

【作者简介】刘庆邦，男，一九五一年生，河南沈丘人。当过农民、矿工、记者。著有长篇小说《断层》《黑白男女》等九部，中短篇作品集《走窑汉》《梅妞放羊》《遍地白花》《响器》《黄花绣》等五十余种。短篇小说《鞋》获第二届鲁迅文学奖，《燕子衔泥到梅家》获第十八届百花文学奖，中篇小说《神木》《哑炮》获第二届、第四届老舍文学奖，长篇小说《遍地月光》获第八届茅盾文学奖提名。小说《神木》改编的电影《盲井》获第五十三届柏林国际电影节银熊奖。曾获北京市首届德艺双馨奖。作品被译成英、法、日、俄、德等外国文字，出版有六部外文作品集。现为中国作协全委会委员，一级作家，北京市政协委员。

她从云上来

文清丽

1

我做梦也没想到我会爱上一个开战斗机的女飞行员，可以这么说，她好像一片云彩飘进了我的世界。

我们戏剧演员，一出场，先要亮明身份。那么我也自报一下家门。小生柳云飞，柳宗元之后，三九年华，尚未婚配。至于名气嘛，自己说了不算，前几年微博时兴，我也未能免俗，放的都是我的演出信息和剧照，点击量三千人次。后来，两个粉丝为我开了微信公众号，一天留言几百条，内容大同小异，都是喜欢我扮演的张生呀、贾宝玉呀什么的。维护公众号的两个小姑娘很敬业，两三天就更新一次，我也没时间细看，直到一年前的一个春夜，我无意中看到一条这样的留言：我叫罗依阳。咱俩很像，都有一个施展自我的舞台。你的舞台很小，可你放飞了自我。我的舞台虽大，却无枝可依。不知怎么的，看完，我心咯噔了一下，鬼使神差，要了她的联系方式打了她微信中的语音电话。

没人接，直到第二天晚上演出结束，我刚回宿舍，语音电话才打来。她说，对不起，我刚从天上回来。这丫头，好调皮，我笑道，你是奔月的嫦娥？她迟疑了一下，说，我是开飞机的，战斗机。说到“战斗机”时，她的声音小了许多，生怕被别人听见似的，随后又强调，你要替我保密。我笑着说，当然，我也刚从张生变回了柳云飞。她说，你能穿越，好厉害。我说，你也不简单，开战斗机，还在天空之上，我望尘莫及。她呵呵地笑道，咱们真是秀才遇见兵，我忙接口，越聊越有戏。她哈哈大笑道，你这人有意思。我说你这女军官也让人心生敬慕，那可是无边无际的天空呀，还驾着那么沉的铁疙瘩。我们聊了两个小时，都意犹未尽，但她说不聊了，明天还要飞呢。我说，我明天也有演出，欢迎有空来看。

她说好。就在挂电话时，她又说，你为什么不问我长得如何呢？

我说你的朋友圈没有照片吗？自信的女孩子都会发照片。

她笑了笑，说，我要看天气预报了，改天聊。

这么关心天气？

飞行员，当然要时刻关注天气变化了。不等我说话，语音就结束了。

我打开她朋友圈时，心里好紧张。我不知道为什么我那么紧张。我想象一个开飞机的女孩子肯定长得五大三粗或英气十足，但温柔可就难说了，我看了朋友圈，她发的内容只显示三天可见，且什么都没有。头像是一束花，无签名。

鬼使神差，我又到百度上搜索了“罗依阳”，除一名医生外，再无其他信息。我又搜索“女飞行员罗依阳”，仍无只言片语。

这个开战斗机的女孩儿可能没名气，或者只是个刚学会飞行的学生，或者是个小骗子。她不留电话，也不视频，只语音或短信。

第二天演戏时，上了十年舞台的我，第一次出了差错，扮莺莺的于红都走进我屋了，我还不知道说什么，好在就是一瞬间。眼尖的观众肯定发现我一时的恍惚了。气得于红晚上吃饭都没等我，她是我师妹，我们在舞台上演了十年的情侣。三年前，她忽然说，咱好一辈子行不行，台上台下。我看着那双我看了十年的大眼睛，看到了莺莺的坚定、杜丽娘的痴情，握起她递过来的手，我说，好。谈了三年的恋爱，我经常分不清我们到底是在舞台上，还是在现实中。她老叫我书呆子。我佩服她台上台下分得清，佩服她台下果敢、干脆，遇事有主见，可又不喜欢她凡事皆替我做主。年初，在父母的催促下，我们决定“十一”结婚。单位有同事笑着说，对联我已帮你们拟好了，上联是：小姐小姐多丰采，下联是：君瑞君瑞济川才。横批是：一双才貌世无赛。

女飞行员的突然出现，把我的心生生搅乱了。

晚上临睡前，我又打开微信，她仍没有出现。

一周都没出现。

难道她跟我通话后，发现我不是她想象中的人，所以消失了？

都是我不理粉，竟还有粉不理我？这我可不答应，我给她打语音电话，没人接。我想给她微信留言，写了删，删了写，最终，还是没有发。本想把她拉黑，可不知怎么的，我保留了她。一周后，就在我要淡忘了她时，她的语音又来了，说，因为外场不让带手机。她生怕我不相信，又说，部队，就是这样的，如果你是我的朋友，当理解。“朋友”一词，让我心腾地就热了，却淡然地说，算不上，咱们本来就只通过一次话而已。她半天才说，你知道我为什么想跟你交朋友吗？因为你不是在演戏，你是在演你自己。

这句话让我的怨气立马消散，我邀请她，周末我要在皇家粮仓演《牡丹亭》，你若有时间，可来瞧一眼。

她说很想去的，可是军人嘛，身不由己。

我说理解。谁让你们是最可爱的人呢。

她扑哧一笑，不好意思，熄灯军号响了，最可爱的人要休息了。你听。

我猜测她把手机对着窗外，因为我听到了清晰的军号声：嘀嘀嗒，嘀嘀嗒。悠长而舒缓。军号是真实的，她不会骗我。我心里又是一热，说，睡吧，明天告诉我上天的感觉。

她说有时间联系。

挂了电话，我打了自己的嘴巴，“明天”暴露了我急切想跟她联系的心情。难道我真像张生一样，疯癫中魔了？

这时于红闯进门，劈头就问：你跟谁联系呢，我打电话、发短信也不回，敲门也不理。

我说，粉，一个铁粉。

八成女的。她斜着眼，朝我当胸打了一拳。

我心虚地嘿嘿笑着，你的粉，九成是男的。粉不是花，更非果子，就是铁粉也吃不成，对吧。

走，散步去。她说，春天的晚上，公园里花更香，杏花都开了。她说着，诡秘一笑。

都熄灯了，还出去？

熄灯？熄的什么灯？

我忙说，我意思是天晚了，明天还要排练，改天吧。走吧，走吧，啰唆个啥？于红像往常一样拽着我的耳朵，这次，我坚决地丢开她的手，气恼地说，我累了。

于红像不认识似的盯着我看了半天，丢下一句，撞鬼了！拂袖而去。不，那是戏台上的叫法。在现实中，叫摔门而出。

我在网上搜索了熄灯号，放了两遍，感觉这号声好神奇，好像吹开了一扇窗，我瞧见了一个陌生而有激情的世界，这世界对我充满了诱惑。嗒嗒嘀嗒嘀，嗒嗒嘀嗒嘀。让人听到就想去战斗。我又在网上查，原来号有十几种，什么起床号、出操号、上课号、开饭号、午睡号、休息号，等等。

躺在床上了，关了手机，我又想，我关心这号声干什么，它又不是笛子、箫，我们在舞台上离不得。

可笛子和军号的号谱是不是也有联系呀？这么一想，我又睡不着了，起身打开了手机搜索。

2

相对来说，女飞行员周末时间多些，说话也活泛了许多，她说，我叫你柳生好不好？柳生，你唱的戏怎么那么好呢？一出戏，我看十遍，还想看。

这话我爱听。我笑着说，我吃透了主人公的内心活动呗。

你穿着那白袍摇帽翅的样子好好看哟。我刚又看了一遍你唱的《西楼记·楼会》，你穿紫色长袍的样子帅呆了，领上白色的兰花、乌黑的帽子、帽翅的小翅膀，流畅又大方，好美。小时我就喜欢看戏，秦腔虽然唱腔没昆曲美，可秀才帽正中明镜，一对小翅膀似的帽翅，都是一样的。小时看《西厢记》的连环画，我还在上面用白纸描张生的画呢。只要十里八乡有秦腔戏，我说什么也要去看，什么《火焰驹》《三滴血》《豆腐状元》《女驸马》《牡丹亭》，直看得泪水涟涟，仍流连忘返。最爱看戏中秀才那清雅俊逸的玉树临风样。特别那一袭素袍，满腹文章，让我欲罢不能。我不喜欢武将的战袍，在战袍上闻到的是一股血腥之气，动不动就一刀劈死了人，而秀才那帽额方镜是读书人的象征，那如飘带的帽翅轻摇，那折扇上墨宝诗画交相辉映，让我感到一种说不出的好涌上心头。秀才们琴棋诗画几乎样样精通，正因此，惹得千金小姐为其不惜与父母分裂、女扮男装千里寻夫。他们的爱情信物是诗是剑是扇，约会的地点不是在亭台楼阁就是在花间月下，这些好东西好地方深深地吸引住了我。我爱看戏，到县城新华书店买了不少戏剧画，一张张贴在墙上。现在我知道那大多都是演出剧照。左邻右舍家家都贴着这一类画，什么《杨家将》《拜月记》《碧玉簪》等。画里的才子佳人要么在花园相会，一轮圆月挂天上，亭台楼阁在身后，几丛花草在眼前，小姐半扇遮俊脸，婀娜身材微微倾，秀才双手撩袍，双眼含情脉脉；要么是金榜题名，秀才与小姐在洞房花烛下穿红衣，相偎共坐倾心谈，秀才这时已戴上了亮闪闪的乌纱帽，小姐也戴上了满头珠翠的凤冠。

她说完这一长串话，停顿了一下，说，你听着呢吧？

我趁机说，用视频就知道我是否听着了。

她轻声一笑，没有回答我的问题，继续说，上了大学，我又迷上了昆曲。如果说秦腔是大山大河，昆曲就是小桥流水。昆曲不看字幕我都听不懂，但就是喜欢，总感觉它美在一丝一缕，美在一招一式，美在情深执着，美在给人一种梦幻感。特别是在视频上我看到你跟于红演的《玉簪记》真是太美了，笛子是昆剧的旖旎之色，这一剧里古琴竟比笛子还美。《秋江》一折，背景上的狂草书法“秋江”，水袖的舞动好似水的流动，古琴声圆润、古朴，还有灯光、音乐、舞蹈，一个“美”字怎能言尽。当然最美的是词。什么落叶惊残梦，闲步芳尘数落红；什么平地风波拆锦鸳，羞将泪眼向人看；什么袅晴丝吹来闲庭院，摇漾春如线。就拿这“春如线”来说，说的好像是柳条，但又不尽然。它让我开始留意生活中的一棵草、一枝花，甚至一只狗。我经常边看边记，我不愿意从网上下载，就喜欢一句一句地记。昆剧词，我记了好几大本呢。观剧就像紧张训练结束后的读书，或者像吃水果，不，像我听的一曲轻音乐，真是太享受了。

我笑着问，那你为什么又开飞机了？

我五音不全，只能望戏兴叹了。但飞行，命中注定与我一生相伴。我姑妈穿着毛领皮夹克飞行服，头戴五角星的绿色军帽站在飞机前的照片挂在我家镜框里，标示着她部队番号的信、汇款单，一次次地涌进我家里。还有我奶奶，整天你姑姑长，你姑姑短。只要听到天上飞机响，奶奶马上就跑出屋，有时手上还沾着面粉，有时衣服的扣子还没扣，就光着脚跑了出去。我记得那时我大概六七岁，我问奶奶，飞机有啥好看的？咱又上不去。奶奶一只手搭在额前，仰着头说，怎么上不去，看，你姑姑不是正在天上开飞机吗？她指定想家了，飞机又不敢在空中停，只能让咱看一眼，就走了。我也学着奶奶的样子仰头看，跟小鸟差不多的飞机早没影了。

从那时起，我就想长大要当飞行员，像姑姑那样，把照片挂在家堂屋最显眼的位置。小学三年级时，我在作文里写道，我要像姑姑一样，保卫祖国的蓝天。高中毕业，我参加飞行员招考，我们几百人，只招了十五个。女飞行学员选拔标准特高，身高一米六五以下不行，偏食不行，不吃猪、牛、羊肉不行。因为飞行消耗体力大，吃不好，根本就坚持不下来，所以我们空勤灶比陆军饭好吃多了。我高考成绩六百五十分，又通过了政治、体格、心理、文化素质的严格考核，幸运地被录取了。单查体就近一百多项，实行单项淘汰制。为了模拟飞行状态下的应变能力，有个转椅考试，我当时好紧张。一般人旋转几圈后就会前后倾斜、头晕目眩。还需要根据声响摆动头托，难度更大。只有平衡能力出色的人，才能通过这一考验。转椅三十分钟后停下，又让闻四个分别装着水、醋、酒精和汽油的瓶子，分辨里面装的是什么。好多人刚从转椅上下来，就吐得不行，根本无法再闻东西，就被刷掉了。我到空军飞行学院学习的四年里，可以说每天的神经都绷得紧紧的，文化课、航空理论不在话下，咱基础在那儿放着，最难的是飞行技术训练，近二十门航理课程，数不清的数据，记不完的原理，哪一项不过关，就不能转入飞行训练，甚至被停飞。我经常做梦都在背数据。

全部合格后，才放单飞。

我开的是战斗机，它操作难度大，俯冲跃升、快速急转、减速盘旋、最大载荷，常人难以想象。一般上午飞将近三个小时的特技加起落，下午上体育课练体能，否则根本不可能开上飞机。可再累，我们没有一个人放弃。为啥？院史馆里胸别大红花军勋章的飞行员一张张高级特技飞行动作组合轨迹图诱惑着我，那些上升横滚、下降横滚、跃升盘旋、水平八字盘旋、双上升转弯、连续横滚与慢滚等特技，看得我激情飞扬。人生，总得给自己设置一些难题吧，想想在空中跳芭蕾，多刺激，再说你还爱它。

对，给自己设难题，跟我们唱戏一样。

我最难忘的是第一次飞上天空的感觉，那是由教员操纵示范，学员看着体会飞行。

教八教练机可漂亮了！你有机会，到我们部队来亲眼瞧瞧，就知道它有多拉风！在我眼中它既妩媚又英武，好像男女共同体。停机坪上，一字摆开，那红白相间的喷涂、尖状的机头、水滴状拱起的座舱和鱼形的机身，就是我心目中的战斗机样子！我第一次坐进它的座舱，心跳得都按捺不住。

启动飞机，我们不叫开机，叫开车。发动机启动后，带我的教员通过机内无线电请示塔台，得到许可后，方可开车。

座舱是密封的，舱内特别安静，噪声小，也没有螺旋桨转动带来的扑扑拉拉的震动感，很舒适。

教员在队长指令下滑上了跑道，很是平稳，跟我坐普通客机一样。

起飞后，我先是紧张，慢慢地被一种喜悦代替。宽敞的风挡框视野开阔。楼房、庄稼、一座座小山，皆在我脚下，让我不由得想起了那首脍炙人口的歌曲：

我爱祖国的蓝天，
晴空万里阳光灿烂。
白云为我铺大道，
东风送我飞向前，
金色的朝霞在我身边飞舞，
脚下是一片锦绣河山，
…………

一曲歌还没唱完，忽然一片乌云撞来，我瞬间恶心起来，忙伸手到连体飞行服的口袋里掏出塑料袋，捂住嘴。

别担心，这是气流引起的，教员在后面说，如果你感觉不行，我们返航。

我说不用，我能坚持得住。

不一会儿，就感觉好多了。

飞机平稳了，我不甘心，便对教员说，教官，能不能给我变个花样？

教员说，好的，我先给你做一个右盘旋。说着，我就看到前风挡框开始迅速向右倾斜，当飞机坡度几乎倾斜成七十度时，风挡框便在天地线上飞快地向右旋转起来。我感觉我好像要掉下去了，又想吐了，不，还晕，心脏好像瞬间也停止跳动了，教员马上抬起机头，我又平稳地飘在了云层中。哎呀，给你怎么说呢，她一会儿俯冲，一会儿跃升，飞机在她手里就像一个变形金刚，任她随意变幻。

还有一次，那时我已分到部队，有天机长带着我飞行。飞机飞到五百米高度时，忽然撞上了一只鸽子，教员急忙请示塔台后让飞机转入了下滑，防止飞机因为失去动力而失速。

我看了一眼发动机参数，转速已经基本归零，煤油压力、发动机温度、滑油压力都在下降。

飞行最让人担心的空中停车可怕地出现了，机长命令我跳伞。我怎么能丢下她呢，她的孩子才一岁，可她向塔台报告让我跳伞，塔台首长思索片刻，同意了她的意见。

好在，机长凭着丰富的经验，安全着陆。

从那以后，我就知道什么是战友，战友，就是愿把生留给你，自己去死的那个人。她说着，哽咽了。

说实话，初听这些，我以为我在听故事，或者在看美国大片，可当她好听的声音再次响起时，我才感觉我的眼角湿了。

然后除了飞机，就是看戏，一部接一部地看。唱戏的演员我太崇拜了，他们演什么像什么，比如你扮的那个张生好痴情，而扮的那个许仙，又让人既爱又恨。演谁像谁，真的，我喜欢一遍遍地看你的戏。

我笑了，说，天长日久，功到自然成。就像你们开飞机，时间久了，肯定从会开到开出花样来。天安门国庆献礼时那些飞行员，真是太牛了，每架飞机离得那么近，吓死人了。还完成各种高难度动作，什么集合、开花、俯冲、跃升、盘旋、滚转……看得我心都要跳出来了。

她笑着说，但是你不知道他们付出的艰辛。我们女飞和男飞一样，若进入飞行训练，凌晨四点半，就得起来驾驶飞机开始了繁忙的训练。每个飞行日大约占场飞行七个小时，每人近二十个起落。飞行结束要进行总结讲评，还有每天雷打不动的一个半小时体能训练，做吊环、双杠臂屈伸、单杠引体向上、跑五公里、滚轮、悬梯高强度训练，有时累得真不想当飞行员了，可看到漂亮的飞机、漂亮的飞行服，又不甘心退出。给你说，我第一次戴上漂亮的头盔、护目镜，往镜子前一照，都不认识自己了。合体的绿色飞行服，是专门为我们女飞设计的，因为战斗机座舱较小，连体式飞行服整体紧身型没有飘、摆部分，飞行员进出座舱比较灵活，不会误碰挂座舱内开关。飞行服上有八个用拉链开合的口袋，装飞行中和跳伞后必备的生活用品。

终于我放单飞了，那天天空蓝得像海洋一样，云层像多彩的壮锦，刚开始我有些紧张，不一会儿，我就放松了，严格按照机长讲的，顺利地飞了两个小时。白天是云彩与我同行，夜晚是星星与我做伴，柳生，你不知道夜航有多么美，看着脚下的万家灯火，置身于群星之中，我感觉我就是保卫这美丽景色的英雄，感觉自己好伟大。

我说，我坐飞机时，透过身旁小小的舷窗，都能感觉到棉花般的云层好美，你们坐在宽敞明亮的大玻璃窗前，一定超爽。

她笑着说，那叫风挡。有次飞行时，我看到了彩虹，一轮完整的彩虹，而我就是从彩虹门里飞进去的，有一种进入童话的感觉。哎呀呀，我怎么给你说呢，那种感受我告诉爸妈，他们不理解，可我姑姑理解，她刚退休。我刚才说的飞行时，鸟撞风挡玻璃，姑姑也遇到过，她还遇到过冰霜，遇到发动机出故障，都安全地返回了陆地……我说这么多，影响了你的休息吧，夜深了。

没有，没有，请你多给我讲讲，讲讲你的飞行，你的部队生活，越具体越好。

我们营区特别大，部队院子你知道，都是整齐划一，从大门进来，一条笔直的大道，两边种着法国梧桐。机场离我们营区不远，十分钟就到了。我们飞行员吃得好，比陆军伙食标准高，两人一间宿舍，有洗衣机、冰箱、电脑。营区的宣传栏里，贴着一个个优秀的女飞行员相片，从女将军刘晓莲、岳喜翠、程晓健到余旭、陶佳莉等第八代飞行员，每当我从她们面前走过，就感觉自己跟她们一样，特荣耀。

是不是那个上春晚的余旭?

忽然手机里传来吹哨声，她说，集合了，再见。

我一看表，晚上十一点了，不知她又去执行什么任务了。从那以后，我到网上最爱看的就是关于女飞行员的一切资料，那些从黑白照片到一张张彩色照片，从朴实的脸到妩媚的脸，飞行服从简单到现在的漂亮科学，简直太棒了。我想象着她是其中的哪一个。

真想问她长得漂亮不，真想朝她要照片，可我始终没好意思开口。

认识罗依阳后，我把她当成了我最知心的人，亲密的人，啥话都告诉她。特别是我不再像过去一样，只关心戏剧。有天，她说她刚读完一本叫《说吧，记忆》的书，那本书，让她恨不能紧紧抓住生命中的每一天。

我说，快告诉我，作者是谁，哪国的，我要下单。

我问她部队在哪儿，她说离我所在的城市不远，五个小时。我托朋友打听，果然自驾车五个小时的地方有空军的一支飞行部队，而且有女飞。我立即给她微信留言，我一定要找机会到你部队去演出。

她说好呀，可当我说“八一”去时，她说近期你不要来，来了你也见不到我，我还有飞行任务呢。

我发了一个“必胜”的表情，让她明白我的决心。

3

生活好像还跟过去一样，唱戏、排练、聚会，可不一样的是，除了排练和演出，我不愿跟于红在一起了。于红拉着我逛公园，逛夜店。她爱游湖，躺在船上，仰着脸，闭着眼，说什么都可以不想。也到我屋里来，给我做饭。临近春节，我们演出频繁，忽然新冠肺炎疫情蔓延，演出排练基本停了，也不能到外面去吃饭，于红就到我屋里来做饭，她也不会做饭，手机放在厨房里，边做边看。她边抹汗边说，谁能想到相府千金小姐崔莺莺还要自己动手做饭呢。我心里特难受，暗骂自己瞒她很无耻，可又张不了口，怕她流泪。因为疫情出不去，她就在屋里一会儿帮我收拾柜子，一会儿打扫卫生。她越这样，我心里越烦她，越不敢想象一辈子怎么过下去。

有天，吃着她做的鸡爪子，我试探地说，于红，咱们，咱们……我试了无数遍，“分手”两字就是说不出口。

唱戏的人，当然敏感。不知是已察觉，还是心有他想，于红瞟了我一眼，没有像过去一样，遇到这种情况，就追问个不停，而是埋头吃着饭，一声不吭。

我说，现在很危险，你不要跑了，我可以煮方便面吃。

她仍在吃，没说话。

厨房收拾完，她说我出去下。

干吗?

拿个东西。我想她拿快递，便说，不要到网上买东西，跟快递员接触也不安全。

她说，到对面超市。

我把口罩递给她，帮她戴上手套，还把一支圆珠笔给她说，摁电梯时，用笔尖按，然后按回笔尖，安全得很。

她一出门，我又追了出去，说，我陪你去。

锅里还炖着排骨呢，你盯着点。

她刚出去，电话响了。

这是罗依阳主动给我打的第一个电话，忽然叫了一声秀才，声音里好像夹杂着哭腔。

我心怦然一跳，我说，哎。

你忙吗？

不忙。

你给我唱一折吧。

你想听什么？《西楼记·楼会》《玉簪记·琴挑》，还是《牡丹亭·叫画》？

她好像很疲惫地说，你随便。

我想了一下，本想唱《牡丹亭》中的《惊梦》里，柳梦梅的“则为你如花美眷”，怕内容造次，改成了《叫画》：

她青梅在手诗细哦，逗春心一点蹉跎。小生待画饼充饥，姐姐似望梅止渴。小姐，小姐，她未曾开半点幺荷，咦！她含笑处朱唇淡抹。看这美人，这双俊俏的眼睛，是只管顾盼着小生。待小生走到这边——哎呀，她又看着小生，待我来走到那边——哎呀，她又看着小生。啊，美人，小娘子，姐姐！我那嫡亲嫡亲的姐姐呀！姐姐，想小生虽则典雅，怎及得这小娘子！哦，蓦地相逢，不免步韵一首。“丹青妙处却天然，不是天仙即地仙，地仙、地仙……竟竟，竟是地仙喏。欲傍蟾宫人近远，恰如春在柳梅边。”小娘子，小生孤单在此，少不得么要将小娘子的画像做个伴侣，早晚么，玩之、叫之、拜之、赞之。小娘子，这里有风，请到里边去坐。哎，小娘子是客，自然小娘子先请，小生随后同行，哈哈哈！

我唱完，她半天才说，真好听，听得我心里好受一些了。

怎么了？

刚才有些难过，现在没事了，秀才，我训练去了。

罗依阳有时用语音，有时用短信，但从不用视频。我认为她是对自己的容貌不自信，但这个想法马上被我否定了，因为我想当然地认为万分之一的女飞行员一定漂亮，一定独特，身体一定健康，脑瓜一定非同常人，我的儿子或闺女的妈妈一定是这万分之一的人。有了这个清晰的念头，我又心生对于红的愧疚。再说，长得美丑，现在对我来说，已不重要了，关键是我喜欢听她说话。

放下电话，我发现客厅桌上放着一张纸条，于红写的：我走了。给你买了面条、馒头、面包和方便面，放在厨房了，够你对付一阵了。还有，把排骨冻到冰箱，吃多少拿多少。

她啥时进来的？听到了我们的对话吗？我不得而知。若听见也好，否则我真开不了口。

4

天越来越热了，于红催着我去拍结婚照，我却产生了去看罗依阳的念头。刚好我认识一个戏迷，是空军机关的，他一听说我想到部队去体验生活，说，这有何难，我打个电话，让部队接待一下，不过，你最好让你们团去几个人给官兵唱几折戏，他们肯定欢迎。

团长是我的老师，一听说到部队去演出，他很支持。于红得知要坐五个小时的车，说，她嗓子哑了，不去了。因为路途原因，再加上部队训练紧，我们只带了五折戏，我挑了自己最喜欢的《西厢记·密约》和《西楼记·错梦》。

接待我的是一个空军少校，他说叫他刘干事。一接到我们就不停地说，我可喜欢看昆曲了，最喜欢看《牡丹亭》，最喜欢于红演的那个杜丽娘。

那是我搭档，不过她病了没来成。

哎呀，太遗憾了，欢迎你们到我们部队来演出，活跃官兵的文化生活。

我无法详述在部队的演出，可谓盛况。一个能容千人的大礼堂，座无虚席。我们在后台化装时，就听到官兵们在唱歌，什么《打靶归来》《我爱祖国的蓝天》《强军战歌》之类的，让我还没上战场，已闻到战鼓声声催人上马的气息。

一般我演出前半小时，都不会再说话。这时，我看了下手机，没有罗依阳的任何信息，便说，我马上就要上台了，希望你能看到我最好的演出。

一直到我上台，她也没回。

虽然我不知道她看没看演出，可我仍然认为发挥了自己最佳的水平。因为我感觉台下穿着灰蓝军装的所有的女兵都是罗依阳。

演出完，与首长合影，与一个个军人合影。刘干事也在旁连连夸赞。终于瞅着一个机会，我说我有个远房表妹叫罗依阳，听说是你们单位开战斗机的，我想见见她。刘干事很快说，没有叫罗依阳的女飞行员。

你再想想，也可能她是刚毕业的新飞行员，她姑姑也是开飞机的。我心里一下子空了，可仍然不死心。

刘干事肯定地说，我到团里五年了，如果是飞行员，肯定没有，我们宣传股熟悉每一个女飞行员，且是开战斗机的，她们别说在我们团，就是在空军、全解放军、全国，都是大熊猫。不过，有一个女飞行员叫罗小翼，她想见你，因为她今天值班，没看到你的演出，专门打电话让我安排她值班结束后见你一面。这个罗小翼，分到团里一年了，理论和飞行技术是同批学员里最优秀的，人呢，也长得漂亮，三点钟她过来，我让她陪你参观我们团，我安排了史馆、训练场观看飞行，参观我们飞行员宿舍，如果你有兴趣，可以跟我们一起吃飞行灶，我们飞行员的伙食是全军最棒的。你是名演员，有空可以唱唱我们飞行员的戏，我敢说一定火。

昆曲很少有反映当代部队生活的，更别说飞行员了。

没有才要有，才更有必要排了。我记得好像有个越剧《女飞行员》。刘干事呵呵地笑着。你看过《我和我的祖国》了吧，最后一个故事就是写我们开战斗机的姑娘的。

罗小翼进门前，喊了一声报告，然后敬礼，典型的军人形象。她可以说用目光飞了我一眼，像小兔子受到惊吓一样，马上瞧着刘干事。刘干事又把我介绍了一番，说他还有材料要赶，让罗小翼好好陪我。然后又跟我说，小罗刚分来一年多，飞行技术很棒，你可以跟她好好聊聊，就了解我们飞行员的生活了。

罗小翼话不多，穿一身蓝灰色的空军制服，系着领带，里面浅蓝色的衬衣，肩上一杠两星，走得端正，步速快，我稍加快了步子，她红着脸说，我习惯这样走了。这是我第一次到部队，一走进两边长着法国梧桐的宽大营区，整齐划一的布置，听着嘹亮的歌声，望着一个个穿着蓝色军服的年轻身影，看到机场的塔台和草坪上停的一架架飞机，我一下子感觉是那么的亲切，那么的熟悉。可同时我又有些恨罗依阳，她到底是个什么样的人，为什么我来到这里，她自己却藏起来了。

我转过宿舍楼，如杜丽娘寻梦一样，这里可是她的宿舍？那里，可是她的球场？到了飞机场，那一架架飞机，可是我那漂亮妹妹的战机？

虽无雕栏芍药芽儿浅，更无一丝丝垂杨线，可丝丝缕缕情丝将我牵。

你飞行时害怕不？

刚开始有点，飞得多了，就习惯了。

我们的部队跟你想象中一样吗？

跟我女朋友讲得一模一样，对了，你们部队有没有一个叫罗依阳的女飞行员？

她看了我一眼，摇摇头，却又说，也许那是她的另外一个名字，反正罗依阳是没有的。

我看了她一眼，她红了脸，又低下头，说，我喜欢看你的戏，你扮的小生很帅，且每个人都不一样。可惜今天我值班，没有到现场看。

我笑了，说，我女朋友也是飞行员，她就爱看我的戏。这么说，昆曲在女飞行员心中很有市场呀。

因为昆曲美在单纯，现在社会太浮躁。

这话怎么这么熟悉？对了，我女朋友罗依阳也说过。我抬眼瞧她。

她笑着说，可能我们当兵的都直接，生活比较单调吧。很遗憾，刚才我值班，没听到你唱的戏。

说得有理。有机会到我们团来看演出，我们每周都有，我给你留票。

会的。

那是悬梯吧。我看着一个吊杆上挂着的上下晃动的梯子高兴地喊道。

她说是，没问我为什么知道，指着悬梯说，旋梯训练是为了提高飞行员空间定向能力而特有的一种训练手段。说着，走上前去，一只脚蹬住旋梯最下面的横栏，另一只脚蹬地，使旋梯向前摆，上去后，用脚蹬地快速钩住旋梯，悬梯如秋千般飞了起来，它不是上下飞，而是飞了一个整圆。她足足转了有七八十个圈，看得我都晕了，我说快下来，危险。

她朝下一坐，悬梯就停了下来，她面不改色心不跳，又指着一棵樱桃树下的蓝色器材说，那是固定滚轮，主要是训练飞行员平衡性的。她站在轮里，手扶头顶滚轮上圈把手，脚蹬下圈脚环，转了五六十个圆圈，然后气定神闲地说，这和悬梯都是抗眩晕的。你敢到里面，我到外圈转吗？她说着，调皮地朝我一笑，好动人，我忙说不敢不敢，看着心都停止跳动了。

她说这都是飞行员体能训练的神器，可以增强飞行员的力量、胆量和模拟飞行加速度，能锻炼飞行员的抗眩晕能力。

她说还有飞行舱模拟器，跟开真飞机一样，可惜飞行员在训练，不能看。我说以后有机会，我女朋友会带我去的。

还有三公里跑、五公里长跑，你肯定知道，我就不啰唆了，蛇形跑你不懂吧？蛇形跑它最主要的精髓就是绕杆，只要你比别人快，那么你的成绩一般不会比别人低。这里的诀窍就是腿的频率不要变，但是步子要放小，身子要尽量侧着，有一种开车时急转弯的感觉。绕过杆之后腿频率不变，迈大步子，奔向下一根杆。喏，就是那种，他们正在训练呢。我顺着她的手指望去，一个穿着灰色短袖的男飞行员正在穿过一个个如蛇形的白蓝相间的木杆。

柳老师，你，你很爱你那个飞行员女朋友吗？

当然，看着你们，我就像看到了她一样，一样的蓝军装，一样的英气，一样的阳光。

柳老师，你这么一说，我更高兴了，我能跟你合张影吗？

当然可以。

她朝后望了一眼，叫住了一个正在跑步的女飞行员帮我们照相，那飞行员跟她一样，也是中尉，穿淡蓝色的军服，胸前的机翼标志很漂亮。

男朋友？好帅呀。女飞行员打趣道。

别胡说，柳老师刚给咱们演出完。

你没看？真太美了。你不是一直喜欢看昆曲嘛，这下真佛就在面前，好好请教吧。对了，柳老师，小翼跟我住同一间宿舍，整天没事干时就在电脑上看昆曲，听得我感觉她好像来自古代。她还特崇拜你，说你唱得好，扮相俊朗。小翼，我没说错吧？女飞行员说着，给罗小翼来了一个飞眼。

这么多的粉，还是漂亮女兵。我虚荣心大增。说实话，在我心目中，好像她们都一样，阳光、直爽，还有那么一股英气。

那么罗依阳是个什么样的女孩子呢？听她的声音蛮好听，有点像我身边的这个罗小翼。一口陕西普通话，四声分不清，比如她把吕说成绿，把何说成贺。她怯怯地靠近我，身上是一股茉莉的清香味。我们是站在一架银灰色的飞机模型前照的相。那飞机在我眼里很大，很远就能瞧见，特别是那镶着黄边的鲜红的“八一”军徽，和银灰色飞机相映，在蓝天白云下，特别协调。

帮我们拍完照，高个女飞行员朝罗小翼挤了下眼睛，又开始向前跑去，头也不回地朝我们挥了挥手。

她穿的这衣服叫什么？

柳老师这么关注我们的飞行员生活。她穿的是体能服。

爱屋及乌，因为女朋友是飞行员，我就恨不能多了解一些你们女飞行员的生活。对了，罗老师，你家是哪儿的？

小翼，罗小翼。一个穿着迷彩服的中校远远地叫罗小翼，罗小翼飞跑了过去敬礼。我朝前走了几步，凝视罗依阳所在的训练场，训练场有一批女飞行员跟着一个男飞行员走。准确地说，是在飞，他们每人手中都拿着一只小飞机，一会儿东，一会儿西地在做着飞行动作，像孩子似的，特好玩儿。

对不起，队长叫我了。

好，你去忙吧。

本来还想带你去看飞机的，以后有机会吧。六点开饭，到时我在飞机大雕像前接你。

好。

代替她来接我的是刘干事，刘干事说，罗小翼去飞行了。

她曾拿着手机给我看照片，我说照得不错。她说回头发给你。一直到我们分手，她也没加我的微信，更无从给我照片。我心里有些愠怒，不过这样的事太多了。再说，她肯定没想到我们再不能见面了。我心里略略有些遗憾，说实话，这个罗小翼长得漂亮，性格明快，如果她是罗依阳，就更好了。

第二天，罗依阳在微信里出现了，说，你好吧？

我真想说，我到你部队去了，部队根本就没有你这么个人，你是个骗子，此心何意？本来我想发火，可一想，资料说，飞行员情绪很重要，千万不能让她带着情绪上天，便说，你们部队纪律我不懂，可是你总能告诉我你真实的名字吧？我们联系已经半年了，我连你真实的名字都不知道。

她半天只回了一句，我有我的理由，你不是军人，你不懂。

我嘴上说，理解，心里却想，我们演员大部分都愿意找志同道合的，那么罗依阳为什么不找一个同样开飞机的男朋友？也许人家有，只是跟我聊聊天，解解闷，所以不留真名。

我们演出《西厢记·长亭》时，于红的崔莺莺少唱了一句“去后我何适”，团长狠狠地批评了她几句，我想安慰她，又找不到合适的话……

她淡淡地说，你真的想跟我结婚吗？我发现你不在状态，怕有别心了呀。后面这一句，她用了戏中的念白，不等我回答，扭头而去。

现在，我们只在排练厅跟舞台见，其他时间她也不理我了。

团长找我谈话，说，一个演员最重要的就是他的品德，戏好品德不好，就没人看他的戏了。他又说，柳云飞，你是张生、柳梦梅呀，当了陈世美，失去了观众不说，怕也会失去舞台，三思呀，年轻人。

爸妈也打电话骂我，我说于红是最好的莺莺，可我找的是妻子，一个能激发我激情的另一半呀。

5

罗依阳当天晚上就打来语音电话了，跟我聊得很是愉快。

我趁机说，你到北京来吧，我还没见过你，可你却熟悉我的每个动作。

她说，我也很想去的，可最近训练任务比较紧。

我左思右想，看着房间的《玉簪记》《孟丽君》《西厢记》海报，忽然一个想法涌了上来，我忙给罗依阳打电话，手机关机，肯定又去飞行了。我在微信上给她留言：我病了，速来。留了我的地址。

发送时，我又想，命令一个开战斗机的姑娘，这样的口气显然不书生。不能让她着急，万一影响她开飞机如何是好？便又把留言改道：病了才感觉好孤单，盼来。

语气弱了，又显得自己太可怜。万一她意识不到问题的严重，不来呢？可再也想不到更好的词句，我发了出去。发完刚喝了一口水，马上撤回刚才发的，重新写道：我要住院了，能来一下吗？

她来，证明心里有我。如果我都住院了，她还不来，我还留恋她什么？哎呀，张生、潘必正真聪明，他们教会了我如何赢得佳人的芳心。

对，我确信我爱上了那个神秘的飞行员。

这招真灵，她马上说你怎么了，得啥病了？

别急，我马上请假。我会给你意外惊喜的。然后第一次给我发了一长串拥抱的表情符。

我一下子忘乎所以了，忘记自己现在扮演的是病人，马上回道：你怎么来？我去接你。发了才想到自己真的被胜利冲昏了头脑，可已撤不回来了，只好又发了一条：即便我起不来，也要去接你。

她马上回道，昆剧院我梦里去过好多次，地址电话都知道，再说柳生谁不知道。

我还是把我的住址一一发到她的手机上，还怕不清楚，又发了定位。

她说两天后的周末来。她说她只能待两天。

我马上安排她的行程，怎样让她在很短的时间里，充分了解我，了解她钟爱的昆曲，我设计了一个又一个方案。

她爱昆曲，我要给她演一折。若与于红合作，不但不会增色，搞不好还会坏事。我要当面给她唱我的代表作《拾画》《叫画》，还要给她唱我得了梅花奖的折子戏《西楼记·玩笺错梦》，要当面向她表白我的爱情。

场地在哪儿？剧院显然不合适，偌大的剧场，空荡荡的我们两个人，不行。宿舍，没那种氛围。

我把我们经常演出的场地进行了一一比较，眼前一亮，听韵园，对，在听韵园演。那是北方难得的南方园林，小桥流水、亭台楼阁、月亮门、太湖石，简直就是江南的翻版，可以以假乱真。好，场地解决了。

她坐长途车，来到这儿也快晚上了，我要带她到状元府第吃饭。那地方，清代一状元曾住过，里面古朴典雅，意境深远。

然后安排她住到附近一家四星级的酒店，推窗即能望到北海的红墙白塔，离我住处也就二百米。

第二天上午看我演出，下午陪她逛街，我们城市最美的蓝色港湾，有世界名牌商场，有各国美味佳肴。我们坐在水边，喝着红酒，赏着月亮，如杨贵妃和李隆基在后花园小宴。

晚上，陪她到汽车影院看老电影《女飞行员》，她一定没去过。

第三天上午她走时，我要亲自开车送她到部队，路上放着钢琴曲《献给爱丽斯》，表白。

同时，我觉得不能再骗于红了。怕见面尴尬，我在电话里艰难地跟她说，于红，我们俩不合适，我对不起你……我喜欢上了一个女孩儿，她近期要来……我以为于红会哭会闹，于红却淡淡地说，她啥时来，我可以见见她吗？

我踌躇了一下，心想做人要坦荡，她见了也好死心，便说，周六。

一切就绪，所有环节我反复核定，感觉无一处破绽，我香香地睡着了。

6

周六，我起床把三室一厅的房间收拾干净，又想，她下午到，我先出去迎她时，要像生病的样子，要不要像张生他们一样头上系着布条？想了想，千万不能东施效颦，但又不能穿睡衣见一个中国人民解放军空军中尉，可是穿得太正经，又不像病人。思前想后，最后我穿了一身在家练功的运动服，这样既随意又舒服。

不愧是军人，下午四点，门响了，我立即从床上跳起来，急急地跑去开门。

短发，微笑，怎么这么熟悉，难道梦中曾相见？

不认识了？你到我们部队时我陪的你。对不起。她如做了错事一般，微微低下头，红了脸。

快进来，请坐。我脑子好像一时短了路，半天才回过神来。刚才我还真以为就像戏上唱的，我跟她有缘，好像前世见过。都是戏剧误导了我！不，也许服装有神奇的魅力，穿军装的她让我既好奇又紧张，而眼前的她，又跟我在大街上见到的女孩儿一样，穿着浅蓝色运动外套，侧面三条白色线条设计，简约大方，同时又对手臂线条进行了一定的修饰。里面是黑色低胸内搭，颇具性感。下着直筒牛仔裤，显得双腿笔直纤细。她好像一位刚进校门的大学生，没有化妆，脸上纤细的茸毛在阳光下似有金色，可能我在演艺圈看多了脂粉女孩儿，她让我耳目一新。

她可能看出我的狐疑，解释道，我真名叫罗小翼，是一名战斗机飞行员，已飞三百个小时，虽然飞行时间短，但我会一直飞下去的。我是陕西人，我姑姑确实是第三代飞行员，她跟著名飞行员将军刘晓莲是战友，只是不出名罢了。我陪你参观我们团时，看到你长得好像著名昆曲小生演员俞玖林，不，像施夏明，不，你比他们还帅。我真想告诉你我就是罗依阳。可我很普通，怕你失望。我只是一个刚放了单飞不久的飞行员，所以就用了假名，虽不敢承认，可我暗示了你，我爱听昆曲。还说搞不好是另外一个名字。

你好鬼，还活学活用，向祝英台学的吧，可惜梁山伯好笨。我要知道，当时一定要好好看你穿军装的样子，跟你多说说情话。

那你装病学的是张生，还是潘必正？

我们哈哈大笑。我没想到她这么机灵、有趣。

我说你不是一直想知道我如何唱戏的吗？明天上午我带你到一个花园去，我给你一个人专场唱《西楼记·玩笺错梦》。讲的是书生于叔夜爱上歌妓才女穆素徽，父亲不同意，差点死去，在病中想念素徽。模拟他们相会的情景，后又做梦。一会儿梦见他到素徽家，素徽妈妈不认识他，把他赶了出来；一会儿梦见女仆说小姐从来不认识于叔夜；一会儿又梦见穆素徽给一老者当了小妾，老者把她赶了出来；最后梦见他总也到不了西楼，因为发了大水醒来了。

罗小翼说好呀，好呀，我为什么喜欢昆曲，就因为它是深情之美，讲尽了天下至情之人。

你很漂亮，清纯又干净。只是有些遗憾，没穿军装。那天你穿军装，好像跟现在不像。穿军装更威武，说实话，那天我都没敢细看你，我怎么会仔细打量一个陌生女孩子呢？我非登徒子，是秀才呀。好后悔呀，我比梁山伯还笨，竟然没听出你的暗示。

她捂着嘴笑道，出外不能穿军装，这是条令规定的。一说条令，我先是惊了一下，说，理解，理解。可我不甘心，又说，难道你就不送我一张你穿军装的照片吗？再说，你还没有给我们的合影呢。她歪着头说，听我命令，闭上眼睛。我乖乖地闭上眼睛。睁开！她像杨贵妃拿纸扇一样，先是闭着眼，右手拿一幅画盖住了整个面部，手指特秀气。画是一幅素描，画的是我的《西厢记》演出剧照。我戴着有双翅的秀才帽，穿着绣了几枝兰花的白袍。有意思的是帽翅，左边粗，右边细，显然改了好几遍。可那细长的眼神像我。长袍上的花蕾，她画得特别仔细，还像小学生一样，上了色。帽子上的方镜，也画得很圆，像用圆规画的。尽管这幅画像小孩子画的，可她却大老远地给我带来，还镶嵌上了白金色镜框。

别笑话我画得不好，人家已经画了十五幅，这是挑的最好的一幅。她笑得特好看，先微微低下头，闭着嘴，眯着眼。

画得好，以后有人写我的传记，第一张放的就是这张画。

下面还有一个镜框，里面放着我和她在她部队大飞机模型下的那张合影，照片上的我离她比较近，她脸有些紧张，但笑着。

这个是订婚照，要放在我床头柜上。不，我还要放大，挂在电视机上面，每天盯着看。

我……她正要开口，门响了，是开锁的声音。我脸色大变，这就是我不喜欢于红的地方，她总是这样，做我不喜欢的事。但在客人面前，特别是在我喜欢的罗小翼面前，我不能失态，我是翩翩文气秀才郎呀。

于红好像还是我女朋友一样，提着大包小包的菜，朝罗小翼看了一眼，说，知道你有客来，采购了一大堆吃的，现在饭馆也不卫生。说着，径自进了厨房。

罗小翼仍然微笑着说，真不好意思，给你们添麻烦了。但我明显看到了她的笑是装出来的，神态一下子紧张了许多。

一听“你们”，我气得快步走进厨房，语气虽弱，但面带愠怒，你怎么来了？谁让你买这些东西的？于红不理我的问话，走进客厅，坐到沙发上，一会儿给客人递茶，一会儿递水果。

我只好向罗小翼介绍，这是我……我话还没说完，于红抢过话题说，我是他搭档，我的名字太多了，崔莺莺、祝英台、穆素徽、杨玉环、白素贞，等等。

罗小翼马上伸出手说，我叫罗小翼，军人，看过你的很多戏，你叫于红对不对？

女军官？你们怎么认识的？柳云飞，没想到你不但能唱戏，还能做地下工作了，我们搭档多年，你有女朋友了，一点儿口风都不露。不够朋友。

你误会了，我只是他的一个粉丝，不，是你们共同的粉丝。罗小翼说着，再也不看我，一直不停地问于红这儿，于红那儿，好像我不存在似的，生生把我晾到了一边。如果说于红来时，我们是情侣，现在罗小翼已经坚定地走在了于红的阵营里，是她看出了我跟于红曾经的关系，误解了我，还是害羞？我不得而知。更让我诧异的是，她送我的两个镜框刚才还在茶几上，忽然不见了。

晚上无论我说什么，罗小翼也不到外面去吃饭，说于红既然买了菜，咱们就在家里包饺子。

于红说，包饺子太麻烦。

罗小翼说不麻烦的，我来和面调馅，我在家里经常做。她说着，就和起面来。她和好面后，盆好干净，包的饺子更好看，放在白色的纸上，好像一只只飞机。她说她周末经常到炊事班帮厨。

我就一直眼不停地看着她，也不顾于红的脸色有多难看。

下饺子时，罗小翼脸红着说，我没下过。

我还以为你什么都能干。于红不满地说着，坐到沙发上看电视去了。罗小翼悄悄问我会下饺子不，我说不会。她说，没事，不会咱学呗。然后又大声说，于红姐，五分钟饺子能熟不？于红说，你不是飞机都能开吗？

罗小翼吐吐舌头，想了想，说，没事的，我记得我妈下饺子时，好像水开了，烧一会儿，再加次水，烧开，就差不多了。不过，为了保险，水烧开三次，咱们再关火。

她一会儿揭开锅盖，一会儿盖盖，结果饺子烂了不少。她专挑烂饺子吃，边吃还笑着说，她最爱吃饺子皮了。让我看得有些心疼，便把好饺子夹到她碗里，说，没事的，小翼，你不用紧张，这饺子是我吃过的最好吃的饺子。

晚上，我说宾馆已登记好了，罗小翼却说，我想跟于红姐住一起，想听她讲昆曲，这个机会好难得，于红姐这个大名人，不是想见就能见到的。于红白了我一眼，笑着说，这可不怪我。

第二天上午，我计划带罗小翼到商场逛的，我想她一直穿军装，要给她买身好衣服，便早早起床，到食堂打了饭，又怕她们睡懒觉，给于红打电话。于红说罗小翼去跑步了，她在做饭。罗小翼想参观剧院，要她带着去。连问我一声都没有，更使我气恼，好像罗小翼是她的亲妹妹来看她的，左一句小翼，右一句小翼，语态熟稔得出乎我的意料。

我说于红，我很珍惜我们之间的友谊，希望你能理解。

于红说，你这话太小人了吧，我刚才说她让我带她去，可我没说我答应了。你的朋友，住我这儿，吃我这儿，我对你够意思吧？八点前，立即将她带走！

我一进于红宿舍，又是一惊。罗小翼穿了一件小碎花紫色裙子，系着一条白色细项链，背一个桃红色的小包，显得很有女人味。更让我想不到的是，她涂了口红，且施了脂粉，但我不得不说，妆化得恰到好处。

怎么样，漂亮吧？于红双手抱臂。

原来是你的杰作。我没有说好，也没说不好，心里隐隐有点不舒服，我说，小翼，咱们走。

罗小翼说什么也要让于红一起去，说否则她就不去了。于红看了我一眼，说，我上午要背剧本，你的柳哥哥带你去，一定玩得很有意思。参观剧场，下午我带你去。

罗小翼虽然跟我一起逛街，可再也没了刚来时的调皮快乐，跟我走路都保持着适当的距离，话题除了戏，就是飞行。到了商场，她好像又变活泼了，瞧着漂亮衣服，悄悄问我能不能试。我说当然可以，只要你喜欢，尽管买。她身材好，穿哪件都好看。有个白衣无袖连衣裙，她穿上像个仙女。可她左看右看，反复问我漂亮不漂亮，是不是露得多了一点儿，她可是军人呀。她说军人时，几乎是贴着我耳边说的。我说没有任何问题，我喜欢。可最后她除了买了一身男式运动服外，什么都没买。她说，是给她弟弟买的。

中午饭我想带她到蓝色港湾去，坐在水边，吃西餐，她说就近吧，越简单越好。

只好带她进了“麻辣风情”。一听吃火锅，她高兴地说她最爱吃了。我让她点菜，她说她什么都能吃，让我点就是。给我们送毛巾的服务员十六七岁，满口四川话，说得快了，我就听不清，罗小翼问道，小妹妹，你是四川人？小妹妹说，对，我家四川崇州人。

罗小翼怔了一下,半天不说话了,吃得也少了。我说,怎么了?

她的眼泪忽然出来了,又把小姑娘叫来问,你知道余旭吗?空军女飞行员。小姑娘摇了摇头。

别难过,我知道余旭,我不但知道余旭,我还知道咱们中国有三百多名女飞行员,民国时期有一名女飞行员,还是电影明星呢,一直活到八十多岁。一次安全带断了,硬是跳伞到海里,被人救了。

李霞卿?你怎么知道的?

因为你,我几乎查遍了网上所有女飞行员的资料。女飞行员基本都长寿,我还知道一个写书的女飞行员,八十三岁了,还开了四十分钟的飞机。

她终于破涕而笑,说,我一直想给爸妈在县城买房,爸妈再三说,弟弟还小,他们老两口还要种地呢。可我必须要买。她说着,哽咽了,但仍然把话说完,我怕我跟余旭……

你不会的,你绝对不会的。我说着,上前把她紧紧抱住了。

她在我怀抱里静静地偎依着,像只受伤的小猫。外面阳光灿烂,饭店人人欢笑。我不知道有多少人知道我怀中这个女飞行员心中的哀伤,又有多少人知道四川崇州那对失去女儿的中年夫妇的哀伤。这么思忖着,我的眼泪也悄悄流了下来。自从跟这个女飞行员接触以后,我忽然变得爱流泪。唱戏时,流泪;看书时,流泪;望天时,流泪。特别是雨天,电闪雷鸣,我就祈祷,她跟她的战友,别飞。

不知是我的眼泪打湿了她的脸,还是她想起什么,她忽然松开我的胳膊说,你坐回去,我失态了。对不起。

吃完饭出来,她说北京真好呀,她做梦都想在这样的城市生活。我说,以后这样的日子多着呢。她说好想去北大,好想去三联书店,我说这有何难,去就是了。

到三联书店,她抱了一大堆书,说,这下可有读的了。最上面的是一套上下册的《奥吉·马奇历险记》。交款时,我抢上前去,用微信付的款。服务员提醒我,每本书都是两种,我说,对,我跟我女朋友一人一套。旁边交款的一个学生模样的小伙儿不停地打量着我跟罗小翼,我笑笑。罗小翼说,你喜欢看吗?全买。

凡是你喜欢的,必定是最好的。

下午我带她到听韵园,这种南方式的园林,在北方算是难得。小戏台搭在一棵有八百年树龄的银杏边,不远处即是月亮门、竹林、小湖,在水声衬托下,清亮飘逸。有些遗憾,若有我们南方的香樟树就更好了。

罗小翼说，她们在部队，除了每年假期，周末都是按比例外出，清晨七点前离开营区，晚上六点前必须归队。她到北京来过几次，从来没来过这个清静又别致的地方。

我握着她的手，说，那你嫁给我，以后至少每周都可以回家。

她一下子变严肃了，说，娶一个飞行员妻子，一多半时间都得守空房。

我说，嫁一个唱戏的也多半是。

我只叫了一个吹箫的朋友给我伴奏。刚换上戏服，只见于红跟着琴师和鼓师一伙人来了，他们还抬着几个大箱子，说，要演，咱们得合作完整的一出呀，这样才让解放军妹妹看得过瘾。

你怎么知道我们在这儿？

于红不回答我的问题，只瞧着罗小翼笑着说，我们配合了十年，堪称完美，如果不一起给你演出，岂不遗憾。

就是，没了穆素徽，这《西楼会》还有啥看头？罗小翼说着，忙帮着把衣服抬到更衣室去。

我很恼火，但好无奈。

罗小翼安静地坐在椅子上看着，看得好仔细，还不时地拭泪。我们唱完了，她好像还在梦幻中，摸着于红的戏装说真漂亮，我在戏上看了无数次，今天才第一次摸到。

你那么爱这戏装，一会儿穿上试试，我给你化装，你拍照片如何？

不过，我爱穿男装，我给你说过，我最喜欢秀才服了。不过，这个面包状的秀才帽没有带帽翅的那种好看。

面包帽？有意思，第一次听人这么叫，一会儿带你到我们衣箱房穿个遍，各种各样的戏迷我都见过，唯独没见过你这么痴迷的。

我们既没到蓝色港湾逛，也没到汽车影院看电影。于红一直跟我们在一起，一直在跟罗小翼讲戏，说演员生活，我根本插不上嘴。

我就像潘必正病了，陈妙常跟他姑姑去看他时，他当着姑姑的面不时地暗示陈妙常一样。我的暗示于红都知道了，朝我翻白眼，罗小翼却熟视无睹。是当兵的姑娘单纯，还是她故意装傻，看出了于红对我的情意？我不太高兴，可又怕在罗小翼面前失态，便暗示她，可罗小翼好像很喜欢于红，每每于红要走时，她都拉住，还不停地说，于姐姐，你给我讲讲你唱莺莺的感受，讲讲演白蛇舞刀的想法。让我吃惊的是她特好学，还不时掏出手机记，还不停地问这个字怎么写，那个动作是什么样子。

7

从听韵园出来，我对罗小翼说带她去南锣鼓巷转转，这是北京年轻人最多的地方。

罗小翼却拉着于红的手说，于红姐要带我去看你们的剧场，对吧，我想看看剧场，看看你们的排练场，还想看看那一件件漂亮的戏服、道具。特别是戏服上的绣花好漂亮，我想摸摸。对了，于红姐，演员身段是指身材吧？

于红白了我一眼，露出胜利者的微笑，对罗小翼像背书似的道，身段即身架，叫作现身法。特定情景下的外形表演。走圆不走直，站丁不站八。前脚步后踮，后脚步前跨。视上先顾下，欲左先右斜。效果多婀娜，眼神须会抓。旦角觑三排，生角可增加。净角望最后，丑角不限他。手眼身法步，肩肘腕一家。身段前后随，步字即是法……

我们到了剧院服装库，罗小翼指着一顶秀才巾说，我就喜欢这样的帽子。

它叫文生巾，也就是秀才帽。帽两侧有翅膀，巾背有两条飘带，凡是比较潇洒、清秀的书生和儒雅公子，都这样打扮。他们为什么拿扇子呢？因为扇子可以辅助演员做出许多舞蹈动作，来表现他的风流潇洒、文质彬彬。于红不停地解释着，还不时得意地白我一眼，看着罗小翼又说，你看，秀才巾也有好几种，你喜欢的那种，帽子脑后加长条翅膀的，是已取得功名的文人所戴，所以也叫解元巾。

罗小翼拿手机不停地拍着说，对，《西厢记》最初就是那个唐解元元稹写的。

我们走进衣箱房，于红又详细地指给罗小翼说，这是我们的行头，分衣、盔、杂、把四箱。其中衣箱，又分大衣箱和布衣箱，比如秀才穿的袍子就是大衣箱，我们叫它花褶，它纹样不多，多选取梅花、竹子以寓其高洁，色彩简洁鲜明，布局均衡，多为浅湖色、白色，素雅明快，给人以清秀洒脱之感，衬托出人物文静风流的性格和气质。还有这个，看着像文小生，你看，它有啥区别？

于红，这不是教室。我不耐烦地打断了。

你要有事，忙去吧。罗小翼说着，拿着一顶文生巾说，帽子的质地样式都一样，这个帽子顶上怎么多了一个小红球？

于红朝我双手一摊，说，这可不怪我，有问必答，这是为师的基本道德。然后面向罗小翼说，这是武小生戴的，《游龟山》中的田玉川就戴这样的帽子，这象征他文武双全。盔箱包括各种髯口、鞋靴、面具、乐器以及部分砌末。把箱包括刀枪把子、銮仪器仗。

哎呀呀，原来戏里有这么多学问。啊，这箱子好漂亮，我得拍一下，你看柜子上的花纹，多细密。

好了，我们的领地全转完了，现在呢，由我打扮你，你喜欢哪种戏服，尽情地穿，管衣服的阿姨跟我最要好，给我开后门了。于红说着，拉着罗小翼进了更衣室。

说实话，一个女飞行员穿戏装，我不敢苟同，可没想到罗小翼穿上一身湖绿色的长袍，戴着乌黑的翅状秀才帽，妩媚又英气逼人。连于红也不停地说，真是帅呆了。如果你会唱昆曲，我都愿意跟你搭档了。罗小翼照完相后，于红说，你们合一张影吧。

当然可以。我说。

哎呀，这不好，我跟于红姐照一张。罗小翼话还没说完，就被于红推到了我跟前。

在于红拍照时，鬼使神差，我搂住了罗小翼。她猛地一哆嗦，向后缩了一下，我感觉她是第一次与异性这样亲密地在一起，我便离她稍远些，跟她合照了一张同志式的照片。

柳云飞，你教小翼妹妹，不，教罗秀才走两步吧。我说免了，免了，心里巴不得她赶紧走，我跟罗小翼在一起，光阴如金，她出来一趟不容易呀。

罗小翼却拉着于红的手，说，于红姐，你教我。

好，姐也反串过小生，还是能拿得出手的。等我扮上。

别扮了，示范几下就可以了。我不耐烦地说。

这可由不得你，对吧，飞行员妹妹？于红说着，进屋换装去了，我刚走到罗小翼跟前，罗小翼就急步转身往更衣室走，边走边说，我去看于红姐如何化装。

我在外面站了一会儿，此时，天已渐热，树木葱绿，街上一对对青年伴侣勾肩而过，我却如此狼狈，只好无奈地走进排练场。

小生上台走丁字步，你看这样，是不是就表现出了他的气宇轩昂。对，很聪明，能开飞机，学这，简直就是小菜一碟。这是小生的基本身段，向右甩袖亮相，向左甩袖亮相，双手甩袖，整冠，整衣襟，转身走向椅子边，再转身拎袍坐下，拎袍跷腿，哎呀，飞行员妹妹，学得好像。我都有点爱上你这个俊书生了。唉，为啥我们喜爱书生，是书生现在绝迹了，现在的男人呀，有几个能靠得住。昨天还海誓山盟，今天就郎心似铁了。

我听着，看着，心里一直在翻腾，于红如此用心，是想感动罗小翼，还是故意拆散我们，或是要特意表现她？我不得而知，只知道她硬生生地插进了我跟罗小翼之间，让我们这天下午到晚上，都没单独说话的机会。

第三天罗小翼走时，我要开车去送她，她坚决不同意，说，坐大巴车很舒服，视野开阔，也是她了解更多人的机会，整天在军营，机会难得，让我成全她。谢天谢地，于红终于没再跟我们去。本来罗小翼还让她去的，她这次没找借口，而是双手搂着小翼的肩说，你们好好说说话呀，我可不想当电灯泡，惹人嫌。

只留我们两人了，罗小翼话很少，我问一句，她答一句，甚是局促。

她说，你女朋友对你真好。

她告诉你她是我女朋友了？

我感觉到的。

我们已经分手了。

她爱了你十年。昨天晚上，她没有说她爱你，但给我讲了你们之间许多有趣的故事。说你真心喜欢我，说你爱吃面食，爱喝红酒，除了唱戏，啥都不懂，让我多帮你。我半夜不知怎么的胃痛，她给我到外面二十四小时药店买药，还让我做她的妹妹。

遇到你以前，我一直以为爱情就是那样的，可现在我知道那是对小妹妹的爱，现在我跟她吃一顿饭都不想。我爱的是你。我极力表白。

她摇摇头道，我们并不了解。

张生了解崔莺莺吗？潘必正了解陈妙常吗？于叔夜了解穆素徽吗？

那是戏，是古代，现在什么时代了，一见钟情怎么靠得住？

这些你不是看得也感动得流泪了吗？他们也不是一见钟情。崔莺莺是听了张生作的诗，张生救了她，听了张生的琴，才爱上他的。潘必正也是先听陈妙常的琴，再看她的诗，才动情的。素徽也是读了叔夜的诗，然后两人相会，合曲之后才爱上的。我们说了那么多的话，而且我还到你部队，看了你那么棒的表演，听了你同屋、刘干事等人对你的介绍，怎么不了解？

于红姐……不知为什么，罗小翼没有再往下说。

你通过这几天接触，感觉她人怎么样？

罗小翼看着远方一树紫薇说，于红姐呀，我很喜欢她，她唱戏好坏，你最有发言权。为人嘛，真诚，会关心。做事，能干细致。最关键的一条是，真心对你好。

我点点头说，你说得没借，她很优秀。对我一片真心，可她特固执，从来不考虑我的感受。我跟她说了多次，不要不经我商量就做决定，比如我房子里这些家具，是她在我出差时，让搬家公司送来的，我原来最喜欢的东西，不经我同意，全被她当废品卖了。我说了她后，她再三说，改，可没多久我出差回来，又发现没经我同意，厨房里的橱柜被她买了回来。你知道这种血红的颜色，让我好恐惧。疫情期间，她在我屋子里待得久些，说实话，我特烦，她嘴一直就不停，说我这衣服不好，那东西放得不到位，说我这人不实际，要多跟领导来往，我忽然有一种恐惧涌上心头，难道我跟这样的人生活一辈子吗？我跟她在一起，没有跟你在一起的那种激情，那种我想保护你的冲动。我起初以为跟你在一起是一种新鲜感，可一看你的眼睛，你单纯的样子，心里就想保护你，就想，这女孩儿我一定会爱她一辈子的。

娶一个女飞行员，你会失去很多。

我说自从你给我留的那个言开始，我就已经准备做一个飞行员的丈夫了，不，就像你们部队说的军人家属。

她摇摇头，然后又皱着眉头说，飞行员的生活并不像你以为的那样充满了浪漫，其实很是单调，记得那天我哭着给你打电话不？

我晚上查看女飞行员新闻时，才知道一名女飞行员飞行时受伤了，你一定因此事哭的。

她点点头，说，她受伤后，我不敢去医院看她，不敢到她的宿舍看她受伤的腿。不敢给妈妈打电话，又怕她担心，每天飞行后，我都要给她打电话报平安的。你没有当过飞行员，你体会不到那种面对死神的恐惧。过去我跟你讲的，无枝可依，真的是我真切的感受。得知我的这位战友再也站不起来后，我们不少女飞行员好长时间都提不起劲儿来，团里开会，给我们做思想工作，查找原因，还请老飞行员来给我们现身说法。那些女飞行员，不少都六七十岁了，可是一看到她们望着飞机那热切的目光，你就心动了。有一个八十岁的女飞行员，坐在飞机里不肯下来，说，如果祖国需要，我还要开飞机。真是比佘太君还牛。我们才慢慢地提起了精神。

可能也看了新闻，出事当晚，我姑姑就给我打来电话，说，翼，不要怕，听姑的话，我飞了多半辈子，一直到五十五岁，要不是组织不让我飞，我还要飞呢。飞机出事是意外。从中华人民共和国成立到现在，也有十批女飞行员，几百人了，光我知道的，大家都很健康，出了三个女飞行员将军。只要你严格按照一切规定执行，平常多练，遇到紧急情况，听从塔台命令，一点儿事都没有。再说干哪件事没有危险？你好好地在大路上走着，还有人撞你呢。翼，你记着，国家培养一个飞行员不容易。能当战斗机飞行员，你是遇上了好时代。现在飞机性能更好，各种设备更先进了，就说飞行服，我们那时是皮夹克，你们的飞行服，又合体，又漂亮，关键是性能多样，多先进呀，你文化又高，怕什么，缺少的也就是实践，多飞几次，自然熟能生巧。天空说大也大，说小也小，不就是遇上鸟、暴雨嘛，可天上多漂亮呀，每天的云彩都有，如果你幸运，会遇到好多次彩虹，多少人想上天还上不去呢。你知道你为啥叫小翼不，是姑给你起的。你的表哥，眼睛近视，开不了飞机。你爸给我打电话说生了一个女儿后，我高兴地说，就叫小翼，长大后我教她开飞机。你很争气，真就考上了飞行学院。

然后又给我说，这事别跟你妈说，你妈心小，昨天你妈还跟我说你没有打电话，急得哭，让我说了一顿，说她不像一个飞行员的妈妈，你奶奶那时心可大了，我当了飞行员，她马上说，我闺女厉害，能摘到星星呢。我只要哭鼻子，她马上说，你胆连小鸟都不如，怎么是我刘桂英的女子。你奶奶你知道，走路一阵风，干活儿一把好手，样样不落人后。我考上飞行员后，你爷爷不让我去，把我关在窑里，是你奶奶放出了我。后来记者到家里采访，你爷爷坚决否认，让你奶奶讥笑了他好一阵子。

当飞行员不容易，我走到这一步更不容易，我要超过我姑姑的飞行纪录，她飞了四千零四十个小时，光荣退休，我也要像她一样，飞到脱军装的那一天。我这次进城，就是因为飞行得了第一名，教员奖励的。

当然。可惜时间太短，没有带你好好玩。

这几天我已经看见了许多我从未见过的东西，比如舞台，比如戏剧演员的生活，知足了，谢谢你跟于红姐。你没穿过军装，你不明白，你没上过飞机，你不知道，在蓝天飞翔的那种自豪感。只要能永远地飞下去，让我干什么都行。

她说着，流下了眼泪。我帮她擦时，想保护她的愿望特别强烈，但还是问她，你们有没有从那以后不想飞了的。

没有，虽然大家心情低落了一阵，但我们仍然安全完成了飞行任务。不过你不用担心，我们现在抓得很严，除了有各种特情书，我还有特情笔记，搜集了飞行员遇到各种问题该怎么办。没事时，我会围着老飞行员跟他们聊天，如遇到黑视、撞鸟、雷电、发动机停车、与其他飞机相碰等飞行中遇到的各类问题该怎么办，我的技术是最好的。她说着，笑得灿烂无邪。那笑让我想起了二十世纪五六十年代人脸上露出的那种朴实的笑。

她这天没有化妆，但是肤色白净，眼神清亮。值得我信任。更让我难受的是，我没想到还有一帮女孩子跟我认识的女孩子过着不一样的生活。她们每天跑五公里，转滚圈，腾云驾雾，甚至冒着生命危险，让我顿生怜惜之心。

她坐到大巴车上了，我忽然想起一件事，说，对了，把你送我的礼物还给我。

她答非所问，张生、梁山伯要是移情别恋了，你说观众还爱看他们的戏吗？

她直视我的眼神，让我有些紧张，我忙说，这，不一样。那是戏。人要忠实于自己的内心。

戏如人生，古今同理。

不坐车的，快下车，我们要开车了。满脸不耐烦的中年司机不停地催促着。

我仍站着不动。你不给我东西，我就不下车。

你这姑娘，送了人的东西赶紧给人家呀，要不，天黑了都到不了云阳。司机快开车。旁边一位大妈不耐烦地说。

你只能拿我画你的那张。她说着，打开身上的小包，在她取那张画我的画时，我把我们的合影也抢过来，立即跑下车，她要追，门已关上了。我跑呀，跑呀，像她跑五公里一样快。跑了约一公里，没听到后面有脚步声，便回头一瞧，大巴车早没影了，我又开始追起大巴车来。约跑了四五公里，也没看到大巴车的影子，我却体会到第一次长跑的感觉。那感受，一个字，累。一个感觉，爽。

我回到宿舍，从包里拿出两个相框，把罗小翼画我的那幅画放在沙发边的电话桌上，又把我们的合影挂在电视机上面的墙上。

然后躺在沙发上读起《奥吉·马奇历险记》。这时，门开了，于红进来了。

她皱着眉头说，屋子这么乱，说着就拿起拖把打扫起卫生来。

我说你放下吧，我来。

于红一句话也不说，仍在拖地。

终于，她坐到了我对面，拿着放在面前圆桌上那幅秀才画看了半天，放回去。又看挂在墙上的画，说，画歪了。左边好像高了些，我抬头凝视了片刻，果然，便站到椅子上，重新调正。

好了，现在很好。于红说着，坐到我旁边。

我向外挪了挪，心里感觉很对不起她，希望她骂我，她却削了一个杧果，递给我说，这两天我跟罗小翼接触，没有别的目的，只是怕你吃亏，想替你把关。你不要瞪我，如果你认为我想搅乱你的好事，那你太以小人之心度我了。我的粉丝比你多，追求我的人不下两位数，我并不是非要在你这一棵树上吊死。我可以明确地告诉你，今天我跟你分手，明天就有人求婚。我一直纳闷，她是什么人，让你把一个跟你好了十年的女友放弃。你想一想，你到她部队，她陪着你，却不说明，那是她在暗中观察你。好，进。赖，消失。她能来，证明你在她面前表现不赖，她一来，感觉咱俩有恋情，马上步步不离我，说明什么？你动动脑子好好想想。这说明她自我保护意识特强，或者说自我约束极强。一方面可能是对你不信任，一方面可能是部队管理严，她怕影响她的前程。你们到听韵园去，你猜我是怎么知道的？你根本想不到是她发微信告诉我的。别说你，就是我，自认为能看透人，却看不透她。她跟我说，飞机都敢开的人，还有什么能难住？一听这话，我不是敬佩，而是恐惧。她没跟你说过她爱你，要嫁给你吧？这就是她鬼精的地方。你根本就不了解她。她生活能力低，连个饺子都不会煮。在我那儿，我一直细细地替你考察她。说老实话，她人长得不错，比你有脑子。飞行员，待遇高。可她亲口跟我说，飞行员的生活一点儿都不浪漫，有生命危险不说，根本顾不上家，她跟我说，她们女飞行员，即便结了婚的，除了周末回家，平时都要住到单位的集体宿舍。你想想，你们是两个世界的人，怎么能生活在一起？她还小，二十四岁，可你快三十岁了，不要做梦了，好不好，我是真的为你好。

我本想说，如果不是你从中阻拦，我可能更了解她，但我不忍心。说真的，于红是个好姑娘，我不忍伤她。伤她，就是抹掉我们在一起的十年好时光。这么想着，我说，谢谢，即便她不跟我结婚，咱俩也不成了。于红，对不起，咱们做亲人吧，你永远是我姐。我不想我以后的生活都像电脑程序一样让人设置好了，结婚、生子，永远也走不出这个昆剧团，二十年、三十年的生活都是这样子。我不想过一种由别人安排的生活。以后，我要自行其是。

于红看着我，好像不认识似的，半天才说，好吧，该说的我也说完了，但愿你不是图新鲜，玩刺激。看我没说话，她抹了一下眼睛，说，这半年你的魂真被她勾走了，不，你可能是被自己想象的爱情冲昏了头脑，忽略了她真实的情况。我本来不想说，但我知道这些她肯定没告诉你。你知道她家在陕西，有个姑姑当空军，你却不知道她家是陕西农村的吧，离西安四个小时路程，家里还有一个失明的弟弟。她当然不会笨到主动跟我说，是我套出来的。她昨晚在阳台上给她家打电话，说给弟弟买药的事，后来她问我认识不认识同仁医院的专家，她弟弟失明了，她要接他到北京的大医院来看病。人家遇到麻烦都尽力躲，罗小翼的麻烦是双目失明的弟弟，是随时可能出现的生命危险，而你面对的将是无尽的麻烦，想着过去的日子，我们单纯地唱戏，快乐地生活，可你却生生地让自己撞进一个陌生的世界，搞不好，你会痛苦一辈子的。

我说于红你不要说了，你是个好姑娘，我对不起你，可我确实对咱们的未来没有信心了。我没有说，正因为我们太熟悉了，在舞台上，我根本都不用去想，就知道她下一步要干什么。在日常生活中更是，可能太熟悉了，就没了激情。

她的家庭，她个人情况，你连四分之一都不了解，却轻易地爱上她，真是荒唐。

我低着头，没有说话。

于红默默走了。她走时，把厨房的一袋垃圾放到门前，又进来把我宿舍的钥匙从她的钥匙链上捋下来，放到饭桌上，看了我一眼，轻轻地带上了门。

我确实并不了解罗小翼，可我就是喜欢她。可我喜欢她什么，哪一个是真正的她？那个在训练场矫健勇敢的她，还是在我厨房怯生生的她，或是在公园里那个见啥都拍的她，或者是那个穿着男装英气逼人的她？

可这有什么要紧呢，喜欢就是喜欢。真爱没有理由。

第二天于红就不再跟我配戏，也不再理我。团里人知道我们分手后都骂我，我的父母好一阵都不理我，她爸爸还找我谈过好几次，可是我就是爱不起来。要过一辈子呀，我不能到结婚了再后悔。

半个月后，于红又来找我，问我罗小翼还跟我联系不。

我摇头，于红说，不愧是军人，说到做到。

你是不是跟她说什么了，或者威胁她了？她本来是爱我的，从她第一次见我，我就明显感受到了，你一定……我话还没说完，于红忽然抓起一把水果刀横在我脖子上。

你杀了我吧。

于红双眼圆睁，好像大破天门阵的穆桂英，而我就是她的仇敌金兀术，她恶狠狠地说，柳云飞，你可以不爱我，但是你不能侮辱我。为你这句以小人之心度君子之腹的话，我就该把你剁成肉酱，就该永世不再理你。说着，一松手，刀子扎在了一只苹果上，抱着新买的婚纱挥泪而去。

一个月后，于红结婚了。婚礼那天下着雨，雨很大，可我想，即便那天有天大的困难，我都得去。我去了，她没有跟我打招呼。她和她丈夫给所有的同事都敬了酒，却绕过了我。我没有生气。将心比心，是我对不起她。我真心地祝福她。虽然很内疚，可我要忠于自己的内心，与其以后痛苦，还不如就此两别。再说，我看她并不难过，高高兴兴的。我们分手后，她脸上反倒有了光泽，神态更好。婚后不久，她就调到了家乡的上海昆剧团。丈夫是一个多年的粉丝，听说有钱，还是个小官。我心里酸酸的，但不后悔。

我没想到在浮躁的社会上，昆剧还有这么多人喜欢，特别是年轻戏迷的痴爱，让我决心好好唱戏。奇怪的是，再演出时，我发现我更能体会主人公的内心了。指导我的老师说，你现在终于走进人物内心了。比如，他说我的手势、眼神、脚步等，一些小细节拿捏得出神入化了。但老师又说，于红是一个好姑娘，比你成熟。我承认，她在团里，在朋友间，在同事间，都如鱼得水。她是什么时候恋爱的，又怎么办调动的，我竟一概不知。一起合作了十年，我都不了解，看来了解一个人，不能只看时间。

在这期间，罗小翼仍没跟我联系，微信把我也拉黑了。是于红跟她说了什么，还是她对我并不像我对她那么有情，或者她认为我是一个薄情之人，我没有把握。

天越来越热，我以为我会慢慢地忘记她，可是只要看电视，我总调到军事频道。上网，必看女飞行员的新闻。我在军事网上看到一条短消息，说的是能在复杂天气下飞行的女飞行员，罗小翼的名字，就在其中。不久，我在《解放军报》的副刊上，又读到她写的一首关于飞行的小诗，它在报纸右下角一个很不显眼的位置。

天之梦

小时，蜻蜓的双翼迷住了我的双眼

从此，

我光着脚丫在田野与西北风赛跑
现在，我驾着战机在天空中散步
妈妈，你说我与彩虹，哪个更美
…………

我不懂诗，但我确信这首诗让我更迷恋她了，更迷恋她和她所处的那个陌生的世界了。

我知道了中国第一批女飞行员是一九五二年第一次在天安门广场亮相的，知道了中国空军已有十批女飞行员，甚至我到军事博物馆专门去看了退役的战斗机，到上面的驾驶室体会了飞行的感觉，还看了余旭生前的飞机服。

我一个人在那身飞行服前站了好久，眼前全是罗小翼。我不知道她心里有没有我，可我无时不在想着她，夜里梦着她，白天想着她。端起锅时，就想起了她下饺子的情景，想起了她做鸡翅的情景。那天晚上于红说鸡翅得腌半小时，她不但在手机上记着，还像小学生一样，不停地看表。于红说差不多了，她说，不行，还差两秒钟。一个人对小事都这么认真的人，难道她不能当一个好妻子，一个好妈妈？

我现在才真正体会到我在舞台上说的"海上有方医杂症，人间无药治相思"的确切感受。很想给刘干事打电话询问，又怕给罗小翼造成不好的影响。第二天，我决定到她部队去找她。我没有给她打电话，怕她躲着我，我拿着于红的结婚照，让她相信，于红生活得很幸福，她没有必要为别人牺牲自己的爱情，我相信她爱我，她给我总共打了三百多次电话，发了一百一十一条短信，我都保存着。

现在我喜欢看云，半年来的日记上写满了我看到的各种云：金色的云、红色的云、青色的云、黑色的云、灰色的云。而今天，天上没有云彩，没有阳光，从昨天开始下雨，一直下到今天，我查看了罗小翼驻地的天气预报——云阳，也在下雨。暴雨。昨夜我焦急得睡不着，天快亮时，睡着了，先是梦见了罗小翼，她开着飞机，我坐在她旁边。后来，不知怎么又是我开着飞机，穿着飞行服，脸上扣着氧气罩，她却穿着崔莺莺的衣服。又不知怎的，听说她在空中因为下雨，不能返航。我吓醒了，起床，瓢泼大雨仍啪啪地砸在玻璃窗上，在地上汇成了一片片水潭。

雨天，她说她们也飞行。复杂气候才能练精兵。对，这是她部队训练场横幅上写的话。

我什么也干不下去了，我得到云阳去，去那个草坪上停满了写着"八一"的飞机的部队，去向我心爱的姑娘表白。

我现在开车行驶在去罗小翼单位的路上。我不时抬头望望灰蒙蒙的天空，望着来来往往的人流车流、路边的月季。看着车窗前那本被风吹得哗哗的《说吧，记忆》，好想告诉天空，告诉来来往往的行人，告诉世间万物，我爱上了一个叫罗小翼的女孩儿，空军二级飞行员，身高一米六五，大眼睛，短头发，笑起来露出一颗虎牙，又白又亮，口头禅是咱飞机都能开，还有什么干不了？对了，她还爱画画，不过，画得我好难看，眼睛一只大，一只小，但我爱她，就像张生爱莺莺。

【作者简介】文清丽，1986年入伍，陕西长武人，毕业于解放军艺术学院文学系和鲁迅文学院第三届中青年作家高级研讨班及鲁院第二十八届深造班，曾在《青年文学》《北京文学》《小说界》等全国文学刊物发表作品三百余万字，多篇作品被《小说选刊》《小说月报》《中华文学选刊》选载，出版有散文集《瞳孔·湾·湖》《月子》《爱情总是背对着我》，小说集《纸梦》。现任《解放军文艺》主编。